陈亚辉 著
Chen Yahui

酒局

湖南文艺出版社
HUNAN LITERATURE AND ART PUBLISHING HOUSE

图书在版编目（CIP）数据

酒局 / 陈亚辉著. —长沙 : 湖南文艺出版社，2012.2
ISBN 978-7-5404-5307-7

Ⅰ. ①酒…　Ⅱ. ①陈…　Ⅲ. ①长篇小说—中国—当代
Ⅳ. ①I247.5
中国版本图书馆CIP数据核字(2011)第266413号

上架建议：机关 · 长篇小说

酒　局

作　　者：陈亚辉
出 版 人：刘清华
责任编辑：丁丽丹　刘诗哲
选题策划：李吉军
特约编辑：张　丽
营销编辑：刘　迎
封面设计：崔振江
版式设计：崔振江
出版发行：湖南文艺出版社
（长沙市雨花区东二环一段508号 邮编：410014）
网　　址：www.hnwy.net
印　　刷：北京天宇万达印刷有限公司
经　　销：新华书店
开　　本：787mm×1092mm　1/16
字　　数：340千字
印　　张：22
版　　次：2012年2月第1版
印　　次：2013年11月第4次印刷
书　　号：ISBN 978-7-5404-5307-7
定　　价：35.00元
（若有质量问题，请致电质量监督电话：010-84409925）

目录
Contents

Contents

第一章　陪酒女郎

她跌倒到柔软的床上，泪水像断了线的珍珠似的流个不停，这是她当陪酒女时就已经形成的习惯。

·1·

“老板真有钱，身边美女如云，年年进金入银……你输了，喝酒！”

唐雨晨给肥头男倒了一杯酒，要他干了。肥头男色迷迷地盯着她，说：“让我亲一下，我就干。”说着，肥头男一把将唐雨晨搂到怀里。唐雨晨还没来得及反抗，他就啵的一声，在她脸上亲了一口，然后，右手往她的胸脯上抓去。

唐雨晨一下挣脱出来，嗔怪道：“你真坏，快喝酒！”

肥头男色迷迷地扫视了一眼她的胸脯，才端起酒杯一饮而尽，接着吼道：“继续，继续，玫瑰好漂亮啊，我真想上一上……”

这次，唐雨晨输了。肥头男换了只大酒杯，给她倒了满满一杯酒。唐雨晨神情淡定地一口气把酒干完。肥头男激动地拍掌大喊道：“好，好，再来……”

塞思酒吧是沿海城市海深市有名的酒吧之一，里面装修豪华，音响一流，陪酒女如云，而且个个貌美如花，夜夜宾客爆满。

强劲的音乐震耳欲聋，迷离的灯光闪烁个不停，吆喝声四起。唐雨晨又接连输了几次，被灌了几大杯烈酒，胃里像着了火似的疼痛。她感到快支撑不住了，赶紧起身，对肥头男说：“抱歉，我上下洗手间，待会儿再回来喝酒，不许走啊！”

肥头男凑上来，笑嘻嘻地说：“我陪你去吧！”

“去你的，真坏！”唐雨晨轻轻推了肥头男一把，然后起身走向洗手间。

走进洗手间，她把震耳欲聋的音乐关在外面，然后背靠在门上，大口大口呼吸了几次，恨不得将在吧厅里吸进去的污浊空气全喷出来。对着镜子，她看见自己的脸红得像关公。

稍微歇息了一会儿，她扭开水龙头，将水哗啦啦地放出来，洗了洗脸，清醒了一下头脑。接着，她张大嘴巴，将中指伸进喉咙里，使劲地抠。

这时，洗手间的门吱的一声被打开。安雯走了进来，命令道："玫瑰，还没到火候，不要抠酒。"

玫瑰是唐雨晨在塞思酒吧的代称。塞思酒吧的陪酒女郎都有一个鲜花的称号，安雯的称号是牡丹。她是陪酒女队伍里的大姐大，其他人都要听她的。

懂得英文的人，都知道"塞思"和英文"Sex"读音很相似。Sex是性的意思。这里是明明白白写着禁止性的，但来这里的男人，有几个不抱着非分之想呢？

所谓抠酒，就是将手指伸进喉咙里，使劲地抠，将肚子里的酒吐出来。这是陪酒的"绝招"之一。酒被抠出来后，陪酒女就可以陪客人喝更多的酒，这样才能拿更多的提成。但抠酒次数太多，吐得越厉害就越伤胃，因此，不到迫不得已，一般不抠酒。

"牡丹姐，我真的受不了了，不吐不行啊。"唐雨晨哇的一声，吐了一大口酒。

安雯摇摇头，担忧地说："这个人既是个色鬼，又是个酒鬼，只怕你应付不了！"

来酒吧的男人，有的酒量不行，没灌几瓶就不行了。

有的酒量虽然可以，但适可而止，不会烂醉如泥，也不会强求陪酒女和他们搞暧昧关系。最怕的是那些既是酒鬼又是色鬼的人，他们酒量惊人，将陪酒女灌醉之后，还占便宜。唐雨晨不像其他人，她是绝对不会和别人乱来的。

安雯会看人，知道这个肥头男不简单才提醒唐雨晨，虽然唐雨晨的酒量在所有吧女中仅次于她。

"唉，那你自己要小心点儿！"安雯见唐雨晨已经吐得无法自已，只好叹息了一声，转身离去。

唐雨晨狂吐了几口后，终于感觉胃部轻松了许多，同时又有点儿隐隐作痛。

她回到座位时，肥头男早已不耐烦了，嬉笑道："怎么这么久啊，是不是来事了？”

唐雨晨心里很厌恶这个肥头大耳的家伙，但又不敢得罪他，只好赔笑发嗲说：“讨厌，快划拳！”

伴随着劲爆的音乐和尖叫声，唐雨晨又和肥头男吼叫了起来。不一会儿，几瓶名酒又见底了。唐雨晨已经开始感觉到眼前的场景有点儿晃动，快支撑不住了。

这时，安雯端着一杯酒走了过来，面带笑容说：“老板真是豪爽，咱们三个一起玩玩怎么样？”

肥头男瞥了她一眼，挥挥手，吼道：“滚开，滚开，别坏了老子的好事！”

安雯见不能为唐雨晨解围，只好走开了。

肥头男又灌了唐雨晨几杯，唐雨晨只觉得脑袋沉甸甸的，疼痛得仿佛快爆炸了似的。肥头男见时机成熟，一把将她搂进怀里，双手在她胸脯上使劲地揉搓。唐雨晨奋力反抗，不小心打倒了酒杯，酒洒了肥头男一身。肥头男勃然大怒，狠狠地扇了唐雨晨几个耳光，骂道：“臭婊子，装什么清纯！”接着，他继续猥亵唐雨晨。

唐雨晨捂着火辣辣的脸颊，大声喊道：“放手啊，你干什么？”

肥头男反而更疯狂了，一下撕烂了唐雨晨的上衣，雪白的胸脯裸露了出来。唐雨晨赶紧捂住胸口，放声大哭起来。

这时一名穿着西装的高个儿男子，带着两名保安赶了过来，插在肥头男和唐雨晨之间。他看看唐雨晨，又看看肥头男，问道：“你干吗打人？”

“打人又怎么样？臭婊子！”肥头男仍指着唐雨晨骂骂咧咧。

塞思酒吧的老板黑武，是在打打杀杀中混过来的，一般人不敢在他的酒吧里闹事。穿西装的男子是酒吧的经理，名叫王育，也是个厉害的角色。只见他左手夹着一根点着了的烟，猛吸了一口，吐出了个烟圈儿，然后右手搭在肥头男的肩膀上，说：“兄弟，给个面子，有话好好说，别为难这位小妹！”

肥头男一副天不怕地不怕的样子，推开他的手，扯着沙哑的嗓子吼道：“干吗，想打架？”

肥头男的吼声，引起了其他客人的注意，他们都伸长了脖子往这边望。

王育朝两名保安点了一下头，两名保安把手搭在肥头男肩膀上，装作没事的样子，将肥头男拖进一间包厢。此时恰好曲子终了，客人仍伸头往这边望。王育转头面向客人，将手往下压了压，大声说：“一点儿小误会，大家继续喝酒！”

此时，音乐又响了起来，客人随着音乐又吆喝了起来。

王育随后将唐雨晨叫到一个阴暗的角落里，二话不说，扬手狠狠地给了她两记响亮的耳光。唐雨晨被打得两眼直冒金星儿，加上酒力，她只觉得眼前有无数的人影儿在晃动。

王育似乎还不解气，扬手还要再打。这时，一名穿着休闲装、身材高大的中年男子走了过来，拦住他说：“王经理，别跟一个陪酒女计较了。”

王育转身看了中年男子一眼，顿时转怒为喜，收了手，微笑着说：“冯总来了，怎么不跟兄弟打个招呼？”

中年男子递过来一根烟，说：“这不是怕打扰王经理嘛！”

王育接过烟，掏出打火机，先给中年男子点了烟，再点自己的，吸了一口，吐出烟雾，说：“哪里，哪里！”

随后，他回头对唐雨晨恶狠狠地说：“要不是冯总为你求情，老子一脚踹死你。来陪酒还想当淑女，客人占点儿便宜又怎么了？还不快向冯总道谢！”

唐雨晨连忙向中年男子道了谢。

中年男子看都不看唐雨晨一眼，喷了一口烟，对王育说：“刚才那人脾气也太暴了！”

王育说：“没错，已经有兄弟招呼他了。”

他的话音刚落，只见肥头男捂着肚子，灰溜溜地从包厢里走了出来，径直走出了酒吧。

王育看着他的狼狈样儿，嘴角露出了一丝冷笑。随后，他和中年男子走到吧台，要了两杯酒，对饮了起来。

大概过了十几分钟，一名保安慌慌张张地走进来，对王育说：“王哥，刚才那人带人来砸场了！”

王育大声说：“快叫兄弟们抄家伙！”

随后，他对中年男子说：“冯总，你到后面避一下吧。”说完，他将中年男子带进了后面的一间屋子。

王育刚从屋子里出来，就见一群人手持刀棍闯了进来，见到酒吧保安就打，见到值钱的东西就砸。这时，十几名保安也手持刀棍冲了出来，和那群人混打成一片。

酒吧里的客人被吓得抱头鼠窜，叫喊声一片。

过了一会儿，外面响起了警笛声，紧接着多名警察闯了进来。砸场子的人赶紧丢下凶器，四处逃窜。警察抓了五六个人，押上警车，呼啸而去……

·2·

第二天清早，唐雨晨还在睡梦中，手机铃声就响了起来。她睁开惺忪的睡眼，伸手到床头柜，抓起手机，翻了一下身子，按下接听键，不耐烦地问了一声："谁呀？"

"唐小姐起床了没有？想请你吃早餐，有空吗？"

"你是哪位？"唐雨晨觉得对方的声音有点儿陌生，但又仿佛在哪里听过。

"唐小姐真会忘事啊，昨晚在塞思酒吧，咱们见过面的。"

唐雨晨一下子没了睡意，仔细回忆起昨晚的经历，疑惑地问道："您，您是冯总？"

"你终于记起来了！"对方呵呵地笑了几声说，"怎么样，能赏个脸吗？"

自从当陪酒女以来，唐雨晨见过形形色色的男人。类似的邀请她接到过很多，一般她都是拒绝的。但这一次不同，对方在王育面前替她求过情，算是帮过她的忙，何况王育对他恭敬有加，可见他来头不小，她不能不给对方面子。

唐雨晨答应了，说："你说个地方，我洗漱完毕就过去。"

对方说："你住在什么地方？半个小时后，我过去接你。"

唐雨晨告诉对方自己住在安华路和华小区，然后放下电话，看了看时间，正好是九点十分。按照往常，她会一直睡到中午，然后早餐和午饭一起解决。

看来，今天计划要被打乱了。

这个冯总是什么来头呢？他请我吃早餐有什么目的？肯定不仅仅是请我吃早餐这么简单。唐雨晨边刷牙边想。

酒吧里的男人找她，无非是为了性。如果真是这样，她肯定会让他失望的。她一直固执地认为，到酒吧的男人都不是什么好男人。

唐雨晨洗漱完不久，冯总的电话就打了进来，说他已经在楼下。唐雨晨下了楼，刚走出小区大门，就见旁边停着一辆黑色小车。冯总探出头来，示意她上车。唐雨晨这才看清楚冯总的模样：平头，额头有棱角，眼睛深邃有神，三十多岁的样子。

“是不是打扰你的美梦了，唐小姐？”唐雨晨刚钻进车后座，冯总就缓缓地发动了车子，问道。

“是啊，我平时要睡到中午呢！”

“那要不要我道歉？”

“不敢，我还得谢谢你昨晚帮我求情呢！”

“嗨，那没什么！”

冯总驾车上了马路，专注地开车，不再言语。唐雨晨也不多嘴，静静地看着街道两边的景物迅速往后倒。

十几分钟后，他们来到了东文街的柏泰酒店，冯总要了一个包厢。落座后，他从口袋里拿出名片夹，抽出一张名片，递给唐雨晨。唐雨晨双手接过来一看，上面印着：雄俊家具有限公司，冯雄俊。

“原来冯总是做家具生意的，改天我去你那里买家具的时候，可要给我优惠点儿哦。”

“如果你需要，我送给你！”

“不敢，不敢，无功不受禄。”唐雨晨将头摇得像拨浪鼓似的。

“请问你们要点儿什么？”旁边的服务员插话道。

“女士优先，你先来！”冯雄俊将菜单递给唐雨晨。

唐雨晨点了份三明治，然后将菜单递给冯雄俊。冯雄俊看了看，要了份瘦肉粥。服务员一一记下，拿起菜单转身走出了包厢。

“对了，昨晚那伙人闹事时，你躲到哪里去了？”冯雄俊问。

“昨晚有人去闹事了吗？我不知道啊。你替我求情后，我就离开酒吧回家了。”唐雨晨吃惊地说。

“就是猥亵你的那名男子带人去闹的事。这家伙不自量力，敢砸黑武的场，看黑武怎么收拾他。”

唐雨晨在塞思酒吧工作，多少听过黑武的故事，但她对这些不感兴趣。要不是图陪酒提成高，她才不愿意到那样的场所。见唐雨晨沉默不语，冯雄俊转移了话题，聊一些无关紧要的事。

过了一会儿，餐点上来了，两人只顾埋头吃，并不多话。三明治吃了一半，唐雨晨已经觉得有点儿饱了，她放下刀叉，拿了张纸巾，抹了抹嘴巴，说：“冯总请我吃早餐，我有点儿受宠若惊。”

冯雄俊放下勺子，擦了擦手，问道：“这里的三明治不好吃？”

“好吃，只是我昨天晚上酒喝得太多了，胃有点儿胀。”

唐雨晨基本上断定冯雄俊并非好色之徒。因为，他的目光并没有在她的身体上多逗留，也没有流露出非分之想。

“陪酒确实伤胃，你要多注意身体！”

“谢谢冯总的关心！”唐雨晨心头掠过一丝感激。

“对了，你为什么选择去当陪酒女呢？”过了约一分钟的工夫，冯雄俊终于吃完了粥，用纸巾抹了抹嘴巴说，“你有大学文凭，为什么不找份好点儿的工作？”

“原来冯总已经打听到了我的个人情况。”唐雨晨心里有点儿不快。她最讨厌别人私下打听她的个人隐私。

“我不是有意打听，是工育无意中跟我提起的，你不要介意啊！”

“介意又有什么用？反正你已经知道了。”唐雨晨喝了口柠檬水说，“大学生又怎么了？谁说大学生就不能当陪酒女？对了，冯总请我来吃早餐，不会仅仅是让我来尝这里的三明治吧？”

“没错。我也不想绕弯子，直接跟你说吧，我想请你到我公司工作。”

“你觉得我当陪酒女是不正经的工作，然后想让我到你公司工作，当‘正经人’？如果是这样，冯总，你这是可怜我，给我施舍，那请别怪我无礼，我不接受。”冯雄俊的话，使唐雨晨有种被瞧不起的感觉。

“噢，小唐，别误会！我不是那个意思。”冯雄俊注视着唐雨晨，诚恳地说，“我是觉得，我公司需要你这样的人才，我希望你能帮我把公司做大。”

“冯总太抬举我了，我有那能力，岂不去全球500强公司当CEO了？”

“你来我公司，会发挥很大作用的，我相信我的眼光。”

“即便如此，你怎么坚信我一定会到你公司呢？要知道，我可不愿意每天被闹钟吵醒，然后匆匆忙忙赶去打卡。”

“我是个重感情、重诺言的人，我既然要你到我公司工作，就不会亏待你，我会给比你陪酒收入更高的工资，而且你也不用按时去上班。”

真有这么好的工作？唐雨晨摸不透冯雄俊葫芦里卖的什么药。要知道，她每月的陪酒工资加提成有8000元左右呢。

“如果你不相信，我可以跟你签合同，还预付你一个月的工资。”冯雄俊看出了唐雨晨的心思。

“那你具体要我去你公司做什么呢？我大学时成绩很差，没学到什么，别指望我能发挥专业知识帮你解决难题。除了喝酒，我什么也不会。你该不会是让我去陪酒吧？”

“正是，我想让你当我的秘书，主要工作就是陪酒！我不必隐瞒，也不会找虚假的理由来哄你到我公司。那样你即使去了，也不会待得太久。”

“那我岂不成了你的喝酒工具？”

“每个人都是别人的工具，为别人工作的同时，自己也会得到应得的回报。你为我工作，会得到尊重。我敢向你保证，你在我公司，绝对不会有人对你不恭。”

“我考虑下吧！”

同样是喝酒，这份工作显然要比在酒吧当陪酒女好得多，唐雨晨没有理由不心动。

“我希望你尽快给我一个答复！”

冯雄俊向唐雨晨投来期盼的目光。

·3·

下午，唐雨晨睡了个懒觉。起床后，觉得无聊，便给大学同学郝琳打了个电话。郝琳高兴地说："我正想要给你打电话呢，今晚出来吃饭吧。"

唐雨晨已经向王育请了三天假，晚上不用去上班，便答应了。

唐雨晨从海深市一所大学毕业，读的是外语专业。郝琳是她的同班同学，也是舍友。刚上大学那会儿，大家都刚从高考的牢笼中被释放出来，觉得很自由，心思也不怎么放在学习上。人人都抱着一个想法，只要考试过关，顺利毕业就行，因此，大家玩得很疯，成绩都不太好。

大二时，唐雨晨和同寝室的姐妹到舞厅跳舞时，认识了在海深市XXX银行工作的符安永。符安永当时已经快奔四了，是一家银行的副行长。他对貌美、身材苗条的唐雨晨发起了猛烈的爱情攻势。无奈，唐雨晨已经有了心上人，男友是同班同学周进。周进家庭条件不是很好，但人长得帅气，又有才华，是许多女生暗恋的对象。能成为他的女友，唐雨晨自然感到骄傲。

其实，符安永虽然年纪大了些，但长相还过得去，而且又多金。唐雨晨的许多同学纷纷向他暗送秋波。郝琳和唐雨晨的关系最好，她利用这个有利条件，钓到了符安永。大学一毕业，她就嫁给符安永，并给他生了个儿子，起名为符伟。起初，唐雨晨讥笑她拜倒在了金钱的脚下，可没料到，周进竟然也成了金钱的奴隶。

大学毕业后，班里的同学大都到北京、上海、广州等大城市找工作，只有少数同学留在海深市。唐雨晨则跟周进一起到北京谋求发展。周进进了一家私营企业当助理，她则应聘进了一家外企，工资比周进要高。她原本打算和周进一起努力工作，攒够首付，在北京买套房。

不料，没过多久，周进就抛弃了她，娶了一个富家女。唐雨晨恨得咬牙切齿，一气之下，她辞了在北京的工作，离开周进，独自一人回到海深市发展。图陪酒收入高，她便应聘进塞思酒吧当陪酒女。其实，她的酒量并不太好，最初那段日子，她夜夜被人灌得烂醉如泥，幸好有安雯保护着她，她才没有受辱。后来，酒喝得多了，她的酒量才慢慢上来了。

饭局定在享味饭店。唐雨晨走进包厢，却只见郝琳一人。郝琳是个极度爱慕虚荣的人，一见到唐雨晨就显摆自己的尊贵，拉着唐雨晨的手，娇声地说："雨晨，你最近忙吗？前段时间，我想让你陪我去买套沙发，却又怕打扰你，毕竟你晚上工作，白天要休息。我们家的真皮沙发刚买不久，安永就嚷着要换红木的，说是红木家具看着自然。"

唐雨晨打心里瞧不起她：要是我当初接受符安永的求爱，你还会有今天吗？你不就是嫁了个好老公，有几个钱吗？有什么了不起！

唐雨晨并没有显露出轻视的神色，而是面带笑容地说："对了，有件事想让你帮我出出主意。有家名叫雄俊的公司，他们老总冯雄俊想聘用我，工资还不错，你在那里买过家具吗？了不了解这家公司？你说我该不该去？"

郝琳想了想说："我们家安永的朋友很多，而且大都是有钱的生意人。但我从不插手他的事，这家公司怎么样，我也不了解。我们家安永只让我把家管好，哼，男人都这样。"

"对了，安永现在怎么样？"唐雨晨问。

"这是我今晚请你吃饭的原因，正要跟你说呢。"郝琳脸上露出了幸福的笑容，说，"我们家安永升职当行长了。"

"那也恭喜你升级成行长太太了！"唐雨晨心里竟然有点儿怅然若失的感觉。

"什么呀，还不是家庭主妇一个！"郝琳收了笑容，关切地问道，"雨晨，要不我让我们家安永帮你在银行里找份工作？这样稳定些。"

唐雨晨知道，郝琳是真心想帮她。郝琳虽然爱慕虚荣，但心地很善良，是那种贤妻良母型的女人。

"不用了，我喜欢自由点儿的生活，再说，银行普通岗位的工资又不高。"

郝琳也了解唐雨晨的个性，不再说什么。

这时，郝琳的手机响了起来。她按下键看了看，说："安永快到了。"

"安永也要来吗？"唐雨晨问。

"他原本今天有个会议要参加，但临时取消了。"郝琳说。

两人随后聊了一些同学的近况。

大约十分钟后，符安永推门进来了，一副意气风发的样子。见到唐雨晨，他上下打量了一下，然后向她伸出手，说："雨晨，你真是越长越漂亮了！"

唐雨晨握住他的手时，感觉到他握得有点儿用力，似乎有所暗示。她赶紧把手缩了回来，说："你在郝琳面前夸我漂亮，不怕郝琳回家收拾你？"

郝琳哼了一声，说："男人都不是什么好东西！"

符安永嬉笑着说："我在家每天都夸她，她都听腻了，不信你问问她？"

"净吹牛！我在家可没听见你夸我几句啊！"郝琳不满地说。

唐雨晨可不想听他俩打情骂俏，便转移了话题，说："恭喜你升职当行长了，以后我缺钱花，就找你贷款去！"

"没问题，你想贷多少，我就贷给你多少。"符安永一边回答，一边把服务员叫了进来。

唐雨晨想：真虚伪，现在嘴巴上说得好听，真找你贷款时，你不找各种理由搪塞才怪！

服务员把菜单递上来，郝琳递给唐雨晨说："雨晨，你先来！"

唐雨晨推辞说："你先来吧，我都不知道这里什么好吃！"

"要不来份炖鹅掌吧？"郝琳说，"这里的鹅掌是用木瓜加中药炖成的，美容又滋补。"

"那就来份鹅掌吧！"唐雨晨说。

郝琳便点了三份鹅掌，符安永接着又点了一些菜。

在等菜的过程中，郝琳问符安永："你了解雄俊公司吗？雨晨说，那个公司老总想要她到他们公司工作。"

符安永说："雄俊公司虽然成立没多久，但发展得很快。公司老总冯雄俊是个非常守诺、讲义气的人，到他公司工作，他不会亏待你的。"

"你跟他有交情吗？"唐雨晨问道。

"我跟他没有交情，但我有许多朋友认识他，他在我朋友中的口碑不错。"

符安永还想继续说下去，这时他的手机铃声响了起来。他起身出去接电话，过了一会儿，返回来对唐雨晨说："真抱歉，这会儿又有个重要的应酬，不能陪你吃饭了，改天再补偿。"

唐雨晨开玩笑地说："去吧，有你在，我反倒放不开胃口呢。"

符安永呵呵一笑，转身离去。郝琳朝他娇声喊道："早点儿回家，不要喝太多酒哦！”

符安永头也不回地走了。

唐雨晨和郝琳从饭店出来时，华灯初上，街道上车水马龙，异常热闹。郝琳提议去逛街，唐雨晨推辞了，说今天太累了，想回去睡个好觉。郝琳只好驾车将唐雨晨送了回去。

·4·

唐雨晨决定去冯雄俊公司工作！毕竟，塞思酒吧是个鱼龙混杂、乌烟瘴气的场所，冯雄俊又给她比在塞思酒吧收入还要高的工资，她没有理由留在那里自讨苦吃，而且符安永对他的评价也不低，说明他是个值得信赖的人。

她把自己的决定告诉冯雄俊时，冯雄俊高兴地说：“雄俊公司欢迎你！”

唐雨晨问他：“我什么时候开始去上班？”

他说：“你不用每天按时来上班，有事时，我会通知你的。不过，等下我先带你到公司参观了解下。你在哪里？我去接你！”

半个小时后，冯雄俊将唐雨晨带到他公司的办公地点——海西路中坛大厦 329 室，将公司的十几名员工一一介绍给唐雨晨。唐雨晨只记住了公司的副总林淦。一是他职位高，年龄也比冯雄俊大；二是他的左脸有个花生米般大小的红色胎痣，给人印象深刻。还有，冯雄俊介绍完所有的员工后，把唐雨晨带进自己的办公室，告诉她，林淦是他的创业伙伴，公司能有今天，他功不可没。

“咱们公司在郊区还有一家工厂，你先喝杯茶，歇息歇息，我再带你到工厂参观了解下。”冯雄俊边说边起身给唐雨晨泡茶。

唐雨晨有点儿受宠若惊，赶紧站起来，说：“冯总，让我来！”

冯雄俊用左手拦住她说：“今天，我把你当客人来招待，以表达我的诚意，你不要客气！”

唐雨晨只好由他。

冯雄俊刚泡好茶，他的手机铃声就响了起来。他接了电话后，先是皱了一下眉头，接着面露喜色，说："雨晨，改天再带你到工厂参观，现在有急事，快跟我走！"

说完，他放下茶具，大步往外走，唐雨晨紧紧地跟在后面。

匆匆出了写字楼，上了车，冯雄俊发动车子，飞一般地疾驰。唐雨晨不敢问他到底是什么事情，怕分他的心。

三转两转后，冯雄俊把车停在一家银行前，递给唐雨晨一张银行卡说："小唐，你到 ATM 机上取两万元出来，密码是 XXXXXX。"

唐雨晨一下子蒙了，不明白冯雄俊到底是何意。冯雄俊见她迟疑的样子，说："时间很紧，事后我再跟你解释，你快去取钱，我去附近买点儿礼品。"

还没等唐雨晨反应过来，冯雄俊就把银行卡塞到她手里，下了车，朝附近一家超市走去。

唐雨晨把钱取出来时，冯雄俊也提了一大袋高级营养品和一束康乃馨回来了。唐雨晨把钱和卡给他，他塞进背包里，什么也没说，发动车子，又飞一般地疾驰起来。

过了十几分钟，冯雄俊驾车来到了市人民医院。唐雨晨心里一紧，猜测是冯雄俊的家人或朋友患了重病。

冯雄俊刚把车停稳，一名瘦高的青年男子就凑上来，弯下腰，说："冯总，在骨科 816 病房。"

冯雄俊钻了出来，拍拍对方的肩膀，说："小许，干得不错！你先忙去，改天再一起吃个饭。"

小许点点头转身离去。

冯雄俊转头对唐雨晨说："小唐，咱们快走！"

唐雨晨弯下腰，想拿出那一袋营养品和那束鲜花，却被冯雄俊制止住了："这个先不着急拿出来，等下看我的眼色行事。"

唐雨晨心里纳闷极了，怎么看望个病人还像搞特务似的？冯雄俊葫芦里到底卖的什么药？在这样人来人往的场所，唐雨晨不想随便问这些问题。

两人走进住院部大楼后，冯雄俊却不上去，而是在门口东张西望，似乎在等什么人。大约过了二十分钟，一辆黑色小轿车停在住院大楼的停车场。车门被打开，一名戴着眼镜、文质彬彬、五十多岁的男子缓步下车。同时下来的，还有一名男司机、一名二十多岁的男子和一名四十多岁的妇女。

“来了！转过头去，别看着他们，咱们俩假装聊公司的事。”冯雄俊转过身子，背对着那两名男子，低声对唐雨晨说。

唐雨晨赶紧别过脸，假装和冯雄俊谈事情。当那几个人走过他俩身旁时，冯雄俊提高了声音说：“小唐，等下回去通知各个部门明天早上开会，最近员工状态不佳，尤其是业务部，业绩下滑了许多……”

中年男子听到了冯雄俊的声音，转过头看了看，冯雄俊假装不经意地抬头，和对方打了个照面，然后惊叫道：“周局长！”

唐雨晨这时才将男子看了个清楚，只见他皮肤红润，脸上有几丝皱纹，浓眉，眼睛细长，很难从他眼睛里捕捉到他的心思，给人以城府很深的感觉。

周局长见到冯雄俊也很惊讶，但只是朝他略微点了点头。冯雄俊赶紧迎上前去，和他握手，然后故作不解地问道：“周局长，您到医院是，是，是……”

周局长迟疑了一下，说：“家母前几天不小心摔断了腿，现正在医院住院治疗。”

“哟，她老人家现在好些了吗？住在哪间病房？”冯雄俊关切地问道。

现在，唐雨晨已经明白冯雄俊是有意巴结周局长了。

周局长犹豫了一下说：“816。”

冯雄俊说：“我的一位商场上的朋友生病住院了，我来看望他，不巧遇到周局长您。”

说完，冯雄俊看了看自己空空的双手，表示自己事前不知道周局长母亲生病，没准备什么礼物，然后说：“周局长，您先上去，等下我再上去看望伯母她老人家。”

周局长客套了一番，就和随从先上去了。

冯雄俊这才返回停车场，解开装有营养品的袋子，将两万元塞进燕窝包装盒里。可他犹豫了一下，似乎觉得不妥，又将那两万元拿了出来，再把袋子绑紧，然后将袋子和花束一起递给唐雨晨，吩咐道：“待会儿你见机行事！”

唐雨晨没经历过这样的事情，心里有点儿慌，但事已至此，她已经没有选择的余地，只能绷起神经去面对了。

两人上到八楼，见周局长的司机站在楼梯口，并不进病房。显然，司机是见过世面的人，因为有人来看望局长的母亲，可能会发生一些私密的事情。他在病房里会碍事，站在楼梯口等待才是明智之举。见到冯雄俊和唐雨晨，他只是点点头，微微地笑一笑。冯雄俊也只朝他点点头。

敲门进入816病房，冯雄俊和周局长握手寒暄了一番，接着向他介绍唐雨晨说："这是我们公司新来的员工小唐，唐雨晨。"

唐雨晨主动伸出手说："周局长，您好！"

两人的手握在一起时，唐雨晨觉得他的手宽大、有力。四目相对时，她感觉到周局长的眼里似乎有火花一闪而过。周局长并不说话，只是朝她点了点头。

那名青年男子和中年妇女见有人来了，起身走出了病房。周局长也并没有做介绍，冯雄俊也没有问，唐雨晨猜想应该是周局长的家人或亲戚。

这是一间约二十平方米的特级病房，带卫生间、空调、电视。床头柜的花瓶里插满了鲜花。

和周局长寒暄完后，冯雄俊走到病床旁，拉着老太太的手，问道："伯母，您好点儿了吗？伤口还疼吗？"

老太太似乎在病房待得太久了，没人说话，很寂寞，跟冯雄俊唠叨个不停。唐雨晨将营养品放在桌子上，再将花插进花瓶里，然后走到病床前，说："奶奶，腿疼不？我给你做按摩缓解一下吧。"

说完，唐雨晨用她柔嫩的双手，在老太太的肩膀上、大腿上揉捏起来。老太太直喊舒服，还不停地唠叨着："闺女，你真好！"

冯雄俊不敢逗留太久，一怕影响病人休息，二怕他人来访。和周局长套完近乎，说了一些热心话后，他和唐雨晨起身告辞离去。

·5·

从医院回来的路上，冯雄俊对唐雨晨今天的表现夸个不停，说："你酒量不错，办事能力也很强，我总算没看错人。你刚才喊周局长母亲‘奶奶’，还为她按摩，她心里热乎着呢。”

唐雨晨却问道：“你真会撒谎，周局长母亲生病的事情，你是提前知道的吧？”

“那不叫撒谎，叫会用情。”冯雄俊向右打方向盘，拐过了一个弯后，继续说，“人与人之间的关系其实是感情的关系，有憎恨、厌恶、害怕、崇敬、喜欢、信任、爱等。有的感情是用金钱换来的，有的感情是用实际行动换来的，有的则两者兼而有之。大家做同样的生意，人家为什么要把业务给你做？那是因为你会用情，会用实际行动去取得别人的喜欢、信任、尊敬。

“别人做生意都看重现金流，我跟他们不同，我更看重感情流。只要建立好了感情网络，只要在生意场上有很铁的感情流，即使现金流断了也不怕。只要跟朋友打声招呼，朋友肯定会出手相助。因此，我宁愿断了现金流也不断感情流。只要你懂得用自己的感情去感动别人、取得别人的信任，你就会成功。你知道我的第一桶金是怎么挖到的吗？”

唐雨晨摇摇头。

“我以前只是个普通的装修工。一次，一名校长找我给他的新家装修。我知道他是个领导，和他搞好关系，以后必定有好处。因此，装修完之后，我常常找机会帮他干点儿小活儿，比如免费帮他换水龙头、粉刷墙壁等等，过年过节的时候还提点儿礼物上门。后来，他给我透露一个信息：学校将采购一批课桌椅。我知道机会来了，可我那时一穷二白，根本没钱垫付去做这笔生意。他知道我的难处，仍跟我签订了合同，并付给我三分之一的定金。我拿着定金和合同，很快就与一家具厂谈成了生意，将那批课桌椅拉到学校。那笔生意使我找到了做生意的感觉，从此一发不可收。

“在生意场上，我尽可能把自己的感情网拉宽拉大。比如，塞思酒吧的老总黑武。他是从小混混儿混过来的，一般人都怕他，对他‘敬而远之’。我做了他一笔生意后，还跟他继续来往，慢慢地成了铁哥们儿。一次，有烂仔砸我的店，他知道后，找道上的朋友警告了对方，对方就不敢再冒犯我。多做一些感情投资，我就可以把感情网拉宽拉大些，这样可以使自己得到更多的保护，得到更多的好处。”

尽管冯雄俊说得头头是道，唐雨晨却不感兴趣。她把话题拉了回来，问道："那个小许是你安排在医院的'特务'吧？"

"小许是我一个远房亲戚，就在市医院工作。这么有利的条件，我能不利用吗？要知道，跟官员打交道是件很困难的事。一位当官的朋友跟我说过，他一进办公室就绷紧了神经，生怕不小心犯了错。他们思维缜密，总是很警觉，你很难知道他们喜欢什么、顾忌什么、心里想的是什么。他们为了自己的职位，总是处处小心。我绕道从他们的亲人入手去接触他们，效果会更好。哪些官员的亲属到市医院住院，小许都能帮我查到。"

"想不到冯总这么精明！"

"在生意场上打拼，不精明不行啊！对了，小唐，你觉得周局长这人怎么样？"

"什么怎么样呀？我连他哪个部门的都还不知道呢。"

"哦，这点我倒忘了跟你说。他叫周功航，周围的'周'，功劳的'功'，航行的'航'，是市规划局的局长，权力大着呢。"

"我觉得他的城府很深，面无表情，不苟言笑。你说，他这样活着得多累啊！"

冯雄俊呵呵地笑了起来说："他也是身不由己啊。"

"对了，冯总，你是不是要找他办什么重要的事情？"

"现在还没有，以后难说。怎么说呢？多一个朋友就多一条路，先把路修好了，以后总有机会走。"

"可是，你是做家具的，跟规划一点儿都不沾边的。"话一出口，唐雨晨就突然觉得这个问题很愚蠢，不由得吐了吐舌头。

"那又怎么样？公司只是个载体、是个平台，只要有业务、有钱赚，注册个公司岂不容易？做生意要灵活变通才行啊！"冯雄俊说。

这时，车子开到一个十字路口遇到红灯停了下来。冯雄俊拿出手机按了按键盘，翻出了一张年轻女子的照片，看了几眼，然后再将手机放回去。唐雨晨注意到，他看那张照片时，眼里充满了柔情。

"冯总，那是您的爱人吗？"唐雨晨忍不住好奇问道。

"哦，不！"冯雄俊警醒过来，转移了话题说，"谈谈你的陪酒经历吧，我倒是想听听。"

“那有什么好听的，还不如冯总您讲的生意场上的拼杀有趣。”冯雄俊的表情，使唐雨晨意识到自己刚才的问题问到了他的隐私，她不好再继续追问下去。

“那不一样，我觉得陪酒是门很大的学问呢。”

“能有什么学问？来酒吧喝酒的男人形形色色，我们把他们归类为几种，每一种都有对付的办法。”

“哦，都有哪几种？”

“按来喝酒的目的来分，分为好酒的男人，好色的男人，既好酒又好色的男人，最不好对付的就是最后一种。按花钱的方式来分，分为小气的男人、大方的男人。不管怎么分，大多数男人来酒吧，都是为了女人。有的男人，白天是好丈夫、好父亲，晚上一到了酒吧就色相毕露。”

“你陪那么多男人喝过酒，肯定有不少人追求你吧？”

“你这是损我呢？”唐雨晨对这个问题很不满。

“不，不是的，我这人有时候说话很直接。我的意思是，每个人都有自己的感情经历，你肯定也有过。”

“你觉得这世界上有真正的爱情吗？”

“肯定有。真正爱上一个人，对方就会占据你的心窝，总在某个不经意的瞬间，闪进脑海里。”

“看来冯总找到真爱了？”

冯雄俊反问道：“你没谈过恋爱？”

唐雨晨原本不想提起自己的过去，可感情的闸口一打开就收不住，她把大学时的恋情告诉了冯雄俊。冯雄俊叹息了一声说：“在这个物欲横流的时代，很多恋情都经不住考验。这样的爱情谈不上真爱！自从那以后，就没有男生追求过你？”

“有是有，但来酒吧的男人会是好男人吗？”唐雨晨说这句话的时候，卢沧舟的形象跃进了她的脑海里。卢沧舟是个“富二代”，自从在塞思酒吧和唐雨晨喝了一次酒后，他就对唐雨晨发起了爱情攻势。可唐雨晨认定他是纨绔子弟，品行不端，不予理睬。

“那不一定！”冯雄俊接过唐雨晨的话题说，“比如，我有时候也到酒吧喝酒，但我可是个好男人。”

说完，冯雄俊哈哈大笑起来。

“冯总，塞思酒吧酒量大的人多的是，比如牡丹姐，你为什么偏偏要我到你公司呢？”唐雨晨问道。这个问题一直困扰着她。

“因为据我观察，你各方面的条件比她们好，比如容貌、接人待物、应变能力，等等。还有，你的品行端正，不像其他人那么不检点，唯钱是图。”

“你怎么会认为我就不唯钱是图呢？谁不爱钱呢？要不是为了钱，我何必自讨苦吃去陪酒呢？”

“没错，人人都爱钱，但有的人在金钱面前没有原则，而你是讲原则的。”

冯雄俊的理由，让唐雨晨感到很满意。因为，她也认为自己与普通的陪酒女不同。

“冯总，我问个问题，您不要介意啊！”

“问吧！”

“今天去医院的路上，你给我银行卡，告诉我密码，让我去取钱，是不是在考验我？”

“那不是。我这个人疑人不用，用人不疑，告诉你密码让你去取钱纯粹是为了节省时间。再说，你不会想拿了我两万元就跑掉吧？至于吗？何况银行还有监控录像呢。”

唐雨晨觉得冯雄俊的解释很有道理，对他信服起来。

下午，冯雄俊本来说好要带唐雨晨参观门市部和工厂的，但由于临时有急事，只好让副总林淦代劳。

虽然林淦满脸堆笑、一副非常热情的样子，但唐雨晨能感觉到他的言行中，透露着些许不屑与不满。这也难怪，她只不过是个陪酒女，拿这么高的工资，别人当然不服了。唐雨晨并不计较，认为只要自己做出了成绩，他们迟早会认可的。

雄俊公司的门市部在繁华商圈的中旺路，有一千多平方米，里面人来人往，热闹非凡。

“咱们公司门市部经营的全是高档家具，日销售额有二十多万元。”林淦将唐雨晨领进店后，滔滔不绝地介绍说，“左边是家具区，主要卖咱们公司生产的衣柜、床、床头柜、餐桌、椅子等，兼代理一些国外品牌家具。右边是床上用品。原先咱们是不卖床上用品的，后来考虑到顾客有这方面的需求，加上一些厂家上门推销，冯总干脆腾出一半空间卖床上用品，生意还很不错。”

唐雨晨对做生意、对家具不在行，也不感兴趣，只是木然地听着林淦的解说。

这时，一名挂着胸卡的中年女子走了过来，朝林淦喊了一声“林总”。唐雨晨仔细看了看她的胸卡，是门市部经理胡瑾。

“我来介绍下，这是咱们公司新来的员工。”林淦指着唐雨晨介绍说，“唐秘书，唐雨晨。”

“唐秘书，你好！”胡瑾面带微笑地主动伸出手来。

唐雨晨赶紧和她握了握手。

林淦随后对胡瑾说：“你去忙吧，我带唐秘书参观参观。”

胡瑾便走开了。

唐雨晨又和林淦走了一会儿，听他介绍完门市部的大概情况。之后，林淦驱车带唐雨晨到位于郊区的工厂参观。工厂由生活区、仓库、厂房三部分组成。厂房是一座长约二百米、宽三十米的平房，里面机器轰鸣，木屑飞扬，工人们正忙碌地操作机器，制作家具。

林淦告诉唐雨晨，工厂有三百多名工人，年制作家具价值两千多万元。

林淦想带唐雨晨进厂房参观，却被唐雨晨制止了。她想，自己又不是什么大人物，用不着去打扰工人工作，搞得人人向她行注目礼。而且，里面又那么脏乱，她可不想受那个苦。

林淦便带她去仓库参观木材和成品家具，并向她介绍了一些红木品种，比如紫檀、黄花梨、鸡翅木、菠萝格，等等。

参观完工厂，时间还有点儿早。林淦问唐雨晨要不要回公司，唐雨晨想起，她在塞思酒吧的工资和提成还没结算，便说不回，让林淦开车把她送到塞思酒吧。

王育见到唐雨晨，满脸堆笑地说：“小唐，恭喜你高就，以后有时间可要多回娘家捧场啊！”

唐雨晨想起被他扇耳光的经历，心里就来了气，但又不敢表现出来。王育这样的人，她还惹不起。于是，她面带微笑地说：“哪里，哪里，在塞思酒吧，我工作老做不好，给王经理惹了不少麻烦，还希望王经理不要见怪。”

王育点了根烟，说：“小唐，咱俩都别客套了。我这人脾气有点儿暴，以前的事你可别放在心上。冯总跟我们头儿是好哥们儿，以后有用得着我的地方，你尽管给我打电话。”

唐雨晨连连点头说：“好！”

王育随后将唐雨晨上个月的工资加提成九千多元给了她。

唐雨晨把钱塞进背包，道谢后，正欲转身离去时，王育把她叫住了，问道：“你见过卢沧舟了吗？”

“没有，他找过你吗？”唐雨晨停下脚步说。

“恩，他接连几天来酒吧不见你，就问我你到哪里去了，还要我告诉他你的电话号码，但我没给他。”

“谢谢王经理没有泄露我的个人资料。”

一提到卢沧舟，唐雨晨就觉得烦。自从在酒吧认识后，他不知从哪儿要到她的电话号码，整天给她发缠绵的短信，还经常买礼物送给她。唐雨晨不回他的短信，也不接受他的礼物，还警告他别骚扰她。可卢沧舟依旧一意孤行，唐雨晨便换了手机号码。卢沧舟干脆每晚到塞思酒吧找唐雨晨喝酒。唐雨晨碍着酒吧的规定，只好硬着头皮陪他喝。

最近一段时间不见卢沧舟到塞思酒吧了，唐雨晨以为，他已经知难而退。没想到，他还惦记着她。

卢沧舟的父亲做进出口贸易，还开有几家酒店，可谓家财万贯。按理说，他的家庭条件这么优越，不愁找不到漂亮的女孩儿，可他偏偏喜欢唐雨晨，缠着她不放。

唐雨晨也想过，要是嫁给卢沧舟，自己就可以当富太太，过上奢华的生活。卢沧舟长得倒也帅气，只是他自小娇生惯养，脾气暴躁，不求上进，整天吃喝玩乐，嫁给这样的男人没有安全感。何况有钱的男人换女人就像换衣服，万一哪天他变心了，她岂不是白白被玩弄？唐雨晨没那么傻，可不想拿自己的青春做赌注。

可话又说回来，正值青春年华，唐雨晨也渴望有个男友体贴自己、呵护自己。大学毕业两年，许多同学都有了男朋友，有的甚至已经成了家，而她仍是孤单一人。每当下班回到没有生气的出租屋时，她心里就难免感到凄楚。

·6·

冯雄俊是经在省财政厅当处长的好友邓亮介绍认识周功航的，三人一起喝过几次茶。他跟周功航还不是太熟，对方是什么样的人他还不了解，何况他还没有对他有所求。因此，那天，他觉得贸然送钱给对方不妥当。在那之后，他又几次买了上好的礼品亲自去看望周局长的母亲。虽然每次周局长都不在，但他想，老太太肯定会把这事儿告诉周局长的。

果然，过了一段时间，周局长通过邓亮约冯雄俊出来喝茶。虽然，在喝茶过程中，三人聊的都是些无关痛痒的话题，但临别时，周局长主动和冯雄俊交换了电话号码。冯雄俊心里暗暗高兴。其实，他早已从邓亮那里要到了周局长的电话，但他从没给他打过电话，他知道这么做肯定会让周局长反感。现在周局长主动跟他交换电话号码，说明他对自己已经初步认可。

那天和周功航喝茶出来后，冯雄俊接到了林淦的电话，说是已经约了刘乾生今晚在豪味酒家吃饭。刘乾生是做木材生意的，原先生意做得不大，冯雄俊没有跟他有过业务往来。

后来，冯雄俊的合作伙伴宏兴木材贸易有限公司的老总张柏威因沉迷于女色，无心打理公司，生意每况愈下，甚至几次断了现金流。冯雄俊顾念两人的交情，几次出手相助，并劝他把心思放到生意上来。可他就是不听，把业务交给亲戚打理，自己当甩手掌柜，整天和情人寻欢作乐。刘乾生乘虚而入，抢占了市场。眼看着张柏威供货断断续续，自己多次劝说无效，冯雄俊只好忍痛放弃了他。

冯雄俊公司主要生产红木家具，原材料大都是进口菠萝格，而刘乾生掌控着本市的菠萝格市场。冯雄俊必须交刘乾生这个朋友，以保证自己能长期以较低的价格从他那里要到货。

他当即给唐雨晨打了个电话，告诉她今晚有应酬，并告诉她具体的时间和地点。

这是唐雨晨到雄俊公司的第一次应酬。生意场上的喝酒显然与在酒吧陪酒不同，唐雨晨心里没底。冯雄俊也考虑到了这点，在接唐雨晨到豪味酒家的路上，他给唐雨晨介绍了刘乾生公司的背景，以及此次喝酒的目的。

“小唐，难为你了！”冯雄俊说，“这几年，我拼酒太多了，身体受不了。前不久得了胃穿孔，住进医院挨了刀子。”

“所以你才找我来替你受苦？”唐雨晨问道。

“这也是迫不得已的事。不过，我不想让你陪酒太久，所以希望你平时要多熟悉公司的业务，将来我会安排个不需要陪酒的职位给你。只要我有饭吃，肯定不会让你挨饿。”

“真不明白你们男人，明明知道喝酒多了对身体有害，还拼命往死里灌。”

“这已经成了一种风气、一种文化，任何人都改不了。不过你还别说，酒品就是人品。在喝酒的过程中，大概可以看出一个人的人品，从而判定这个人能不能交往，值不值得交心。你们把到酒吧喝酒的男人划分为几种类型，我根据我喝酒的经历，也把酒场上的人划分为三类：上酒品的人，中酒品的人，下酒品的人。

“上酒品的人，你敬他酒，或他敬你酒，他都必定见底，绝不漏一滴，哪怕喝再多的酒都是如此，而且话不多，不胡言乱语，目光诚恳。这样的人大多忠厚了，讲义气，值得去交往，也值得去交心。中酒品的人，逢人必敬，礼节也周到，但他们说起话来滔滔不绝，天南地北，这样的人很难管住自己的嘴巴，因此，很难交心。他们在酒席上能活跃气氛。下酒品的人可就多了，有的嘴巴特别会说，却在酒席上借故躲酒赖酒，看别人受苦，他自己一旁窃笑，这样的人很狡猾，不值得交往；有的是爱耍酒疯，一沾酒就丑态百出，甚至骂人闹事。”

“冯总看我属于哪种酒品的人呢？”

冯雄俊笑了笑，并不回答唐雨晨的问题，而是说：“那只是我个人的看法，并不一定准确。毕竟人是多变的，不能死板地将某一个人归为某一类。”

说话间，两人来到了豪味酒家。豪味酒家位于人流量较少的东文路，虽然位置偏了些，但里面装修高档，菜肴味道极佳，深受海深市有钱人的喜爱。而且，酒家环境清静幽雅，是谈业务的好去处。

林淦早已守候在酒家门口。见到冯雄俊的车，他赶紧迎了上来，说：“刘乾生刚才来电话了，说十分钟后就到。”

冯雄俊满意地点点头说："咱们到里面等他吧。"

三人随后走进了林淦早已定好的牡丹包厢。

三人刚落座没多久，林淦的电话就响了起来，是刘乾生打来的。林淦告诉了他具体的包厢，并说："冯总已经到了！"

过了一会儿，楼道里传来脚步声，紧接着就是敲门声。林淦赶紧起身去开门，冯雄俊和唐雨晨也迎了上来。门被打开后，两名男子走了进来。领头的是一名中等身材的男了，皮肤黝黑，大概三十五六岁的样子。

"刘总，您好！"林淦上前和对方握了握手，接着把冯雄俊介绍给他。冯雄俊热情地和他握手之后，先发话说："刘总的生意越做越大，我一直期盼和你见个面，今天终于如愿了。"

"哪里，哪里，冯总您的家具生意才做得大，大家都在争抢您这个大顾客呢。"刘乾生客套了一番后，将随行的男子介绍给了大家。他叫郭良勇，是他的助理。

"这位是……"刘乾生注意到了唐雨晨。

"正要给你介绍呢，"冯雄俊说，"这是我的秘书小唐。"

刘乾生和唐雨晨随即握手客套。

大伙儿依次落座后，服务员问要点儿什么。冯雄俊把菜单递给刘乾生，让他来点。刘乾生却说："今天您是主人，客随主便。"

冯雄俊点了该酒家的几样招牌菜。服务员一一记下，收起菜单，带门出去了。

接着双方互相交换了名片，聊了起来。冯雄俊和刘乾生始终在聊一些行业方面的事情，却不提双方的合作。

生意上的事情在酒席上根本就不需要提。只要双方喝得痛快，喝出感情，聊得投机，生意也就自然成了。

冯雄俊说："这几年，经济发展较快，买房的人越来越多，对家具的需求也越来越大，未来家具市场很看好。"

"没错，冯总在咱们市家具界可谓呼风唤雨，这下可大有作为了。"刘乾生接过冯雄俊的话题，将他恭维了一番。

"难说，商场如战场，风云变幻莫测，谁知道形势会不会突变呢？刘总，你们公司发展速度令人刮目相看，有没有什么秘诀，可教教兄弟？"

“我的公司刚起步，哪里比得上冯总？”刘乾生谦虚了一番后，通过聊一些社会新闻把话题给转移了。其他人也插话，发表对最近发生的一些热点新闻的看法。

过了一会儿，菜上来了。冯雄俊把自己的车钥匙递给林淦说：“我车里有几瓶好酒，你去拿来，我要跟刘总好好喝几杯。”

冯雄俊事先准备好了三瓶酒，他想，几个人喝完三瓶酒，火候也就差不多了。

不料，刘乾生对郭良勇说：“我车里也有几瓶好酒，你也下去拿来。今晚，我要和冯总不醉不休。”

刘乾生的话，使冯雄俊又喜又忧。喜的是，刘乾生要和他一醉方休，说明他愿意交他这个朋友，只要两人喝得痛快，合作自然没问题。忧的是，他的胃刚动完手术没多久，他怕刘乾生揪着他不放。

很快，林淦和郭良勇将酒拿了上来。林淦手上拿着三瓶，郭良勇手上则拿着五瓶。冯雄俊不禁捏了一把汗：如果刘乾生不买唐雨晨的账，他今晚可能要躺着出豪味酒家了。

冯雄俊让服务员给每个人都倒满了酒，先主动举杯，让大伙儿一起喝了一杯开席酒。之后，他敬了刘乾生一杯。接着，大伙儿互敬。很快，一瓶酒就见底了。

这时，刘乾生站起来说：“冯总，这小杯喝酒不过瘾，咱们换大杯干。”说完，还没等冯雄俊回答，他就让服务员给他和冯雄俊换了两个大杯。

冯雄俊只干了一杯，脸上就渗出了密密的汗珠。唐雨晨知道，该自己表现了。

她对刘乾生说：“妹子仰慕刘大哥的大名，今晚想和刘大哥大醉一场，不知道刘大哥给不给这个面子？”

唐雨晨刚才向刘乾生敬酒时，喊他为“刘大哥”，刘乾生听得很受用，笑得两眼眯成了一条线，喊唐雨晨为“妹子”。可这时，他十分认真地说：“那不行，今晚只能一对一，我只和冯总干！”

唐雨晨娇声说：“刚才刘大哥还口口声声答应关照妹子，这会儿却一点儿面子都不给！”

刘乾生板起脸说：“妹子，不是大哥不给你面子。今晚的主角是冯总，如果你说的话分量和冯总一样重，我就答应你。在雄俊公司，你说话算数不？”

刘乾生的问题一下子将唐雨晨噎住了，唐雨晨一时不知道该怎么回答。

“小唐既是我的秘书，也是我的‘军师’，她的话就是我的话。”冯雄俊知道这个问题很刁钻，赶紧插话说，“小唐是女中豪杰，酒量很不错，巾帼不让须眉呢。”

“好，有冯总的这句话，那就别怪我不怜香惜玉了！”

说完，刘乾生倒满酒和唐雨晨干了起来。

两人一口气干完了两瓶酒，唐雨晨仍面不改色。刘乾生见状不禁豪气冲天，酒兴大发，又开了一瓶酒和唐雨晨干了起来。冯雄俊在一旁为他俩加油、鼓劲，其他人也在一旁呐喊……

从豪味酒家出来时，唐雨晨感到头痛欲裂，眼前的景物均出现了重影。

冯雄俊将她扶上车后，她就沉睡了过去。

迷迷糊糊间，她回到了家，知道有人替她打开家门，将她扶上床。她跌倒到柔软的床上，泪水像断了线的珍珠似的流个不停，这是她当陪酒女时就已经形成的习惯。每次喝完酒回家扑到床上后，她都控制不住地泪流满面，内心很痛很凄苦。

这次，她感到有人用热毛巾轻轻地拭去她的泪水，还给她盖上被子，轻轻地拍了拍她的后背。

这一夜，唐雨晨做了个梦，梦中遇到一个人，恍恍惚惚地，很像是冯雄俊。

·7·

第二天，唐雨晨睡到十点多才起床。回想起昨晚的经历以及梦中的景象，心头涌起一丝惆怅。

起床，洗漱完毕，她到楼下买早餐。刚走到小区门口，保安就叫住她，递给她一个小包裹，说：“今天一大早，有位冯先生托我把这个交给你。”

唐雨晨猜想，必定是冯雄俊。她打开包裹一看，里面是一盒调理肠胃的保健品及一个鳖鱼胶，顿时心里暖融融的。她当陪酒女的时候，可没人这么关心过她。

唐雨晨到小区门口斜对面的早餐店买了几个包子。刚走出小店，一辆铿亮的宝马小轿车悄然停在她身旁，车窗摇下，卢沧舟探出头来，说：“走，上车，我请你吃早餐。”

唐雨晨不理睬他，径直走过马路。卢沧舟赶紧将车停在唐雨晨所租住的小区门口，然后下了车，走到唐雨晨身旁，说：“前段时间，我去欧洲旅游了，回来后到塞思酒吧却找不到你。我好不容易才打听到你的住址。雨晨，你是不是换工作了？在什么单位上班？”

“我换不换工作跟你有什么关系？为什么要告诉你？”唐雨晨没好气地说。

“你不要这样嘛，我这不是关心你嘛。”

“你找错人了，我不需要你关心，一副假惺惺的样子！”唐雨晨边说边付了钱，拿着包子往小区里面走。

“雨晨，你要怎样才相信我？”卢沧舟急了，拦在唐雨晨的面前。

“你给我滚得越远越好，像你这种整天无所事事、游手好闲的人，没有人会相信你的。”

“你，你……”卢沧舟气得涨红了脸。

唐雨晨乘其不备，将他推了个趔趄，然后跑进了小区。卢沧舟稳了稳身子后，追了上来。唐雨晨先一步跑进了小区，大喊道：“保安，快将他拦住，他不住在这个小区。”

保安见状，将卢沧舟拦在了门口。卢沧舟大吼道：“我进去找人，放我进去！”

保安拦在他面前，问道：“你找谁？告诉我名字，我问下户主，户主同意我再放你进来。”

卢沧舟支支吾吾答不上来。唐雨晨心头仍有怒气，举起手中的一个包子，朝卢沧舟扔过去。

噗的一声，包子正好砸到了卢沧舟的脸上。热腾腾的馅儿露了出来，沾在了卢沧舟的脸蛋儿上、鼻子上，烫得他哇哇直叫。那狼狈样儿，使唐雨晨忍不住哈哈大笑起来。保安见了，也忍不住捧腹大笑。

卢沧舟一把抹掉脸上的包子馅儿，大喊道："唐雨晨，我绝对不会放过你，你等着瞧吧！"

说完，他钻进车子，绝尘而去。

唐雨晨回到家后，打开电脑，边吃早餐，边上网查有关鳘鱼胶的资料。这一查，可把她吓了一大跳。这玩意儿要一千多元一斤，是补胃的佳品。

她赶紧给冯雄俊打了个电话道谢。冯雄俊说："我说过，你来我公司我绝不会亏待你，我说到就要做到。你昨晚表现得不错，以后重要的应酬就交给你了。"

"我能行吗？我怕坏了您的好事呢。"

"行，慢慢磨炼就行了。"

"冯总，您这是要把我打磨成女强人啊？"

"咱们公司需要一个女强人。"

"我可不想当女强人，女强人没人要，将来嫁不出去。"

"怎么会呢？若真是那样，你在咱们公司里挑，看中哪个，我给你做媒。"

唐雨晨想告诉冯雄俊，昨晚做梦梦到他了，可话到嘴边又给吞了回去。不巧，这时候，门铃响了起来。她挂了电话后，匆匆走到门口，透过猫眼，往外看了看。这一看可把她吓了一大跳，按门铃的不是别人，是卢沧舟。

"卢沧舟，你到底想干吗？"唐雨晨大声问道。

"不想干吗，只想今天中午请你吃饭。"

"你走不走？不走我报警了！"

"你尽管报啊，反正我又没做坏事！"

"无聊！我不开门，就待在家里，看你能奈我何！"唐雨晨气呼呼地走回自己的房间。

"唐雨晨，你最好答应，否则我不会离开的。"卢沧舟大声吼道。

唐雨晨不理睬他，坐在电脑桌前，自顾自地上网。卢沧舟则站在门外，不停地按门铃。唐雨晨被吵得耳朵受不了，最终妥协了，说："我答应你，但你得到楼下等我。"

"行，你可千万别耍什么诡计啊。"说完，卢沧舟果真下楼去了。

唐雨晨换了衣服后，透过猫眼，往外看了看，确认他真的不在后，才打开门出来。

唐雨晨走到小区门口时，保安朝她笑了笑。唐雨晨白了他一眼，心想，这家伙肯定是收了卢沧舟的好处才放他进来的。

卢沧舟已经将车倒好。唐雨晨上车后，他问："去哪里吃饭？"唐雨晨说："是你请我吃饭，你想上哪儿就上哪儿！"

卢沧舟想了想，驱车来到了幽竹饭店。这家饭店位于郊区，四周有竹林环抱，庭院内有一条小溪，溪水潺潺，环境非常幽雅。

落座后，卢沧舟让唐雨晨点菜，唐雨晨点了一份辣子鸡，卢沧舟则点了一份清蒸鲤鱼、一份炒菜和一个汤。

等服务员收走菜单后，唐雨晨看了一眼卢沧舟，突然想起他今天早上被自己用包子砸的狼狈样儿，差点儿又笑出声来。她抿着嘴，忍住笑，向卢沧舟道歉说："对不起啊，今天早上我没想到会把包子砸到你脸上。"

"你可真会瞄准！"卢沧舟边说，边低头从背包里拿出一瓶香水，递给唐雨晨，"前段时间，我去欧洲旅游了一趟，特意买了这瓶法国香水送给你。"

唐雨晨没有接，说："我只答应来吃饭，没有答应要收你东西啊。香水是送给情人的，你去送给别人吧。"

"雨晨，你又不是不知道我对你的心，请你收下好吗？"

"那不行！"唐雨晨的态度很坚决。

卢沧舟急了，说："香水是我特意买来送给你的，如果你不要，那我只好把它丢掉了。"说着，他就要往小溪里扔。

唐雨晨拦住了他，说："我答应收下，但有个条件。"

"什么条件？"卢沧舟转忧为喜。

"我以普通朋友的身份收下，也就是说你将香水送给了一个普通朋友。"

"行，只要你收下，我就高兴。"

卢沧舟把香水递了过来，双目含情地注视着唐雨晨。唐雨晨接过香水，连正眼都不瞧他。

这时，服务员陆续把菜送上来了。

唐雨晨和卢沧舟边吃边聊。

唐雨晨问："你是怎么知道我的住址的？"

"告诉我你住址的人，让我不要告诉你。"卢沧舟说。

“是不是连我的手机号码都知道了？”

卢沧舟点点头。

唐雨晨猜想，肯定是塞思酒吧的同事告诉他的，因为卢沧舟并不认识她的任何朋友。

“你今后可不要随意到我家找我，也不要动不动就给我打电话，那样很无聊，知道吗？”唐雨晨说。话一出口，她就看到卢沧舟脸上的表情很难看，意识到自己言重了，于是转移话题说：“对了，你刚才是怎样进入小区的？是不是给了保安好处？”

“没有，你总是很独断，不要冤枉人家啊。是这样的，我认识小区物业公司的老总，给他打了个电话就什么都解决了。”

“你可真是神通广大啊！”

“雨晨，你现在不在塞思酒吧，到哪里工作了？”卢沧舟给唐雨晨舀了一碗汤，问道。

“你能不能不刨根问底？这是我自己的隐私，你不要追问了，好吗？”

“工作也成了隐私？我只是想了解你到底在做什么，看能不能帮上忙。”

“我自己的事情，我自己解决。你不要老以为自己很了不起，一副盛气凌人的样子！”

“雨晨，我对你是一片真心，你为什么老是将我拒之千里呢。我是真心爱你的，出于关心你，才问你这个问题的啊！”

“拜托！吃饭的时候，不要谈感情，行不？让人饭都吃不香。”

卢沧舟见唐雨晨不高兴了，只好不再多说，只是默默地吃饭。

·8·

冯雄俊让唐雨晨代表雄俊公司，继续对刘乾生进行感情投资。唐雨晨后来又多次约刘乾生出来喝酒，终于促成了两家公司的合作。刘乾生答应优先以较低的价格，给雄俊公司供应进口红木。

冯雄俊得知消息，当着林淦的面，将唐雨晨表扬了一番，说："以后公司有重要的应酬，就由你代表公司出面。需要车时，可以随时跟小张联系。"

小张名叫张贵，是雄俊公司的司机。

唐雨晨说："我怕我不行，公司的许多业务我还不熟悉呢。"

"你能行！遇到不懂的，你向林总请教就是了。"

唐雨晨看了看林淦，林淦只朝她点了点头，并不说话。

这时，唐雨晨的手机铃声响了起来，她瞟了一眼，是郝琳打来的。她接了电话，郝琳问她有没有空儿出来逛街。

唐雨晨转头看了冯雄俊一眼。

冯雄俊说："有事你先忙去吧。"

唐雨晨便答应和郝琳去逛街。

唐雨晨走后，林淦说："冯总，唐雨晨才来咱们公司没多久，她是什么样的人，咱们都还不大了解。您把重任交给她，我担心将来对公司不利。"

"这个你就不用担心了。"冯雄俊说，"说到应酬，恕我直言，你的控场能力以及酒量都比不上唐雨晨。我的胃又不行，不找个人来支撑是不行的。在要唐雨晨来公司工作前，我已经观察她多日，你大可放心。"

"可是她才刚到公司不久啊。"林淦心里仍不服气。

"老林啊，这件事，你就别再操心了。我是有意培养小唐，以后雄俊公司主要靠你和她两个人打理。"

"靠我和她打理？"林淦惊讶得睁大了眼睛。

"是这样的，我准备进军房地产市场。在正式进入前，我得先抽身出来了解具体的操作手法，打通各个关口。你明白我的意思不？"

"可是搞房地产需要很多资金，咱们公司的流动资金可不够啊！"

"这个你就不用操心了。当年，我身无分文，不也照样把公司开起来了吗？凡事都有困难，我们不能因为有困难就退却。"冯雄俊点了根烟，猛吸了几口。

林淦仍对唐雨晨不服气。从冯雄俊办公室出来后，他把冯雄俊的妻子黄虹丽偷偷地叫出来，把这件事告诉她，说："她只不过是个陪酒女，会喝点儿酒罢了，根本不值得重用。你说，冯总是不是被她给迷惑住了？"

"老林，这个你放心吧。"黄虹丽说，"我了解雄俊，感情和事业，他会分清楚的。如果他喜欢唐雨晨，他不会傻到明目张胆地要她到公司工作的。他确实不能再喝酒了，找个人来陪酒是应该的。”

“但是……”

林淦还想说些什么，黄虹丽打断了他，说：“这件事我已心里有数，你就别再提了。说说我要你办的事吧，最近有没有看到雄俊和那个女人往来？”

黄虹丽所说的那个女人名叫李露。李露原先在一家美容院工作，冯雄俊去那里做美容时认识了她后，将她包养了起来。在冯雄俊的资助下，李露开了一家服装店，经营得还不错。

黄虹丽发觉冯雄俊回家的时间不太正常后，暗中跟踪他，将他逮了个正着，闹着要跟他离婚。黄虹丽给冯雄俊生了一个儿子，已上小学。冯雄俊不想妻子分走他的家产，更怕伤害儿子，再说，他包养李露只不过是为了寻乐，并没有要娶她的打算，因此，他坚决不答应离婚，苦苦哀求黄虹丽原谅他，并保证和李露断绝来往。黄虹丽是个软心肠的人，最终原谅了他。但她担心冯雄俊仍暗中和李露来往，便私下叮嘱林淦监视他。

“最近冯总和唐雨晨出去应酬较多，至于是不是真的有应酬，或者应酬后他去了哪里，我就不大清楚了。”

“行了，没事了，你先回公司吧。我再找个机会见见那个唐雨晨。”黄虹丽说。

林淦只好悻悻地返回公司。

才回到半路，冯雄俊给他打来电话，要他速回公司。林淦听冯雄俊的口气有点儿急，心里不由一紧，意识到可能出了什么大事，于是加大了油门。

十几分钟后，林淦回到公司，径直走进了冯雄俊的办公室。

“老林，你来看下，公司最近有没有跟这家公司有过生意往来？”冯雄俊边说边递过来一份对账单。

林淦仔细一看，这是一家上海的公司。上面显示，不久前，雄俊公司曾与其有过一笔交易，向该公司支付了五十万元。

“冯总，咱们公司可从来没跟这家公司有过生意往来啊，这到底是怎么回事？”林淦说。

“你确认没有过交易吗？”

“确实没有过！”林淦仔细想了想说。

冯雄俊啪的一声，拍了一下桌子，生气地说：“赵青平胆子也太大了！”

“是他？”林淦感到很惊讶。

冯雄俊喝了口水，消了消气，说：“除了他，还有谁？”

赵青平是雄俊公司的财务总监，平时总爱做假账，私吞公司的小钱。冯雄俊早已对他反感，猜想他必定是伪造单据，与上海那家公司发生交易，将钱款转到那家公司，然后再伺机偷偷提取。雄俊公司每月的交易很多，进出款项也多，冯雄俊有时根本没时间查账。

“要不要现在报警将他抓起来？”林淦问。

“不要冲动！”

冯雄俊皱起了眉头。赵青平是税务局的张科长介绍进来的，得罪了他也就得罪了张科长，今后与税务局不好打交道。何况，赵青平又掌握着一些雄俊公司税务上的问题。这些问题，用好听的话说，是合理避税；用不好听的话说，是偷税、漏税。要是赵青平捅出去，也够冯雄俊手忙脚乱的。

冯雄俊和税务局的副局长吴争锋交情不错，其实根本不用怕张科长。问题是，他不知道张科长是否有后台，后台有多硬，贸然触犯了他，说不定会捅一个马蜂窝呢。

“你通知财务部，明天早上开会！”冯雄俊说。

林淦出去后，冯雄俊越想就越气。赵青平来他公司工作后，他给他开的工资仅次于林淦，但他仍不满足，平时做账时总爱搞一些手脚，私吞一些小钱。冯雄俊查账时都知道，但不想计较。没想到，他的胃口那么大，现在竟然想搞大动作。

当晚，冯雄俊约了吴争锋出来喝茶。闲聊中，冯雄俊假装无意地提起了张科长，吴争锋对其很不屑，说他是凭年龄混上来的，工作能力不怎么样。冯雄俊心里有底了。

第二天早上，冯雄俊刚到办公室，赵青平就走进来，说：“冯总，刚才张科长来了电话，说税务局正在开展税务稽查活动，这几天可能要过来查账。”

冯雄俊明白，赵青平这是先发制人，以张科长来要挟自己。他反问道：“真的吗？我昨晚跟吴局长喝茶时，他怎么没提起呢？”

赵青平见冯雄俊把吴局长抬了出来，一下子哑了口。冯雄俊知道他心虚了，说：“咱们先开会吧。”

财务部共有五人，除了冯雄俊，还有三个会计、一个出纳。人员到齐后，冯雄俊把五十万元的事说了一遍，然后阴沉着脸问道：“这到底是怎么回事？你们身为财务人员，怎么会让公司的资金无缘无故地被划走？我可没有时间天天查账！如果每月发生几起这样的事，那我不白忙活了？这事儿我要是报了案，你们逃脱得了责任吗？”

冯雄俊没有直指赵青平是不想把问题扩大化，先看看赵青平的态度。赵青平额头渗出了细细的汗珠，好一会儿才说：“这段时间，大家都很忙，可能是一时疏忽才导致这样的事情发生。那笔钱刚被划过去没多久，应该可以追回来。”

“希望如此！”冯雄俊又训斥了一会儿后，宣布散会。

之后，他将司机张贵叫进了办公室，叮嘱他暗中跟踪赵青平，一旦他有逃走的迹象就立即报警。

所幸，赵青平没有逃走，几天后就将那笔钱退了回来。他自觉没脸在雄俊公司待下去，提出了辞职。冯雄俊没有挽留他，在结算工资时，还多给了他两个月的工资以及五千元的奖金。赵青平既感激又悔恨，连声向冯雄俊道谢。

·9·

唐雨晨又有应酬了！地点在金富大饭店。

这是公司业务员小谢谈的一笔业务，对方是一家正在建设中的五星级宾馆，需要一批高档梦思床、床头柜、办公桌等家具。由于单子较大，小谢谈不下来，需要冯雄俊出面。冯雄俊便把唐雨晨叫上。

“等下酒场还是要靠你来应付了。”冯雄俊把唐雨晨接上车后说。

“我尽力而为就是了。”

每次去应酬前，唐雨晨总是有种莫名的兴奋感。喝酒她不怕，怕的是醉酒后无人关心、呵护的凄楚。不过，现在不同了，每次醉酒后，冯雄俊都送她回家，将她扶上床，待她睡着后才离开。而且，冯雄俊还经常给她送来养胃的保健品、补品。

起初，她对冯雄俊送她回家，感到有点儿担心，怕他趁她醉酒的时候，对她图谋不轨。可冯雄俊从来没有对她有非分之举，每次都像父亲呵护孩子似的，轻轻地拍她的背，给她盖被子。唐雨晨因此对冯雄俊充满了感激，渐渐地，又由感激转化为一种莫名的情感，在她的心里滋长。有时候，她反倒期待天天都有应酬，天天都喝酒。这种变化，使唐雨晨自己都感到很惊讶。

不知不觉，车已经到了金富大饭店。早已等候在门口的小谢迎上来，拉开车门，把他们带进皇冠包厢。

不一会儿，那家宾馆的老总钟胜福也带着两名员工来到。钟胜福是一个年近六旬的老头儿，深陷的眼睛，满脸堆笑，言行举止让唐雨晨觉得他有点儿狡猾。

双方互相介绍，交换名片，客气了一番后，“酒战”开始了。

钟胜福让服务员换了大杯子，斟满了酒，说：“久仰冯总的大名，来，今晚咱们哥俩得好好喝一喝。”

唐雨晨不想让冯雄俊多沾酒，赶紧娇声说：“钟总是功成名就的人，谈吐不凡，一见面小妹心里就一直对钟总仰慕不已，希望能敬钟总一杯。没料到，钟总竟然把人家给忽略了，真是太伤人家的心了！”

钟胜福看了一眼唐雨晨，笑眯眯地说：“我不是不想跟你喝，而是怕跟你喝。你比烈酒还厉害，我一见到你就醉了。”

唐雨晨说：“就冲钟总忽略小妹这一点，您今晚得跟小妹好好干一干！”

说着，唐雨晨伸手就要抓冯雄俊面前的酒杯。不料，钟胜福将她的手紧紧抓住了，板起了脸说：“不行，今晚的主角是我和冯总，这酒只能是冯总喝。”

钟胜福的态度使唐雨晨很难堪，气氛有点儿紧张又有点儿尴尬。唐雨晨暗暗骂了一声“老狐狸”，也收起了笑容，十分认真地说：“钟总，实话跟您说吧，我们冯总的胃刚动手术不久，喝不了酒，今晚就让我代他喝吧。”

“不过就是几杯酒嘛，冯总这么豪爽的人，不会这么弱不禁风吧？我怀疑，你们到底有没有合作的诚意。”钟胜福直勾勾地盯着冯雄俊，不依不饶。

冯雄俊被钟胜福逼得很没面子，打算跟他干一场。

可还没等他发话，唐雨晨就说："钟总是宽宏大量之人，不会这么斤斤计较的。这样吧，今晚的酒，就让我代替冯总喝。咱们一对二，钟总您喝一杯，我喝两杯，这样表示我们的诚意！"

唐雨晨把话都说到这个份儿上，钟胜福感到很惊讶。他看了看唐雨晨，说："唐小姐，您这是美人救英雄呢。既然如此，那咱们俩就好好干一干。"

唐雨晨让服务员又拿来一个大杯，斟满了酒。

"钟总，我先干为敬！"唐雨晨说完，将两杯酒一饮而尽。

钟胜福叫了一声"好"后，也将自己手中的酒一饮而尽。

吆喝声中，几瓶高度数名酒已经见底。唐雨晨已经面如桃花，心跳加速，头也有点儿沉。她看了看钟胜福，那老家伙仍面不改色。

冯雄俊感到今晚的场面不好对付，可又想不出好的办法。

"继续这样下去，不但自己被灌倒，而且，这个老狐狸肯定也不会放过冯总。这个老狐狸的酒量那么厉害吗？"唐雨晨既心急又满脑子疑惑。

服务员又将两人的酒倒满了。这次，唐雨晨不主动举杯，说："钟总真是好酒量，小妹今晚总算大开眼界了。"

"没想到像你这么漂亮的女孩儿，酒量竟然这么厉害，今晚，我也算大开眼界了！来，咱们继续！"

钟胜福这次主动举起了酒杯。唐雨晨向前倾了倾身子，对着他的酒杯使劲嗅了一下，再举起了自己的酒杯，一饮而尽。

放下酒杯后，唐雨晨不禁怒火中烧，钟胜福使诈，他喝的根本不是酒，而是白开水。原来，唐雨晨见钟胜福喝得这么轻松，早就起了疑心。刚才，她有意等他主动举杯，然后倾斜身子，闻了一下，果然没闻到酒的香味。因此，她断定对方使诈。

唐雨晨不想当场揭穿钟胜福，怕扫了他的面子，生意也就告吹了。可继续这样喝下去，也不是个办法。

唐雨晨只好起身，说："钟总真是好酒量，小妹这会儿肚子快受不住了，出去下再回来陪您喝。"

冯雄俊赶紧劝说钟胜福吃点儿菜。唐雨晨便趁机出去了。

来到卫生间，唐雨晨抠了抠喉咙吐了几口酒后，给冯雄俊发了条短信说："冯总，那个老家伙'打白条'，怎么办？"所谓打白条，就是喝白开水的意思。

冯雄俊并没有回信息，唐雨晨猜测，他可能在钟胜福面前不方便发信息，便匆匆洗了脸后，返回包厢。

钟胜福见唐雨晨回来了，又笑眯眯地说："唐小姐，咱们继续！"

唐雨晨正犹豫该不该接这两杯酒，突然，冯雄俊端起钟胜福的酒杯，一饮而尽，然后，阴着脸说："钟总太不给面子了，小唐这么个柔弱女子以一对二，向您敬酒，您竟然打白条。"

钟胜福见诡计被戳穿，也阴着脸说："冯总，你说话可要注意先后，要说面子，是你先没给我。你让别人来顶替你喝酒，给我面子了吗？既然你们没有诚意，我又何必自讨苦吃？"

"钟总，我们做事可是光明磊落，我胃不好才不能喝酒，这一点小唐已经跟您明说，并且以一对二向您敬酒。"

"冯总是说我们的行为不光明磊落？既然这样，这酒喝得没意思，我们还是撤了吧！"说完，钟胜福起身带着员工就要离去。

唐雨晨起身想拦他，冯雄俊打手势让她不要拦。

这笔生意就这么吹了！

回来的路上，唐雨晨备感愧疚，一个劲儿地向冯雄俊道歉，说没把生意谈成。

冯雄俊说："这不是你的错，你做得很好，我很感动。主要是对方太狡猾了。跟这样的人做生意，我不放心。这生意做不成，说不定是好事。"

"可是，这笔生意要是做成了，可以赚好几十万呢。"唐雨晨仍心有不甘。

"那又怎么样？钱是赚不完的，该我们赚的钱，我们才赚。"

"你应该让我继续喝下去，如果我们不揭穿他，这生意或许还有戏。"

"不行，我不能让你受到伤害。"冯雄俊说。

唐雨晨心头一热，眼泪止不住流了出来。她赶紧埋下头，掏出手巾悄悄擦干。

车很快到了唐雨晨租住的小区。

"我扶你上去吧！"冯雄俊将车停稳后说。

"不用了，刚才我抠了酒，吐了几口，现在很清醒。"其实唐雨晨头还很沉，但她不想让冯雄俊扶她上去。她怕自己会控制不住，扑进他的怀里。

“你怎么脸色不太好？胃疼不？现在好点儿了吗？”

“我没事了，你走吧。”

冯雄俊的车子驶上马路后，唐雨晨用目光一直追随着它，直到它消失。

第二章　酒桌阴谋

几杯酒下肚后，唐雨晨的脸色红得像桃花，这使她看起来更加妩媚、性感。符安永看得心动不已，但他仍克制住自己，暗想今晚得慢慢来享受这千金一刻的春宵。

·1·

中秋节前六天的早上，林淦把唐雨晨约到月河茶庄喝茶。月河茶庄坐落在市中心，里面装修豪华，茶具和茶叶也很高档，是有钱人经常光顾的场所。

唐雨晨走进包厢，只见一位皮肤白嫩、风韵犹存、戴着金项链的中年妇女已端坐在那里，笑眯眯地看着她。这名妇女就是黄虹丽。林淦做了介绍，唐雨晨感到很意外。

黄虹丽说："是我让林总把你约出来的。雄俊早就跟我提起过你，说你替他喝了很多酒。我一直想找个机会当面感谢你。"

唐雨晨和她握手时，一时不知道该怎么喊她，最终喊她为"黄阿姨"。

黄虹丽笑了笑，似乎对这个称呼很满意。

林淦见任务已经完成，便起身说："你们慢慢聊吧，我还有点儿事。"

黄虹丽朝他会意地点点头，他便转身出去了。

黄虹丽随后问起唐雨晨的家庭情况。唐雨晨告诉她，自己父母是国企职工，家里还有一个哥哥和一个弟弟。哥哥做小生意，弟弟还在上学。

这时，服务员把已经泡好的茶端了上来。黄虹丽抿了一口，放下茶杯，从手提包里拿出一个信封，递给唐雨晨说："小唐，你为我丈夫挡了许多酒，我很感激。中秋节快到了，这是我个人的一点儿心意，希望你收下。"

唐雨晨没料到黄虹丽会有此举，赶紧摆摆手，将头摇得像拨浪鼓似的，说："阿姨，冯总给我的工资已经很高了，这个我不能收，不能收。"

"傻丫头，不要见外，快收下吧，不然我不高兴了。"黄虹丽坚持要唐雨晨收下。

唐雨晨拗不过，只好收下了。

黄虹丽接着叹息了一声说："雄俊生意做大了，应酬多，接触的人也多。都说男人有钱就变坏，我也怕他被别的女人勾走了魂啊。"

黄虹丽的话使唐雨晨心里一惊，以为黄虹丽怀疑她和冯雄俊有暧昧关系。

随后，黄虹丽递给她一张照片说："小唐，你平时跟冯总在一起的时间多些，麻烦你帮我留意下，冯总和这个女人有没有往来，要是有，麻烦你尽快通知我。"

唐雨晨这才明白，原来黄虹丽是想收买自己，让自己当"特务"，监视冯雄俊。她接过那张照片一看，只见照片上，冯雄俊拥着一个貌美女子，样子很亲密。那女子正是上次冯雄俊所翻看的手机照片中的那名女子。

"原来冯总暗中有情人！"唐雨晨心里竟酸溜溜的，有种流泪的冲动。

"只要你帮我这个忙，我不会亏待你的。"黄虹丽说。

唐雨晨感到很为难，不知道怎么回答。

黄虹丽并没有再追问，聊了点儿别的事，接着找了个借口离开了。

唐雨晨打开信封一看，里面有六张月饼票和三千元现金。

唐雨晨随后也离开月河茶庄。她刚走出来，就接到冯雄俊的电话，说要她办点儿事。唐雨晨只好打车赶回公司。

她刚走进冯雄俊的办公室，冯雄俊就把一沓月饼票递给她说："你把这些月饼票送给咱们公司的大客户，每人两张。正好车子没人用，你叫张贵送你。"

唐雨晨看了看那些月饼票，和黄虹丽给她的是同一酒店生产的。这家酒店做的月饼在海深市很有名，味道甜美，牌子很响。

送月饼票这种事，本来应该由办公室的人来安排，冯雄俊亲自安排，足可见他对公司大客户的重视。

"对了，"冯雄俊突然记起了什么似的，说，"你的两张月饼票也在里面。"

冯雄俊提到月饼票，使唐雨晨想起刚才和黄虹丽见面的事。她犹豫了一下，把黄虹丽刚才请她喝茶，并送给她六张月饼票和三千元钱的事告诉了冯雄俊。冯雄俊听了有点儿吃惊，说："她送就等于是我送，你就收下吧，没有什么不好意思的。"

"她有没有跟你说别的事情？"冯雄俊假装不经意地问。

唐雨晨觉得这个问题不好回答，如果把黄虹丽叫她监视冯雄俊的事说出来，就对不起黄虹丽。可不说，就是对冯雄俊不忠。唐雨晨想了想，反问道："你认为呢？"

冯雄俊看着唐雨晨，嘴角露出了一丝微笑。唐雨晨也微微地笑了笑。有些事，只要两人心里知道就行了。

唐雨晨送完月饼票刚回到家不久，门铃就响了起来。她隔着猫眼一看，竟然是卢沧舟。卢沧舟在门外大喊道："雨晨，你开下门，可以不？"

唐雨晨说："不行，我不是警告你不要动不动就上门找我吗，你到底有什么事？"

卢沧舟说："我打你手机老是关机，没办法才来找你。"

唐雨晨并没有关机，而是将卢沧舟的手机号码设置成了黑名单。无论怎么打，他听到的都是关机提示。

"你找我到底有什么事？"唐雨晨有点儿不耐烦了。

"是这样的，我想请你中秋节出来赏月。"

"不行，中秋节我要回家陪父母。"

"那，那我明天给你送月饼吧，你喜欢吃什么品牌的月饼？"

"不需要你费心，我已经有月饼了。"

"那不行，我一定要给你送月饼，还有鲜花，你不接受，我就不走！"卢沧舟故技重演。

唐雨晨觉得卢沧舟很烦，不由得来了气，说："这次你不走，我可真报警了。"

卢沧舟依然不走，说："你报就报，我不怕！"

唐雨晨真的报了警。卢沧舟听到警笛声响起来时，匆匆地下了楼。警察上来后，敲开门问唐雨晨："骚扰你的人呢？"

唐雨晨说："已经走了！"

那名警察瞪了她一眼，说："下次再乱报警，将你抓起来。"

唐雨晨吓得吐了吐舌头。

次日一大早，一名女子给唐雨晨送来了两盒月饼和一大束玫瑰花。唐雨晨知道是卢沧舟送的，不肯收。那名女子将月饼和鲜花放在她门口后，转身走开了。

唐雨晨只好拿了进来，只见鲜花上有一张贺卡，上面写着：祝你中秋节快乐，阖家幸福！我爱你，卢沧舟。

唐雨晨苦笑了一声，将贺卡撕烂，丢进垃圾桶里，脑海里涌现的却是冯雄俊的形象。

·2·

转眼已经到了冬天，唐雨晨凭借自己的应变能力、口才和酒量，经过磨炼，已经在商场应酬上应付自如。谈判只要有她出场的，大都成功。她已经成了冯雄俊的朋友圈中的名人，潇洒地穿梭于其间，游刃有余。而且，她已经学会开车，拿到了驾照。有时，她甚至开着冯雄俊的奔驰车，单枪匹马去应酬。

十二月的一天早上，冯雄俊和唐雨晨驾车出去吃早餐。回来的路上，冯雄俊打开车上的收音机听新闻。

行到半路时，一则新闻报道说，印尼发生大海啸，成千上万的房屋被淹没，许多人在海啸中丧生。

冯雄俊听了新闻后，加大油门，飞一般地赶到公司。

两人急匆匆地走进了办公室，冯雄俊把林淦、新来的财务总监王利杰叫了进来。

大伙儿坐定后，冯雄俊问王利杰："公司现在的流动资金有多少？"

"800 多万元。"王利杰说。

"好！"冯雄俊转向唐雨晨说，"小唐，你赶紧联系刘乾生，先将他手中的菠萝格定下来，他有多少咱们要多少。"

"冯总，这是为何？这么做会断了现金流的，公司每天的开销很大，断了现金流很危险。"林淦十分不解地说。

冯雄俊打手势制止林淦继续说下去，接着问他："你认识不认识银行的人？"

林淦摇摇头。

冯雄俊不禁低头沉思起来。

唐雨晨见状，说："我倒认识市 XXX 银行的行长。"

“太好了！”冯雄俊激动地拍了一下自己的大腿说，“小唐，散会后，你抓紧时间联系那个行长，将咱们公司值钱的东西全拿去抵押贷款，尽量多贷些。钱一到账，你马上付款，将刘乾生手中的菠萝格买下来。”

林淦被冯雄俊突如其来的行为搞得一头雾水，坐在那里发呆。

冯雄俊接着说：“老林，你负责到其他木材公司购买菠萝格，如果钱不够，我再找朋友借。”

“这到底是为什么呀？这么做将导致公司的资金链断裂，到时候一大堆人上门追债，你应付得了吗？公司会垮掉的！”林淦终于忍不住了，大声吼道。

“垮不了！老林啊，这事儿我心里有数，你就别担心了！时间紧迫，会就开到这里，小唐，你抓紧时间联系刘乾生和那个行长。如果刘乾生问你为什么买那么多红木，你就说公司接到了几笔大单。老林，你也去联系别的木材公司，尽量将菠萝格的价格压低。等我一筹到钱，就马上买下。还有，这件事你们谁都不许张扬出去，否则别怪我不客气！”

冯雄俊安排完，就匆匆出去了。

唐雨晨不明白冯雄俊到底想做什么，但没有问他。她想，冯雄俊如果想让她知道，肯定会告诉她的，他不说自然有他的理由。

林淦同样也不明白冯雄俊葫芦里卖的什么药，担心他这么做会毁了雄俊公司，赶紧去找黄虹丽，把这件事告诉了她，要她劝劝冯雄俊，不要做傻事。可黄虹丽却说：“老林，生意上的事，我对雄俊很放心！他这么做一定有他的道理，你就别担心，尽管按他吩咐的去做吧。”

林淦只好满腹狐疑地离开了。

唐雨晨早就和刘乾生混得很铁了。她打了个电话给刘乾生，约他吃饭。二十几分钟后，刘乾生开着他的那辆皇冠赶了过来。

“妹子，今天想我了？”几杯酒下肚后，刘乾生开玩笑说。

“是啊！妹子有心事都想找刘大哥倾诉。”唐雨晨说。

两人开着玩笑，随便聊了一些话题后，刘乾生问道：“说吧，找大哥是不是有事？”

“大哥真了解妹子的心。”唐雨晨说，“大哥手上有多少菠萝格？”

刘乾生抿了一口酒，说：“妹子只需说要多少，大哥给你拉过去就是了，干吗问我有多少？难道雄俊公司想狮子大开口，将我吞下不成？”

“那也有可能！”

“真的？”刘乾生惊得差点儿将口中的酒喷出来，“为什么呀？”

唐雨晨笑了笑，说：“有这么大的生意做，大哥应该高兴才对！”

“这到底是怎么回事？”刘乾生意识到唐雨晨并不是开玩笑。

“是这样的，我们公司最近接到了几笔大单，需要很多菠萝格，所以……”

“我手上有 4000 多立方米菠萝格，冯雄俊他能吃得完吗？”刘乾生投来疑惑与不信任的目光。当时的菠萝格价格约为每立方米 4800 元，这样算来，冯雄俊要想买下刘乾生全部的菠萝格，需要 2000 万元。

“那大哥就把价格降低些，少赚点儿嘛！”唐雨晨微笑着说。

有这么大一笔生意，刘乾生不能不心动。

“你什么时候要？”

“现在！”

“现在？”刘乾生惊讶得睁大了眼睛。

“对，现在。因为我们公司的约定交货时间很紧，所以现在就要。”

“你们现在付款吗？冯雄俊有那么多现金吗？”

“先付 500 万元的定金，一个月内把余款结完。”

“这件事事关重大，我考虑下，明天再给你答复，如何？”刘乾生觉得这件事来得有点儿突然，不得不小心。

“没问题，我希望大哥明天一定要给我答复！”唐雨晨说。

告别了刘乾生，唐雨晨把见面的情况告诉冯雄俊，冯雄俊说：“这事儿你也不要催他太急，否则他起了疑心，生意很可能就告吹了。另外，你抓紧时间联系那个符行长，早点儿把贷款的事办下来。”

唐雨晨说：“好的，我明天就联系他。”

次日早上，唐雨晨给郝琳打了个电话，把想找符安永贷款的事告诉她。郝琳说：“我对贷款的事不了解，你就直接找他谈吧。”

郝琳随后把符安永的电话告诉了唐雨晨。唐雨晨给符安永打了个电话，符安永说，这事儿电话中说不清楚，见面谈。

唐雨晨约他在清水湾咖啡馆见面。清水湾咖啡馆，环境清幽，适合谈事，唐雨晨在三楼要了个包厢。十几分钟后，符安永夹着一个公文包走了进来。

唐雨晨和他握手时，看到他目光一直不离自己的胸部，心里一阵反感。

唐雨晨把贷款的事给他详细介绍了一遍，最后恳求说："我们公司急需用钱，希望你能尽快给我们办理此事。"

符安永说："只要雄俊公司的抵押物产权证件齐全，评估报告真实，就可以顺利办理贷款。"

唐雨晨说这些都没问题。

"最快多久可以贷到款呢？"唐雨晨接着问道。

"那要看你了！"符安永说。

"看我？"唐雨晨感到很费解。

"是啊！"符安永突然按捺不住地抓住唐雨晨的手说，"雨晨，你知道吗？我爱的人是你，只要你愿意接受我，我马上就给你办理贷款。"

"放手啊，你想干吗？"唐雨晨厉声喝道，"你不怕我告诉郝琳吗？"

"别提她，她是个愚蠢的女人。只要你答应我，我可以马上跟她离婚娶你。"符安永说着，起身朝唐雨晨扑了过来，将她搂进怀里，嘴巴在她的脸蛋儿上乱啃起来。

唐雨晨拼命将符安永推开，吼道："滚开！你再乱来我就喊人了！"

"雨晨，你就答应我吧，我真的很爱你！我愿意为你做任何事！"符安永说着，又要冲过来。唐雨晨跑到门口，拉开门，冲了出去。下楼后，她拦了辆的士，往公司飞奔而去。

半路上，郝琳打来电话问她："贷款的事情谈得怎么样了？"

唐雨晨想了想，没有把刚才发生的事情告诉她，只是说："还在谈。"

唐雨晨刚回到公司，冯雄俊就把她叫进办公室，高兴地问道："怎么样？贷款的事解决了吗？什么时候可以拿到钱？"

唐雨晨低头不语，不敢正视冯雄俊。冯雄俊意识到唐雨晨遇到了困难，便收起了笑容，说："是不是遇到什么麻烦了？这事儿我有点儿操之过急了，遇到麻烦是难免的，你把情况跟我说下，咱们慢慢商量解决的办法。"

唐雨晨想起被符安永猥亵的事情，感到很委屈，真想大哭一场。但她咬了咬牙，忍住眼泪，把事情的经过简要告诉了冯雄俊。

冯雄俊听了，不由得皱起了眉头。

雄俊公司是优质公司，以前也有多家银行找过冯雄俊，想贷款给他。但雄俊公司资金周转很顺畅，根本不需要贷款。因此，他跟银行一直没什么来往。

现在，他如果找别的银行，也能贷到款，但一系列的手续办下来，要花费很多时间，而且，贷到的钱也不会很多。而目前，他急需一大笔钱。唐雨晨认识那家银行的行长，是再有利不过的条件，只要对方肯帮忙，贷款问题就能轻而易举地解决。可现在出了这样的事情，该怎么办呢？

冯雄俊点了一根烟，狠狠地吸了几口，问道："这件事还有没有商量的余地，比如，让你的同学说说情？"

"不行，我同学根本没能力主宰他。"

"那咱们给他点儿好处呢？"

唐雨晨说："估计也不行，自始至终他根本就没提好处的事，只是色迷迷地盯着我。"

"这畜生！"冯雄俊摁灭了烟，骂了一句。

这是唐雨晨第一次见冯雄俊发那么大的火儿。

"实在不行就算了，我不能让你为了此事被他欺负。银行贷款的事，我再问问生意场上的朋友，看他们能不能帮上忙。"

·3·

当晚，郝琳又给唐雨晨打来电话，说："我刚才问安永了，他说，只要你们公司按他所说的去做，贷款准没问题。"

"真是色胆包天！"唐雨晨心里暗暗骂了一句，觉得又好笑又好气，郝琳太单纯了，她丈夫背着她做了龌龊的事，她竟丝毫没有察觉。这符安永要郝琳告诉她的话，她心里明白是什么意思。

放下电话后，唐雨晨一想到冯雄俊愁容不展的样子，就心疼不已。自从到雄俊公司工作后，冯雄俊没有食言，不仅让她不用按时来上班，给她月薪一万元的高工资，还对她关怀备至、体贴入微。她内心非常感激，同时又深深地爱上了他，即使她明知道他已经有了家室，而且还有情人。她曾努力克制自己的感情，可她做不到！只要一见到他，她的心就醉了。

她喜欢看他眉头紧蹙的样子，喜欢他思考问题时的专注，喜欢他在她醉酒时轻轻地扶她上床，轻轻地拍她的后背，像照顾婴儿似的照顾她，喜欢在梦中和他相遇的浪漫与虚幻。

有时，她甚至以深情的目光忘我地注视着他。她想，他肯定看懂了她的目光，可他却没有一丝回应。每每想到这一点，她就很生气、委屈、自怜！

如今，心爱的人遇到了困难，她多想帮他解决困难，让他脸上露出灿烂的笑容啊！可怎样才能帮他呢？该怎样对付符安永那色狼呢？

时间已经是深夜一点多钟！唐雨晨躺在床上翻来覆去，怎么也睡不着。

两点多钟时，唐雨晨上了一趟洗手间，回到床上后，突然灵光一闪，想到了一个好主意。她越想越觉得这个主意好，于是激动得又翻来覆去睡不着，直到天快亮时，才昏昏睡去。

第二天，唐雨晨睡到九点多才醒来。看了看时间，她想起昨晚想到的那个主意，又想到冯雄俊所办的事很急，便赶紧洗漱完毕，下楼打车赶到公司。

她轻轻迈进冯雄俊的办公室，看到冯雄俊边抽烟，边冥思苦想。烟灰缸里塞满了烟头。

冯雄俊没有察觉到唐雨晨进来。唐雨晨敲了一下门，他才抬起头。见是唐雨晨，他说："小唐，你来了，坐！"

唐雨晨坐下后问道："冯总，贷款的事有眉目了吗？"

冯雄俊吐了个烟圈儿，摇摇头，说："我这不正为这事儿发愁呢？"

唐雨晨说："我想到了个办法，您看行不？"

"哦，你快说！"冯雄俊眼睛里放射出了光芒。

唐雨晨把自己的想法告诉了冯雄俊，冯雄俊眉头先是一下子舒展开，然后又皱了起来，说："这样能行吗？万一失手了，你可要吃亏啊！"

"冯总放心吧，应该没问题的！"

两人正说着话，有人敲了敲门。冯雄俊大声说："进来吧！"

门被应声打开了，林淦走了进来。

冯雄俊让他坐下，问他："老林，你跟别的木材公司谈得怎么样？"

林淦说："除了刘乾生，咱们市还有13家木材公司经营菠萝格，但数量不多，加起来约有2000立方米。我跟他们磨了好久，他们同意把价格降低到4800元一立方米。"

"很好！红兴公司和爱家公司，这几天有没有大规模购买菠萝格？"

红兴公司和爱家公司规模均与雄俊公司相当，三家公司是竞争对手，瓜分了本市家具的大部分市场。

"据多家木材公司的负责人反映，他们都没有。"林淦说。

冯雄俊接着转头问唐雨晨："小唐，刘乾生给你回话了吗？"

唐雨晨说："他还没给我回话，要不我给他打个电话问问？"

"不用。"冯雄俊阻止了她说，"这事儿要等他主动来电话，咱们不能操之过急，以免引起他的狐疑。"

正说着呢，刘乾生的电话就打了进来。唐雨晨当着冯雄俊和林淦的面，接了电话，甜声问道："是大哥呀，您可考虑好了没有？"

刘乾生说："咱们是生意人，有生意能不做吗？"

唐雨晨说："大哥是聪明人，当然不会有钱不赚了。那价格呢？"

刘乾生故意叹了口气，说："妹子，木材生意经营成本很高，这个你是知道的。一般人一旦与买卖挂上钩，就会除了钱谁都不认。但你我不同，价格嘛，我给你4800元一立方米吧。"

唐雨晨哼了一声，假装不满地说："大哥，咱们这么多酒可白喝了呢！4800元一立方米我随便找别人都可以拿得到，何况妹子又跟您买这么多木材。"

唐雨晨说了这句话后，才意识到伤害了林淦。可话已经说出去，她已经无法收回，于是不敢看林淦。林淦听了这句话，果然脸色刷地一下红到了耳根。他起身想出去，冯雄俊却打手势让他留了下来。

刘乾生这时才呵呵笑了起来，说："妹子真是精明，这样吧，大哥就给你再降一点儿，4700元一立方米吧。价格真的不能再低了，否则，我要喝西北风去了。"

"大哥不会吃亏的，只不过少赚点儿罢了，那就这么定了。大哥这次赚了钱，可要请妹子好好喝一顿。”

“没问题，定金你们什么时候打过来？咱们得按程序办事，等定金到账再签合同。”

唐雨晨说：“这事儿我得问问头儿再告诉你吧。”

等唐雨晨挂了电话，冯雄俊对林淦说：“老林，刚才小唐的话，你不要介意。其实也不是说你没能力，毕竟你是同时跟多家公司谈，而且每笔单子也不大。”

林淦脸色这时才好看了些。

唐雨晨把刘乾生的话转述给冯雄俊，冯雄俊说：“你赶紧跟他签订购销合同，明天就付给他 500 万元的定金，至于余款，你告诉他一个月内结清。”

冯雄俊喝了一口茶，缓了口气后，对林淦说：“老林，你就跟其余的公司签订购销合同，公司账户里余下的 300 万元，你看着付给他们做定金。”

林淦说：“你把流动资金全付出去，公司怎么维持？”

冯雄俊点了一根烟，脸色非常凝重地说：“这个问题不大，咱们还有一些家具存货，暂时可以维持一段时间。最重要的是，”冯雄俊抽了一口烟，接着说，“咱们必须在这个月内筹到购买木材的余款，否则将功亏一篑。我粗略估计了一下，从生意场朋友那里可以借到 1000 多万元，其余的只能向银行贷了。”

说完，冯雄俊朝唐雨晨投来坚定的目光，说：“小唐，这一步咱们只许成功，不许失败！”

唐雨晨点点头。

·4·

唐雨晨稍微描了眼眉，涂了一点儿口红，再仔细看了看镜子，觉得眉毛描得有点儿粗，便擦掉重新再描了一次。反反复复花费了半个小时，她才化好了妆。

接着，她打开衣柜，挑来挑去，终于挑了一条紧身的粉红色连衣裙。换上裙子，她站在镜子前看了又看，见自己线条分明，身材很性感，这才满意地提起挎包出门去。

冯雄俊早已在楼下等候多时。唐雨晨上车后，他多看了几眼说：“今天打扮得可真漂亮！”

“你这是夸我呢，还是夸衣服？”

“当然是夸你了，衣服再怎么漂亮，人不漂亮也是枉然。”

“跟你这么长时间了，我可从来没听到过你夸我。”

“那我以后就经常夸你。”

“不用了，好像是我强求你夸我一样。”

“我可是由衷地赞美你的啊！”

“行了！”唐雨晨说，“咱们说正事吧，替身你找到了没？”

“找到了。该准备的我都准备好了。等下你和符安永开房后，给我条短信就行了。”

“雨晨，你一定要多加小心！”

冯雄俊以前一直喊唐雨晨为“小唐”，这次改口为“雨晨”，使唐雨晨心里有种异样的感觉。

“知道了！”唐雨晨犹豫了一下说，“以后你叫我‘雨晨’吧，我挺喜欢你这样叫我的。”

冯雄俊从后视镜里看了唐雨晨一眼，好一会儿才说：“可以！”

“不知道为什么，”唐雨晨说，“每次去喝酒应酬前，我都感到莫名的激动，有种上战场的感觉。”

“这说明你是个很有责任心的人，心里想着一定要成功，所以就激动了。这次任务很重，但是你也不要太紧张，尽力就是了。大不了，我不找符安永贷款。”

“咱们就别聊这个话题了，我相信我可以对付符安永的。”

过了一会儿，冯雄俊把唐雨晨送到了享誉酒家。这是本市高档酒家之一，共有五层楼，每到晚上，这里都爆满，不提前预订，根本没座位。唐雨晨约了符安永后，冯雄俊就提前定好了该酒家五楼的富贵包厢。

唐雨晨走进包厢歇了一会儿，才给符安永发了条短信，告诉他，自己已经到了。符安永很快回了短信，说：“我刚出门，很快就到了。”

唐雨晨觉得包厢的空气有点儿沉闷，便打开窗户透透风。此时，夜幕已经降临，不远处的高楼华灯初上，灯火点点。

一阵冷风吹来，唐雨晨深呼吸了一口，觉得舒畅了许多。待透风差不多了，唐雨晨才将窗户关上，回到座位上。

十几分钟后，符安永走了进来。

一名女服务员跟在他后面，递过来菜单，问道："请问两位要点儿什么？"

唐雨晨点了一份酸辣鱼和一份炖鸡汤，接着让符安永点。符安永点了一份荤菜和一份素菜。

服务员刚出去，符安永就眯着眼睛盯着唐雨晨说："雨晨，那天我太冲动了，现在向你道歉。咱们应该慢慢来。"

"没什么，我那天的行为也有点儿粗鲁。能否成功贷到款，对我在雄俊公司的发展很重要，我真的希望你能帮我这个忙。"

符安永问："雄俊公司财务状况怎么样？"

唐雨晨说："不错，一直是赢利的。公司接到了业务，急于壮大才想到贷款的。"

"都有哪些抵押物呢？"

"有郊区的厂房、设备，还有门市部的一些资产，等等。"

"这些抵押物产权都很清晰吧。"

"是的。"

"评估报告出来了没？"

"出来了，所有的抵押物合计 900 万元。"

冯雄俊让林淦去做评估时，第一次的评估价格只有 700 万元。冯雄俊让林淦多花点儿钱找评估机构再重新评估一次，把价格评估得高些，以便多贷到些钱。林淦说："这不是虚假评估吗？"冯雄俊对林淦最满意的一点，就是忠诚；最不满意的一点，就是他的脑子有时容易拐不过弯儿。他说："商品的价格随时都会变，评估高点儿或低点儿是正常的，只要不太离谱就行。评估机构为了多赚点儿钱，在这个波动范围内动动手脚是很正常的。"林淦于是多花了点儿钱，重新去评估了一次，果然将评估价格提高到了 900 万元。

"那么，雄俊公司想贷多少钱呢？"符安永问。

"2000 万元。"唐雨晨说。

符安永的脸一下子沉了下来。

这时，服务员陆续上菜。

菜上齐后，唐雨晨打开了带来的名酒。符安永平时应酬也多，酒量也不错。他虽然知道唐雨晨“酒经沙场”，但自认为不会输给唐雨晨。见唐雨晨要喝酒，他不禁暗暗高兴，认为只要把唐雨晨灌醉了，他就有可乘之机了。

想到这里，他说：“让我来吧！”

唐雨晨把酒递给他，他倒了满满的两杯，然后主动举杯说：“雨晨，我们先干一杯！”

一杯酒下肚后，两人吃了点儿菜。

两人边吃边聊，其间，符安永的色眼多次在唐雨晨的胸脯徘徊。菜吃得差不多了，符安永眼光直逼着唐雨晨问道：“雨晨，你为什么这么努力为冯雄俊卖命？要知道 2000 万元可不是随便就能贷出来的。”

唐雨晨举起杯子说：“咱们干了再说吧。”

两人又干了一杯，唐雨晨说：“我不是为冯雄俊卖命，是为我自己卖命。这笔贷款若能办下来，我也有好处。”

“当然了！”唐雨晨给符安永斟满了酒，说，“你也有好处。”

符安永眼里有道光一闪而过，他的嘴角露出了一丝不易察觉的微笑。

“那你答应我的条件了？”他问道。

“不答应，我会主动找你吗？”唐雨晨说，“不过，我可不喜欢鲁莽的男人。”

“是，是，咱们慢慢来，慢慢来。”符安永又向唐雨晨投来色迷迷的眼光，然后举起杯子说，“喝酒！”

几杯酒下肚后，唐雨晨的脸色红得像桃花，这使她看起来更加妩媚、性感。符安永看得心动不已，但他仍克制住自己，暗想今晚得慢慢来享受这千金一刻的春宵。

这么想着，符安永和唐雨晨干了两瓶酒。唐雨晨看到符安永脸色红得像猪肝，猜测他差不多醉了。于是，她假装半醉，说：“男人都不是什么好东西，个个都是花心大萝卜。”

符安永说：“雨晨，我对你可是真心的。你也知道，当年我追求的人是你，你拒绝我后，我才娶了郝琳。其实我一点儿都不爱她，我爱的人是你。”

“爱的人是我，哈哈，哈哈。”唐雨晨举起了酒杯说，“来，喝酒！”

符安永抓住唐雨晨的手，说：“雨晨，你是不是醉了，醉了就不要再喝了。”

唐雨晨抽回了手，说：“我没醉，来，干！”

符安永见唐雨晨还没全醉，只好和她又干了几杯。这时，他开始感到眼前的景物有点儿恍惚。

唐雨晨假装已经醉了的样子，向符安永举起了酒杯，说：“爱情？狗屁爱情！世界上真有爱情吗？来，喝酒！”

符安永这时感到头很重，不想举杯。

唐雨晨先自己干了，然后指着符安永说：“你如果真爱我，就干了它！”

符安永只好又干了，大声说：“雨晨，我是真的很爱很爱你，我做梦都能梦到你。”

“真的吗？”

“真的！”

“哈哈、呜呜，”唐雨晨又笑又哭，说，“为什么在恰当的时候，总遇不到恰当的人。如果当初我们认识的时候，我没有和周进谈恋爱，或许是另一种结果。”

唐雨晨说完又向符安永举杯。符安永见唐雨晨说得凄楚，也动了情，一饮而尽。

很快，符安永说话含糊起来。

唐雨晨哈哈地大笑，指着他，说：“你醉了！哈哈，你醉了！”

符安永说：“我没醉。喝酒，喝酒！”

唐雨晨为了让他醉得深沉些，她又灌了他好几杯酒，然后才结账，扶着他出了酒家。

唐雨晨将他带到附近的朝阳宾馆，开了房。

符安永上了床后，咕哝说：“我没醉，雨晨，你不要走，今晚你必须陪着我。”

唐雨晨赶紧把灯光调暗，再回到床边。符安永抱着唐雨晨跌倒到床上，手在唐雨晨身上乱摸，嘴里咕哝着：“雨晨我爱你，你不要走，你不要走。”

唐雨晨仍假装醉酒的样子，一边掏出手机，给冯雄俊发了条短信，一边应答着："我不走，我不走！"

符安永仍将唐雨晨抱着，嘴里含混不清地说着什么，手却在唐雨晨身上抚摸着。

过了几分钟，门被悄无声息地打开了。一名年轻女子走了进来，然后顺手将门关上，唐雨晨朝她打了打手势。她先脱光了衣服，然后上了床。唐雨晨轻轻地拿开了符安永的手，蹑手蹑脚地下了床，年轻女子趁机钻进了符安永的怀抱里。唐雨晨朝她点点头后，蹑手蹑脚地走出了房间。

约莫一个小时后，唐雨晨返回房间。此时，符安永赤裸着身子，已经打起了呼噜，进入了梦乡。那名年轻女子已经穿好了衣服，正坐在床头。唐雨晨朝门口指了指，年轻女子便起身出了房门。

几分钟后，年轻女子在宾馆不远处的一个阴暗角落，将一个装有乳白色液体的瓶子交给了冯雄俊。冯雄俊接过瓶子，给了她一沓钞票，然后钻进车子里，绝尘而去。

唐雨晨脱光了衣服，和符安永睡在一起，但她整夜未眠。

·5·

次日清晨，符安永被一阵抽泣声惊醒。他睁开眼睛看见唐雨晨半裸着坐在一旁，低头哭泣，自己赤裸着身子。努力想了想后，他模糊地记起了昨晚的经历，心里一喜，一把将唐雨晨搂进怀里，一边虚假地抽打着自己的嘴巴，一边说："雨晨，我对不起你，我真该死，我真该死！"

唐雨晨却哭得更厉害了。

符安永说："雨晨，你原谅我吧。你要贷款我贷给你，我的回扣全都给你，你想要多少钱，我都给你！"

唐雨晨为了表演得像，猛地一抬头，从符安永的怀抱中挣脱出来，泪流满面地说："钱？难道我的感情是可以用钱来买卖的吗？你忘了向我承诺过什么吗？”

符安永凑过来，还想抱唐雨晨，唐雨晨把他推开了。符安永说：“我是说过和郝琳离婚娶你，可这离婚不是一天两天的事。离婚对我的损失太大，而且对我儿子的伤害多大啊！咱们就这样下去不是挺好吗？”

“好？”唐雨晨抹了一把眼泪说，“怎么个好法？你让我当二奶躲躲闪闪见不得人还说好？”

“我可以补偿你啊！你想要多少钱，我给你就是了。即使要跟郝琳离婚，你也要给我时间啊！”符安永说。

唐雨晨见表演得差不多了，赶紧穿好了衣服，丢下一句话：“我希望你尽快给我一个答复，我可不想过没名没分的生活。”

半个小时后，唐雨晨和冯雄俊在一家咖啡店的包厢里会面。冯雄俊朝唐雨晨竖起了大拇指，夸她做得好。

唐雨晨却埋头哭泣起来。这次，她是真哭。

冯雄俊安慰她说：“好了，好了，都过去了，以后我会好好奖励你的。”

唐雨晨哭得更厉害了。

过了好一会儿，唐雨晨才止了哭泣，红着眼睛说：“我可是清白的！”

冯雄俊说：“我知道的，我知道的！”

“知道就好，将来要是有人怀疑我，你可要为我作证！”

“没有人会怀疑你的，你是个善良纯洁的姑娘。”

“这事儿你得给我保守秘密，否则，我找你算账。”

“那当然，这事儿天知地知你知我知。”

“还有那个女的呢？”

“那是个普通按摩女，我戴着墨镜，她认不出我。你在暗中，她也不会认出你的，即使她大概看清你的模样，那也只是一瞬间的事情，她不会记得的。而且，我给她的好处不少，又严重警告了她。”

“那就好！”唐雨晨擦干了眼泪说，“贷款的材料准备齐全了没？你不是很急吗？我下午就去找符安永签名办理。”

“材料早就备齐了，下午你去办吧。”冯雄俊说，“不过，今天中午我必须好好招待你一下，说吧，你想去哪里吃饭？”

唐雨晨想了想，说：“去珍奇海鲜酒家吧，这家刚开张，听说味道不错。”

“好，就去珍奇海鲜酒家。”

中午十一点多钟，冯雄俊和唐雨晨驱车来到了珍奇海鲜酒家。唐雨晨本想在大厅里吃，冯雄俊却要了个包厢，说：“这段时间事儿多，少遇到些熟人，便少些事儿。”

唐雨晨点了一盘螃蟹和一盘鲍鱼，冯雄俊则点了大海螺、乌贼等好几种。

菜上来后，唐雨晨尝了一口螃蟹，惊叫道：“嗯，味道真不错！”

冯雄俊说：“不错你就多吃点儿，不够再点。”

唐雨晨说：“有的人吃海鲜会过敏呢。”

冯雄俊说：“我可没听说过。”

“我有个同学就是这样，只要吃太多的海鲜，就浑身发痒。”

“可能那些海鲜是人工养殖的，黑心的老板给海鲜喂刺激性的饲料，才导致人吃了过敏。”

“你不要吓我。”唐雨晨说，“咱们吃的这些不会也是这样吧？”

“反正你都吃了，就别考虑那么多，放开胃口大吃吧！”

唐雨晨又吃了一只螃蟹后，问道：“万一符安永变卦了，可怎么办？”

“不会的！”冯雄俊说，“如果他真的变卦，咱们手里还有证据。”

“拜托，我在吃东西，不要提那些恶心的东西。”唐雨晨说，“我们这样做岂不是犯法吗？”

“咱们也是出于无奈才这样做。符安永为了乌纱帽，肯定会妥协的。这事儿对他没有坏处。”

“冯总，”唐雨晨抬起头问道，“您有没有觉得我是个坏女孩儿？”

冯雄俊说：“我觉得你是个好女孩儿。”

“可是我觉得自己变坏了。自从从宾馆出来，我就觉得自己变坏了，变得不干净了。”

“别胡思乱想了，快吃东西吧。在我眼中，你是个好得不能再好的女孩儿。”冯雄俊说。

这顿海鲜，唐雨晨吃得很痛快。两人结账后，走出酒家大门时，唐雨晨看到卢沧舟迎面走来。卢沧舟也看到了唐雨晨，并且注意到她身后的冯雄俊。怔了一会儿后，他快步走上来，兴奋地说："雨晨，很高兴遇到你。你经常来这里吃海鲜吗？"

冯雄俊问唐雨晨："这是你朋友？"

卢沧舟眼含敌意地看了冯雄俊一眼，然后说："雨晨，你很喜欢吃海鲜吗？"

唐雨晨不理他，故意挽着冯雄俊的手，不满地说："我喜不喜欢吃海鲜跟你无关，少来烦我！"

卢沧舟又气又急，涨红了脸，结结巴巴地说："雨晨，你，你……"

唐雨晨把冯雄俊的手挽得更紧了，并且靠在他的肩膀上，装作很亲密的样子，两人径直走到停车场，上车后，扬长而去。卢沧舟在她身后，气得直跺脚。

冯雄俊边发动车子，边说："刚才那名男子好像很喜欢你。"

"你不觉得他很无聊吗？"唐雨晨把和卢沧舟相识的过程告诉了冯雄俊。

冯雄俊听了说："富二代从小娇生惯养，养成了不少坏习惯，确实很难相处。不过，雨晨，你也应该找个男朋友组建家庭了。家永远是温暖的港湾，只有有了家，你的心才能安定下来。"

冯雄俊的话使唐雨晨一阵心酸。她爱的人是冯雄俊，她想，这一点冯雄俊是知道的。可他总是刻意地躲避着她的含情的目光，把她隔离在千里之外。她也知道，这份爱不会有结果，可她就是无法克制住。后来，她甚至伤感地想，只要每天能见到冯雄俊，听到他的声音就足够了。爱一个人，何必非得拥有他呢？

·6·

冯雄俊终于顺利贷到款了！当财务总监王利杰告诉他款已经到账时，他长长地舒了口气。

唐雨晨给郝琳打了个电话，想从侧面了解符安永的态度。可郝琳却不接电话，后来干脆挂断。唐雨晨反复打了几次都是如此。她猜想，肯定是符安永对她说了她的坏话，破坏了两人的关系。唐雨晨心里有点儿不安，怕郝琳在别的同学面前诋毁自己。

冯雄俊又找生意场上的朋友借了 1000 万元。

所有的钱到账后，冯雄俊全部打给木材公司，把所订购的菠萝格全买了下来。那几天，多辆大卡车在冯雄俊的工厂进进出出，运送木材。工厂的仓库容量不够大，装不下那么多木材，冯雄俊便在附近租了一块地，搭了个简易的棚子存放木材，还派人守护。

刘乾生很轻松地赚了一大笔，笑得嘴巴都合不拢。他请唐雨晨喝酒，并打听冯雄俊购买这批木材的具体用途。唐雨晨说这是公司的机密，不能透露。

这天早上，冯雄俊召开了全体职工大会，大声宣布说："公司最近接到了几笔大单子，因此才进了大量的木材，但具体什么时候开工，现在还不能确定。有一点可以确定的是，咱们公司资金很充足，明年将大有作为。"

员工听说公司接到大单子，都高兴地交头接耳，唧唧喳喳地议论开了。

散会后，几名经理和主管都按捺不住，匆匆来问冯雄俊，公司接的到底是什么单子？都是哪些单位？

冯雄俊笑而不答，只是说："到时候你们会知道的。"

众人见问不到结果，只好悻悻离去。

待众人离开后，冯雄俊打电话把林淦、唐雨晨和财务总监王利杰叫了进来。

冯雄俊问王利杰："公司的账户上还有多少钱？"

王利杰满脸愁容地说："冯总，只有 10 多万了，公司每月开销那么大，这笔钱根本维持不了多久。"

冯雄俊十分严肃地说："这件事你们都不许走漏一点儿风声，还有，你们在公司时脸上也绝对不允许挂上愁容，绝不允许谈论贷款的事。否则，一旦事情泄露出去，公司将遭灭顶之灾。咱们只要熬过这一段时间，即可大获全胜。"

众人见冯雄俊的表情非常肃穆，心里一紧，都点点头。

从公司回来后，唐雨晨远远就看到卢沧舟守候在小区门口。卢沧舟见到唐雨晨，赶紧迎上来说："雨晨，你下班了？"

唐雨晨白了他一眼，说："你烦不烦？老是纠缠着我干吗？"

唐雨晨边说边往里面走，卢沧舟紧紧地跟在后面。唐雨晨只好停下了脚步说："你到底想怎么样？"

卢沧舟说："雨晨，你是不是把我拉黑名单了？我打你手机老打不通。今天我来，只是想问问你，那天和你一起去吃海鲜的那人是谁？”

“他是我男朋友，行了吧？”唐雨晨有意为难卢沧舟，想让他知难而退。

卢沧舟脸上的肌肉一阵抽搐，说：“我不信，他年纪比你大好多。”

“年纪大又怎么了？他年纪是大，可他很成熟、很有魅力，不像你，整天无所事事，像个跟屁虫似的惹人烦。”

“雨晨，你，你……”卢沧舟气呼呼地说，“我不是跟屁虫，我是爱你才来找你，我对别的女孩儿可不是这样的。”

“可是，我有男朋友了，你也看到了，该死心了吧，以后不要再来找我了！要是让我男朋友知道，他跟你没完！”唐雨晨说。

“我才不怕他。即便他是你男朋友，我也不会放弃你，爱情是可以公平竞争的。”

“你还要不要脸？我跟你说过多少次了，我对你没感觉，你不要在我身上浪费时间了。你能不能将这些时间用在事业上，或者别的女孩子身上？时间可是比生命还宝贵啊！”

“雨晨，你为什么那么讨厌我呢？我对你可是一片真心！”

“够了，你不要再说了，我不想再跟你啰唆！”唐雨晨说完，转身就走。

卢沧舟没有追上去，而是在后面大喊道：“雨晨，我爱你。总有一天，你会明白我的心的！”

唐雨晨捂着耳朵，一口气冲上了楼。

她刚回到家，屁股还没坐热，卢沧舟就给她发来了一条短信说：“雨晨，你就实话告诉我吧，那男的到底是不是你的男友？你不告诉我，我也会调查清楚的。”

“真无聊！”唐雨晨气得关了手机。

下午，唐雨晨睡醒后，突然想起自己关了手机，她家里的座机又刚好坏了，公司要是有事就找不到她了。

她赶紧打开了手机。结果，有十几条未读短信，除了一条是黄虹丽发来的外，其余全是卢沧舟发的。唐雨晨看都不看卢沧舟的短信，就直接全删除了。随后，她打开了黄虹丽的短信。黄虹丽说：“小唐，你手机怎么关机了？我有事要找你，开机后联系我。”

唐雨晨赶紧给黄虹丽回了个电话，黄虹丽东拉西扯了一会儿后，问唐雨晨：“我交代你办的事，你有没有留意？最近有没有看到冯总和那女人在一起？”

前段时间，唐雨晨和冯雄俊出去办事应酬，冯雄俊偶尔会让唐雨晨先回去，说他自己还有其他事要办。唐雨晨问他什么事，他总是支支吾吾不愿说。唐雨晨猜想，他可能是去找情人李露了。

尽管她爱冯雄俊，可她自己却像黄虹丽一样，对冯雄俊的情人很妒忌，而对黄虹丽却很同情。唐雨晨搞不懂自己为什么会这样？

她知道，如果说出真相，黄虹丽必定大闹，他们夫妻关系很可能彻底完蛋。唐雨晨对黄虹丽撒了谎，说：“我跟他出去这么多次，都没发现他有异常行为。”

黄虹丽听了很满意，说：“小唐啊，这男人一天不注意，他就容易变坏，麻烦你继续帮我盯牢他。有情况你随时通知我，改天我再好好感谢你。”

唐雨晨挂了电话，不由得叹息了一声，觉得黄虹丽很可怜，自己也很可怜。

第三章　背水一战

街道两旁，许多店铺已经挂上大红中国结。春节越来越近，年味越来越浓！冯雄俊的心头却仿佛被压了一座山似的，喘不过气来。

·1·

转眼，已经到了一月底，该是发工资的时候了，可冯雄俊公司账上已无分文。有几名员工见迟迟不发工资，按捺不住地来问王利杰。

王利杰说："这段时间很忙，工资报表还没做出来，你们先等等。"

那几名员工便发发牢骚，咕哝着离开了。

半个月过去了，员工们见工资仍旧未发，又来问王利杰，而且问的人越来越多。王利杰坐不住了，只好找冯雄俊："冯总，你快点儿想想办法吧，账上已经没有钱了。很多单据在等着报销，工人也闹着要发工资。"

王利杰是冯雄俊的远房亲戚，他为人忠厚老实，冯雄俊对他很放心。

"你告诉他们，这个月的工资，延缓到下个月再发。"

"那怎么行？春节马上就要到了，工人等着领工资过年呢。"

冯雄俊觉得王利杰说得有道理，什么时候欠工资都好办，就是春节不行，工人不闹翻天才怪。冯雄俊没辙了，只好说："那你再给我一段时间吧！"

"你可得快点儿啊，再拖，我可要辞职不干了！"

"你不干也得干！"冯雄俊加重了语气，"公司目前正处于困难时期，你不能躲避！"

王利杰见冯雄俊生气了，顿时沉默下来。

这时，林淦敲门进来了，说："冯总，工人闹着要发工资，怎么办？"

原来，工人也问他工资的事情了。

冯雄俊说："利杰不正为这事儿跟我闹别扭呢吗？"

王利杰垂下了头。林淦看了看王利杰，说："工人拿不到工资过年，肯定要闹的。要不，咱们卖掉一部分菠萝格吧。"

“不行，那批木材绝对不允许卖。”冯雄俊斩钉截铁地说。

沉默了一会儿，冯雄俊对王利杰说：“你告诉进驻咱们门市部的商家，这个月暂不结账，拖到年后，谁不同意就让谁退场。你用门市部这个月的货款应应急，我再想办法筹点儿钱。”

王利杰抬起头说：“不行，门市部也已经三个月没给商家结账了，人家也要过年。再拖延结账，他们必定闹事。门市部一‘起火’，工厂肯定会被殃及。”

冯雄俊不由得皱起了眉头。

停了一会儿，冯雄俊才说：“钱的事，这几天我会想办法解决的。无论如何，你必须给我顶着，保证不能出事！”

接着，冯雄俊对林淦说：“老林，你想办法安抚一下工人的情绪，我会想办法让工人拿到工资过年的。”

王利杰和林淦出去后，冯雄俊翻出电话本，一个个查找能借到钱的朋友。可他翻了一遍又一遍，硬是找不到一个。能借到钱的，他早就借过了。

他合上本子，想了想，给家里打了个电话。接电话的是保姆纪妈，冯雄俊让她叫黄虹丽接电话。纪妈说：“黄虹丽去学校接儿子了。”

提到儿子，冯雄俊心头一阵温暖。儿子长得乖巧，而且很懂事，在学校表现得也很好，成绩名列前茅。

他犹豫了一下，还是给黄虹丽打了个电话说：“下午你跟银行预约一下，明天把那笔 50 万元助学款取出来。”

冯雄俊给儿子开了个助学账户，每年都往那个账户存一笔钱，目前已经存了 50 多万元。

“你至于到这个地步了吗？连儿子上学的钱你都要！”电话那头，黄虹丽很不满。

黄虹丽一般不插手冯雄俊的生意，但冯雄俊要是动用到家庭财产，她都坚决制止。前段时间，冯雄俊也想把房子作抵押贷款，黄虹丽就死活不同意。

“只用一段时间，年后我会补上的。”冯雄俊说。

“不行，那是儿子的钱，你不能随便提取。”这时，黄虹丽想起冯雄俊资助李露开店的事，不禁来了气，说，“你去找李露要啊，你给了她那么多钱，干吗不去找她要？”

“真是不可理喻，都过去这么久的事了，你还提！”冯雄俊气呼呼地吼道，“你怎么这么固执呢？公司账上已经没有钱了，工人闹着发工资过年。事情闹大了，公司要关门的，你知道吗？”

“你问问儿子吧，这是儿子的钱，他同意我就同意。”黄虹丽见冯雄俊说得这么严重，只好退让了一步。

“那你让儿子接听电话吧。”冯雄俊说。

黄虹丽把电话给儿子小良后，冯雄俊说：“良良，爸爸公司现在很缺钱，你愿意把你的压岁钱给爸爸吗？”

小良大声说：“愿意！”

冯雄俊心头一热，说：“良良真乖！”

黄虹丽接过电话，说：“你说话要算数啊，年后必须将钱补上！”

“这个你就放心吧！”冯雄俊挂了电话，松了一口气，暗想：总算又可以缓一缓了！

次日，黄虹丽将 50 万元交给了冯雄俊。冯雄俊交给财务部发完工资和报销了厚厚一沓单据后，账上只剩下几万元了。

随后，他召开年底总结大会。会上，表扬了一些职工，总结了过去一年所取得的成就后，冯雄俊信心满满地向员工展望了明年的美好前景。

员工拿到了工资，又听到冯雄俊的豪言壮语，个个脸上都洋溢着灿烂的笑容。

开完会已十二点多钟，冯雄俊才觉得肚子咕噜噜地唱起了空城计。他赶紧驱车想找个地方填饱肚子。

车子刚上路，冯雄俊就发现车子快没油了，便赶紧开进附近的一个加油站加油。加油站工作人员加满油后，告诉冯雄俊总共 285 元。

冯雄俊掏出钱包翻了一下，暗呼“不妙”，钱包里竟然只剩下了 10 元。他随后翻了翻背包，也没有钱。以往，他每隔一段时间都要从公司账户里取出 2 万元，丢进背包里使用。这段时间，公司资金紧张，他无钱可取，身上的钱花完了都不知道。

“你们这里可以刷卡吗？”冯雄俊问。

加油站工作人员说：“不可以的，先生。”

冯雄俊窘得涨红了脸，说："那你等下，我让人把钱送来。"

随后，他给林淦打了个电话。不一会儿，林淦打车赶了过来。这段时间，公司资金紧张，为了节省油钱，林淦每天挤公交车上班。

林淦付了钱后，冯雄俊让他上自己的车，说："一起去吃饭吧！"

林淦上车后，开玩笑说："冯总，你现在可是光杆儿司令了，连加油的钱都付不起了！"

冯雄俊呵呵一笑，然后语重心长地说："老林啊，这段时间公司资金是很紧张，不过再过一段时间，咱们的好戏就来了。"

"到底是什么好戏？"林淦问。

冯雄俊说："实话跟你说吧，我大量购进菠萝格，是看好它的市场。近段时间内，它的价格一定大幅上涨！"

林淦吃惊地问道："你怎么这么肯定？"

冯雄俊没有正面回答，反问道："菠萝格是从哪里进口的？"

"印尼啊！"林淦不解地说，"可跟这又有什么关系？"

"印尼最近发生了什么大事？"冯雄俊接着问。

"印尼最近发生大海啸啊！"说完，林淦突然有点儿醒悟过来，"哦"地叫了一声。

"没错！"冯雄俊说，"新闻报道说，印尼在海啸中之所以损失惨重，跟乱砍伐树木导致生态环境破坏有关。此次事件后，印尼政府很可能会采取措施对滥伐树木现象加以控制。同时，印尼灾后对菠萝格的需求量必定加大。这些因素将导致菠萝格的进口量减少，价格必定上扬！到时候，咱们一出手，即可大赚一笔。"

"原来如此，难怪冯总大量购买菠萝格。我怎么就没想到这点呢？"林淦感慨道。

"做生意必须要密切关注时事，不仅是本市的，国内的、国际的都要注意。只有紧跟时代，你才不会被淘汰出局。"

"可万一这价格不涨怎么办？"林淦问道。

"放心吧，价格一定会涨的！"冯雄俊信心十足地说，"木材是稀缺资源，要几十年才能成材，不像别的商品，短时间内就可以被生产出来。它的数量不可能在短时间内增多，退一步来说，价格即使不涨，也肯定不会跌。这笔生意绝对不会赔本！”

听了冯雄俊的解释，林淦不禁暗暗心服。

“年后看我的好戏吧！”冯雄俊嘴角露出一丝微笑说。

停了一会儿，冯雄俊收起了笑容，说：“不过，在好戏开始之前，可能会有一些风波，咱们必须做好应对的准备！”

·2·

天气越来越冷。

街道两旁，许多店铺已经挂上大红中国结。春节越来越近，年味越来越浓！冯雄俊的心头却仿佛被压了一座山似的，喘不过气来。

虽然工人的工资已经解决，但春节给朋友送礼送红包是免不了的。他生意场上、政府部门里的朋友很多，细细算下来，没有30万元这个春节没法儿过。

冯雄俊想来想去，只能向黄虹丽求助了。

那几夜，他对黄虹丽极尽温柔缠绵，表现得很好，很久都没有缴械。

黄虹丽很满意，也意识到冯雄俊可能有求于他，说：“快说吧，到底想要我干什么？”

冯雄俊搂紧了黄虹丽说：“还是老婆大人了解我，什么事都瞒不过你。”

冯雄俊把春节送礼的事情告诉黄虹丽后，黄虹丽说：“是不是我不给你钱，你以后就不对我好？”

冯雄俊说：“不会的，我以后会一直对你好下去！”

黄虹丽从冯雄俊的怀抱中挣脱出来，一脸认真地说：“雄俊，要不今年春节的礼就免了吧，年年都这么送，花销好大，再说公司的现金流都断了！”

“不行！”冯雄俊说，“我宁愿断了现金流也不断感情流！我好不容易才编织了一张感情网，必须加以维护，这张网才能更加牢固，才能给我保护，给我带来滚滚财源。感情的事，说亲就亲，说疏就疏，只要稍微怠慢了一些，它就疏了。春节是我们国家最重大的节日，无论如何都不能免。”

“可是你说过，不管什么样的情况，都不动用那笔存款的。”黄虹丽说。

以往，冯雄俊每年都给黄虹丽一笔钱，让她存起来，作为将来两人的养老金，并约定不随意使用这笔钱。今年，冯雄俊不但不给钱，还使用了儿子的助学款，现在又打这笔钱的主意，黄虹丽很不满。

“现在是迫不得已我才用，年后和儿子的助学款一起补上。”冯雄俊随后把囤积木材，想大赚一笔的事，告诉了黄虹丽。

黄虹丽听了很吃惊，说：“这笔生意，你有把握吗？”

“当然有把握！”冯雄俊十分坚定地说。

黄虹丽最终答应给他钱。

冯雄俊拿到钱后，给了林淦近10万元，让他去购买了上等红酒、烟、干货、水果等礼品。他将这些礼品分成许多份儿，找了个礼品店的人包装好。接着，他把唐雨晨叫到公司，给了她一笔钱和一沓红包，让她负责给公司的重要客户送礼。

冯雄俊说：“记住，到了人家家里后，见到老人和小孩儿一定要发红包。具体发多少，你看着办，最低不能低于200元，最高不能超过5000元。”

冯雄俊的想法是，公司的重要客户都是生意场上的朋友，只要意思一下，感情做到位就行了。政府部门的朋友很难把握，红包少了，不够意思；多了，有行贿的嫌疑。唐雨晨跟这些朋友没有太多接触，不好把握，他必须亲自出马。

冯雄俊安排好后，两人准备分头出发。这时，冯雄俊接到了医院小许的电话，说周功航的母亲得了肝癌，刚住进了医院。

冯雄俊感到很吃惊。周功航的母亲刚摔断腿没多久，怎么又得了绝症呢？生命真是无常啊！他想了想，觉得不能再用上次的计策去看望他母亲了。碰巧的事情发生两次，就不是碰巧了。他决定先给周功航打个电话，看他是否愿意向他透露这件事。

电话接通后，冯雄俊说：“周局长，这几天有空不？春节快到了，想去给您拜个早年。”

电话那头，周功航的声音很低沉，好一会儿，他才叹息了一声说：“家母得了肝癌，正住院治疗，加上公务缠身，一直忙着呢。”

冯雄俊听了心里暗喜，装作很吃惊又很关切地问道：“伯母她老人家在哪家医院住院？”

周功航说：“在市人民医院。”

周功航不说具体房号，冯雄俊也没有问。其实也不必问，因为冯雄俊已经见过周功航母亲，他要是有心去看望她，只要到医院相关科室一问便知道。

冯雄俊挂了电话后，便和唐雨晨赶往市人民医院。行到半路，冯雄俊突然看了看唐雨晨，又看了看自己，赶紧调头。唐雨晨问他：“怎么了？”

冯雄俊说：“雨晨，咱们的衣服色彩太鲜艳了，不适合去看望重症病人。你打车回去换一套色彩暗点儿、庄重点儿的衣服，我也回去换。你换好后，在小区门口等我，我接你。”

经冯雄俊提醒，唐雨晨才恍悟过来，不禁暗暗佩服冯雄俊心思缜密。

半个多小时后，两人重新会合。

约二十分钟后，两人赶到了市人民医院。

在肿瘤科的走廊里，冯雄俊见到周功航正和一名医生商量着什么。周功航见到冯雄俊和唐雨晨，点了一下头，继续和医生交谈。

冯雄俊并不走近，只在离周功航几米远的一旁等候。过了一会儿，医生走后，周功航才朝冯雄俊和唐雨晨又点了点头，轻轻叹息了一声，说：“前几天才确诊的，我们都瞒着她。”

随后，他把冯雄俊和唐雨晨带进了病房。病房里还有两名妇女，周功航作了介绍，她们是周功航的妹妹。冯雄俊和唐雨晨跟她们一一握手问好。

老太太的精神比前段时间差多了，面无血色，目光呆滞，形容枯槁。

冯雄俊拉着她的手说：“伯母，您还记得我吗？”

老太太对冯雄俊看了又看，大概觉得很面熟又想不起是谁，只是“哦，嗯”地应答着。

冯雄俊说：“您安心养病，医生说，您很快就会好起来的。”

唐雨晨捋了捋老太太散乱的白发，说：“奶奶，您的病是小病，医生说了，只要心情好、休息好，很快就没事的。”

老太太好像记起了唐雨晨，眼睛一亮，说："闺女，是你呀！唉，人老了，毛病就是多。"

冯雄俊考虑到老太太得的是绝症，不能多打扰，而且很可能还会有人要来，因此，他寒暄了几句后，起身告别。

走之前，他拿出一个装有 2 万元的大红包，给了老太太说："祝伯母早日康复，春节快乐！"

老太太推辞了一番，终于收下了。

周功航随后向冯雄俊投来感激的目光，说："冯总费心了！"

果然不出冯雄俊所料，他刚走出病房，就有一拨儿人来看望老太太。这一拨儿人有大人，也有小孩儿。冯雄俊猜测，应该是周功航的家人或亲戚。

回来的路上，唐雨晨问冯雄俊："上次老太太住院的时候，你犹豫了一下，没给她送钱。这次怎么光明磊落地送红包？"

冯雄俊说："上次老太太病得轻，咱们看望她的时候，又不是什么节日。给她送钱，追究起来，有行贿的嫌疑。这次不同，老太太病重，现在又是春节临近，我给的是红包。两者大不一样。"

唐雨晨接着问道："刚才在医院，我看见你眼圈一直红着呢？你是怎么装的呀？"

"那不是装的。"冯雄俊沉默了一会儿，眼圈又红了起来，说，"看到老太太，我想起了我母亲，我母亲当时是患胰腺癌去世的。你知道吗？胰腺癌是所有癌症中最难治也是最折磨人的一种。癌症折磨得我母亲痛不欲生，几次想自杀。我跪着哀求她不要！最终，她老人家在极大的痛苦中去世。想到她老人家劳碌了一生，我却没能让她享受太多，不自觉就难过起来，因此才红了眼圈。"

唐雨晨听了，顿时沉默不语。

接下来的几天里，冯雄俊和唐雨晨分头去给人家送礼、拜年。唐雨晨给刘乾生拜年时，刘乾生有点儿后悔把木材卖给冯雄俊，抱怨说："这段时间，我想从广州进点儿菠萝格，都没要到货呢。"

刘乾生有时从广州的木材商那里进货，有时也直接从印尼进口。

唐雨晨安慰他说："春节快到了，大家都忙着过年呢。年后你再开张吧，钱什么时候都有得赚。"

唐雨晨回来后，把这件事告诉了冯雄俊。冯雄俊听了，心里暗喜。

送完礼后，冯雄俊给了唐雨晨 2 万元红包。唐雨晨拒绝了说："公司正缺钱呢。"

冯雄俊说："你就收下吧。你为公司付出了这么多，给你这么点儿钱是少了。"

唐雨晨只好收下了。

·3·

年初八一过，员工回来上班。按照往年的惯例，冯雄俊会给员工发 60 元的红包。可今年公司账上没钱，他只好免了。员工领不到钱，唧唧喳喳地抱怨着。王利杰又来催促冯雄俊快点儿想办法，账上没钱了。

冯雄俊告诉他："再坚持一下，只要熬过这一两个月，就万事大吉了。"

王利杰只好咕哝着离开了。

这时，林淦推门进来，一脸高兴地说："冯总，菠萝格价格上涨了。"

冯雄俊问他："涨到多少了？"

林淦说："我到木材场打听了一下，是 5300 元一立方，而且，很多人想买都买不到。咱们现在要不要出手？"

冯雄俊说："老林啊，咱们可得沉住气，我估计菠萝格的价格还会继续上涨，现在还不到时候，绝不能出手。"

林淦心里早已对冯雄俊佩服至极，连连点头称是。

冯雄俊随后让他继续密切关注木材市场行情，一有变化马上通知他。

唐雨晨春节回家和父母一起过年。她大门不出，二门不迈，把自己宅了起来，除了吃饭，大部分时间都窝在被窝儿里看电视。结果，春节一过，她一下子长胖了许多。回来上班，同事见了，都以异样的目光看着她。

她推门进来时，林淦正好要出去。两人打了个照面儿，唐雨晨赶紧说："林总过年好！"

林淦回了一句同样的祝福语后，匆匆出去了。

冯雄俊见是唐雨晨，上下打量着她。

唐雨晨捂着脸，说："你这样看着我，我真是无地自容。"

冯雄俊说："十来天不见，你的变化可真大呀。"

"唉，你就直接说我长胖了吧，何必拐弯抹角。"

"这可是你说的哦，我可没开口。"冯雄俊说，"春节过得还好吧？"

"好什么呀？整天待在家里看电视，无聊死了！"

"没出去找同学玩？"

提到同学，唐雨晨一下子收起了笑容。春节期间，唐雨晨曾给同学打电话拜年。她从一位要好的同学口中得知，郝琳果然在同学面前说她的坏话，说她跟一个公司老总好上了，甘愿为他做任何事。唐雨晨气得想打电话将她臭骂一顿，可想想还是算了，有些事情是越描越黑。

"怎么了？一副心事重重的样子。"冯雄俊问道。

"没什么。"唐雨晨不想让冯雄俊知道这件事，便说，"刚才我来公司的路上，刘乾生给我打电话，约我喝咖啡。你这里有没有什么事？要是没有，我就去了。"

"等等！"冯雄俊沉思了一会儿，说，"待会儿他要是跟你说，想向咱们买菠萝格，你就坚决拒绝！"

唐雨晨惊讶地说："他刚把菠萝格卖给咱们，怎么会向咱们买菠萝格？"

冯雄俊说："他要是不买更好，他要是想买，你拒绝就是了。"

唐雨晨猜不透冯雄俊的意思，也不想多问，便转身出去了。

刘乾生约唐雨晨在老地方咖啡厅见面。

两人见面，互相寒暄了一番，说了一些过年的趣事。然后，刘乾生给唐雨晨倒了一杯咖啡，说："妹子，我听说老冯买了菠萝格后，囤积了起来，并没有用于生产，有没有这么一回事啊？"

唐雨晨说："不会吧，冯总说再过一段时间就开工了。"

刘乾生张口想说什么，却又不说。

唐雨晨见状，问道："大哥，你有什么事就说吧，咱俩又不是一天两天的交情了，难道还见外？"

刘乾生这才说："那我就直说吧，你能不能让老冯卖一些菠萝格给我？"

"这是为何呀？"唐雨晨吃惊地问道。她没料到冯雄俊还真猜对了，刘乾生竟然真的要向冯雄俊买菠萝格，可她又搞不懂刘乾生为什么这么做？

刘乾生抿了一口咖啡，说："你先不要问为什么，你说说，能不能卖木材给我？"

唐雨晨难为情地说："这事儿恐怕不行，冯总有交代过，没有他的允许，谁都不许擅自卖木材。"

刘乾生说："老冯不是说，你在雄俊公司说话算数吗？这件事你不能拿主意？"

唐雨晨一脸认真地说："大哥，我说话算数，是以不损害公司的利益为前提。当初这笔生意，大哥您可是心甘情愿和我们做的，并且大哥您也赚了钱。现在大哥反悔了，还责怪妹子说话不算数，妹子心里可真委屈。"

刘乾生见唐雨晨说得很在理，便不做声。好一会儿，他才自言自语地说："我得见见老冯。"

下午，刘乾生走进冯雄俊的办公室时，冯雄俊既吃惊又似乎在预料之中，说："老弟，你来了？坐！"

冯雄俊说着，亲自起身给刘乾生倒了一杯茶。

刘乾生连茶都不喝一口，就开门见山地说："老冯，你可要把蛋糕分给兄弟一点儿啊！"

冯雄俊抿了一口茶，说："老弟这句话是什么意思？"

刘乾生懊恼地说："唉，你就别装了。当初，我一时糊涂，怎么就没料到菠萝格价格会涨，以那么低的价格卖给你，现在肠子都悔青了。"

冯雄俊说："老弟，那笔交易你可是赚了钱的哟。"

"嗨！"刘乾生说，"那是小钱，跟你比起来，可差远了。"

"那你现在找我有何打算？"

"这样吧，你以当前的市场价卖一批菠萝格给我怎么样？要知道，现在菠萝格进不到货，来买菠萝格的人又很多。"刘乾生说。

冯雄俊说："老弟，咱们是什么人？生意人！生意人的目的只有一个，那就是赚钱。只要一谈到买卖，除了钱，什么都不认！当初，你没看到这个商机，我看到了，这钱就该我赚。你让我把木材卖给你，还不如叫我直接给你一笔钱，你说我能给吗？”

刘乾生拉着一张苦瓜脸，说：“老冯，你不卖给我，我可没生意做了！”

冯雄俊想了想，问道：“你手上还有些什么木材？”

刘乾生说：“就只有杉木等一些次等木材了。”

冯雄俊起身给刘乾生的杯子加满了水，再返回给自己的也加满，然后说：“菠萝格现在我是不会卖的。念在咱俩合作了这么久的分儿上，这样吧，等我手上的菠萝格出手后，我再以高于市场价 10% 的价格，买你手上的其他木材，可以了吧？”

刘乾生见冯雄俊态度很坚决，知道已经没有商量的余地，只好悻悻离去。

·4·

两个月过去了！

员工的工资已经被拖欠了两个多月，财务部送来的报销单据越来越多。王利杰每隔几天，就催促冯雄俊快点儿想办法。

这段时间，林淦几乎天天都在木材场打探消息。菠萝格价格每隔一段时间就上扬一次， 5300 元、5400 元、5480 元……

冯雄俊均不为所动，整天悠闲地喝着茶，仿佛什么事都没发生。

这天早上，冯雄俊刚到办公室不久，工厂厂长孙名亮就打来电话，心急火燎地说：“不好了，有人散布谣言，说雄俊公司快倒闭了，连工资都发不出。结果，工人们都罢工了，个个都想抢走工厂里值钱的东西。保安把门关上了，他们正在冲击大门呢。你快点儿过来！”

冯雄俊一听，大声吼道：“你马上报警，然后给我死死堵住大门，必须确保生产设备完好无损，我马上过去。”

说完，冯雄俊摔了电话，叫上王利杰和办公室主任于国富，三人迅速走出办公室，上了冯雄俊的车，飞一般地赶往工厂。

来到工厂，冯雄俊看到几十名工人正聚集在门口，情绪激动地大喊着：“砸开它！砸开它！”

冯雄俊迅速冲过去，大声吼道：“谁敢砸？”

工人听到喊声，都转过头来，见是冯雄俊，都停止了呼喊。

冯雄俊走到大门前，砰的一声，猛拍了一下大门，然后转过头来，面对工人大声说：“我看今天谁敢砸这个大门！”

冯雄俊的气势，一下子把众人给镇住了。场面顿时静了下来。

冯雄俊接着说“谁今天敢砸这个大门，我非让他在监狱里蹲上几年不可！”

这时，工人中有人朝冯雄俊投掷了小石块儿，喊道：“雄俊公司发不起工资，快倒闭了，别相信这个骗子的话！”

工人们又起哄了起来。冯雄俊弯下身子，抓起地上的一根木棒，怒吼道：“谁敢上来试试？”

王利杰和孙名亮还有几名保安也冲到大门前，双方形成了对峙。

冯雄俊接着大声说：“公司目前是有点儿困难，但这只是暂时的，工资很快就会发下来的。作为工人，你们应该多为公司着想，公司发展得好，你们的待遇才会提高；公司破产了，你们也就丢了饭碗。你们有家庭，我也有家庭，大家辛辛苦苦工作，就是为了让家人生活得更好，我也不例外。我不会眼睁睁地看着自己的公司破产，如果我真想赖大伙儿的工资，我早就卖了工厂里的值钱东西逃之夭夭。我为什么拼死护着工厂，不就是想让工厂继续运转下去，多生产些家具，多赚点儿钱，让大家都拿到工资吗？”

冯雄俊的话，说到了工人的心坎里。大部分人都沉默了下来，只有几名顽固分子仍在叫嚣着。这时候，警笛声响了起来，警车停稳后，几名警察走了下来。冯雄俊丢下木棒，走过去，把事情的原委简单地和警察说了一下。

其中一名警察听了之后，面对工人大声说：“讨要工资，要通过正当途径。你们可以到劳动监察部门去投诉，砸工厂可是违法的事情。”

警察随后告诉冯雄俊，要带几个人回派出所做笔录。冯雄俊于是指着刚才那几名丢石块儿起哄的人说：“就是那几个带头闹的事。”

警察便将三个带头闹事者带上警车，冯雄俊让孙名亮一同前去。

风波总算平息了下来!

冯雄俊随后对工人安抚了一番，并保证会尽快发工资，工人终于重新开工。

事后，警察调查确认是那三名工人带头闹的事后，给予他们十五天的拘留处罚。冯雄俊趁机将他们开除了。

冯雄俊觉得这事儿似乎是有预谋的，便托公安局的朋友审讯那几名带头闹事者。结果真像冯雄俊所想的那样，那几名工人闹事确实是背后有人指使。但具体是谁指使的，那几个家伙硬是不肯说。

工厂事件后，林淦劝说冯雄俊赶紧将菠萝格出手，这时，菠萝格的价格已经涨到 5700 多元一立方米。

冯雄俊还想再等一等，可意外又发生了。

工厂事件发生一个星期后，一伙儿身份不明的人，打砸冯雄俊公司的门市部，并散布谣言说："雄俊公司破产了！"

因为冯雄俊这几个月结账断断续续，商家信以为真，都竞相把自己的产品往外搬，保安怎么也拦不住。那伙人趁乱又砸坏了店内的许多家具和空调、电视等电器。

下午两点多钟，当冯雄俊他们赶到现场时，那伙人已经不见了踪影，现场一片狼藉。冯雄俊气得咬牙切齿。

警察也很快到达现场展开调查。就在冯雄俊向警察介绍事情的经过时，几名记者拿着照相机冲了进来，对着警察和冯雄俊噼噼啪啪乱照一通，然后问道："有人爆料说，雄俊公司经营不善，拖欠货款快倒闭了，有没有这么一回事？"

冯雄俊站起来，说："我是负责人，你们先不要乱拍！"

有记者问道："请问这里到底发生了什么事，能不能给我们介绍一下？"

冯雄俊说："有人在我店里打砸东西，并且散布谣言说，我们公司倒闭了。结果，不明就里的商家信以为真，将他们的产品都搬走了。"

"有的商家反映，你公司经常拖欠货款，有没有这么一回事？"有的记者问道。

冯雄俊一下子哑了口，不知道该怎么回答。公司拖欠货款的事确实有，但如果照实说有，一旦上了报纸，那公司的形象将大大受损，今后的生意必将大受影响。

想来想去，冯雄俊只好说："在过去的几年中，我们一直和商家合作得很愉快，货款大都按时结账。他们是听信了谣言，才盲目撤离的。我们会尽快跟商家解释，让他们早点儿回来，尽快恢复经营。"

冯雄俊意识到，今天的事必定又是背后有人指使。他越想越气，怎么也咽不下这口气。待送走了警察和记者后，他给公安局的朋友打了个电话，让他多关注这件事。随后，他又给黑武打了个电话，让他们帮忙了解一下，是什么人在跟他作对。

回到公司，冯雄俊马上召开会议，让公司的主要领导谈谈对这件事的看法，以及目前的对策。

林淦说："这件事和工厂的事，很有可能是同一个人指使的，必须把幕后的主谋给揪出来。"

王利杰说："目前公司的资金很紧张，现在又出了这样的事，对公司很不利。咱们必须尽快解决资金问题，把工人的工资发了，然后把供货商的货款给结清，先不给别人留下可乘之机。"

唐雨晨一直沉默不语，待众人发表意见后才说："我觉得当务之急是马上与今天到场的媒体联系，澄清这件事。万一媒体出现不利于公司的报道，公司的声誉将受损，到那时，想挽回就难了。我的意见是，尽量不要让今天发生的事见报。"

冯雄俊觉得唐雨晨说得很有道理，便说："不错，这件事就交给你，你马上跟今天到场的媒体取得联系。"

唐雨晨把头摇得像拨浪鼓似的，说："不行，我不认识媒体的朋友。"

冯雄俊说："我倒认识一家报纸的负责人，我给你电话，你跟她取得联系，然后再通过她联系其他媒体。这件事很急，你马上去办。"

说完，冯雄俊拿过自己的皮包，找出名片本，翻了一会儿后，抽出一张名片递给唐雨晨，说："你只要说我的名字，对方就知道了。"

唐雨晨接过名片一看，是X报副总编辑，安敏。她把名片塞进自己的包里，转身走出了办公室。

·5·

安敏接到唐雨晨的电话时，警惕地问她是谁，听到唐雨晨说是冯雄俊的秘书后，她才缓了缓语气。

十几分钟后，两人在山可西餐厅见了面。安敏年龄跟冯雄俊差不多，面相和善，戴一副黑框眼镜。唐雨晨先做了个简单的自我介绍，然后直奔主题，说："冯总的店被一伙身份不明的人砸了，还散播谣言，导致商家撤场，损失很大。今天贵报和其他一些媒体的记者到现场进行了采访。这件事要是见报，可能会对冯总的公司带来不良影响，所以，想请安总帮个忙。"

安敏皱了一下眉头，说："媒体之间的竞争很激烈，很多报道都会有人来说情要求撤稿。如果我们给每个人都卖人情，这报纸就没法儿办了。"

唐雨晨说："但是我觉得这件事的新闻价值并不是很大，不报道应该不会影响贵报的当期发行量。"

"话不能这么说。"安敏说，"随意地撤稿，会打击记者的积极性。你想想，记者辛辛苦苦地出去采访，然后回来写稿、修改，最终才成稿。发不发稿，将直接关系到他们的业绩和收入。撤了稿，他们的汗水就白流了。作为领导，我们必须尊重他们的劳动成果。其实，我觉得既然雄俊公司是遭人陷害的，那么这件事被客观报道出来，应该不会带来不良影响。冯总应该不必太担心。"

"冯总有他自己的打算，他的意思就是不希望这件事上报。"唐雨晨说，"安总，难道就真的没办法了吗？"

安敏沉思了一会儿，问："冯总认识不认识其他媒体的负责人？要是其他媒体不报道，我们撤稿问题就不大。"

唐雨晨说："这也正是冯总要我找您的原因之一，希望安总您能帮忙联系一下其他媒体，让他们也不要报道。"

安敏犹豫了一下，有所保留地说："我倒认识其他媒体的一些领导，只是……"

唐雨晨明白安敏的意思，说："安总请放心，我们不会让您难做人的！"

安敏这才说："好，你定个地点，我把他们叫出来，你跟他们聊聊。"

唐雨晨打电话在泉外天酒楼订了个包厢。

她把具体包厢号告诉安敏，说："能不能让他们尽快到达酒楼，我怕时间来不及。"

安敏微笑着说："放心吧，晚上十二点前，都可以撤稿。"

傍晚六点多，冯雄俊和唐雨晨提前在泉外天酒楼等候。大概七点钟的时候，六家报纸和三家电视台的部门领导以及当天到现场采访的记者陆续到达酒楼。

安敏一一把他们介绍给冯雄俊和唐雨晨。令唐雨晨感到意外的是，市电视台新闻中心主任金意发竟是她的大学校友，比她大十一岁。两人聊起在母校读书时的经历和趣事，难免欷歔感慨了一番。

酒菜上齐后，冯雄俊举杯说："今天雄俊公司被一伙人打砸，并散布谣言导致经营陷入混乱，损失巨大。有劳在座的记者到现场进行了客观的采访，在此，我对各位媒体朋友深表感谢。"

说完，冯雄俊一饮而尽。

要各家媒体撤稿的事，冯雄俊并没有明说，也不必要说。因为这些人都是安敏帮忙联系的，安敏自然会把撤稿的事提前跟他们说了。

一杯酒下肚后，大伙儿边吃边聊。待大伙儿吃了点儿菜后，唐雨晨起身代表冯雄俊一一向媒体的领导和记者敬酒。

敬到金意发时，金意发说："雨晨，咱俩必须多干两杯，一杯是为咱俩有缘相识，一杯是为咱们是校友。"

唐雨晨可不想随意地被灌一肚子酒，说："师哥，这不公平！您是师哥，我是师妹，师哥应该照顾师妹。我和你干三杯也可以，但你得用大杯，我用小杯。"

金意发说："不行，不行，小杯一点儿分量都没有，师妹用小杯，是不是说师哥在你心中没分量？"

唐雨晨考虑到金意发在电视台工作，以后可能还有求于他，和他搞好关系很有必要，便不再计较，和他连干了三杯。

其他男性见唐雨晨酒量不错，竟向她发起了猛攻，轮着向她敬酒。唐雨晨一下喝了不少，脸颊发热，头有点儿沉起来。

唐雨晨敬完酒回到座位后，旁边的冯雄俊低声跟她说："黑武约了公安局的朋友吃饭，要我过去凑份子。咱们尽快结束这个场子，赶过去吧。"

唐雨晨点点头。

冯雄俊举起杯子，说："各位，公司还有很多事等我去处理，我和小唐得先行离开，真的很抱歉，改天再和各位好好喝一场。失陪了！"

安敏给了冯雄俊一个台阶，接过他的话对众人说："安总是个大忙人，咱们就不要耽搁他的时间了。大家再吃点儿饭吧，刚才一味喝酒，没吃东西呢。"

冯雄俊说："没错，各位继续慢慢享用！"

说完，冯雄俊向唐雨晨使了个眼色。唐雨晨从包里拿出一沓信封，每人发一个，说："这是误工费。"随后，唐雨晨还给了安敏一笔钱，让她待会儿结账。

从泉外天酒楼出来后，冯雄俊和唐雨晨驱车赶往丹仙酒家。一路上，冯雄俊对唐雨晨说："这几个朋友跟我感情很要好，他们知道我胃部动过手术不适合喝酒，所以我不喝酒，他们也不会见怪。本来我不应该把你带去受罪，但是，跟这些朋友在一起，不喝酒就没味道、没感觉，谈起事来不带劲，扭不到一块儿。因此，我只好把你带上。这是一种表示、一种态度、一种宣誓，不管情况如何，我都跟他们靠在一起，不背叛，不抛弃，同一条船，同一条心。"

唐雨晨说："想不到这酒还有这么复杂的作用。有报道说，中国人每年喝的酒比饮料还多，我一直不明白为什么会这样，现在总算明白了。原来，真正为了品尝酒的味道而喝酒的人不多。大多数美酒，在人们还没品尝出它们的美味时，就被灌进肚子里了。这既是一种浪费，又是一种折磨，人们却偏偏以这种方式来建立和维持各种特殊的关系。"

"雨晨，你不会恨我吧？"冯雄俊问。

"我没有理由恨你。"唐雨晨说，"我当喝酒工具又不是第一次，而且，你要我到公司的时候，也已经明确告诉我，我的工作就是喝酒。这可是我的职责！"

“不管怎么说，我心里总觉得欠你什么似的！”

“你不必自责，也不必内疚，要不搞得我也自责、内疚了！”

唐雨晨说完，往窗外看了看，只见街道两旁林立的店铺、闪烁的霓虹灯一晃而过。那一刻，她突然觉得心里空落落的。

“对了，”唐雨晨把心思拉了回来，问道，“黑武是不是坏人啊？你跟他在一起不怕被连累吗？”

“黑武名叫徐武，比我年纪大一点儿，因为他皮肤黝黑，别人才喊他黑武。他的交际范围很广，也认识黑道的人。但认识黑道的人，并不等于就是坏人。他可没做过坏事，没有案底。我跟他交往没有理由被连累，反倒他帮过我忙。你在塞思酒吧工作的时候，没见过他吗？”

“没有！酒吧的事都是王育在负责，我们只听说过他的事，但没见过他本人。不过，酒吧是他的，他必定到过酒吧，只是我们不认识而已。他又不给我们开会什么的。王育的脾气那么暴躁，他的脾气是不是也跟王育一样？”

“没有，他是个很沉得住气的人。脾气暴躁的人，做不了大事。”

说话间，丹仙酒家已在眼前。

·6·

唐雨晨跟在冯雄俊的背后，走进包厢时，只见里面坐了六个人，四男两女。其中一个身材高大、皮肤黝黑，唐雨晨猜想，他必定是黑武了。冯雄俊一介绍，果然如此！其他五个人分别是：公安局的朋友周哥和王哥，冯雄俊并没有说他们的具体名字和职位，但从冯雄俊对他们的十分谦恭的态度来看，职位不低；黑武的小蜜阿红；家旺超市的老板苏兴华和他的小蜜阿珍。

冯雄俊介绍唐雨晨说：“这是我的秘书和得力助手小唐，唐雨晨。”

苏兴华问道：“是秘书还是小蜜？”

阿珍问他：“秘书和小蜜有什么区别吗？”

黑武说：“现在对冯总来说，是没有区别的。”

冯雄俊见唐雨晨有点儿窘的样子，说：“小唐刚到我公司不久。”

这时，阿红惊讶地插嘴说：“雨晨的脸好红哦。”

苏兴华说：“人家害羞了嘛！”

冯雄俊对黑武说：“徐哥，我得先给你道个歉。小唐原先是你酒吧的员工，我事先没打招呼就把她挖到我公司了。”

黑武看了看唐雨晨，说：“这事儿王育跟我说起过。看来我真是有眼无珠啊，这么优秀的人才在我眼皮底下，我竟不知道。”

唐雨晨赶紧说：“徐总过奖了。在塞思酒吧工作的时候，我早就听说过您的大名。只是您是个大忙人，我们普通员工想见您都见不着。”

冯雄俊举起酒杯说：“徐哥，来，我先给你赔个罪”

黑武端起酒杯跟冯雄俊干了一杯，说：“兄弟太客气了！”

冯雄俊随后又给自己斟满了酒，说：“我的胃刚动过手术不久，不能跟各位兄弟豪饮，在此，先干三杯给各位赔罪。”

苏兴华说：“你不行就别逞能，兄弟们不怪你。”

冯雄俊说：“兄弟们在一起，没有酒那怎么行？”

说完，冯雄俊一口气干了三杯酒。之后，他说：“虽然我不能陪各位兄弟畅饮，但小唐可是‘酒坛高手’，我特意让她来陪兄弟们尽兴。她喝的酒就等于是我喝的酒。”

还没等别人插嘴，唐雨晨赶紧接过冯雄俊的话说：“小妹先敬各位大哥一杯！”

说着，唐雨晨从周哥和王哥开始，给他们倒满了酒，再给自己倒满，然后跟他们干了一杯。

自始至终，周哥和王哥表情严肃，话语不多，但两人喝起酒来却是不漏一滴，一饮见底，面不改色，黑武和苏兴华亦是如此。

他们不像别人为了喝酒而喝酒，为了干杯而干杯。他们的喝酒速度较慢，但慢中见快，先入口一会儿，尝其滋味，迅即啜入喉中，顺喉入肚，可谓饮中带品，品中带饮。

看他们几个喝酒的潇洒自如样儿，见惯了胡饮、乱饮的唐雨晨，深知这几个人酒量深不可测，不免有点儿心慌。

几杯酒下肚后，他们边吃边聊，吃得少，话语也不多，娓娓道来，却句句微妙含蓄。

黑武对冯雄俊说："老弟的场子可给人砸了呢？"

冯雄俊说："是啊，对我来说，这是关键时期，所以才有劳徐哥和周哥、王哥。"

黑武说："据我了解，砸你场子的人，是跟你抢食的人。"

"跟我抢食的人有两个，不知徐哥指的是哪一个？"冯雄俊问。他知道，黑武所说的跟他抢食的人，就是他的竞争对手。冯雄俊的竞争对手主要有两个，他不知道黑武指的是哪一个。

黑武并不回答，把目光转向了周哥和王哥。周哥说："这条狐狸很精，没留下把儿。我们抓不到把儿，就不能把他怎么样。"

冯雄俊明白他们的意思：他们只知道是谁砸他的店，但由于对方做得干净，没留下证据。没有证据，公安局当然不能随便抓人。

在他们聊天的空当儿，唐雨晨和阿红、阿珍给他们斟满了酒。苏兴华举起酒杯说："不能光说话，来，喝酒！"

几个人又接连干了几杯。

周哥吃了点儿菜后，向王哥使了个眼色，然后拿出纸巾，抹了抹嘴后起身说："我们俩还有要事在身，各位慢慢聊！"

冯雄俊知道，这件事他俩已经帮不上忙，起身跟他们握手，说了一些感谢的话。

周哥和王哥走后，冯雄俊和黑武、苏兴华没有了顾虑，聊得很放得开。

苏兴华说："冯总，这事儿不能就这么不了了之，得让对方上上心，否则，他很可能还会继续兴风作浪。"

冯雄俊说："这事儿还要靠徐哥出面。"

黑武这时才直白地说："据我了解，砸你场子的是你的竞争对手之一、红兴公司的老总李厚标指使人干的。但这家伙很精明，不直接出面，而是兜了很多圈子，找了一伙社会小混混儿去砸你场子。我已经跟道上的朋友说了，这帮小混混儿今后不敢再去为难你。但这事儿不能就这么完了，还得让李厚标知道你不好惹，谁知道他还会使出什么手段？"

“那就有劳徐哥费心了！”冯雄俊说。

几天后，李厚标公司的座驾被人砸了个稀巴烂。当天，有人警告他，再不放尊重点儿，就有他好看的。李厚标没料到自己的行为这么快就被人知道，不敢再对冯雄俊使坏，这是后话。

冯雄俊随后对苏兴华说：“苏老板，多谢你借我钱，改天咱俩得单独好好喝一喝。”

年前，冯雄俊买木材时，曾向苏兴华借了100万元。好话多说无害，虽然两人兄弟感情很好，但客套话还是免不了的。

苏兴华打哈哈地说：“喝什么呀？你胃都不行了还喝？”接着，苏兴华把目光转向了唐雨晨说：“是不是又找小唐当替身呀？这么如花似玉的姑娘，我可不忍心。你开得了口，我可下不了手。”

唐雨晨有意娇声说：“什么呀？冯总是让你开口，谁让你下手了？这手可不能随便下！”

苏兴华没料到唐雨晨会说出这话，不禁哈哈大笑起来，对唐雨晨说：“就冲你这句话，咱们得连干三杯！”

说着，他端起了酒杯。唐雨晨没想到自己多嘴说了一句话，却遭来酒祸。她不敢扫苏兴华的面子，只好硬着头皮跟他连干了三杯。

黑武也来了兴头：“我想下手也下不了，只好开口了，咱俩也得干干。”

唐雨晨哪儿敢怠慢黑武这种既神秘又令她敬畏的人物，她只好又举杯和黑武干了起来。黑武和苏兴华的小蜜酒量一般般，但也随后和唐雨晨干了几杯。

唐雨晨不多会儿前才和媒体的朋友干了不少酒，现在又干了这么多酒，很快就顶不住了。她赶紧找了个借口，上洗手间抠了一次酒。她原以为抠了酒后，会清醒些，可今天是她历来喝酒最多的一次，即便抠了酒，她仍感到头重脚轻，身体失去了重心，站都站不稳。

冯雄俊本来还想提议搓一会儿麻将，但见唐雨晨醉得不行了，只好匆匆告辞。

·7·

冯雄俊送唐雨晨回家途中，唐雨晨吐了他一身。

他扶唐雨晨回到她的家后，先用毛巾将她身上的污物擦去，然后再擦自己的。之后，他扶唐雨晨上床躺下，倒了杯开水给她喝，再用热毛巾给她敷头。

唐雨晨渐渐地感到好受了些，意识也清醒了许多。但醉酒后，她长期以来压抑在心头的孤独与寂寞，以及对冯雄俊的单相思，似乎被放大了许多，内心备感凄楚与辛酸。她噙着眼泪，看了看冯雄俊。

冯雄俊关切地问道："雨晨，好些了吗？"

唐雨晨却闭上了眼睛，眼泪流了出来。

冯雄俊摸了摸她的头，说："都是我的错，我真不该让你喝那么多酒！你好好休息，很快就没事的。"

唐雨晨睁开了眼睛，说："冯总，你帮我把灯光调暗些好吗？太刺眼了！"

"好的。"冯雄俊赶紧调暗了灯光，又回到床前。这张床是宽大的双人床，却只有一个枕头。床头放着一个一米多高的泰迪熊，乌黑的眸子直愣愣地盯着前方。房间不大，只有十多平米，落地窗帘将窗户遮得严严密密。唐雨晨平时不爱打香水，即便如此，房间仍弥漫着女孩子所特有的清香。

冯雄俊仔细看了看唐雨晨，只见她又闭上了眼睛，脸上却沾满了泪水。他拿起她头上敷着的毛巾，又用开水泡了一会儿，拧干后轻轻擦去她脸上的泪水。

这时，唐雨晨突然睁开了眼，泪水又涌了出来。她一把抓住冯雄俊的手说："冯总，今晚不要回去，好吗？"

冯雄俊一惊，不自觉地把手抽了回来。

空气刹那间凝固了！

冯雄俊只觉得一股热血往头上冲，他拼命控制住了，定了定神说："雨晨，你是不是觉得好多了？要是感觉好些了，我就回去，虹丽还在等着我呢！"

唐雨晨一下子坐了起来，紧紧抱住了冯雄俊："雄俊，我爱你！你不要走，留下来陪我，好吗？"

冯雄俊只觉得浑身热血沸腾，下体急剧膨胀，仿佛快要爆炸了似的。他搂住唐雨晨狂吻起来，并伸手解她的纽扣，可才解了两粒，又猛地将唐雨晨推回到床上，说："不可以的，雨晨，你休息吧，我们之间不可以的，我回去了。"

说着，他转过身就要走。

唐雨晨一下子哭出声来，叫喊道："冯雄俊，你到底是不是个男人？"

冯雄俊止住了脚步，回过头，将唐雨晨的衣服拉好，说："雨晨，你的心思我明白，但我是个有家室的人。而且，你替我喝了那么多酒，为公司出了那么多力，我不能占有你。你还年轻，我不能毁了你的未来。"

"家室？那你为何还跟李露相爱？你不用担心我的未来，也不要有顾虑，我不需要你承担任何责任，我是心甘情愿的。"唐雨晨说。

"小唐，你，你，你……"冯雄俊见唐雨晨提到李露，有点儿生气，却又气不起来，只好说，"你还小，还不懂什么是爱情，不要因为一时冲动而毁了自己的未来。"

"谁说我不懂爱情？"唐雨晨又是一阵心酸，眼泪哗啦啦地落了下来，说，"你以为我是为了钱才耍尽心机帮你贷款，拼死为你挡酒吗？没错，最初我是抱着挣钱的目的为你工作，可后来我发觉我爱上了你。为了你，我愿意做任何事情，我的心你懂得多少？你凭什么说我不懂爱情？"

"就算你懂得爱情，可是，你想过没有，就算我接受你，那你呢？你算什么？二奶？你愿意吗？"

"我愿意！"唐雨晨猛地抬起头，铿锵有力地说。

冯雄俊顿时哑了口，气氛变得有点儿尴尬。

"唉！"冯雄俊伤感地叹了口气，扶着唐雨晨坐在床沿上，轻轻地拍了拍她的肩膀，像个父亲教诲女儿似的，语重心长地说，"雨晨啊，有些感情就像浓雾，遮掩了人的目光，当太阳出来时，雾就会散去。这时，你才觉悟到雾原来是虚空的。我们俩的年纪相差很大，我是有家室的人，你年轻漂亮，将来，当你找到真爱时，你会发现这段感情很可笑。你会发现，我是虚空的。只要你清醒些，再耐心等待些时日，你的爱情就会到来的。听我的话，不要胡闹了，好吗？"

"不，爱情是没有差别的，没有年龄的差别、金钱的差别、地位的差别。我爱你，不是爱你的钱，而是爱你的体贴、善良、仁慈、果断。你知道吗？每次喝酒后，你送我回来时，我心里都充满了温暖与幸福。当你走后，这房间里了无生气，黑暗与寂寞吞噬着我。我内心的孤独与凄凉没人知道。我胃痛，头痛，心更痛。”

说到伤心处，唐雨晨的泪水夺眶而出。冯雄俊也不禁深深地同情起唐雨晨来，可一时又不知道该怎么安慰她。

沉默了一会儿，唐雨晨说：“雄俊，你能抱我一下吗？”

冯雄俊侧过身子，轻轻地搂住了唐雨晨。唐雨晨把头深深地埋进冯雄俊的怀抱里，只觉得很温暖、厚实。他身上所散发出来的雄性气息，令她痴迷、战栗不已。在他的怀抱里，她仿佛化成了一摊泥、一摊水。

“雄俊，今晚不要走好吗？我真的很害怕你离开我！”唐雨晨在冯雄俊的怀抱里，喃喃自语。

冯雄俊此时冲动已经消退，他对唐雨晨根本没有男女之间的欢爱情愫，有的只是长辈对晚辈的关怀。他轻轻地拍了拍唐雨晨的后背，说了一些安慰的话后，将她按坐在床上，自己站了起来，说：“雨晨，我该走了，你好好休息！”

想到自己放下矜持主动向他表白，又苦苦哀求他留下来，他却仍对自己无动于衷，坚持要走，唐雨晨心碎欲裂，哭着吼道：“你走，你走，快走，没什么了不起，以后永远也不要送我回来，走啊！”

冯雄俊看到唐雨晨悲痛欲绝的样子，心里很难受。可他咬咬牙，心一狠，转身离去。看着他离去的背影，唐雨晨瘫倒在床上，放声大哭。

·8·

次日，唐雨晨睡到十点多才醒来。痴痴地坐在床上，仔细回想了昨晚的经历，她感到有点儿后悔，又有点儿愤恨，不知道还要不要继续为冯雄俊工作，以及怎么去面对他。

洗漱完毕后，她打开冰箱，想翻出点儿食物填饱肚子，可冰箱里除了几瓶饮料，没有其他食品。她想下楼去吃点儿早餐，可看了看时间，已经十点三十八分，于是干脆打开电脑上网，想过一会儿，再出去早餐和午饭一起吃。

十一点十分左右，唐雨晨下了楼。走到小区门口时，保安把她叫住了，递给她一个袋子，说是一名中年男子让他转交给她的。唐雨晨知道，又是冯雄俊给她送补品来了，心里既暖和又酸楚。

唐雨晨说："先放你那里，等下我吃完饭回来再拿，好吗？"

保安点点头，脸上露出诡异的笑容。

唐雨晨刚走出小区门口不久，手机铃声就响了起来。她低头一看，是个陌生号码，一接听，是卢沧舟。原来，唐雨晨把他的号码拉入黑名单后，他便换了张卡。唐雨晨想到保安刚才的诡笑，猜测卢沧舟收买了保安，保安见到自己出来，打电话告诉了卢沧舟。

卢沧舟说想请唐雨晨吃饭。唐雨晨正饿着肚子呢，而且不答应他，又得被他缠上半天，于是干脆答应了。

没过多久，卢沧舟开车赶来，将唐雨晨带到上次他们来过的幽竹饭店。

找座位坐下并点完菜后，卢沧舟盯着唐雨晨，关切地问道："雨晨，你的眼睛怎么这么红肿，是不是有人欺负你，受委屈了？"

唐雨晨揉了揉眼睛，说："没有啊，可能是昨天睡得太晚的缘故吧。"

卢沧舟接着问道："雨晨，有件事我真搞不明白。"

"什么事？"唐雨晨抬头看着他。

"我对你一片真心，可你老是拒我于千里之外，而且还故意对我撒谎，气我。"

"你又来了，我怎么对你撒谎了？"

卢沧舟说："那天跟你一起去吃海鲜的那个男的，并不是你男朋友！我调查过了，他名叫冯雄俊，是雄俊公司的老总。"

"哦！"唐雨晨见卢沧舟提到冯雄俊，不禁又想起昨晚的事，心里有点儿难受，问道，"你还调查到什么？"

"你就在雄俊公司工作，你是他的秘书，他并不是你的男友。"

"有件事我也不明白！"唐雨晨说，"你明明知道我对你没感觉，你为何还偏偏缠着我不放？”

唐雨晨这一反击，卢沧舟心里很生气，却又不好发作，只好沉默不语。

这时，唐雨晨的手机铃声响了起来。她一看，是冯雄俊打来的，犹豫了一下，才接听。以往，冯雄俊给她打电话，她都是主动叫冯雄俊“冯总”，并问他有什么事。这次，电话接通后，她轻声地“喂”了一句，等待冯雄俊发话。

冯雄俊问道：“小唐，昨晚喝了那么多酒，今天好些了没？”

唐雨晨见冯雄俊又恢复了最初的习惯，喊她为“小唐”，心里很难过，低沉着声音说：“好些了！”

“好了就好！”冯雄俊说，“下午公司有事，你过来一下。”

说完，他挂了电话。

唐雨晨关上手机，刚想放回手提包里，这时，手机铃声又响了起来。她一听，竟是金意发。

金意发说：“师妹，谢谢你昨天的招待。这会儿有空不？咱们一起吃个饭？”

唐雨晨说：“真不巧，我正和朋友吃饭呢。师哥，改天有空咱们再聚了！”

金意发失望地说：“师妹真忙，看来请你吃饭得提前预约才行。那咱们就改天再聚吧。”

唐雨晨挂了电话，见卢沧舟仍拉着脸，便改变了态度，说：“凭你的相貌和条件，相信追求你的女孩儿肯定排起了长龙，你何必把心思浪费在我身上。”

卢沧舟学着唐雨晨刚才的语气说：“你又来了！”

唐雨晨不禁笑了起来，卢沧舟的脸上才又露出了笑容。不一会儿，菜上来了。

就餐过程中，卢沧舟知趣地不谈感情，和唐雨晨边吃边聊，聊得倒也挺开心。

下午，唐雨晨到公司后，看到冯雄俊电话接个不停。见到唐雨晨，他像往常一样，朝她点点头，仿佛昨晚的事没发生过似的。

唐雨晨先给他泡了一壶茶，然后坐在他对面的椅子上，翻看当天的报纸。过了一会儿，林淦、孙名亮、王利杰以及各个部门经理陆续进来。

冯雄俊接完电话，抬头扫视了一下，说：“人员都到齐了，咱们开会吧。”

接着，他喝了一口茶后问林淦：“老林，这几天菠萝格的价格还有没有变化？”

林淦说：“没有，一直保持在5800元一立方米的价位上。”

冯雄俊接着说：“前段时间，咱们公司用全部流动资金和贷款，购进大批菠萝格。短短几个月时间里，菠萝格价格不断上涨。我之所以顶着巨大压力，迟迟不肯出手，是因为它还没涨至最高点。目前，根据林总打探到的情况，一些木材商因很难进到菠萝格，开始大量进购其他红木，菠萝格的价格因此将受到冲击，价格很难再攀高。因此，从明天开始，我将囤积的菠萝格出手大部分，只留下三分之一用于生产。由于销售量大，雨晨你留在我办公室，替我接听电话和接待来访的客人，有重要的事，马上通知我。其余的人，全都跟我到工厂。”

唐雨晨和王利杰还有各个部门的经理，这时候才明白过来，冯雄俊不惜代价购买菠萝格，目的是囤积居奇，想借机大赚一把。

王利杰这时候长长地舒了口气，说：“苦日子总算熬到头了，这段日子公司账上分文没有，我快被逼疯了。”

冯雄俊认真地说：“这一仗我们还没打完，不到最后的胜利，我们不能放松警惕。木材出手过程中，谁都不能保证不发生意外，每个人都必须认真对待，不能有丝毫懈怠。”

林淦问道：“咱们的竞争对手红兴公司和爱家公司都曾跟我联系过，想买木材。咱们要不要卖给他们？”

“当然卖！但是价格方面一分都不能少给他们。”冯雄俊说。

林淦接着问道：“干吗不趁机将他们搞垮？他们必定接了很多业务，咱们不卖给他们，他们没材料，开不了工，交不了货，客户就会起诉他们，让他们吃不了兜着走！”

其他人听了都表示赞同，冯雄俊却说：“事情没你想象的那么简单。打官司是个很漫长的过程，客户可不愿意耗那么多时间。再说，他们买不到菠萝格，可以说服客户用其他红木。他们两家公司财力大，不卖给他们，咱们的木材很难一下子消化完。”

众人觉得冯雄俊说得很有道理，又转而支持他。

林淦接着问道：“还有个问题，有些公司难免有资金困难。假如他们拖欠货款，咱们要不要把木材卖给他们呢？”

冯雄俊说："咱们优先卖给全额付款的客户，余下的再考虑。即便是拖欠，也不能超过三个月。"

接着，冯雄俊对孙名亮说："你等下准备好合同和公章，明天带到工厂去。还有，等散会后，你到工厂腾出一个大点儿的房间，整理好，作为明天洽谈业务的临时办公地点，并且安排几个保安值班。在洽谈业务的过程中，没有我的允许，不许任何人进来。"

冯雄俊安排完任务后，又让到会人员各自谈谈木材交易过程中还有哪些注意事项。直到下午四点多，他才宣布散会。

·9·

冯雄俊囤积的菠萝格没几天就卖完了。月底，货款均陆续到账。短短几个月，他就赚了1000多万元。这种赚钱速度，让他体验到前所未有的快乐。他开始对那种稳扎稳打的小收入看不上眼，而是谋划着向更大的目标进攻。

他当然没有忘记为他流过汗、出过力的人，按贡献大小给每一名员工发了或多或少的奖金。论功劳，唐雨晨最大。冯雄俊奖励给她10万元现金和一辆价值10多万元的小轿车。唐雨晨将这10万元和自己平时积攒下来的10多万交了首付，在池亭小区按揭了一套三室一厅100多平方米的房子，一下子成了有房有车族。

符安永不知道从哪儿得知冯雄俊赚了大钱，让手下找到唐雨晨，催促雄俊公司还款。唐雨晨把此事告诉冯雄俊，冯雄俊说："合同上明明写着三年内还清，不到期限，这钱不能还。我得好好利用这笔钱，让它给我带来最大的利益。"

唐雨晨把冯雄俊的意思转告给银行，银行派人上门来追讨。因有合同约束，冯雄俊硬是不还，他们也无可奈何。

但生意场上的朋友的钱，冯雄俊可不敢不还。一是关系到信誉，二是这些朋友若撕破了脸皮，什么事都能做得出来。冯雄俊不但还了他们钱，还宴请了他们，让唐雨晨陪他们干了一场。

喝完酒，送唐雨晨回家后，冯雄俊去了李露那里。李露 27 岁，皮肤白嫩，身材苗条。她原本有个幸福的家庭，丈夫是一家企业的副总，两人有一个可爱的女儿小妮。三年前，她老公有了外遇，她一气之下提出了离婚，女儿归她带。

冯雄俊从来不相信一见钟情，可第一眼看到李露就怦然心动。然后，他找机会接近她，俘虏她。和李露在一起，他体会到了心灵与肉体完美结合的快感，这种快感是黄虹丽给不了她的。黄虹丽是经人介绍认识的，两人见了面后，互相都有好感，交往了一段时间，又觉得很合得来，便领了结婚证。整个过程很平淡，就连亲热也是很模式化。她温顺地等着他进去，没多久就出来，然后，两人拥抱了一会儿，各自睡去。

李露不一样，她身上有种魔力引诱着他。当他向她进攻时，她却又躲闪着，这更加激起他的欲望，向她发起猛攻。在猛攻的过程中，她又是如此娇嗔、妩媚，甚至放荡。

冯雄俊曾想过和黄虹丽离婚，娶李露，但黄虹丽让他找不到离婚的理由与勇气。李露曾遇到过优秀的追求者，也曾一度想再婚，可她最终还是为了冯雄俊，拒绝了别人，宁愿独身。冯雄俊为此感到很愧疚，只能用金钱来弥补。

冯雄俊其实也看出了唐雨晨眼中的柔情。送唐雨晨回家那么多次，他有过冲动，尤其是那晚唐雨晨主动示爱时。但这种冲动纯粹是生理上的冲动，他对唐雨晨没有像对李露那样的感觉。

冯雄俊先来到李露的服装店，却见衣服店已经关门，便直接开车到李露住的民安小区。这套房是冯雄俊瞒着黄虹丽买给李露的。李露平时除了卖衣服，很少出门。

李露果然在家。见到冯雄俊，她迎上来，一把就搂住了他的脖子。冯雄俊掰开她的手，说："等等！"

说完，冯雄俊把手中的一个皮袋了递给李露。李露打开一看，里面是一捆捆的钞票。她不数，也不问为什么，只随手丢到沙发上，然后又搂住了冯雄俊。

这个皮袋子里装有 20 万元现金。每次赚了钱，他都少不了李露的。这也是李露不愿离开他的原因之一。

李露正解开冯雄俊的纽扣时，冯雄俊突然又想起了什么似的，说："再等等！"

说完，他拿出手机，取出了电池。

……

十一点多的时候，冯雄俊重新装好电池。开了机后，秘书台发过来几条信息，提示关机期间拨打进来的电话。冯雄俊按下阅读键一看，都是黄虹丽打的。他把这些短信都一一删掉，然后再找了根铁丝，让手机电池短路，直至没电。

冯雄俊迈进家门时，黄虹丽正坐在沙发上看电视。冯雄俊进来的时候，她看都不看他一眼。

冯雄俊轻声问道："良良睡着了吗？"

黄虹丽这才上下打量了他一会儿，眼里满是狐疑与失望，冷冷地问道："你送小唐回家后，上哪儿去了？"

"哦，"冯雄俊假装没事地说，"我约一个生意场上的朋友喝茶去了。"

"那我打你手机，怎么老是关机？"黄虹丽的目光直逼着冯雄俊。

冯雄俊把手机拿出来，丢到沙发上，说："手机没电了！"

说完，他走进儿子的卧室，看了看熟睡中的儿子。黄虹丽拿起他的手机按了按开机键，果真开不了。

冯雄俊走出来后，黄虹丽说："你不要把我当傻子，你明明去了那个妖精那里，却说去和朋友喝茶。你说说，和哪个朋友？去哪里喝茶了？"

冯雄俊没有回答黄虹丽。他觉得如果回答她，反倒显得自己早就想好了似的。他假装生气地说："你这人怎么老这么疑神疑鬼呢？我每天见那么多人，有那么多应酬，是不是找个本子，每个都写下来，向你汇报？我忙了一整天，你让我好好休息一下，行不？"

"我让你好好休息？你让我好好休息没有呢？你去和那个妖精鬼混，还关了机，让我联系不上，你知道我有多焦急，多气愤吗？"

"你有证据吗？没有证据你不要乱咬人！"

"我要是有证据，马上就从楼上跳下去了！"

"我真是太没用了，辛辛苦苦为这个家操劳，却不能博得信任，回到家还要被质问,我真是不得好死！”冯雄俊边痛心疾首地说,边狠狠地抽自己的嘴巴。

黄虹丽见冯雄俊真的是带劲抽，心一下子软了下来。她赶紧抓住冯雄俊的手说：“好了，好了，人家为什么怀疑你，不就是看你紧要，才怀疑你嘛。既然没有，就算了，不要折磨自己！”

冯雄俊这才住手，嘴角露出一丝不易察觉的微笑，将黄虹丽搂进怀里，说：“老婆，你相信我吧，我不会背叛你的，以后不要再怀疑我了，好吗？你怀疑多了，会使我们的感情破裂的，知道吗？”

黄虹丽点点头，说：“我不怀疑就是了！”

冯雄俊夫妻争吵的时候，唐雨晨正躺在床上想着冯雄俊，默默地流泪。

第四章　指点迷津

这时，一名男子走过来，把他带到一间换衣室。冯雄俊刚一进换衣室，就有两名男子不知从哪里冒出跟了进去，并反手把门关上。

·1·

唐雨晨每天开着冯雄俊奖励给她的车上下班。如果不堵车，从家到公司，大约要十五分钟。一天早上，唐雨晨驾车行驶到朝阳路时，突然从后视镜中，看到后面有一辆面包车，好像在跟踪自己。她加速，对方也加速；她减速，对方也慢了下来。而且，这还是辆无牌车。

唐雨晨正纳闷着对方为何这么做时，突然，后面的车子加速冲了上来，砰的一声，撞到了她的车尾。唐雨晨猜测，自己可能遇到“碰瓷党”了。她赶紧将车靠边停了下来，然后下车掏出手机报警。这时，那辆车又掉头逃跑了。

警察赶来后，问明了情况，做了一些记录，然后又走开了。唐雨晨看了看自己的车尾，见只是撞凹进去了一点点，并不严重，便上车赶往公司。

到了公司，她把今天的遭遇告诉冯雄俊。冯雄俊说：“可能是新手学车，不小心才撞到的。”唐雨晨觉得冯雄俊说得很有道理，便不放在心上。

冯雄俊接着告诉唐雨晨：“晚上在闻香酒店有个应酬，到时候，你和我一起去。”

冯雄俊刚说完，市人民医院的小许就打来电话，说周功航的母亲去世了，正在办理后事。冯雄俊本想过去吊唁一下，可转念一想，老太太两次生病，他都去看望，并送了礼品，感情已经做到位了，不去也罢。

晚上，唐雨晨应酬完后，冯雄俊开车将她送回家的途中，唐雨晨竟然无意中又从后视镜看到有辆车在跟踪他们。这辆车跟她白天看到的那辆一模一样，而且也没挂车牌。她告诉冯雄俊，让他看那辆车。冯雄俊意识到这车显然是有意跟踪唐雨晨的，赶紧报了警。可警车还没来，这辆车却似乎有所警觉地逃跑了。

到底是什么人在跟踪唐雨晨？又是为了什么呢？冯雄俊和唐雨晨仔细分析

了好久，都没有一个结果。

唐雨晨觉得那辆车很神秘，心里不由得害怕起来。

一连两个星期，唐雨晨都不敢开车去上班，免得那辆车又来跟踪她。可她不开车上班，倒也什么事都没发生。

这天早上，唐雨晨经不住车瘾，又开着自己的爱车去上班。行到半路时，她竟然又看到那辆无牌车。不过这次车是在她前方，故意开得很慢。唐雨晨干脆加速，想超车甩掉它。可两车擦肩而过的一刹那，那辆车侧身朝唐雨晨的车撞过来，砰的一声，轻轻碰了一下，又闪开了。唐雨晨靠边停下，下了车查看，只见自己车子被擦出一道痕迹。

就在她看车的那一会儿，一辆油光锃亮的跑车和那辆无牌面包车开过来，停在她前方。面包车上下来六名戴着墨镜、手持铁锤的男子，朝唐雨晨走过来。唐雨晨意识到情况不妙，边撒腿跑，边掏出手机想报警。其中一名男子冲过来，将她的手机抢走并猛地摔到地上。

紧接着，又有一名男子走过来，抓住唐雨晨的一只手，紧紧地按住她，使她动弹不得。唐雨晨吓得大声呼救，这条路在郊区，较偏僻，过往的车辆和行人稀少，偶尔有车经过，或许没注意到，或许不想管闲事。

唐雨晨不禁想到了电影中杀人越货的画面，吓得大哭，说："求求你们别杀我，我跟你们无冤无仇，你们放了我吧！"

两名男子却仍将唐雨晨控制住，其余的四名拿起铁锤，走到唐雨晨的车旁，哐啷啷地一阵狂砸。

唐雨晨原以为这伙人是冲她的车子而来的，可目前的情景使她疑惑不解，不明白他们为何砸坏自己的车，而不是抢走。

短短十几分钟，唐雨晨的车就已面目全非，车窗、车头、车尾全被砸得一塌糊涂，方向盘也被砸断。那伙人仿佛跟这车有深仇大恨似的，还掀起前盖，举起大锤子，对着发动机狂砸。看样子，唐雨晨的车几乎全废了。

过了好一会儿，砸累后，四名男子才歇了手。这时，那辆跑车的车门被打开了，一名男子下了车。当看到这名男子时，唐雨晨不禁大为吃惊。原来，这名男子竟是卢沧舟。

卢沧舟朝那六名男子一点头，他们全都上了那辆面包车，扬长而去。

唐雨晨顿时明白过来，原来卢沧舟是幕后指使。她不禁怒火冲天，弯腰捡起一个小石块儿，朝卢沧舟狠狠地扔过去，骂道："我打死你这个畜生，打死你！"

卢沧舟躲过飞来的石块儿，说："雨晨，你听我说！"

"畜生！我要报警，让警察把你抓起来关进监狱！"唐雨晨仍暴怒不已，又捡起一个小石块儿朝卢沧舟砸过去。

卢沧舟连连躲过了几个小石块儿后，唐雨晨才筋疲力尽地住了手，大声质问道："你干吗指使人砸我的车？"

卢沧舟说："雨晨，你原谅我好吗？我是不愿意看到你开别人送给你的车，才这么做的。"

"我开什么样的车，你管得着吗？"卢沧舟砸车的理由让唐雨晨既气愤又哭笑不得。

"反正我就是不许你开别人送给你的车。"

"你得赔我车、手机，还有给我精神补偿！"

"好啊！"卢沧舟指着自己的跑车，说，"我就赔这辆给你，你现在可以开走。"

"你以为我稀罕你的车吗？我要你赔同样品牌、型号的车！"

"那也没问题，我明天就赔给你。"

"卢沧舟，我警告你，你不要以为有钱，就可以随意来刁难我，戏弄我。你这样的行为，是犯罪行为，我要报警，还要把你告到法院，看你还猖狂得起来不！"

"你去报警啊，告啊，你有证据吗？"卢沧舟走到唐雨晨的跟前，注视着她说，"雨晨，你为冯雄俊工作，我不反对。可他是有家庭的人，你不要接受他的好，不要被他给骗了。"

"你管得着吗？你有什么资格管我的事？"

卢沧舟见唐雨晨又生气了，赶紧道歉说："这次是我的不对，我向你道歉。"

唐雨晨别过脸哼了一声，不理他。

卢沧舟看了看时间，说："快九点了，你不是还要去上班吗？我送你吧。"

"谁要你送？"唐雨晨边向一辆的士招手，边说，"你得赔我同样品牌、型号的车和手机，否则我跟你没完！"

卢沧舟在一旁笑呵呵地说：“没问题！”

一路上，唐雨晨越想越气，觉得卢沧舟简直就是个整天无所事事的废物。

唐雨晨刚迈进冯雄俊的办公室，冯雄俊就有点儿不解地问道：“你怎么把手机关了？”

唐雨晨把自己的遭遇告诉冯雄俊后，冯雄俊问唐雨晨：“没伤到你吧？”

“没有！”唐雨晨摇了摇头。

冯雄俊气恼地说：“这家伙太不像话了，得让他吃点儿苦头。”

说着，冯雄俊拿起话筒就要拨打电话。

唐雨晨赶紧问道：“冯总，您这是干吗？”

冯雄俊说：“报警啊，我让公安局的朋友把他抓起来，看他还敢骚扰你不？”

唐雨晨不愿把事情闹大，说：“算了，现场又没留下证据，不要跟他这种人计较。”

“那我让黑武找个人吓他一下！”

唐雨晨又制止了，说：“他说要赔我车和手机，先等等看吧，他要是不赔，再想别的办法。”

冯雄俊只好放下话筒。

这时，办公室小张走了进来说：“雨晨，你的电话。”

唐雨晨起身出去了。

电话竟是郝琳打来的。唐雨晨还没开口，郝琳竟抽泣起来，说：“雨晨，有空吗？想和你见面聊聊。”

唐雨晨犹豫了一下，答应了。

·2·

唐雨晨见到郝琳时，甚是吃惊。她脸色苍白，眼睛红肿，看起来很憔悴。

这是一家休闲餐厅，郝琳坐在一个光线较阴暗的角落里。

“郝琳，你的脸色不太好，发生什么事了？”唐雨晨问。

“你喝点儿什么？”郝琳不急着回答。

唐雨晨点了杯橙汁。

服务员走后，郝琳埋下头，又抽泣起来。唐雨晨递给她一张纸巾，她擦干了眼泪，才抬起头，说：“雨晨，安永在外面包养了情人，你说我该怎么办？”

唐雨晨看到她这个样子，已经猜测到是她的婚姻出了问题。

“你确认他包养情人了吗？有证据吗？”唐雨晨问道。

郝琳点点头，泪水又涌了出来。

上周三，郝琳和朋友逛街时，无意中看到符安永挽着一名女子的手，进了一家宾馆。她假装说有事要先走，告别了朋友，然后悄悄地跟了进去，敲开了房门。开门的是那名女子，她探出头来问：“你是谁？想干什么？”

郝琳一下子推开门，结果看到他俩裸着身子。

“他每次说出差我都相信他，没料到，他外面有了女人。我对他那么好，他还这样，现在出了这事儿，我不知道该怎么办？”郝琳说。

唐雨晨问她：“事情暴露后，他怎么说？”

“他冲我大发雷霆，说我监视他，干涉他的私事。他还狡辩说，这是工作上的应酬，并没有做错什么。而且，他还威胁我，要跟我离婚。雨晨，我不想离婚啊，儿子那么小，对他的伤害多大啊！你说我该怎么办？”

唐雨晨知道郝琳不想离婚，除了不想伤害儿子，还有一点，就是舍不得符安永的权和钱，于是不由得暗暗有点儿瞧不起她。

“你可以跟他好好谈谈，让他保证以后不要再犯错误就是了。百年修得同船渡，茫茫人海中，两人走到一起可不容易！”按唐雨晨的脾气，要是她有这样的老公，她肯定离婚。但她知道郝琳的心思，即使劝说她跟符安永离婚，她也不会。因此，她干脆顺着郝琳的意思，要她跟符安永好好谈谈。

“跟他谈过了，他也说不会再做对不起我的事，可没过多久，他又三天两头不回家。我都不知道该怎么办！”

“那你找他父母管教管教他呀！”

“也说过了，他父亲说，这是男人在外面逢场作戏，不要计较。他知道我把他的事情告诉他父母后，又冲我发怒，威胁要离婚。雨晨，我的命真苦！”

这时，郝琳的手机铃声响了起来。她接听了之后，对唐雨晨说：“莹瑛快到了！”

“莹瑛要来吗？”唐雨晨感到有点儿意外。

莹瑛全名叫韩莹瑛，东北人，是唐雨晨和郝琳的大学同学兼室友。平时三人关系最要好了，经常一起逛街、打饭、上图书馆。毕业后，韩莹瑛应聘到上海一家贸易公司当翻译，三人偶尔通过短信聊聊天。

“是的，她正好出差到咱们这里，昨天刚到的。”

唐雨晨听了，心里很不快。大学时，她跟韩莹瑛关系那么要好，她来这里出差，竟然不通知自己，太不够意思了。

服务员这时把橙汁端上来了，唐雨晨喝了一口问道：“她还好吧？”

郝琳说：“不错，她跳槽到一家国企了，还当上了办公室主任。”

说话间，韩莹瑛走了进来。

唐雨晨挪了一张椅子出来给她，说：“莹瑛，你来出差也不跟我说一声。”

韩莹瑛说：“你们两个在一起，通知一个就够了嘛！”

说完，她把目光转移到郝琳，跟她热情地聊了起来，把唐雨晨搁在了一边。唐雨晨突然想起，郝琳曾在同学面前说过她的坏话，猜想韩莹瑛或许正是这个原因才冷落她，她一下子来了气，把脸转向窗外，只顾喝着橙汁。

郝琳大概也意识到了什么，赶紧对唐雨晨说：“雨晨，年前我听一个朋友说了一些有关你在雄俊公司的事，我知道你不是那样的人，根本就不相信。”

接着，郝琳对韩莹瑛说：“雨晨现在在一家家具公司工作，干得很出色，待遇很好。”

韩莹瑛这才朝唐雨晨开玩笑，说：“雨晨，这事儿你可没告诉我，罚你请我吃饭！”

唐雨晨这才转过头来，说：“哼，请你吃饭本来没问题，可你来了不通知我，这饭也就免了。”

韩莹瑛说：“你敢！”

说着，她伸手过来，就要给唐雨晨挠痒痒。大学时，她们几个在一起就经常爱开玩笑，互相挠痒痒。

唐雨晨笑着躲开了，说：“好吧，鉴于你是初犯，就原谅你一次。你喜欢吃什么菜？”

“川菜！”韩莹瑛说，“工作后，我受同事的影响，喜欢上川菜了呢。”

唐雨晨想了想，说：“那就去川情香饭店吧。”

郝琳附和说：“嗯，那里的川菜味道不错！”

“对了，”韩莹瑛问唐雨晨，“雨晨，你的手机号码没变吧？刚才我来的路上，打你手机，怎么也打不通。”

郝琳也说：“没错，我刚才也是因为打不通你手机，无奈之下才打你公司电话的。”

唐雨晨不想让她们知道卢沧舟追求自己的事，便说：“我今天来公司的路上被人抢包了。”

“啊？”郝琳吃惊地说，“伤到你了没？你报警了吗？”

“没伤到，报警估计也很难追回。”

“莹瑛，你点点儿什么喝吧！”郝琳这才发现韩莹瑛只顾说话，还没点饮料。韩莹瑛点了杯西瓜汁。

过了一会儿，西瓜汁上来后，韩莹瑛说：“雨晨，你知道吗？周进被那个女的甩了。听同学说，他经常问起你呢。”

唐雨晨听了，心里竟出奇的平静。在塞思酒吧工作的时候，她满脑子都是周进的影子，常常借助酒精来麻醉自己。自从到雄俊公司工作后，她的心已经转移到冯雄俊的身上，对周进已经淡忘。

“别提他，我跟他已经没有关系。”唐雨晨说，“说说你的情况吧，找到白马王子了没有？”

“莹瑛有男朋友啦，是外企经理呢。”郝琳早就知道了，赶紧替韩莹瑛回答。

“哼，什么事都瞒着我。我看这件事天下人都知道了，只有我不知道。”唐雨晨说。

“小气的女人，现在知道也不迟。我是怕他被你这‘狐狸精’抢走，才没有告诉你呢。”

韩莹瑛的话音刚过，唐雨晨就冷不丁地把手伸进她的腋窝，挠了几下。韩莹瑛咯咯地笑了起来。

闹了一会儿，唐雨晨硬逼着韩莹瑛把男友的照片交出来。韩莹瑛说身上没带，唐雨晨又逼她现在让男友自拍后发过来。韩莹瑛拗不过她，只好答应了。

几分钟后，韩莹瑛男友真的把自拍的照片发了过来，人不是很帅，但看起来干练、沉稳。

随后，唐雨晨假装无意地问郝琳："知不知道符安永单位和雄俊公司贷款的事？"

郝琳说："他只跟我提过一次。"

"关于具体贷款的过程，他没跟你说吗？"唐雨晨继续问道。

"没有，我从不插手他工作上的事。"

看起来，符安永没有把那天晚上的事情告诉郝琳，唐雨晨的心放了下来。

·3·

冯雄俊很意外地接到周功航的电话，约他晚上在宁湾宾馆喝茶。

宁湾宾馆位于市郊，临着一条小溪而建，是一家五星级宾馆。酒店四楼以上才是客房，二楼是茶厅，三楼是保健休闲中心。酒店虽然较偏僻，但环境宁静幽雅，来者不少，而且均是衣服光鲜者。

冯雄俊很早就到了宾馆，并要了个包厢，然后给周功航发了条短信，把包厢号告诉他，周功航只回了个"好"字。

九点多的时候，周功航才走进包厢。服务员跟进来，问："两位点什么茶？"

冯雄俊让周功航点，周功航并不推辞，点了一壶铁观音。

服务员出去之后，冯雄俊给周功航递了根烟，并给他点了火，然后才点自己的。

周功航吸了一口，吐出一团烟雾，待烟雾缭绕开后，才缓缓地说："家母住院期间，有劳冯总费心了。"

冯雄俊说："应该的，周局长不必挂齿。"

周功航接着长长叹息了一声，说："我们都很努力了，但她还是走了。"

冯雄俊假装十分惊讶的样子，说："伯母她，她老人家？"

周功航点点头，说："小时候，我们家里很穷，父亲又早逝，母亲为了支持我们兄妹几个上学，起早贪黑，不知吃了多少苦。我们参加工作后，想接她到城里享享清福，她却嫌寂寞，宁愿待在乡下。仔细算来，她为我们付出了那么多，我们却无法让她享受到一丁点儿清福，唉！”

周功航说完，又吸了一口烟。

冯雄俊说：“人已经走了，周局长节哀顺变，不必太难过而伤了身体。”

接着，冯雄俊也谈起了自己的母亲。两人都动了情，感慨了一番。

这时，茶上来了。服务员给两人倒满茶后，带门出去了。

随着热气慢慢散发，茶的香味在包厢里弥漫开了。

一阵短暂的沉默后，周功航弹了弹烟灰，问道：“冯总公司发展得怎么样？”

冯雄俊想，周功航问这个问题的目的，有可能是想了解他公司的实力，也有可能是暗示他是否愿意做其他项目。因此，他把自己公司的情况介绍了一番，然后说：“家具行业很难有大的作为，最近我一直在考虑转行做点儿大的项目。”

周功航饮了一口茶说：“冯总所说的大项目，指的是什么呢？”

冯雄俊说：“比如房地产。”

周功航说：“搞房地产要具备雄厚的资金，而且还得拿到好的地皮才行。”

冯雄俊说：“只要有土地，即可找银行解决贷款问题，关键是土地不好拿。”

冯雄俊刚说到土地，周功航就突然转移了话题，问道：“前段时间，和你一起到医院的那个女孩儿很懂事，人也长得很水灵。”

冯雄俊说：“没错，她的工作能力很强，而且酒量很好。”

“哦！”周功航说，“改天你得把她叫来，让我见识见识。”

“没问题！”冯雄俊说。

周功航又抿了一口茶，问道：“冯总是搞家具的，应该对木材很了解吧？”

冯雄俊说：“红木有许多种，不知道周局长指的是哪一种？”

周功航说：“我的祖上传下一块木头，听说是海南黄花梨。我对木材不了解，不知道是真是假，也不知道它的价值。”

冯雄俊说：“海南黄花梨是所有花梨木中品质最好的。它质地坚硬、纹理漂亮，明清时期就已经被认定是制作家具的上等木料。”

周功航说：“看来冯总果真对红木很了解，改天我让人把木材拿给你看看。”

冯雄俊说：“没问题！”

接下来，周功航又和冯雄俊聊了一些无关紧要的话题。那壶茶快喝完时，周功航看了看手表。冯雄俊知道周功航想要走了，便说：“周局长很忙，咱们改天再聚。”

周功航说：“行，那咱们就先聊到这儿。”

冯雄俊赶紧拿起牌子，按服务灯埋单。

周功航客套地说：“这茶是我约你出来喝的，让我来！”

冯雄俊说：“自己人，谁买都一样，周局长不要见外，还是让我来吧。”

服务员进来后，冯雄俊赶紧掏钱埋单。

从茶厅出来，周功航对冯雄俊说：“冯总平时喜欢看报纸吗？”

冯雄俊一怔，不明白周功航话中的含义，说：“偶尔会翻一翻。”

周功航说：“前几天的报纸内容挺丰富的，冯总可以留意下。”

周功航这句话使冯雄俊心里暗喜，意识到有生意可做了。他压抑住内心的激动，只回答说：“行！”

随后，周功航上了三楼的保健休闲中心。冯雄俊猜测，他可能去按摩或找别的乐子了。他不叫他，说明他只想单独行动，冯雄俊当然不会跟上去。

回来的路上，冯雄俊看了看时间，才十点多，便拿起手机，给黄虹丽打了个电话。

电话接通后，冯雄俊听到一阵音乐声，猜测黄虹丽又在看电视等他。

他说：“我刚跟朋友吃饭出来，这会儿要去和规划局的一个领导喝茶，要晚点儿才回家。”

黄虹丽打了个哈欠说：“好吧！”

冯雄俊挂了电话后，径直去了李露那里。李露还没睡，见到冯雄俊，她高兴地迎上来，说：“你来得正好，有件事想跟你谈下。”

冯雄俊捏了一下她的鼻子说：“看你急的，到底什么事？”

李露说：“明天你能不能陪我回家一趟？明天是我妈妈的生日，她老是催我再找个人嫁了，我就逗她说，我正在谈一个对象。她让我带回去给她看看。”

冯雄俊一听，把头摇得像拨浪鼓似的，说：“不行，不行！”

“为什么呀？”李露娇嗔地问。

冯雄俊是怕和李露在一起时，被黄虹丽撞到。真那样，黄虹丽不跟他闹翻天才怪。可他又不能告诉李露真实原因，怕她难过，便说：“最近公司的事很多，我根本走不开。”

李露眼里有泪花在闪动，说：“那怎么办？我可不想让妈妈失望难过。”

冯雄俊搂着她说：“要不，你把我的照片拿给她老人家看，就说，我原本要来的，临时有事给耽搁了。”

李露嘟着嘴说：“只能这样了。

沉默了一会儿，李露按了按自己的手机，递给冯雄俊说：“你看！”

冯雄俊接过来一看，只见屏幕上显示着：“露露，嫁给我吧，我真的很爱你，让我好好照顾你一生，好吗？”

“他总是揪着我不放！”李露说。

李露指的就是追求她的那个人。

冯雄俊叹息了一声说：“我也很爱你，但我无法给你名分。我说过，如果你想要名分，尽管去跟别人结婚，我不阻拦你。我愿意独自承受悲伤、痛苦。”

李露啵地在冯雄俊的脸上亲了一口说：“人家只不过让你看看而已，你吃什么醋？快删掉吧。”

冯雄俊按了按键盘，把那人发来的短信全都删除掉了。李露这时又亲了冯雄俊一口，冯雄俊一把搂住她，她却挣脱出来，走到卧室门口。冯雄俊起身追过去，她又钻进了卧室。冯雄俊扑了进去……

·4·

卢沧舟给唐雨晨买了一辆同样型号、品牌的车。

这天早上，拿到车子后，唐雨晨气得火冒三丈。卢沧舟竟然在车内喷上了他的名字和一些情话。

唐雨晨砰的一声把车门重重地关上，冲卢沧舟发怒说：“谁要你在车内喷这些乱七八糟的东西？你得重新赔我一辆！”

卢沧舟嬉笑着说：“这辆的品牌和型号，跟你那辆可是完全一样的。你的要求我已经满足，你就是告到法院，我也不怕你！”

唐雨晨气得抡起粉拳，在他的肩膀上乱捶一通。卢沧舟抓住她的手，说：“雨晨，你不要老是把我拒于千里之外，好不好？”

“你这个垃圾，给我滚得越远越好！”唐雨晨甩开他怒骂道。

“你凭什么骂我垃圾？唐雨晨，你不要老以为自己很了不起，比你优秀的女孩儿多的是，别以为我多次求你，你就一副高高在上的样子。”卢沧舟终于控制不住发怒了。

“没错，天底下有很多优秀的女孩儿，我早就跟你说过。是你自己犯贱来烦我，让我横竖都看不顺眼。”

“你！”卢沧舟被气得满脸通红，一句话也说不出来。

唐雨晨不理他，钻进车子，径直离去。卢沧舟气得在背后大喊道：“唐雨晨，你给我小心点儿，我绝对不放过你！”

唐雨晨来到公司，走进冯雄俊的办公室，看到他正拿着一份报纸，边看，边皱着眉头沉思。

周功航叫他留意这几天的报纸，但并没有说明留意什么，所以他只能根据报纸上的内容来判断。反复阅读，对比了前三天的报纸后，他把目光锁定在一则拍卖公告上。一是因为三天的报纸都登了这则拍卖公告，二是因为拍卖的标的是土地。冯雄俊清楚地记得，那晚周功航跟他谈土地时，戛然而止，转移了话题。他猜测，周功航是建议他拍下这块土地。这块土地是市糖厂的，冯雄俊向朋友打听到，糖厂因为经营不善而倒闭，债务缠身，走投无路才来卖土地抵债。

问题是，糖厂的土地是在郊区，冯雄俊不知道拍下来后能用来干什么，没有十足的把握，他不敢下手，不想被套牢。可周功航是市规划局的局长，他要他留意这则拍卖广告，必定有目的。到底要不要拍下这块土地呢？冯雄俊一时犹豫不决。

唐雨晨见冯雄俊没意识到自己进来，便走到他的办公桌前，拿起茶壶给他泡茶。冯雄俊这时才抬起头，说：“雨晨，你来了！”

唐雨晨说：“是啊，你看报纸看得那么投入，我进来了你都没有察觉，是不是又发现什么商机了？”

冯雄俊放下报纸说：“哦，没有，我刚才看一篇社会新闻报道，看得入迷了。”

接着，他问唐雨晨："那个家伙赔你车和手机了没？"

唐雨晨说："赔了！"

接着，她把卢沧舟在新车内喷上他的名字的事告诉了冯雄俊。冯雄俊说："这小子倒挺痴情的。"

唐雨晨说："痴情什么呀？像他这种富家子弟，整天无所事事，到处拈花惹草，不是什么好东西！"

冯雄俊感叹说："都是父母溺爱孩子的结果，将来我要严厉对待我的儿子，让他多吃点儿苦。"

唐雨晨给冯雄俊倒了一杯茶，说："今天有没有什么重要的事要做？"

冯雄俊说："重要的事倒是没有，不过有件事正要告诉你呢，我想提拔你为公司副总。"

唐雨晨赶紧摇摇头，说："不行！我只不过会喝点儿酒罢了，哪儿有资格当副总？"

冯雄俊说："雨晨，你就不要推辞了！喝酒也是种本事啊！在这次木材生意中，你的功劳最大，大家都有目共睹。我早就想提拔你了，这段时间杂事太多，才拖到今天。"

唐雨晨仍旧推辞说："我不要当什么副总，我可不想别人在背后对我指指点点。"

唐雨晨指的是，别人在背后议论她，说她和冯雄俊有暧昧关系。这样的议论，她曾无意中听到，并且告诉过冯雄俊。冯雄俊却说，只要身正就不怕影子斜，让她别在意。

冯雄俊说："我主意已经定了，你就不要再推辞，下午开会我再宣布。"

唐雨晨知道冯雄俊说一不二的性格，只好不再说什么。

冯雄俊随后说："雨晨，现在正好没事，咱俩出去兜兜风吧。"

唐雨晨想顺路到汽车装饰店把卢沧舟的名字涂掉，便答应了。

两人出来后，唐雨晨先将车开到公司附近的一家汽车装饰店，店主看了之后说："车内喷了很多名字，要好长时间才能去掉，你明天再来取车，怎么样？"

冯雄俊替唐雨晨答应了，并预付了费用。老板随后给唐雨晨开了张单据。

唐雨晨收好单据后，上了冯雄俊的车，坐在前排副驾驶座。冯雄俊让她系好安全带后说："郊区的空气清新，咱们到郊区兜一圈吧。"

唐雨晨说："随你的便！"

不一会儿，冯雄俊驱车到了郊区。三转两转后，他来到了市糖厂。只见厂房已经半倒塌，里面杂草丛生。糖厂的左边有一个垃圾中转站，垃圾堆成了小山，蚊蝇乱飞；右边有一片小树林，一条柏油路从中穿过。

冯雄俊看了之后，不禁大为失望。这块土地这么偏僻，还挨着垃圾中转站，能做什么呢？有开发的价值吗？冯雄俊不禁满肚子疑问，怀疑周功航到底是不是暗示他看那则土地拍卖公告。

唐雨晨见他沉思的样子，说："你怎么了？把车子开到这荒芜的地方，还心事重重？"

事情还没一点儿眉目，冯雄俊是不会随便说出去的，因此，他说："没什么，这里确实很荒芜，咱们走吧！"

说完，冯雄俊调转了车头。

车子上了公路后，冯雄俊看了看手表，说："都十二点了，咱们找个地方吃午饭吧。"

唐雨晨说："可以，你一说我就觉得肚子饿了。"

没过多久，两人又回到了市中心。

在华安路等绿灯的时候，唐雨晨看到黄虹丽和一个高个儿男人并排走在街上，一边还谈论着什么，黄虹丽还不时地露出笑容。

冯雄俊也看到了这一幕。那个男子是黄虹丽的同学，也是初恋情人，名叫马朝阳。黄虹丽的父母嫌弃马朝阳家庭贫困，硬是逼黄虹丽和他分了手。黄虹丽和冯雄俊谈恋爱的时候，曾告诉过冯雄俊，并给他看了马朝阳的照片。他们结婚时，马朝阳还来喝喜酒。

冯雄俊的心情很快平静下来，他知道，黄虹丽是个较传统、保守的女人，不会暗中做对不起他的事。而想到自己却暗中和李露来往，冯雄俊感到内疚。

唐雨晨不想插手冯雄俊夫妻的事，因此不想把自己看到的告诉他。而且，她猜测冯雄俊也已经看到，自己再说岂不是多嘴？

下午，冯雄俊宣布提拔唐雨晨为副总的时候，员工均小声议论纷纷，林淦则阴着脸，转头看着窗外。

·5·

冯雄俊怎么也想不通，周功航要他留意报纸到底目的何在？

那几天的报纸，他再三看了好多遍。除了那则拍卖公告，就没有其他任何信息涉及土地的了。

想来想去，为了稳妥起见，冯雄俊决定约周功航出来，探个究竟。

饭局定在宁湾宾馆附近的味隆饭店，环境也是很清幽。冯雄俊约了几次，才约到周功航。想到周功航上次说想和唐雨晨喝酒，冯雄俊把唐雨晨也给带上了。

七点多的时候，周功航才夹着一个公文包走了进来。点完菜后，在等待菜上来的空隙，冯雄俊把服务员叫了进来，说："你把这几天的报纸拿来我看看。"

周功航说："生意人关心时事，是个不简单的生意人。"

唐雨晨插嘴说："冯总几乎天天都看报纸呢。"

冯雄俊说："看报纸有时会看到有用的信息，一则信息就是一个商机，错过了多可惜啊！但什么样的信息才是商机，有时候很难判断。"

说话间，服务员把报纸拿了进来。冯雄俊接过来，递给周功航说："周局长，您高层建瓴，目光自然跟我的不一样。您先看。"

周功航并不推辞，说："好，那我就先看看。"

在他看报纸的时候，唐雨晨不时地给他斟茶。

过了一会儿，周功航翻完了，把报纸递给冯雄俊，接着问唐雨晨："小唐，你是哪里人？"

唐雨晨回答说："西北！"

周功航接着问道："来咱们市工作多久了？适应这里的环境吗？"

冯雄俊这时已经接过报纸，看到最上面的那张报纸的一角被折了起来。他将报纸竖起以挡住唐雨晨的视线，然后将被折的部分展开一看，上面登的正是那则拍卖公告。至此，冯雄俊已经确定，周功航就是暗示他拍下这块土地。

菜上齐后，冯雄俊说："雨晨酒量不错，周局长您今天得见识一下。"

说完，他让服务员拿几瓶名酒上来。可周功航却阻止了他说："不用喝那么好的酒，拿几瓶啤酒就行。"

冯雄俊还想坚持拿名酒，周功航把手一摆，说：“拿啤酒，就这么定了！”

冯雄俊不好再坚持。服务员走后，周功航说：“作为人民公仆，我们不能随意接受别人的约请大吃大喝，咱们一切从简。”

冯雄俊连连点头说：“是，是，是！”

不一会儿，服务员把酒拿上来，给三人倒满。周功航端起酒杯说：“我母亲住院期间，你们多次去看望，我心里很感激，我母亲也一直惦记着这件事，要我在适当的时候向你们表示感谢。今天，我就借这杯酒向两位表示感谢。”

冯雄俊和唐雨晨均一手端着酒杯，一手托着杯底，并将酒杯拿得比周功航低，以示尊敬。

干完了一杯子酒，三人吃了点儿菜。接着，冯雄俊和唐雨晨先后向周功航敬了酒。

几杯酒下肚，三人聊开了。周功航显得比较健谈，但谈的都是无关紧要的话题。他问唐雨晨大学读的是什么专业，唐雨晨告诉他是外语后，他说：“去年，我去美国考察的时候，由于不懂英语，曾闹过笑话。当时我们住在纽约一家宾馆，晚上想看电视，却不懂怎么开，于是按了服务铃，把服务员叫了进来。我和另外一名同事年龄都较大，以前所学的英语都差不多忘光了。服务员进来后，我们没法儿跟他交流。突然，我想起英语中的‘Open’是打开的意思，于是指着电视，大声说：‘Open，Open！’服务员却连连摇摇头，说：‘No，No。’后来，翻译进来后，我才知道‘Open’是把电视机拆开的意思。”

唐雨晨听了，止不住笑了起来。

接着，唐雨晨也给周功航讲了个有关英语的笑话。那笑话的大概意思是这样的：一个非洲国家的总统乔治将去美国访问，为了能够用英语和美国总统比尔·克林顿打招呼，该总统决定学点儿英语。翻译对他说：“您只须掌握这么几句英语就行了。您和克林顿总统见面的时候，就用‘How are you（你好）’来问候他，他会回答您‘I am fine（我很好）’，这时，您只需要说‘Me too（我也是）’就行了，其余的就交给翻译吧。”乔治练习了几遍，很快就记住了。到了美国，当见到满脸微笑的克林顿时，该总统却把“How are you”说成了“Who are you（你是谁）”，克林顿感到很惊奇和意外，说“I am Hillary's husband（我是希拉里的丈夫）”，该总统赶紧接着说“Me too”。

听了唐雨晨的笑话，周功航和冯雄俊均哈哈地开怀大笑起来。随后，周功航感慨地说："社会发展很快，我们这些老古董跟不上时代了。"

冯雄俊赶紧给周功航倒满了酒，说："来，来，咱们不能光说话。"

三人随后又干了一杯。

放下杯子后，周功航吃了点儿菜，接着语重心长地对冯雄俊说："我虽不在商场，但根据跟一些成功商人打交道的经历，我觉得作为一个商人，必须具备两点。"

冯雄俊说："是哪两点呢？周局长您说说看，让我们这些后辈学习学习。"

"第一点，必须要有当机立断的作风，不能优柔寡断。发现好的项目，要迅速行动，不可拖沓。商场如战场，机会稍纵即逝。"

冯雄俊一听到这里，不禁心里一震。周功航这不明摆着要他果断行事，拍下那块土地吗？

"第二点，"周功航接着说，"一定要讲信誉！信誉能够给你带来好口碑和长久的合作。合作是一种双赢，双方都要赢利。只要一方不讲信誉，合作必定失败，生意也就没法儿做成了。冯总，你说我这门外人说得对吗？"

冯雄俊哪有不明白他的意思的道理，连声说："周局长说得很对！"

唐雨晨接过冯雄俊的话说："周局长，您说的这两点，我们冯总都具备。冯总一旦发现商机，就会立即采取行动，绝不轻易放过。另外，冯总把信誉看得非常重要，他常常跟我们讲，他宁愿断了现金流，也不断感情流！不论情况多艰难，他都不会放弃朋友、合作伙伴。"

周功航点点头，称赞说："没错，难怪冯总的生意越做越大。"

冯雄俊对唐雨晨的适时恭维很满意，朝她投去赞许的目光。

喝完酒临别时，周功航拍着冯雄俊的肩膀，语重心长地说："年轻人，好好干，我看好你！"

回来的路上，冯雄俊一直沉默不语，仔细回想与周功航交往的经历和他所说的每一句话，他觉得，周功航之所以有意要跟他"合作"，可能是看他会做人。周功航母亲生病期间，他多次去看望，周功航多少有点儿感动。而且，他给周功航母亲红包时出手也大方，周功航应该对他有好感，觉得是可交往之人，于是才暗中向他透露商机。

"冯总，您在想什么呢？"唐雨晨见冯雄俊一直沉默着，忍不住问道。

"没想什么。"冯雄俊沉默了一会儿，才问道，"雨晨，你觉得周局长这个人怎么样？"

唐雨晨说："我觉得他是个挺风趣的人，而且平易近人，很慈祥。"

冯雄俊不禁暗暗叹了口气，想："那只是表面现象，真正接触起来，谁知道会不会触到暗礁？"

·6·

冯雄俊虽然基本上确定，周功航确实是暗示他拍下糖厂的土地，可心里仍不大放心，他依旧搞不懂那块偏僻的土地有什么价值。

周六一大早，冯雄俊意外地接到周功航的电话。他问道："冯总，今天早上有空不？咱们去健身，然后吃早餐。"

冯雄俊猜测周功航约他必定有事，于是爽快地答应了，并问他到哪里健身。周功航让他到中环大厦八楼的能量健身会所。

七点多钟，冯雄俊才到中环大厦，周功航就给他发来了短信，说他已经在能量健身会所了。

冯雄俊随后乘电梯上了八楼。

能量健身会所有几百平方米，分为健身区、休息室和换衣室。换衣室是一排类似包厢的小房间。

冯雄俊迈进会所大门，只见健身区里空荡荡的，只有周功航一人气喘吁吁地在跑步机上跑着。

见到冯雄俊，他点点头，微笑着说："冯总，你先去换下衣服吧。"

冯雄俊面带笑容地回答说："行，我马上就换！"

这时，一名男子走过来，把他带到一间换衣室。冯雄俊刚一进换衣室，就有两名男子不知从哪里冒出跟了进去，并反手把门关上。

冯雄俊一惊，以为遇上坏人了。可那两名男子却对他笑笑，二话不说，拿过他的包翻了个底朝天。冯雄俊刚想问他们到底想干什么，其中一名男子面带微笑地打手势制止了他。

翻完包，两名男子接着摸遍冯雄俊全身。冯雄俊这时才醒悟过来，这两名男子很有可能是周功航的人，此举的目的是检查他是否带有录音和摄像设备。

搜完身后，其中一名男子从身上拿出一份文件递给冯雄俊，示意他看看。冯雄俊接过来，仔细看完后，心中大喜。

原来，这是一幅城市规划图，规划的地点恰恰就是糖厂附近的一大片土地。根据规划图，这里将建一个大型的货运中心和果蔬批发中心、一条美食街以及一个小型的街心公园。一旦这些项目实施，糖厂的土地无疑将迅速升值，那块土地简直就是一块金元宝啊！

两名男子等他看完后，收回文件，迅速出了换衣间，转眼不见了踪影。

冯雄俊换完衣服，来到健身区，和周功航打招呼，周功航却当什么事都没发生过似的，微笑地和他聊一些无关紧要的话题。

和周功航吃完早餐回到公司，冯雄俊当即给林淦打电话，让他到拍卖公司交纳保证金，办理相关手续。

挂了电话，冯雄俊不禁又皱起眉头。这则信息是周功航透露给他的，他自然要感谢他，可是该怎么感谢？感谢多少呢？他对这方面的行情一点儿都不了解，一时不知道该如何下手。

他想，这是他和周功航合作的第一步，以后还有事要麻烦他。比如，他想要在那块土地上盖房子，还必须要通过规划局的审批。既然是第一步，就先迈小点儿，以后再跨大步。

他也深知，他目前迈出去的这一步很危险，一不小心，他将倾家荡产，甚至陷入牢狱之灾。可是，金钱就像一块具有强大吸引力的磁铁，深深地吸引着他，他无法抗拒。从商多年，他最大的体会就是，一定要大胆！看准了，就要大胆地去做，不要害怕失败。比如，当初他在两手空空的情况下，顶着巨大压力创办公司；又比如，他冒着很大的风险炒菠萝格。当然，胆大不是盲目，胆大的同时也要心细，只要心细，认真地走好每一步，不留痕迹，就不容易出事。这么好的机会，他如果放弃，那真是傻瓜。人很多时候是自己被自己吓坏的。

至于拍卖会，冯雄俊让唐雨晨去参加，要她无论如何都要把那 250 亩土地拿下。由于糖厂的位置很偏僻，到场的公司大多持观望态度。除了雄俊公司，还有其他两家公司表现出极大的兴趣。起拍价为 30 万元一亩，当拍卖价格上升到 80 万元一亩时，只剩下雄俊公司和另外两家公司在竞逐。

唐雨晨得到冯雄俊的授权，举牌毫不犹豫。85 万、95 万……当对方出到 150 万元一亩时，唐雨晨给冯雄俊发了条短信，问他："还要出价吗？"冯雄俊只回了一个字："出。"唐雨晨举起拍子后，现场的人都把目光聚集到唐雨晨身上，唧唧喳喳地议论开了。参与竞拍的其他公司的负责人朝唐雨晨投来不满的目光，不再举牌。最终，唐雨晨代表雄俊公司以 200 万元一亩的价格，拿下了那 250 亩土地。

拍卖会一结束，唐雨晨马上给冯雄俊发了条短信，把拍卖结果告诉了他。他回复说："干得好！"

唐雨晨刚走出拍卖公司的大门，就听到身后有人喊她的名字。她回头一看，竟是金意发。

金意发走近前来说："雨晨，恭喜你代表雄俊公司拿下那块地！"

唐雨晨微笑着说："你怎么也来了？今天的拍卖会是不是很有新闻价值？"

金意发说："我是被朋友拉来参加的，今晚有空不？我请你吃饭。"

唐雨晨想了一下，觉得上次金意发请她吃饭，她已经拒绝一次，这次再拒绝，就显得不近人情了，何况他也帮过她的忙。

"好吧，你定时间和地点。"唐雨晨说。

金意发见唐雨晨接受了，高兴地说："六点半，我在休闲时光西餐厅等你。"

·7·

休闲时光西餐厅位于繁华商圈的东海路。

唐雨晨六点二十分到达，金意发已经在那里等候。见到他的一刹那，唐雨晨的心弦被微微拨动了一下。为了今晚的饭局，金意发特意去理了头发，胡须也刮得很干净，身穿一套名牌休闲服，看上去很帅气。朦胧的灯光中，唐雨晨感觉这一刻仿佛影视剧中的爱情画面，自己是女主角，他是男主角。

“雨晨，你来了，坐！”金意发见到唐雨晨，脸上荡漾着甜蜜的笑容。

服务员给唐雨晨端来了一杯柠檬水，然后把厚厚的点菜本放在桌子上，让他们点。

金意发连看都不看，就说：“来一份法国情侣牛排套餐吧！”

唐雨晨听到“情侣”两个字很敏感，赶紧阻止说：“不，要点儿别的吧。”

金意发把本子递给她，说：“也行，你来点！”

唐雨晨翻开本子看了后发现，今天法国情侣牛排套餐搞特价，是所有牛排中价格最低的。

“金意发点这份套餐的目的是什么呢？图价格低？可他是电视台领导，工资很高，应该不会这么计较吧？抑或，他抱有其他目的？”唐雨晨猜不透。为了不使他难堪，她最终还是同意点法国情侣牛排套餐。

牛排上来后，金意发要了一瓶红酒。身着咖啡色工作服的服务员拧开瓶盖，以优雅的动作给他们倒上酒。

金意发端起酒杯说：“雨晨，谢谢你接受我的约请！”

唐雨晨跟他轻轻地碰了一杯说：“师哥怎么这么客气起来了？”

金意发投过来迷离的目光，说：“以后你就叫我意发吧，叫我师哥，我总感觉自己很老似的，实际上我只不过比你高两届。而且，你叫我师哥，仿佛在我们之间竖起了一道难以逾越的墙似的。”

“你可真敏感啊，不愧是中文系的。”

“跟你这么漂亮的女孩儿一起吃饭，我能不敏感吗？”金意发边切牛排，边开玩笑说。

“可是，你不觉得我叫你意发太亲热了吗？”

“亲热是好事啊，咱们本来就是很亲热的嘛。”

“你怎么越说越离谱了？”

“那咱们就回到现场吧！”金意发用了一句新闻的话语说，“郝琳是你同学吧？”

“是啊，你们认识？”唐雨晨感到有点儿惊讶。

“是这样的，她在我们台工作过一段时间。那天，我和你认识后，突然记起她也是咱们大学外语系的，所以想你们可能是同班同学。回来后，我打电话问她，果然如此。”

“她在电视台工作过吗？我怎么不知道呢？”唐雨晨本想夸郝琳嫁了个行长老公，可转念一想，金意发听了心里肯定不好受，便改了口。

金意发说：“她才工作了不到三个月，就回家当全职太太去了。”

“雨晨，”金意发接着说，“听说你在雄俊公司的主要工作就是陪酒，对吗？”

唐雨晨一怔，随即明白，金意发可能从郝琳那里打听她的个人情况了。她说：“你这个电视台领导还真不错，这么快就打探到‘真相’了！”

金意发说：“你不要见怪，我是善意的。你经常陪酒，不是很伤身体吗？如果你想换份好点儿的稳定点儿的工作，比如到电视台，我可以帮你。”

进电视台工作，是她在大学时的梦想之一。要是放在以前，有人给她介绍这样的工作，唐雨晨可能会抱着远大志向去大干一番。可如今，她却提不起兴趣。她觉得目前这份工作很好，虽然喝酒伤身，但周旋在酒场，她可以见识到各种各样的人，而且收入还不错。

唐雨晨说：“谢谢你的好意，目前我还没有跳槽的打算。”

金意发听了，脸上掠过一丝失望。

虽然唐雨晨的酒量不错，但她有个特点就是沾酒脸必定红，今晚亦是如此。金意发看着她红得像桃花的脸，觉得无比娇媚，心里早醉了。

吃完饭后，金意发像变戏法儿似的，拿出一大束玫瑰花，递给唐雨晨说：“雨晨，从见到你的那天起，我就深深爱上了你，做我的女朋友，好吗？”

事情来得太突然！唐雨晨一下子怔住了。本来，刚进来的那一刻，她心里还对金意发有一点点心动，可现在他却突然向她表白，反倒使她没了最初的好感，一下子不知所措。

金意发见唐雨晨发愣的样子，接着说：“雨晨，你别怪我太唐突。这也许是职业习惯使然吧，我们做新闻的，一旦有好的新闻线索，就赶紧采写、编发，生怕被人抢走。虽然我的行为很唐突、冒失，但我对你的心是真诚的，是经得起考验的。”

唐雨晨慢慢回过神儿来，说："这事儿对我来说，确实太突然了。我想，爱情应该建立在双方互相了解的基础之上，包括今天，我们总共才见过两次面，彼此根本不了解，怎么可能一下子就谈到感情呢？"

说完，唐雨晨低下了头，不敢正视金意发。

金意发说："对我来说，感情的产生是一刹那的事，那天一见到你，我就暗暗喜欢上你了，这也许就是所谓的一见钟情吧。"

"师哥，说实话，我压根儿就没想过这方面，一点儿心理准备都没有。"唐雨晨说。

"难道你对我真的一点儿感觉都没有吗？"金意发被唐雨晨拒绝，既尴尬又困窘，脸刷地红到了耳根。

唐雨晨一时也不知道该怎么回答这个问题，又把头给低下了。

金意发接着说："雨晨，你先把花收下吧，我不强求你现在给我答复，咱们慢慢来，好吗？"

唐雨晨只抽了一枝，笑嘻嘻地说："这花好漂亮，不过咱们目前是普通朋友，我只能拿一根。"

金意发也不好意思再多说什么，拿着剩下的玫瑰花，怅然若失地离去。目送金意发离开后，唐雨晨拿着那枝玫瑰花愣在原地，心头又浮现出冯雄俊的身影。

要是今天给她送花的人是冯雄俊，她肯定会激动不已。可她知道，那仅仅是自己的幻想。冯雄俊近在咫尺，却远在天涯。

第五章　被人出卖

“我就是想尝尝咖啡的苦涩味道。”“可你以前不是这样的！”唐雨晨注视着他说。冯雄俊端起咖啡，避开唐雨晨的目光，小啜了一口，说：“正是因为以前没尝过，所以今天要尝一下。”

·1·

冯雄俊跟符安永秘密会面回来后，仿佛有一块石头堵在心窝儿，闷得发慌。他把自己关在办公室里，烟抽了一根接一根，烟蒂塞满了烟灰缸，办公室里烟雾缭绕。

虽然土地被拍下来了，但他根本没那么多钱付账。另外，要想在那块土地上有所作为，就必须找银行。而银行方面，最有利的条件仍是符安永。上次炒木材从符安永那里贷到款后，他约符安永见过一次面，对他表示过感谢。符安永虽然对那件事耿耿于怀，但得到好处后，态度也不算太坏。考虑到这一点，冯雄俊才又大胆地找他谈了一次。让冯雄俊惊讶的是，他除了接受冯雄俊所提的条件外，还提出一个额外要求：唐雨晨！冯雄俊问他有没有商量的余地，他说没有！

想到当初自己要唐雨晨到公司时对她许下的承诺，想到她对公司作出的贡献，想到她对自己的爱慕，冯雄俊的心像被猫抓一般难受。他一次次地否定自己那个卑鄙的想法，可那个想法始终盘旋在他脑子里。他已经无路可走！

门，被轻轻地打开了。唐雨晨走了进来，看了看他，又看看烟灰缸，说：“冯总，你是不是有什么心事？怎么抽这么多烟？”

说着，唐雨晨拿起茶壶，给冯雄俊泡茶去了。

冯雄俊的心刹那间一阵疼痛，多好的一个女孩儿啊！他怎么忍心伤害她呢？可是，他没有更好的办法！

“雨晨，你不要泡茶了，咱们出去喝咖啡吧！”冯雄俊说。

唐雨晨答应了，跟冯雄俊喝咖啡又不是第一次。

十几分钟后，在公司附近一家咖啡厅。

咖啡端上来了，唐雨晨撕了一包糖，要倒进冯雄俊的杯子里。冯雄俊拦住了，说："我不要糖！"

"不放糖的咖啡很苦的！"唐雨晨说。

"我就是想尝尝咖啡的苦涩味道。"

"可你以前不是这样的！"唐雨晨注视着他说。

冯雄俊端起咖啡，避开唐雨晨的目光，小啜了一口，说："正是因为以前没尝过，所以今天要尝一下。"

唐雨晨给自己加了糖说："我可不想尝苦涩的味道。"

"不加糖的咖啡真的很苦。"冯雄俊放下了杯子，接着问道，"雨晨，当初你男友背叛你时，你生他的气吗？"

唐雨晨的手停住了，说："当然了，而且不只是生气，还有恨，恨之入骨！"

"那假如他出卖了你，你岂不是要杀了他？"冯雄俊接着问道。

"背叛和出卖有区别吗？"唐雨晨不解地说。

"有区别，出卖比背叛更严重吧。"

"那我可能真的要杀了他，哈哈！"唐雨晨笑着说。

冯雄俊不禁心头一震。

"冯总，你今天跟我谈论的这些话题怎么让我感觉怪怪的？"唐雨晨投来疑惑的目光。

"这些话题很怪吗？我觉得很正常啊，在感情游戏中，背叛和出卖可不少见！"

"那倒也是！"唐雨晨吹了吹咖啡，小啜了一口。

冯雄俊继续问道："雨晨，你觉得金钱和感情，哪个更重要？"

"这要看什么人了，比如我前男友，就把金钱看得比感情重要。"唐雨晨说。

"那你呢？"

"我？"唐雨晨指了指自己，想了一下，反问冯雄俊，"依你看，我是有钱的女人，还是没钱的女人？"

"你是女孩儿，不是女人！"冯雄俊微笑着说。

"那就算女孩儿吧。你觉得我是个有钱的女孩儿，还是没钱的女孩儿？"

"有钱和没钱的概念是相对的，你这么说太模糊了，我无法作出判断。"

“那我换一种说法，你觉得我是个富有的女孩儿，还是个不富有的女孩儿？”

“不富有，至少目前是这样！”冯雄俊说。

“那我应该把感情看得比金钱重要吧。俗话不是说嘛，女人变坏就有钱，我没钱说明我还没变坏，既然没变坏，就应该把感情看得比金钱重要。”

冯雄俊听了，不禁哈哈一笑说：“你的逻辑很严密嘛。”

“那你呢？”唐雨晨反问冯雄俊，“在你眼中，金钱和感情哪个更重要？”

冯雄俊收起了笑容，脸上的肌肉抽搐了一下。他又端起杯子，喝了一口咖啡后才说：“这要看什么样的感情和什么样的金钱。有些感情不值得我们去珍惜，而有些钱，我们该赚的还是要赚。”

“你以前不是经常说，宁断现金流，不断感情流吗？今天怎么又变得模棱两可了？”

“在你强大的逻辑推理能力面前，我的思维跟不上，只能变成模棱两可了。”冯雄俊开玩笑说。

接着，他转移了话题说：“其实，我们做人要学会变通才行。这条路行不通了，我们必须赶紧换一条。一味守着一条路，就容易走进死胡同。”

“那感情呢？我们也要变通吗？”唐雨晨问这句话的时候，埋着头，不敢正视冯雄俊。

“感情是什么？感情本身就是很虚幻的东西，经常在变化。有时，我们认为是对的，它却是错的。”

“冯总，我又觉得你的话题怪怪的了。”唐雨晨说。

“是吗？我也不知道今天怎么就发了这么多感慨，也许是喝了苦咖啡的缘故吧。”冯雄俊说。

随后，两人把话题转移到了公司上。冯雄俊问唐雨晨：“当副总以后适应不？”

唐雨晨说：“还行，就是有时候跟林总很难谈到一块儿。”

冯雄俊说：“老林这人有时候就是有点儿固执，不过，他对公司还是付出了很多，你要让着他点儿，不要跟他计较。”

唐雨晨说：“知道了，我可从没对他不尊重。”

·2·

唐雨晨又有酒局了！

晚上九点多钟，匆匆赶到红山饭店时，她才知道，她要陪的人是冯雄俊。他正端着酒杯，自斟自酌，脸上写满了悲伤。

“雨晨，来，今晚陪我好好喝一喝，咱们一醉方休！”

唐雨晨心里一阵心疼。她依然那么爱他，宁愿为了保护他而牺牲自己，可这种爱，一直以来只能埋在心底，今晚他要她陪他喝酒，难道他想表示什么吗？唐雨晨心里既紧张又激动。

她在冯雄俊的对面坐下后问道：“冯总，你干吗自己喝酒呢？到底发生什么事了？你忘记你的胃动过手术了？”

冯雄俊给唐雨晨倒满了酒，又给自己倒满，然后端起自己的酒杯，说：“先干了再说！”

唐雨晨夺下他的酒杯，说：“你不能喝酒！到底发生什么事了？”

冯雄俊叹息了一声，说：“雨晨，你还记得那天咱们出去兜风吗？”

唐雨晨点点头。

冯雄俊接着说：“回来的路上，你有没有看到黄虹丽跟一个男子走在大街上？”

“看到了，当时我猜测你也看到了，所以没跟你说。”

“你先喝了这一杯，我再跟你说。”冯雄俊指着唐雨晨眼前的酒杯说。

心爱的人叫喝酒，怎能拒绝？唐雨晨端起酒杯，一饮而尽。

“我整天跑上跑下，忙着把公司做大，忙着赚钱，她却暗中给我戴绿帽。”冯雄俊边给唐雨晨倒酒，边说。

“也许，他们只不过聊聊天而已。”唐雨晨安慰他说。

“聊天？哼！起初我也是这么认为，可今天傍晚，我开车去办事的路上，看到她和那名男子搂搂抱抱地从一家宾馆走出来。你知道那名男子是谁吗？是她的初恋情人！要不是我亲眼看到，我怎么也不会相信。雨晨，你也是经历过被背叛的，你应该了解我此时的心情。来，咱们再干一杯！”

唐雨晨自己干了，却只让冯雄俊喝一小口。

冯雄俊伤感地说："雨晨，你不要怜惜我。我的家庭都成这样了，身体再好，赚再多的钱，又有什么意义？要不是为了儿子，我恨不得一刀把她杀了！"

冯雄俊的话，使唐雨晨吓了一跳，赶紧安慰他要想开点儿。

不知不觉，两瓶高度数的酒见了底，大部分被唐雨晨喝掉。按照唐雨晨的酒量，这么点儿酒根本不在话下，可不知道为什么，这时她突然觉得头很沉，而且浑身燥热。

不一会儿，她只觉得天旋地转，意识模糊起来。紧接着，隐隐约约地，她感觉到冯雄俊扶她出了饭店，上了车，然后来到一家宾馆开了房。

进了房后，唐雨晨倒在冯雄俊的怀抱里，有力无气地咕哝着说："冯总，我怎么感觉有点儿头昏脑涨的？"

冯雄俊说："你醉了，好好休息一下。"

唐雨晨此时头晕加剧，拽着他的手说："冯总，不要走，再陪我一会儿，好吗？"

冯雄俊像往常那样拍拍她的背，说："好！"

唐雨晨慢慢地完全失去了知觉。

次日早晨，唐雨晨睁开眼时，突然感觉到自己光着身子，旁边还躺着个人。她一惊，猛地坐了起来。这时，旁边那人转过身来，慢条斯理地说："醒了？"

此人正是符安永。

"不！"唐雨晨捂着自己的身子歇斯底里地叫喊起来。昨晚的经历清晰而又迅速地在脑海里回放了一遍，紧接着，她埋下头抽泣起来，心里有熊熊火焰在燃烧。

符安永看着床单上的一片红，甚是满足。他挪过来，搂着唐雨晨说："美人，你斗不过我的，不如好好做我的甜心，让我好好伺候你！"

唐雨晨发疯似的在符安永身上又是抓又是捶，符安永双手护着自己的脸和眼睛，拼命躲闪着。不一会儿，唐雨晨筋疲力尽地倒在床上。

符安永搂住她，强行再次发泄了一通，才穿好衣服起身离去，还丢下了一句话："这叫以其人之道还治其人之身。"

过了不知多久，唐雨晨才哭干了眼泪，强忍着痛苦、耻辱、愤怒，穿好衣服，出了宾馆，上了自己的车，飞一般往公司赶。

半路上，她收到冯雄俊发来的短信，说他就在刚才那家宾馆的523房。唐雨晨赶紧按原路返回。

走进523房门后，唐雨晨砰的一声把门关上，冲上去，对准冯雄俊的脸庞，啪啪地连扇耳光。直到打累了，她才住手放声大哭起来。

冯雄俊不还手，紧闭着双眼，泪水渗了出来，哽咽着说："雨晨，你如果觉得不解恨，就继续打吧！"

唐雨晨跌倒在床上，继续痛哭流泪。

冯雄俊说："雨晨，我也是被逼无奈才这么做的，你也知道，公司买下那块土地后，欠了一大笔账。为了贷到款，我只能这么做了，请你原谅我，好吗？"

唐雨晨猛地抬起头，吼道："冯雄俊，你这人面兽心的东西，我今天总算看到了你的真面目。你口口声声说，自己守信、重感情，说什么保护我、爱护我，绝不让我受到一点儿委屈，可你的眼里只有钱，为了钱，你什么都做得出来。你这个畜生，你这个人渣，你去死吧！"

骂完，唐雨晨呜呜痛哭起来。

冯雄俊嗫嚅着，竟"扑通"一声，跪在唐雨晨面前，说："雨晨，你为我付出了那么多，我却出卖了你，我真该死！我知道，我这么做很卑鄙、无耻，很对不起你，可是换做你，当你走投无路的时候，你也会这么做的。"

唐雨晨看着这个自己深爱却又深深伤害过自己的人，心如刀绞。她一下子脱去自己的上衣，失去理智地哭喊道："来呀，冯雄俊，我主动给你你不要，却把我出卖给别人。你怕什么？怕伤害我吗？现在我的身体已经肮脏了，你来呀，尽管来呀！"

冯雄俊抹了一把眼泪，站起来，走到唐雨晨的跟前，慢慢地帮她穿上衣服。唐雨晨又狠狠地扇了他几耳光，并将他推了个趔趄，接着继续放声大哭。

冯雄俊低头不语，不停地叹息。过了一会儿，他从口袋里拿出一张卡，说："这里面有10万元，算是我对你的补偿，密码我写在卡上了。请你收下，好吗？"

说着，他把卡递到唐雨晨面前。唐雨晨接过卡，啪地折成两半，狠狠地砸到冯雄俊的脸上，说："你以为钱可以买到一切吗？我才不稀罕你的臭钱，你这畜生，给我滚，滚啊！”

冯雄俊红着眼圈，一步三回头，终于一狠心迈出了门。唐雨晨又跌倒在床上泪流不止……

从宾馆出来，唐雨晨发动车子，漫无目的地在大街上狂奔。阳光透过车窗，洒在她身上，她却感受不到一丝温暖。窗外的繁华一闪而过，虚幻得像梦境。

不知不觉地，唐雨晨把车开到了塞思酒吧。可看到紧闭的门，她才想起，酒吧白天不营业。她调转车头，开到了一家饭店。

进了饭店后，她要了一个包厢，把自己关在里面喝酒。连灌了两瓶酒后，她已经半醉，内心顿时觉得很孤独、无助，想找个人陪自己喝酒。

她拿出手机，翻了翻电话本，却找不到一个合适的人。她刚放下手机，手机铃声却响了起来。她瞟了一眼屏幕，是卢沧舟，她接了电话。卢沧舟问她在哪里，她犹豫了一下，告诉他自己所在的饭店。

半个小时后，卢沧舟赶了过来。

见到唐雨晨憔悴的模样，他吃惊地问道："雨晨，你今天不大对劲，发生什么事了？"

唐雨晨给他倒了一杯酒，说："你不要问我发生什么事好吗？你不是喜欢和我喝酒吗，今天咱们俩就喝个痛快！"

卢沧舟说："不行，咱们去吃饭吧，酒后开不了车。"

唐雨晨乜斜着眼说："今朝有酒今朝醉，你怎么变得婆婆妈妈起来了？"

"雨晨，到底发生什么事了？是不是那姓冯的欺负你了？你告诉我，我找他算账去。"

唐雨晨端起酒杯说："不要跟我提任何人，你到底喝不喝酒？"

说完，她仰起头，咕噜一声把酒给干了。

卢沧舟夺过她的杯子，说："雨晨，有什么事你尽管说出来，不要喝闷酒折磨自己，好吗？"

唐雨晨说："把杯子给我，你到底喝不喝酒？不喝酒，你给我滚开！"

卢沧舟没有把酒杯给她，仍劝说她不要喝酒。唐雨晨干脆直接拿起瓶子，咕咚咕咚地灌了几口。

卢沧舟伸手抢她的酒瓶，她却站起来，大喊道："滚开！你们这些臭男人都给我滚开！”

也许是太累了，也许是过于悲伤，唐雨晨很快醉了。她趴在饭桌上呕吐起来，一会儿哈哈大笑，一会儿又放声大哭。

卢沧舟赶紧把服务员喊进来结了账，然后扶起她踉踉跄跄地往外走。

唐雨晨买了房后，没有告诉他具体地址，他只好在附近一家宾馆开了房，扶唐雨晨进去休息。唐雨晨躺在床上，又剧烈地呕吐了几次，才昏沉沉地睡去。卢沧舟拿毛巾蘸水，轻轻擦去她身上的呕吐物，然后坐在一旁，痴痴地看着她。

下午四点多的时候，唐雨晨才醒来。她突然想起被符安永奸污的事，猛地坐了起来，却看到卢沧舟以关切的目光看着她。

“雨晨，你醒了？”卢沧舟起身倒了杯开水递过来说，“你今天上午喝了那么多酒，我劝你你却不听。现在是不是很渴？喝杯开水吧！”

唐雨晨接过杯子，喝了几口，轻声说：“谢谢你！”

“雨晨，到底发生什么事了？今天上午你的行为举止把我给吓坏了，是不是有人欺负你了？”

“哦，没有，我只是心情不好。”想起自己失身的事，唐雨晨内心仍燃烧着怒火。事情发生后，她曾想过报警，可她手中没有证据，不能把符安永和冯雄俊怎么样。再说，这事儿要是闹大了，传出去，她也没脸见人。

“心情不好，也不能这么折磨自己啊，要知道喝酒很伤身体的。”卢沧舟说。

想到醉酒后卢沧舟守在自己的身边，却没有打自己的主意，唐雨晨心里很感激。她再次向卢沧舟道了谢。

卢沧舟看了看手表说：“现在已经五点多了，等下我们去吃饭，好吗？”

折腾了一整天，唐雨晨感到很累，说：“不用了，我现在只想回家随便吃点儿东西，然后好好休息下。”

卢沧舟说：“那也行，我送你回家吧。你身上还有酒味，不能开车。”

唐雨晨点点头答应了。

走出宾馆，卢沧舟说：“我先开你的车送你回家，再回来把我的车开走。”

唐雨晨说：“那麻烦你了！”

卢沧舟注视着她说：“不用客气，我只希望你早点儿摆脱烦恼，开心起来。”

在送唐雨晨回家的路上，卢沧舟半路停车给唐雨晨买了一份儿快餐，说：

“免得你回去还要自己动手做饭。”

唐雨晨心里涌起一阵温暖。

·3·

次日早上九点钟左右，林淦给唐雨晨打来了电话，说：“小唐啊，现在有空不？过来公司结算一下工资。”

唐雨晨明白，自己已经被开除。想到自己为冯雄俊付出那么多，还被他暗算，现在却被他赶走，一点儿面子都没有，唐雨晨恨得咬牙切齿。

她驱车来到公司后，只见冯雄俊办公室的门紧锁着。显然，他是有意避开她。林淦见到唐雨晨，阴阳怪气地说：“唐总，不，小唐，你为雄俊公司做出了那么多贡献，大家都看在眼里。只是，冯总说，咱们公司太小了，容纳不下你这样的人才，希望你另谋高就，找个大公司大展手脚。”

唐雨晨冷笑了一声，说：“我是不是人才或者是什么样的人才，用不着你来评价。你告诉冯雄俊那只缩头乌龟，总有一天，他将为他所做的事付出代价。”

林淦说：“小唐，有话好好说嘛，何必动肝火呢？”

唐雨晨不理他，拿了工资，转身就走。

回到家后，唐雨晨越想越气，恨不得将冯雄俊碎尸万段。可悲愤过后，她又深感不安起来。没有了工作，该怎么办？每月的房供要几千元，她还要生活，还要孝敬父母。出去找工作？可除了会喝酒，她并无一技之长，能做什么呢？回塞思酒吧？那也不可能，多丢人，再说王育碍于冯雄俊的面子，也不会要她。

就在这时，卢沧舟打来电话，约她吃午饭。唐雨晨犹豫了一下，答应了。

两人仍在幽竹饭店吃饭。

落座后，卢沧舟问她：“雨晨，今天心情好点儿了吗？”

唐雨晨点点头说：“好点儿了！”

卢沧舟说：“你昨天那样子简直把我吓坏了，我真担心你会出什么事。”

唐雨晨听了卢沧舟关心的话语，心里感到温暖，但这种温暖只是刹那间的事。也许是两次被心爱之人背叛、出卖的缘故，她突然对男人产生了深深的怀疑，对爱情产生了恐惧。当初和周进相恋、和冯雄俊初识时，他俩也都很关心她，可到头来，他俩都伤害了她。谁知道卢沧舟是不是真心地永远对她好呢?

她笑笑说：“昨天给你带来麻烦了！”

卢沧舟说：“你什么时候变得这么客气了？”

接着，他突然想起了什么似的，说：“对了，雨晨，我老爸的酒店最近要更换一批家具，你们公司的业务员找到我老爸，想拿下这笔业务，还让你们公司一个姓林的副总跟我老爸谈。我想把这笔业务给你做，让你多拿点儿提成，同时也巩固你在雄俊公司的地位。”

唐雨晨脸上掠过一丝不快与难堪，低声说：“我已经从雄俊公司辞职了。”

“哦！”卢沧舟吃惊地说，“为什么呀？”

见唐雨晨沉默不语，他自觉失言，赶紧说：“辞了也好，在那里天天陪酒，迟早会把身体喝坏的。那你现在有什么打算呢？”

唐雨晨摇摇头。

卢沧舟说：“要不，你到我老爸的公司工作吧，我让他给你安排个好的职位。”

唐雨晨说：“不用了，我可不想无缘无故接受别人的恩惠。”

“雨晨，你不要太固执好不？这算是恩惠吗？只能说是朋友间的互相帮忙，人总有需要别人帮忙的时候吧？”

“你不要多说了，我说不去就是不去，我讨厌了打工，讨厌别人主宰我的命运。”

卢沧舟见唐雨晨的态度很坚决，也不好再坚持。

吃完饭回来的路上，唐雨晨猛然一惊，赶紧给卢沧舟打了个电话，说：“你能不能让你父亲先不要跟雄俊公司签合同？”

“为什么呀？”

“是这样的，”唐雨晨吞吞吐吐地说，“我想自己开公司，想让你照顾下那笔业务。”

“好呀！”卢沧舟兴奋地说，“自己开公司好，不用看别人的脸色行事，我这就给我老爸打电话。”

卢沧舟和唐雨晨通话的时候，他父亲卢恩泰刚和林淦达成了初步协定。卢恩泰对雄俊公司的家具款式和报价都很满意，准备从雄俊公司购买家具。

卢恩泰今年五十八岁，就只生了卢沧舟这么个儿子，自小对他宠爱有加。可卢沧舟不思进取，大学毕业后整天吃喝玩乐，让他头疼不已。

接到卢沧舟的电话，他不解地问："为什么？我已经和雄俊公司谈得差不多了。"

卢沧舟有点儿不耐烦地说："反正你别把生意给雄俊公司做就是了，我有个朋友是开家具公司的，这件事就交给我吧。"

卢恩泰巴不得儿子学学做生意，就高兴地答应了。

租房、注册、买办公设备、拉电话……唐雨晨很快把公司办了起来，公司起名为"鑫生"，谐音"新生"。唐雨晨暗下决心，从此开启自己人生新的一页！

由于资金有限，唐雨晨只招聘了一名兼职会计和一名助理。助理名叫张樱，是一名中专生。公司开张这天，卢沧舟给唐雨晨送来了花篮，唐雨晨心里很感动，但还是十分认真地说："你把生意给我做，我真的很感谢你。但是，咱们只能是朋友、生意伙伴间的合作，算我欠你一个人情，我不希望咱们的合作牵扯到私人感情。"

卢沧舟说："嘿，你又来了。我知道的，是不是我提到感情，你又要拒我于千里之外了？"

唐雨晨朝他投去感激的目光。

唐雨晨只租了一个二十平方米左右带卫生间的写字间作为办公室，里面只有一张办公桌、一部电话、一张沙发、几张椅子和一台饮水机。

卢沧舟让张樱将花篮在门口放好后，东张西望。唐雨晨见状，问他："干吗？"

他问："你请的朋友呢？怎么还没来？"

唐雨晨笑了笑说："我没有请什么人。公司刚起步，花钱的地方多着呢，就不要大张旗鼓了。"

卢沧舟说："早知道这样，我让我老爸的朋友来给你捧捧场。"

"不用了，我还不知道这公司能开多久呢！"

"雨晨，不，唐总，你一定能行的！"

"谢谢你的鼓励，可是你叫我唐总，我听着真陌生呢。"

"慢慢你就会习惯的！"

过了半个多小时，唐雨晨忙完手头的活，说："谢谢你的花篮，今天中午我请你吃饭！"

"好啊。"卢沧舟说，"不过，在去吃饭之前，咱们先完成一件事。"

"什么事？"唐雨晨看着卢沧舟不解地问。

"咱们先把合同签了，今天是你公司开张的日子，我想给你个开门红。"

"有必要这么急吗？你得跟你老爸好好商量一下，免得以后出了问题，大家都不愉快！"

"商量什么呀？我的话，我老爸不敢不听。"

"不行，没有你老爸的许可，这单生意，我宁可不做。"

"看把你急的，我早就和他商量过了，这下放心了吧？"

唐雨晨这才答应了。

然而，真正签合同的时候，唐雨晨却哭笑不得。卢沧舟竟然对他父亲需要购买哪些家具以及家具款式、价格等，一点儿都不了解。

"还说你跟你父亲商量过呢！有你这么做生意的吗？还是回去跟你父亲商量好了，咱们再签合同吧！"唐雨晨说。

卢沧舟挠挠耳朵，说："好吧，我现在就去跟他谈，让他把具体的情况告诉我。"

说着，他转身就要走。唐雨晨拦住他说："等等，你不用那么急，吃完午饭后再说吧。"

卢沧舟却说："不，我现在就回去拿资料，等下，咱们边吃边谈。"

唐雨晨拦不住他，只好说："那我在附近的日蒸饭店等你。"

卢沧舟点点头，随即转身离去。

一个多小时后，卢沧舟和唐雨晨在日蒸饭店再次见面。卢沧舟把一份资料递给唐雨晨说："咱们就按照这上面的数据来签吧。"

唐雨晨仔细一翻看，是卢沧舟父亲具体要购买的家具种类、款式，以及雄俊公司的报价，具体如下：席梦思床 200 张、床头柜 360 个、衣柜 320 个、办公桌80张、椅子500把，材料全要求红木。唐雨晨看了雄俊公司的报价，然后拿出手机打开计算功能，认真算了一下，估计雄俊公司能赚到60万元左右。她没有工厂，只能将这笔业务转包给别人，让出一部分利润。

“雨晨，不，唐总，没什么问题的话，咱们现在就签合同吧？”卢沧舟说。

“价格方面你跟你父亲商量过了没有？咱们就按雄俊公司的报价签怎么样？”

“不行。”卢沧舟说，“在雄俊公司报价的基础上再高五个百分点。”

“那不行，我可不想占你的便宜。咱们在商言商，要把生意和感情分开。”

“那就按雄俊公司的报价签吧。”

唐雨晨埋头签合同的时候，卢沧舟看着她，脸上露出了得意的微笑。其实，他早就把雄俊公司的报价提高了五个百分点。

签完合同后，卢沧舟深情地凝视着唐雨晨，说：“雨晨，你好美！我真的很爱你！”

唐雨晨说：“刚才我们说好不谈感情的，你怎么忘了？”

“雨晨，你为什么一点儿机会都不给我呢？难道我在你心目中真的那么差吗？”

要是以往，唐雨晨可能会对卢沧舟奚落一番。可现在，一想起自己失身于符安永的事，她就备感自卑，说：“你不差，是我差，我不是个好女人，配不上你！”

“怎么会呢？在我心目中，你很完美！”

“你不了解我，我真的是个坏女人！”

卢沧舟急了，抓住唐雨晨的手，说：“不管怎么样，我都认为你是个好女孩儿，只要我觉得你好就够了，我不需要也不必知道太多。”

唐雨晨把手抽了回来，说：“你又来了！”

卢沧舟轻轻地叹息了一声，仍深情地凝视着唐雨晨。

就在卢沧舟和唐雨晨吃饭时，林淦告诉冯雄俊，卢恩泰的那笔生意被别人抢走了。冯雄俊想，要是唐雨晨在，那笔业务到手应该没问题。

他说：“公司现在很缺钱，以后要尽量争取到每一笔业务！”

林淦点点头，却不敢正视冯雄俊。

冯雄俊接着问：“竞争对手是谁？”

林淦说："不知道，只听说是家小公司。"

冯雄俊吐了口烟，透过烟雾看了林淦一眼，说："老林啊，不是我说你，这笔业务不算小，你跟人家谈了那么久，却在紧要关头失了手，而且你连竞争对手是谁都不知道，这一仗输得稀里糊涂，太不应该了！"

林淦嗫嚅着垂下了头。

冯雄俊压了压心中的不满，说："算了，以后注意点儿就是了。公司注册下来了吗？"

林淦说："快了，就这两天的事。"

"以后雄俊公司就交给你打理，我呢，将把主要精力放在房地产上。所以，你得尽快把雄俊公司的担子接过去，不要让我操心。"冯雄俊摁灭了烟头说。此时，想到即将上马的项目，他不禁豪气冲天。

可他对林淦还是不大放心，接着强调说："不过，百万以上的大单子，你要及时向我汇报。"

林淦连连点头应允着。

·4·

冯雄俊的房地产公司终于开张了。他用他儿子的名字，给公司起名为"雄良公司"。公司最大的股东是黄虹丽，出资80%。

冯雄俊把公司注册下来后，才告诉黄虹丽，说："你相信我对你是一心一意的了吧？现在你是老板，我是为你打工的。"

黄虹丽心里很感动，嘴上却说："谁知道你心里想的是什么？你别给我玩虚的就好。"

雄良公司的办公室就在雄俊公司上面一层楼，意即"更上一层楼"。开业这天，冯雄俊生意场上许多要好的朋友和合作伙伴都给他送来了花篮、字画等礼品。

黑武送给他一只高一米多、展翅宽两米的雄鹰，寓意"展翅高飞"。苏兴华给他送了两只高大的瓶子。刘乾生则送给他一幅旭日东升的巨幅山水画。冯雄俊穿着洁白的衬衫，头发梳得光亮，他站在门前亲自接待到来的朋友，忙得不可开交，脸上的笑容不曾停止。

刘乾生环顾四周，问他："冯总，妹子到哪里去了？她怎么没来帮忙？"

冯雄俊听了，先是一怔，接着叹息说："小唐是个不错的女孩儿，她辞职到别的单位去了。也许是我照顾不周，也许是她觉得我们公司这个平台不够大，人各有志嘛，我想留也留不住她。"

刘乾生说："我这妹子太不够意思了，走也不跟我打声招呼，我要让她赔我一顿酒。"

说完，刘乾生翻出唐雨晨的手机号，按了拨号键。出乎意料的是，她的手机已经停机，估计换了号码。刘乾生跟冯雄俊要号码，冯雄俊遗憾地说："她离开公司后，没再跟我联系，我也不知道。"

黑武插话说："冯总，小唐走了，你的应酬又这么多，胃受得了不？要不你再去我那里挑选一个，我那里会喝酒又可人的妞儿多着呢。"

冯雄俊说："徐哥的人，我可不敢随便动。"

黑武说："见外了，我那里资源多的是，走一两个无所谓。"

人员到齐后，冯雄俊发表了简短的开业致辞。接着，他的一些有头有脸的朋友发表了一些祝词。开业典礼结束后，一行人浩浩荡荡开往公司附近有名的豪富酒家。在酒席上，冯雄俊硬着头皮，轮着给在场的朋友敬了酒，说感谢的话。他的这些朋友，大部分都跟唐雨晨喝过酒，并且对唐雨晨的酒量深为佩服，今天见不到唐雨晨，都感到这酒喝得没多大滋味，于是都问冯雄俊唐雨晨到哪里去了。冯雄俊此时更加感觉到，唐雨晨对他来说是多么重要！

吃完饭，送走朋友，已是中午一点多钟，冯雄俊让司机把他送到李露家。李露还在店里忙活，冯雄俊给她打了个电话，让她回来。李露只好让服务员看好店，赶了回来。

闻到他身上的酒味，李露责怪说："你胃不好，怎么又喝酒了？那个女孩儿呢？她怎么不替你喝酒？"

冯雄俊叹息说："她走了！"

"为什么不挽留她呢？有个人替你挡酒不是很好吗？"

"这事儿不是一句两句话就能说得清楚的，你别问了好吗？"

李露只好沉默不语。

冯雄俊说："帮我按摩按摩吧，今天快累趴了！"

李露在美容院的时候，做的就是按摩工作。她让冯雄俊脱了衣服，随即给他做起了按摩。冯雄俊在她那白嫩的双手的揉捏下，备感舒服。平时，他除了工作，最大的乐趣就是来李露这里让她给他按摩，两人亲亲热。他常想，要是黄虹丽知道并剥夺了他的乐趣，活着就没有什么意义了。

在李露给他的舒服中，他慢慢地睡着了。李露轻轻地起身，把他的手机调成静音状态。

直到下午四点多，冯雄俊才睁开眼睛，看到李露正深情地凝视着他。

冯雄俊坐了起来，拿起手机一看，上面竟然有十多个未接电话。他赶紧起身穿好衣服，说："我要忙去了！"

李露说："好吧，我也要忙去了！"

·5·

唐雨晨和卢沧舟签了合同后，把业务分别承包给十二家小家具厂。不到一个月，这些小家具厂就提前完成任务并顺利交货。通过这笔生意，唐雨晨赚了40多万元，她体会到了成功的愉悦，同时也对自己充满了信心。

后来，凭借在雄俊公司工作时积累的经验和人脉，唐雨晨又先后做了几笔小生意，赚了20多万元，她对做生意越来越有感觉。

这天中午，唐雨晨开车经过西海路时，看到雄俊公司的业务员小谢和林淦从里面走出来。职业的敏感使唐雨晨猜测，他们是到这幢写字楼里谈业务去了。

下午，唐雨晨来到这幢写字楼"扫楼"，挨个儿向在写字楼里办公的每家公司介绍自己，问他们有购买家具的需求没有。当问到写字楼八楼的一家名为"远富"的贸易公司时，该公司的老总陈国安告诉唐雨晨，他们公司主要从事进出口贸易，最近将采购一大批书桌和椅子出口到美国。

陈国安问道："你有没有自己的工厂？我们主要面向家具厂采购，这样才可以拿到最低价格。如果你公司也是从事贸易的，我们不会考虑。”

陈国安的问题一下子问到了唐雨晨的软肋。正是因为没有自己的工厂，她才只做一些转手的买卖赚差价，利润空间很小。

她坦白地对陈国安说：“没有。但是，我公司跟十多家小家具厂还有几十家家具作坊有很好的合作关系，可以采购到同样质量和价格优势大的家具。”

陈国安听了，微微一笑说：“我已经猜测到你公司的性质，本来不想跟你谈这笔生意的，但你的坦白态度使我的想法有所转变。”

说着，陈国安给唐雨晨递过来一沓资料说：“我们这次采购规模大，小规模的厂家根本接不起我们的单。咱们市的几家大家具厂都已经跟我多次联系过，并报了价，并且，我们已经有了意向合作厂家。所以，除非你能保证你的产品质量、价格都具有优势，否则我们不可能有合作。”

唐雨晨说：“咱们光说没有用。这样吧，陈总，您把贵公司需要采购的家具的大概款式、规格、数量等告诉我，我给您送几件样品过来，请您亲自过目审查，然后再给您最低报价。您如果觉得我们的产品真有优势，再做决定也不迟。”

“可以！”陈国安说着，从抽屉里拿出一份资料，递给唐雨晨说，“这是我们的具体要求，你可以参考下。”

唐雨晨接过资料，道谢后，起身离去。

回到公司，唐雨晨仔细看完了那份资料后，既喜又忧。对方需要采购 20 万张宽 1.5 米、长 2 米的实木电脑桌和配套的椅子。要是能做成这笔生意，初步估计能赚到 100 多万。忧的是，这笔单子太大，她第一次接这么大的单子，心里难免有点儿虚，怕生意失败。

思量再三，唐雨晨决定无论如何都要拿下这笔业务，不单单为了钱，还因为雄俊公司也参与了竞争，她要打败雄俊公司，给出卖她的冯雄俊以沉重的一击。

打定主意后，唐雨晨拿着那份资料，找了 15 家小家具厂，跟他们的负责人谈，要他们报出最低价格。在唐雨晨磨破了嘴皮，再三讨价还价后，15 家小家具厂给出了最低价格：电脑桌 120 元一张，椅子 30 元一把。唐雨晨随后让他们连夜做出几套样品。

次日，她直接把样品送到陈国安的办公室，陈国安对唐雨晨的办事速度感到很惊讶，仔细看了样品之后，他点点头，对样品的款式和质量都很满意。

他说："你报个最低价格吧！"

唐雨晨想了想，说："电脑桌 130 元一张，椅子 36 元一把。"

她猜测，像雄俊公司这样的大家具厂经营成本比较高，他所报的最低价格不会比她报的再低。

陈国安并不表态，只是问道："最快什么时候可以交货？"

唐雨晨反问他："您希望我们多久交货？"

"一个月行不？"

"没问题！"唐雨晨十分坚定地回答。

"行，那你先回去等候我的电话。"陈国安说。

陈国安所说的意向合作厂家，其实就是雄俊公司。那天，林淦和小谢来到陈国安办公室，给他报的最低价是：电脑桌 135 元一张，椅子 38 元一把。

送走唐雨晨后，陈国安马上给林淦打电话，约他出来继续谈。

因这笔业务金额超百万，林淦早就告诉了冯雄俊，冯雄俊当然非常高兴，指示他一定要拿下这笔业务。因此，林淦对这笔业务非常重视，跟陈国安谈过多次，已把价格降得很低很低。

接到陈国安的电话，他马上赶了过来。

陈国安递给他一支烟，为他点着了，然后问道："林总，你公司的报价还有没有商量的余地？"

林淦抽了一口烟后，为难地说："这个价格已经够低了，陈总吃骨头，总得给我们点儿汤喝啊，再低我们就亏本了！"

之前，林淦已经打探到其他公司的报价，雄俊公司的价格比其他公司还要低些，因此，不到万不得已，他不会轻易松口降价的。

陈国安弹了弹烟灰，呵呵一笑说："关键是我们啃的骨头也没有什么肉。"

林淦避而不谈价格，说："我们厂向来真诚对待每一位客户，把产品质量放在第一位。在产品质量方面，陈总您大可放心。"

陈国安微微一笑，问了林淦有关雄俊公司的概况。林淦以为双方合作已成定局，便大夸特夸起雄俊公司来。

末了，他问陈国安："陈总，您看这合同咱们什么时候可以签？"

陈国安说："林总，您别急！什么事都有个过程，这事儿请再容我们考虑考虑。”

林淦只好悻悻离去。

回到公司后，他把今天的谈判情况告诉了冯雄俊。

冯雄俊问他："别的厂家的报价情况，你确认没错吧？咱们的价格真的有优势吗？"

林淦说："咱们的价格绝对有优势。"

冯雄俊点点头，胸有成竹地说："他这是故意拖延，等咱们降价，咱们不要着急。"

林淦附和说："没错！"

唐雨晨虽然知道自己的报价有优势，但有一个问题必须解决：必须打消陈国安的疑虑。这么大一笔业务，他必定怀疑她的产品质量能否过关！

几天后，她约请陈国安吃饭，陈国安欣然答应。

走进酒店包厢，陈国安惊讶万分：唐雨晨竟然一个人赴宴。

唐雨晨也读懂了他的眼神。菜上齐后，她端起酒杯诚恳地说："我公司虽然刚成立，但我的经营理念是'诚信守诺，顾客至上'，我的做人原则是'我利人，人利我；我不损人，人不损我'，一句话就是'合作双赢'。做不到的事，我绝对不夸夸其谈；做得到的事，我将一丝不苟。咱们俩初次相识，不管合作能否成功，我都要先敬您一杯，以表达我的诚意！"

说完，唐雨晨举起酒杯一饮而尽，不滴不漏，干净利落。陈国安也是"酒场高手"，看着唐雨晨饮酒的豪爽劲儿，不禁暗暗佩服，也举起酒杯，一饮而尽。

随后，两人边喝边聊。当得知唐雨晨曾在酒吧当过陪酒女时，陈国安既感到惊讶又十分佩服。喝到最后，两人发现彼此的酒量不相上下。陈国安从唐雨晨身上看到了她为人处世真诚的一面，向她道出了自己心中的疑虑，正如唐雨晨所猜测的那样，他怕产品的质量得不到保证。

唐雨晨也亮出自己的底牌说："这个您就放心吧，如果咱们俩真正合作，我会经常到这十几家家具厂监督，不会让产品出现任何质量问题。何况咱们签有合同，出了问题，损失的是我，不是您！"

陈国安终于下了决心，说："明天你到我公司签合同！"

半个月过去了，林淦见陈国安迟迟不跟他联系，有点儿焦急起来，问冯雄俊：“要不要给他打个电话？”

冯雄俊想了想说：“让我来吧！”

电话接通后，冯雄俊表明了自己的身份，并说：“陈总，我看这样吧，您的那笔业务，价格方面我们在原来的基础上再降低1%，您看如何？”

陈国安说：“真不好意思，我们已经跟别的公司签订合同了。”

冯雄俊挂了电话，狠狠地拍了一下桌子，吼道：“真是可恶！你去查下，到底是哪家公司抢走了这笔单子！”

·6·

陈国安的那笔业务，唐雨晨赚了100多万。之后，唐雨晨收购了5家小家具厂，公司发展越来越顺畅。此时，公司人手严重不足，唐雨晨赶紧在报纸上打广告招聘秘书、会计、办公室主任、办公室一般工作人员、业务经理、业务员等多个职位，共12人。

广告刊登出来后，前来应聘的人络绎不绝，唐雨晨根据简历初步挑选出了28人进行面试。

等人员到齐后，唐雨晨让他们抽签决定面试的顺序。

第一个进来的是一个从南京某大学历史专业毕业的女大学生，应聘的职位是秘书。唐雨晨先让她做完自我介绍，接着问她：“在你眼中，一个合格的秘书应该具备哪些条件？”

女大学生说：“我认为一个合格的秘书应该具备下列条件：第一，善于待人接物。秘书的职责之一，就是替老总接待客人，因此，她的行为举止必须落落大方，不卑不亢，只有这样才能使客人对公司产生好的印象。其次，秘书要善于上传下达，善于把老总的意思传达给员工，又要善于把员工的意见反映给老总……”

唐雨晨见对方说得有条有理，感到很满意，同时也想到，她可能事先已经想到了这个问题。

“假如你是秘书，你发现老总有外遇，而老总的妻子要你监督老总，你会怎么做？”唐雨晨打破常规，问了一个意想不到的问题。这个问题，其实就是她在雄俊公司的亲身经历。

“这……”该女大学生一下子答不上来，乱了阵脚。

第二位是个计算机专业毕业的男生，一进来，就毕恭毕敬地对唐雨晨说：“总经理，您好！”

唐雨晨朝他点点头，说：“先做个自我介绍吧！”

该男生声音洪亮地介绍起来：“我叫洪伟，洪水的‘洪’，伟大的‘伟’，来自大西北。我是个勤奋好学的人。小时候，我家庭条件不太好，买不起书，便经常到书店看书，每次一看就是几个小时，连饭都忘记吃。记得有一次……”

“简短一些吧！”唐雨晨见他滔滔不绝的样子，感到很好笑，觉得他要是继续这么讲下去，估计得个把小时，只好打断了他。

该男生这才停下来，简要地做完自我介绍。他应聘的是办公室主任，唐雨晨问他：“你有相关工作经验吗？”

对方说：“大学毕业后，我在一家公司当过经理助理，主要协助经理管理好部门。虽然我没有相关工作经验，但我是个责任心很强，又爱挑战自己的人，假如我被录用，我将尽自己最大的努力把这份工作做好。”

……

面试到第13名求职者时，唐雨晨突然听到外面有争吵声。张樱似乎在阻止什么人，说：“你报名太迟了，我们老总现在正在面试，你不要进去。”

一个男性的声音响起：“我就是要见见你们老总，我各方面都很优秀，相信一定不会输给别人，我不能错过这个机会。”

唐雨晨只觉得这声音有点儿熟，正发愣间，一个人闯了进来。唐雨晨和那人的目光对视的那个瞬间，时间仿佛凝固了！这人竟是她的初恋情人周进。

周进见是唐雨晨，也感到很惊讶，紧接着是难堪。他先低下头，然后转身欲离去。

“等等！”唐雨晨把他给叫住了，说，“你不是来应聘吗？我给你一个机会！”

周进又迈开脚步，仍想走。

唐雨晨说：“一个大男人躲躲闪闪的，太不像样了！”

周进这才止住脚步，说：“雨晨，我没想到在这里见到你，恭喜你当老总了。”

唐雨晨此时心里像打翻了五味瓶，各种滋味一起涌上心头。她把张樱叫了进来说：“你去通知其他求职者，今天暂时面试到这里，剩下的明天早上九点钟准时继续面试。”

张樱出去转达了唐雨晨的意思，那些求职者很不满，低声发了一会儿牢骚后才悻悻离去。

唐雨晨跟周进下了楼，上了自己的车，并示意周进也上车。

周进看着唐雨晨的车，流露出无比羡慕的神情，迟疑了一会儿，才上了唐雨晨的车。

他挪了挪屁股，坐定后，嗫嚅着问道：“雨晨，这，这是你自己的车吗？”

唐雨晨只是点点头。

周进接着问道：“公司也，也是你的吗？”

“是的，刚开不久！”唐雨晨不冷不热地说，心里一阵酸楚，走到今天，吃了多少苦，受了多少耻辱，只有她自己知道！

周进听了，嘴角动了动，不再说话，双手也不自然地垂放在大腿上。

唐雨晨把周进带到一家咖啡厅。

热腾腾的咖啡端上来后，唐雨晨边搅拌咖啡，边问周进：“怎么到这里来了？”

周进往自个儿的杯子里加了糖，低头搅拌着咖啡，不敢正视唐雨晨，说：“我的婚姻失败后，找工作屡屡碰壁。有同学告诉我，你在这里，我便来了。”

唐雨晨听了，不禁凄然一笑说：“这么说，你是因为我而来的了？”

周进把头垂得更低了，红着脸，低声说：“是的，雨晨，我对不起你，我知道我错了，我知道我对不起你，请你原谅我好吗？咱们重新开始！”

唐雨晨没有给自己的咖啡加糖，抿了一口，只觉得咖啡很苦。

“请你不要再提过去好不好？”

“雨晨！”周进情不自禁地抓住了唐雨晨的手。曾几何时，唐雨晨多么渴望他的这个动作，可如今，她却一惊，把手抽了回来。她的手被周进握着的温暖感觉，已经荡然无存。

“请你自重点儿好不？这里是公共场所！”

“雨晨，你真的不能原谅我吗？难道你真的忘了我们在大学时度过的美好时光了吗？你忘了冬天里我冒着严寒起早给你占座位了吗？你忘了春天里我们一起去看桃花了吗？”

唐雨晨的思绪随着周进的描绘，回到了那段无忧、浪漫的岁月，可当她的思绪被拉回到眼前时，那段如梦往事像一阵风似的，轻轻地吹走了。

“忘了又怎么样？记得又怎么样？人的一生经历过的事太多太多，什么事都记住会很累，不如不记倒轻松些、简单些。”

“雨晨，我听同学说，你现在还是单身？”

“不要再提过去了，好不？你已经不是过去的你，我也已经不是过去的我。咱们谈现在吧，念在同学一场的分儿上，如果你想到我公司工作，我欢迎你！”

“雨晨，你真的不爱我了吗？你真的对我一点儿感情都没有了吗？”周进有点儿按捺不住了。

“爱你？感情？”唐雨晨不禁笑出声来。她突然觉得这些词语从周进口中说出来，很好笑、很苍白、很平淡。

要是刚毕业那会儿，周进真诚向她道歉，苦苦哀求她原谅他，或许她会心软。但是现在，她的心里只有一个男人，那就是冯雄俊。不过，这个男人在她内心激起两股力量，这两股力量在猛烈地纠缠着、厮斗着，一股是爱，一股是恨！

·7·

唐雨晨是思虑了好久，犹豫再三后，才给周功航发短信的。短信的内容只是告诉他，她已经从雄俊公司离职。当初和周功航喝酒时，他主动跟她交换了名片，就凭这点，她认定周功航对她的印象不错。除此之外，周功航对她还有没有别的想法，她就拿不准了。虽然明知道用一条短信去打开周功航这一扇门很难，但她仍要试一试。

焦急等待了半个多小时，仍不见周功航回复，唐雨晨的心逐渐沉了下去，开始思考别的办法。可就在这时，手机铃声响了起来。她赶紧按下阅读键一看，心情刹那间又无比激动起来，短信是周功航发来的，他说：“刚才在开会，没能及时回复信息。你找到工作了吗？”

唐雨晨大着胆子回复他说：“我自己开了家公司，周局长有空没？想和您喝喝酒呢！”

又是隔了好久，周功航才回复说：“我这几天很忙！”

唐雨晨想，他也许真的很忙，也许有什么顾虑，不管怎样，她已经迈出了成功的一步，并且会继续坚持下去的。

两个月，约了三次之后，唐雨晨才约到了周功航。

赴约前，她精心打扮了一番：低领口的上衣，紧身的裤子，淡淡的口红……对着镜子看了又看，该露的地方露得恰到好处，线条也很美！

至于喝酒的地点，唐雨晨原本定在豪味酒家，可离约定时间还有一个小时的时候，周功航却打来电话，让唐雨晨到宁湾宾馆。唐雨晨赶到宁湾宾馆时，他又来了电话，让她到味隆饭店。周功航频繁更换见面地点，让唐雨晨想到“狡兔三窟”这个成语，猜想周功航担心自己给他设下埋伏。

唐雨晨走进味隆饭店周功航定好的包厢时，周功航早已在那儿等候。

见到唐雨晨，他上下打量了一番，说：“我刚和朋友在宁湾宾馆喝茶，那边没有吃饭的地方，只好让你到这里了。”

唐雨晨笑眯眯地说：“周局长是贵人，也是大忙人，可以理解。”

周功航早就点好了菜，这时，菜陆续上齐。

周功航点了一瓶法国产的特优香槟干邑。服务员开了酒瓶，给他俩斟了两杯后，一股浓郁的香味弥漫开来。

“来，小唐，咱们俩先干一杯！”周功航率先举起了酒杯。

唐雨晨赶紧举杯，跟他轻轻碰了一下，然后一饮而尽。

周功航夹了点儿菜，边吃边说：“小唐，你喝过那么多酒，应该对这个法国品牌的酒有所了解吧？”

唐雨晨国内国外的名酒都喝过，当然对这个品牌的酒有所了解。但她想给周功航一个机会，让他展示自己见多识广的一面，因此说：“这酒我虽然喝过，但它的品牌概况我不清楚。”

说完，唐雨晨给周功航斟了酒。

周功航慢条斯理地说：“干邑是一个地名，位于法国夏朗德省。那里的砂壤土非常肥沃，气候很温和，成为法国乃至世界最适宜种植葡萄的地方。当然，产出的葡萄质量非常优良，是酿酒的绝佳原料。但是，整个干邑地区所产的葡萄仍有优劣之分，其中，大香槟区和小香槟区产出的葡萄是干邑的精华。法国政府在法律上规定，只有用这两个种植区的葡萄按对半的比例混合后酿制的干邑白兰地，法国政府才给予'特优香槟干邑'的特别称号。咱们现在喝的酒，就是'特优香槟干邑'。"

待他说完，唐雨晨趁机夸奖说："周局长真是见多识广，哪里像我们只知道酒味，却不知道其历史。"

周功航得意地笑笑说："品尝到它的味道，同时又了解其文化，你才更加觉得它有魅力。有的人纯粹是喝它的价格，觉得它价格高，喝它就有面子。其实，像这样的名酒，除了味道，我们还应该喝它的文化、内涵。"

唐雨晨说："周局长说得没错，像我就一直都是喝它的价格。看来以后要多了解一些名酒的知识，学着喝它的文化。"

周功航似乎觉得自己的话扫了唐雨晨的面子，随即转而赞扬唐雨晨说："你这么漂亮的一个女孩儿，自己开公司，很了不起。我很佩服你！"

唐雨晨说："我只不过小打小闹，哪里像周局长您位高权重，呼风唤雨。"

说完，唐雨晨朝周功航投去含情的目光。

周功航却闪开了。

唐雨晨见周功航不"接招"，也不气馁。她知道，周功航必定知道她找他是有求于他，但他毕竟是个局长，不可能轻易就"接招"。万一她唐雨晨是带刺的玫瑰，那岂不将他刺得"遍体鳞伤"？

即便如此，唐雨晨还是从周功航眼里捕捉到了一丝希望，那就是他的目光扫过她的胸脯时，那一闪而过的光芒。她知道，他对她有情欲的冲动，只是出于安全考虑，他必须克制自己。

那么，周功航担心的是什么呢？唐雨晨决定在周功航面前做个透明人，打消他的顾忌与疑虑。

她又给周功航斟满了酒，跟他干了之后，说起了自己的家庭情况、大学情况，还有她的初恋。

她尽量投入感情地诉说自己的经历，说到动情处，她的两只大眼睛还涌起闪闪泪花。说到自己失败的初恋时，她举起杯子灌了一口酒，伤感地说："我对他一片真心，他却背叛了我。失恋那段时间，我夜夜以泪洗面，感觉整个世界一片灰暗。"

周功航是见过世面的人，向他投怀送抱的人多的是，唐雨晨的表演当然逃不过他的眼睛。不过，她的表演并不拙劣，至少她已经让他知道，她是个刚进社会不久的女大学生，凭她的学历和相貌、年龄，她就比他经历过的绝大多数女人要优秀。他是个男人，也有七情六欲，要说对唐雨晨没有想法，那是假的。

周功航也干了一杯，开玩笑说："小唐，感情这东西不能强求，快乐点儿才是真道理。今晚回去蒙头睡个大觉，说不定明天你的真命天子就找上门了呢。"

唐雨晨朝周功航投去含情脉脉的目光说："托周局长的吉言，来，咱们再干一杯！"

一瓶名酒很快见底，周功航的眼波中也有了暧昧的味道，但他仍沉稳如山。

一段短暂的沉默，使气氛变得有点儿尴尬，又蕴藏着一触即发的力量。

周功航看了看表，欲言又止。唐雨晨赶紧娇声说："周局长是大忙人，感谢您抽空陪我唠叨了一个晚上。"

周功航迟疑了下，有点儿不舍地说："公务繁忙，咱们就先聊到这里吧。"

说着，他慢吞吞地站直了身子。

"好！"唐雨晨再次投去意味深长的目光。周功航没有避开，和她对视了一下。两人都读懂了彼此的心思，可谁都不开口。

唐雨晨在思维飞速运转后，决定冒险一试。要知道，约周功航出来一次不容易，错过了这次机会，下次又不知什么时候。即使他拒绝了，她也只不过丢个面子，而她又不是没丢过面子！

唐雨晨没有移开目光，迅速起身，上前几步，一下子抱住了周功航。周功航顿时呼吸急促，想推开唐雨晨，唐雨晨却抱得更紧了。周功航不再拒绝，猛地紧紧抱住她，在她的脸蛋儿上狂吻起来，接着将舌头伸进她的嘴巴里猛烈地吮吸着。

这一刻，唐雨晨泪流满面。她自己也不知道，这究竟是喜悦的泪水，还是耻辱的泪水。

狂吻了一会儿后，周功航松开唐雨晨。两人整理好衣服后，周功航意犹未尽地看了她一眼说："走吧！"

随后两人结账离开。

出了饭店后，周功航说："我先到宁湾宾馆，你在这里等我信息。"

宁湾宾馆和味隆饭店相距仅几百米。

十几分钟后，周功航发来短信："527 房。"

唐雨晨这才起身朝宁湾宾馆走去。一进房间，周功航就把她抱起来，扔到床上，扒光她的衣服。

"闭上眼！"周功航命令道。

唐雨晨闭上眼后，周功航的舌头先在她的脸上游走，接着伸进她嘴里搅拌着、吮吸着。随后，他又用舌头在唐雨晨的胴体上游走，唐雨晨浑身酥软，欲仙欲死。当周功航进入她身体并进进出出时，她自己仿佛快要飘到天上了……

·8·

唐雨晨已经走上了一条不归路，而促使她走上这条路的是冯雄俊。因为爱他，她必须想方设法得到他；因为恨他，她必须想方设法打败他，甚至毁灭他。而要打败他，就必须借助周功航的权势。

冯雄俊与周功航近来交往频繁，又冒险买下了糖厂的地，两者之间必定有联系。唐雨晨必须在冯雄俊的计划实施之前，斩断他们的联系。

和周功航幽会了几次之后，周功航问她："你到底想要什么？"

唐雨晨假装不解地问道："什么我想要什么？"

周功航将她搂进怀里说"你不会是真的爱我这个老头，才和我接近的吧？"

唐雨晨反问他："难道不会？"

周功航亲了她一口说："说吧，想要房子？"

"我有房子！"

"那想要轿车？"

"我也有轿车！"

"那你到底想要什么？该不会是名分吧？"

"我自认没那个能力，也不想！"唐雨晨说，"我想有自己的事业！"

"哦，你现在不是有自己的事业了吗？你的家具公司经营不错嘛。"

"我想拥有更大的事业！"

"那我能帮上什么忙呢？"

"我想要糖厂的那块地！"

周功航一下子坐起来，认真地看了看唐雨晨，说："那块地冯雄俊不是已经买下来了吗？"

唐雨晨说："我想把它从冯雄俊的嘴里夺过来，这个你帮得上忙吧？"

周功航起身点了根烟，吸了两口之后说："冯雄俊这个人出手大方，为人义气，办事稳妥，在我认识的老板当中，他是最佳的合作人选。没错，这个忙也许我帮得上。糖果厂附近土地的规划方案，几个月后就要在报纸上公布出来，一公布出来，糖厂的土地价格必定飞涨，仅此，冯雄俊就可以赚到一笔。要是建房子卖，那就赚得更多。现在冯雄俊已经拿到土地，而且他也已经知道规划图，想要他吐出那块地谈何容易？而且，你一个女孩子家的，能啃得下这块大骨头吗？你的公司实力太弱了！"

唐雨晨发嗲说："不想帮人家就算了，何必找一堆借口来搪塞人家！"

周功航挪过来，搂着她说："你为什么揪着冯雄俊不放？是不是他伤害过你？要知道，我和他已经开始了实质性的接触。"

唐雨晨想起自己被出卖的经历，心里又燃起熊熊怒火。

周功航见她脸色不对，说："我不管你以前爱过谁，或者谁爱过你、追求过你，反正你从今天开始是属于我的。你既年轻又漂亮，还是个大学生，我已经深深爱上你，你想要什么，我能给的都给你。糖厂的土地，实在事关重大，你又没有多少社会经验，我怕你把事情搞砸。"

唐雨晨说："我没有经验你有经验啊，你可以在幕后指导我呀。我是觉得那块土地很肥，想拿下给咱们多赚点儿钱罢了。"

周功航沉思了好一会儿，才说："你说得也对，那块地确实是块金元宝，但关键是这块金元宝不好挖！"

唐雨晨问道："规划图已经通过市政府审批了吗？"

周功航点点头。

“那能不能推迟公布的时间？冯雄俊是靠贷款拿到地的，只要推迟公布时间，他的家具公司肯定支撑不了多久，必定出问题。一出问题，他只能抛出那块地。”

周功航又沉思了一会儿说：“规划图公布时间最多可以延迟半年。另外，冯雄俊如果建房，必须到规划局报建，我不给他审批，照样可以拖死他。问题是，他抛出那块土地，你有没有那么多资金抢到手？”

唐雨晨说：“当务之急是先拖住冯雄俊，在这期间，我们再想办法解决资金问题。到时候实在不行，你再跟他继续合作也可以。”

周功航捏了捏唐雨晨的鼻子说：“宝贝，为了你，什么事我都愿意做。除了我，我不允许你心里有任何人。”

唐雨晨反问道：“那你呢？除了我，是不是还有别人？”

“有啊，我老婆！”

“我是说，除了你老婆和我，是不是还有别的女人？”

“没有了，我心里只爱你一个。”

“我才不相信呢，你手中的权力那么大，肯定有很多女人想巴结你的。”

周功航避开了唐雨晨的目光说：“真的没有！”

唐雨晨说：“哼！我才不相信呢，你口口声声说爱，谁知道是真爱还是假爱！”

周功航说：“我现在真的只爱你一人，以前有过一个，现在已经不和她来往了。”

“你们是怎么搅和到一起的？是你勾引她，还是她勾引你？”唐雨晨突然来了兴趣。

周功航不满地说：“你不要用‘勾引’这个词好不好？太难听了！而且这事儿都过去了，就不要提了。”

“不行，你必须告诉我，我想听。”唐雨晨撒娇地说。

“好，好，我说，是她勾引我。有一天我晚上加班，她就悄悄来到我办公室，假装和我谈事情，然后就坐到我大腿上了。”

“她结婚了没？她老公不知道吗？”

“她老公在别的城市工作，不可能知道。”

“那你们现在还来往吗？”

“不来往，她已经调到她老公所在的城市工作了。你不要再提她了好不？现在我只爱你一人，她已经成了过眼云烟。”周功航说。

唐雨晨见他真的不高兴了，只好不再追问。

·9·

冯雄俊原本想从符安永那里多贷些钱，可符安永只给他追加贷了2000万元。银行贷款加上自有资金，刚好够付买地款。一般情况下，只要有了土地，银行就会找上门来给你贷款，问题是，在规划图出来之前，冯雄俊所买的土地不被看好，银行不会做傻事，因此，冯雄俊面临的最大问题，就是等规划图出来。到时候，这块地价值将猛增，即使银行不给他贷款，建筑商、建筑材料供应商也会主动找上门来，垫付资金给他盖楼。将楼一卖出去，就什么都不用愁了。

想到盖楼、卖房赚大钱的前景，冯雄俊非常激动，对家具厂丢了单子的事，也就不放在心上。

那次周功航邀请他去健身，让他看了规划图后，他给周功航送了一些昂贵的珠宝。

周功航没有亲自出面，而是派他的老婆韦鸣凤跟冯雄俊接触。冯雄俊和她见面时，她没做自我介绍，但从她的打扮以及她的年纪上判断，冯雄俊猜测到她就是周功航的老婆。

周功航答应唐雨晨的请求后，给冯雄俊打了个电话，说：“冯总，我想你可能误会我了，我是国家干部，必须廉洁奉公，你送给我的东西，还是请你收回。这会儿方便不？我让人给你带过去。”

冯雄俊连连推辞说：“周局长，您太客气了，这点儿小意思不算什么。”

周功航仍坚持要他收回去，冯雄俊只好答应了。

珠宝取回来后，冯雄俊日夜坐立不安，不明白周功航葫芦里到底卖的什么药。

冷静下来，仔细分析一番，他对这件事做了几种猜测：一、冯雄俊嫌礼太薄。

但这似乎不大可能。按理说，他这次送的礼分量也不轻，何况双方刚开始迈出合作的第一步。二、有人取代了他的位置。这也似乎不大可能。周功航是个局长，这样的大事，他是经过深思熟虑才下决定的，不可能像个小孩子那样出尔反尔。最后一种可能就是计划有变，也就是那份规划图没有通过上级部门的审批。真是这样，那他的发财梦就要破碎了。想到这里，冯雄俊不禁吓得出了一身冷汗。

但他毕竟是经过大风大浪的人。后来，他想，在事实还没真正弄清楚之前，自己不能先乱了阵脚，不妨先静候一段时间，看看周功航有什么动静。

然而，一个多月过去了，周功航始终没再跟他联系。他按捺不住，给他打了两次电话，周功航都以公务繁忙为由推辞掉了。冯雄俊便又找邓亮约他，也约不到。

为了此事，冯雄俊茶饭不思，连家具厂的事都懒得过问，全交给林淦打理。林淦的交际能力又不行，丢了好几笔大的单子，致使家具厂的业务每况愈下，幸好门市部的生意还挺不错，每月收入可以勉强维持公司的开销。

这天，冯雄俊正坐在办公室里抽着烟，眉头不展地思考着问题，林淦走了进来，结结巴巴地说："冯总，您，您在想什么？"

冯雄俊说："老林，有话你就直说吧，咱俩还分谁跟谁吗？"

林淦这才说："冯总，土地你已经买下来了，人员也招聘齐了，可你却迟迟没有动静，这是为何呀？这么耗着，银行的利息每天都在增加，员工要发工资，还有房租等等，开销多大啊！"

"依你看，该怎么办呢？"冯雄俊问。

林淦说："你不是说要进军房地产吗？现在土地买下了，却为何不盖房子呢？"

冯雄俊说："我正为这事儿而苦恼呢。"

林淦追问道："这是为什么呢？"

冯雄俊说："老林，这个问题你就不要问了，你给我把雄俊公司管好就行了。最近公司没什么大事吧？"

林淦说："没什么事，不过员工知道你贷款买土地，都私下议论说公司没钱了，可能又要拖欠工资了。"

"岂有此理！"冯雄俊生气地说，"你马上回去召开全体员工大会，我向他们保证公司运行良好，我绝对不会拖欠他们的工资！谁要是再议论此事，立即开除！”

林淦唯唯诺诺地说：“好，好，我这就回去安排此事。”

说完，他起身就要走。刚走到门口，他又返了回来，说：“对了，冯总，我查到前几次抢走我们业务的，是一家名为鑫生的家具公司。”

“哦！”冯雄俊问道，“这家公司以前可从没听说过呀！”

“是的。”林淦说，“这是家新开的公司。”

“公司老总叫什么？”

“这个我还没打听清楚，最近事情较多。”

“行了，你去忙吧！”

林淦走后，冯雄俊想起上次拖欠员工工资导致员工闹事的事情，不禁忧虑重重。雄良公司完全靠雄俊公司在支撑，一旦雄俊公司出了问题，可就麻烦了。当务之急，必须尽快把雄良公司运作起来，尽快实现赢利，多拖一天，付出的代价就更大一些。冯雄俊坐不住了！他决定先打探一下消息，如果规划图真的被取消，那他要么将手中的土地脱手，要么报建盖楼卖，绝不能长期被套牢。

次日，冯雄俊找黑武帮忙，让他托人到规划局打探消息。

几天后，黑武给他回了话说，确实有这么一个规划图，而且市政府已经批准，很快就要在媒体上公布。

冯雄俊听了，不禁长长地舒了口气，他想，在这件事上，自己太过于心急了。但仍有个问题在困扰着他，那就是周功航对他的态度。以前，他很容易就能将周功航约出来，可不知道为什么，最近，他每次约周功航，周功航都找借口推脱，而且语气跟以前大不相同。冯雄俊仔细回想起跟他打交道的每个细节，并不觉得自己有做得不对的地方，可周功航为什么拒他于千里之外呢？冯雄俊实在很费解！

·10·

夜幕降临，公园里成双成对的男女坐在草坪上，窃窃私语。

时值夏秋之交，微风习习，已有点儿凉意。

"雨晨，还记得我们上大学时的情景吗？"周进和唐雨晨并排走在公园的小道上，说，"那时，我们一起吃饭，一起去看电影，一起上图书馆。我经常一大早起就来到图书馆给你占座位，你呢，经常为我打饭，还偷偷把你碗里的肉埋到我的饭里。时间过得可真快啊，一眨眼，我们就已经毕业工作好几年了。"

周进一副沉浸在过去美好往事中的样子，自顾自地说着，偶尔转头，却看到唐雨晨低头不语。

"雨晨，我，我真蠢！我一时财迷心窍，伤害了你。可你知道，我爱的人是你。你原谅我好吗？我们重新开始好不好？"周进说。

唐雨晨并不回答周进的问题，抬头看了看前方。只见前方的树木笼罩在夜幕下，模糊如连绵的小山。

跟周进在一起，她不可能没有回忆起往事。只是，她觉得过去的时光如烟似雾，在她心里激不起一丝涟漪。没错，过去她确实很爱周进，甚至暗地里发誓，一辈子只爱他一人，与他白头偕老。可如今，经过了这么多波折，她对爱情产生了深深的怀疑与鄙视，认为男人和女人在一起无非两种目的：为了权力而互相利用，为了满足性欲而纠缠在一起。

她开公司自己当老板，体会到了赚钱的快乐，更体会到钱带给她的好处。这种美好的感觉，激发起更大的欲望，她一定要赚很多很多的钱，一定要得到她想要的东西。

如果说，她此时心里有爱的话，那爱的人不是周进，而是冯雄俊。她对他仍有着深深的迷恋，他身上散发出的成功、成熟男人的魅力，勾走了她的魂。而他对她的伤害又是如此深，他使她丧失了贞操，变得不纯洁，受尽了污辱。她对他的恨丝毫不亚于对他的爱！

"雨晨，你怎么不说话？是不是心里很恨我？如果是的话，你尽管骂我、打我！我只是想告诉你，我仍深爱着你！"周进见唐雨晨久久不语追问道。

唐雨晨这才抬起头，说："过去的事就让它过去了吧，你就不要再提了。我现在一心只想把公司管理好，不想考虑其他事。不过，有一点是可以肯定的，那就是，我和你不可能恢复过去的关系。"

"为什么呢？雨晨，你是不是有男朋友了？"周进有点儿焦急又有点儿失望。

唐雨晨摇摇头，苦笑一声说："没有！"

“那你心里肯定恨透我了！”

唐雨晨停下脚步，注视着周进，认真地说：“过去我很爱你，也很恨你，但是，现在我既不爱你，也不恨你，将来也不会！彼一时，此一时，时间是可以改变一切的！”

“雨晨，难道咱们俩真的再没有走到一起的可能了吗？”周进问。

唐雨晨目光十分坚定地说：“没有！”

周进十分痛苦地闭上双眼，长叹了一声，接着掉头往回走。

“等等！”唐雨晨喊住他说，“你不是来应聘的吗？你的条件非常优越，完全符合我公司的要求。”

“那又怎样？”周进苦笑说，“天天看到心爱的人，却必须与她保持距离，无异于把自己的心放在火上煎熬。”

“可你是来求职的，不是来寻找爱情的！”

周进犹豫了一下，迈开大步，头也不回地走了，仿佛一阵微风吹过心湖，湖面却依然平静如镜！唐雨晨没有叫住他。

几天后，周进又出现在唐雨晨的办公室。

“雨晨，你说得对，我是来求职的，不是来寻找爱情的。如果你还没改变决定，我愿意到你公司工作。”他说。

唐雨晨对周进的再次到来仍感意外，她猜想，他或许在别的公司求职失败，或许仍对她不死心。不管怎样，她仅仅从一名管理者的角度思考，认为他是公司的合适人选，要他，绝不掺杂任何私人感情。

“我代表鑫生公司欢迎你！”唐雨晨说，“我觉得以你的条件，比较适合当我的办公室主任，月薪 2000 元，不知道你意见如何？”

“我没意见！”

“那好，明天你开始上班。”

“雨晨，我……”周进话还没说完，唐雨晨便打断他说：“等等，以后你就和其他员工一样叫我唐总。我不是有意抬高自己，你叫我雨晨，别的员工肯定有所猜疑，再说，公司管理不是闹着玩的。”

“唐总，我，我……”周进一开始觉得这个叫法很拗口，“我是说，公司有没有提供住房？我现在连个落脚的地方都没有！”

“公司不提供住房，你自己去租吧，月底拿着单据到财务处报销一半。”

“好的！”周进说。

这时，主管苏华强敲门进来说：“唐总，小林谈了一笔业务，拿不下来，需要你亲自出马！”

唐雨晨问：“谈到什么程度了？问题出在哪里呢？”

苏华强说：“对方对咱们的报价还算满意，但认为咱们公司是新成立的小公司，对咱们产品的质量不放心！”

“这个单子有多大？”唐雨晨接着问。

“50多万！”

“好，你让小林先约他们的负责人，我去跟他们谈谈！”

“已经约好了，今晚七点半在豪味酒家！”

“行！你让小林早点儿到豪味酒家准备下！”

“好的！”苏华强说完，转身出去了。苏华强今年38岁，中等身材，曾在多家家具公司工作过，经验丰富。

苏华强刚走，唐雨晨的手机铃声就响了起来，是周功航发来的短信，要她今晚出来见面。唐雨晨回复道：“可不可以改天？”

见周功航久久不回复，唐雨晨只好回复他：“好，今晚见面！”

周功航是大忙人，一周到两周才和她幽会一次，她不想扫他的兴，毕竟攀上他不是件容易的事。她还没完全把他套牢，必须对他更多些温柔与顺从。

这时，周进也欲走出她办公室。她把他喊住了，沉思了一会儿才说：“刚才苏主管说的那笔业务，你能不能替我去谈？我今晚有事不能去了。”

周进说：“没问题！”

唐雨晨又把苏华强叫了进来，告诉他自己不能去赴宴，由周进代替。苏华强听了，脸上露出一丝不悦，说：“小林好不容易才谈到这笔业务，万一失败了，对公司是个损失，对他也是很大的打击。”

唐雨晨想了想，叹气说：“这个我知道，可我确实脱不开身了，何况你们又约了人家，不好再改期。周主任虽然刚到咱们公司，但有丰富的谈判经验，相信他能行的！”

周进插嘴说：“不就是个应酬吗？没什么大不了的。老苏，你太多虑了，赶紧叫小林去安排下吧。”

苏华强瞟了周进一眼，眼里闪过一丝不屑，不理睬周进。周进撇撇嘴，很是不满。

周进的表情，唐雨晨全看在眼里。待苏华强出去后，她严肃地对周进说：“苏华强年纪比你大，职位与你没有高低之分，你要对他尊重点儿，不要一副打哈哈的样子。另外，你在公司也不要动不动就发火，这里可不是你出气的地方。你如果真想在我这里工作，就得收敛些。”

周进说：“知道了，下次我注意点儿就是了。”

说完，他起身走出了办公室。

唐雨晨此时有点儿后悔让周进去应酬，与他相恋了几年，唐雨晨了解他的性格：好强、骄傲自大。要是应酬时，他不收敛些，这笔业务可能就告吹了。但事已至此，她不想再更改主意，一个公司老总举棋不定，难以让员工信服！

随后，唐雨晨把助理王桃茂叫了进来。王桃茂比她小三岁，一米六几，中专毕业，在社会上闯荡多年，办事非常干练，原是一家贸易公司的业务员。唐雨晨在雄俊公司时，在一次应酬中认识了他，对他的能说会道、办事老练印象非常深刻。这次招聘，她特意把他挖了过来，给他开出 4000 多元的高薪。

理着平头的王桃茂快步走进来，问道：“唐总找我有事？”

唐雨晨低声向他叮嘱了一番后，他说：“行，唐总你放心吧，有事我随时和你联系！”

唐雨晨点点头，朝他投去信任的目光。

第六章　暗施阴手

许是从窗外拍摄的缘故，照片有点儿模糊。唐雨晨一张一张地翻看这些照片，手微微地颤抖。

·1·

晚上七点多，周功航先和唐雨晨到一家饭店吃饭，之后，两人驱车到宁湾宾馆开房。

一进门，唐雨晨就倒在周功航的怀里。周功航吻了她，说："宝贝，我有一样东西送给你。"

说完，他从包里拿出一条金项链。这是一条镂花的金项链，中间还缀着一颗宝石。

"这是我出差到北京专门给你买的，喜欢吗？"周功航边把项链给唐雨晨戴上，边说。

"当然喜欢了，只是要好多钱吧？"唐雨晨说。

"别管多少钱，只要你喜欢，只要你戴着漂亮就行！"周功航说着，抱起唐雨晨滚到了床上……

完事后，周功航说："冯雄俊那边，我已经开始和他兜圈子，你可要尽快想办法找资金。"

唐雨晨说："我开公司刚上手，认识的朋友还不多，银行方面又没熟人，一下子很难筹到钱。你有没有办法呢？"

周功航说："生意场上的事，我不能插手，否则会引人注意，对我不利，这点你应该明白！要不，我看你还是打消那个想法吧。"

唐雨晨嘟嘟嘴，撒娇说："你答应过人家的事，怎么又变卦了呢？还是先拖着他吧，能拖多久就拖多久。"

周功航捏了捏她的脸蛋儿，笑笑说："好吧，就依你吧！"

从宾馆出来时，已是晚上十点多。尽管夜色朦胧，唐雨晨和周功航还是戴上了墨镜，怕被熟人看到。

两人手挽着手，说着情话，下到二楼楼梯时，卢沧舟和几个朋友正好上楼。唐雨晨只顾和周功航说话，没有注意到卢沧舟，卢沧舟却听到了唐雨晨的声音。

待他的朋友上去后，他追了出来，大喊道："雨晨，雨晨！"

唐雨晨一听到卢沧舟的声音，心里一惊，挽着周功航的手，快步走向停车场。卢沧舟跑上来，拦在她面前，气喘吁吁地说："雨晨，刚才我叫你，你干吗不理我？"

唐雨晨想，自己戴着墨镜，卢沧舟不可能认出她，因此，她干脆沉默不语，想让卢沧舟以为他认错人了。可卢沧舟不依不饶，拦住她和周功航，不让他们走。

周功航生气地说："小伙子，我们不认识你，别不识趣！"

说着，他推了卢沧舟一把。卢沧舟看不下去唐雨晨和他十分亲昵的样子，气得也猛推了周功航一把，大声说："滚开，不许你碰雨晨！"

周功航身子一倾，差点儿被推倒，墨镜掉到了地上。

卢沧舟看清了他的模样，转头吃惊地问唐雨晨："雨晨，你干吗和他那么亲近？"

唐雨晨再也忍不住了，摘下墨镜，砸向卢沧舟，大吼道："卢沧舟，你给我滚开！你没有权利干涉我的生活！"

卢沧舟被墨镜砸到眼睛上，痛得捂着眼睛，呻吟个不停。唐雨晨趁机挽着周功航的手迅速钻进车子里，绝尘而去。

车子上了马路后，唐雨晨怯怯地说："对不起，我没想到会遇到这么个无赖，冒犯你了！"

周功航扬了扬手，说："没事了，下次咱们注意点儿就是了。"

唐雨晨还想告诉他卢沧舟对她死缠烂打的事，周功航却阻止了她，说："不要说了，我说过，我不管过去你爱过谁，有谁追求过你，只要你从今后属于我就行了！"

唐雨晨只好默不做声，心里却万分担忧，生怕卢沧舟得罪了周功航，同时又觉得被卢沧舟看到她和周功航在一起，今后不好面对他，在他面前会很没面子。

次日早上，唐雨晨还在半路上，公司员工就打来电话说，公司有人在打架、闹事。唐雨晨加快车速，飞一般地往公司赶。

她匆匆走进办公室，只见周进和卢沧舟被员工拉开，两人衣服凌乱，脸上怒气未消，瞪着大眼，互相敌视着对方。

周进见到唐雨晨，气呼呼地说："唐总，这个人擅自闯进咱们的公司，态度非常蛮横！"

卢沧舟乜斜地瞟了周进一眼，不屑地说："你算老几？乡巴佬！"

周进气又上来了，挣扎着欲冲过去。几名员工将他死死拉住。

唐雨晨怒吼道："都给我闭嘴！"

场面一下子静了下来。

唐雨晨随后把卢沧舟叫进了自己的办公室，关上门。

卢沧舟一进来，脸上的怒气、乖戾气瞬间消除，取而代之的是疑惑与失望。他问道："雨晨，你跟那人到底是什么关系？"

唐雨晨脸上肌肉一阵抽搐，不敢正视他，说："我不是跟你说过吗？我和你根本不可能走到一块儿，你不要干涉我的私生活！这个问题，你不要再追问了，好吗？"

卢沧舟说："雨晨，在我心目中，你是个好女孩儿，自从在酒吧见到你，我就一直这么认为，将来我也将这么认为。不管你有多讨厌我，也不管我们之间有没有可能，我都不希望你放纵自己，糟践自己。"

卢沧舟的一番话，使唐雨晨感到很难堪。但她不能承认自己与周功航的暧昧关系，那样她将更没面子，更加狼狈。因此，她用冰冷的语气说："我说过，你不必也没有权利干涉我的私事，他只是我的一个普通朋友，我们之间没什么。"

"雨晨，你就别瞒我了！"卢沧舟说，"他的身份我是知道的，我真心希望你远离像他这样在官场混的人。"

"你知道他是谁？"唐雨晨吃惊地问道。

卢沧舟看了她一眼，点点头。

唐雨晨脸上显现出尴尬的神色，说："你帮过我的忙没错，但是，我也跟你声明过，你帮过我的忙，不能跟感情扯上关系，这一点，你是答应过我的。我还有很多事情要处理，希望你不要再调查我的私事，耽误我的时间，破坏我们之间的友谊！"

卢沧舟见唐雨晨态度如此冷淡，不禁红了眼圈，叹息说："既然如此，我也不多说什么，只要你做事对得起自己就行了！”

说完，他转身出去了。

唐雨晨没有拦他，想着他刚才红着眼圈的样子，看着他的背影，心弦微微地颤动着。

唐雨晨随后把周进叫进来，问他刚才是怎么回事。

周进跷着腿，坐在唐雨晨对面的沙发上，说：“他一进来二话不说，就要往你办公室里冲。我问他找谁，干什么的，他不理我。我便拦住他，就这样打了起来。”

唐雨晨说：“你拦住他没错，可你要注意态度和言语啊。万一是公司的顾客，不把人家吓跑才怪！”

周进瞥了唐雨晨一眼，略带不满地说：“他那么冲的态度，我凭什么对他好言好语？雨晨，那人是谁？他这么急着找你有什么事？”

“别问他是谁，这些不是你应该关心的，说说你昨晚的应酬情况吧，那笔业务拿下了没有？”唐雨晨不想再在这个问题上有过多计较，便转移了话题说。

周进低下了头，说：“没有！”

唐雨晨心头一紧，果然不出所料，这笔单子可能要丢了。

“行了，你先出去吧，以后注意点儿就是了！”唐雨晨轻轻叹了口气说。

周进刚出去不久，孙华强和林况忠就敲门进来。林况忠气愤地说：“唐总，昨晚周主任在饭桌上没喝几杯酒，就冲客户发酒疯，这笔业务可能没戏了！”

唐雨晨不由得心一沉，暗暗责怪周进坏了好事。大学时，周进经常和宿舍的哥们儿出去喝酒，唐雨晨以为他酒量应该不错，没想到，他却如此窝囊！

“都是我的错，都怪我太忙，抽不出时间去应酬。”唐雨晨把责任揽到了自己身上，说，“你再约一下，看能否再把对方约出来！”

对方是一家房地产公司，老总名叫梁浩安。林况忠便又给梁浩安打了个电话，梁浩安却始终不接。唐雨晨让林况忠把梁浩安的名片给她，她用自己的办公电话拨打。电话打通后，唐雨晨先做了自我介绍，然后笑着赔礼说：“昨晚，我有事没能去陪梁总喝酒，多有得罪，今晚想请您赏个脸，咱们俩好好喝几杯，不知您能否在百忙之中抽出时间？”

大概是对唐雨晨这个女老总感到意外，大概是被唐雨晨银铃般的笑声吸引，或者两者兼而有之，梁浩安犹豫了一下，答应了。唐雨晨不由得松了口气，林况忠和苏华强听了，也露出了笑容。

·2·

梁浩安50多岁，一米七的个子，头发花白，脸色红润，微胖。许是应酬多、喝酒多的缘故，他腆着个大肚子。

晚上七点多，豪味酒家一个包厢里，互相交换了名片，梁浩安盯着唐雨晨，恭维地说："想不到唐总如此年轻、漂亮，真是'江山代有才人出'啊！"

唐雨晨微笑着说："哪里，哪里，我们这是小打小闹，梁总生意做得那么大，才是我们学习的榜样，还请梁总多多指教、关照！"

酒菜上齐后，唐雨晨先举杯说："梁总，我先敬您一杯，对昨晚我们的失礼表示歉意！"

说完，唐雨晨仰起脖子一饮而尽。梁浩安看着她喝完酒，却不端杯，说："我抽烟，你不见怪吧？"

唐雨晨见梁浩安不端杯，心里有点儿失望，却不动声色，说："当然可以！"

梁浩安点了根烟，抽了两口，喷出的烟雾缭绕在他眼前。这时，只见他右手夹着烟，左手端起酒杯，嗞的一声，以迅雷不及掩耳之势，将那杯酒吸进肚子里，不滴不漏，干净利落。唐雨晨见他这般喝酒的架势，深知他是个"酒坛高手"，心里暗暗发憷，生怕自己的酒量敌不过他，出洋相。

一杯酒下肚，梁浩安夹吃了口菜，慢条斯理地问道："小唐，看你年龄和我女儿差不多，却拥有自己的公司，实在了不起。我女儿只知道玩，不思进取，都是我这个做父亲的溺爱她，害了她啊！"

唐雨晨宽慰他说："每个人的成长环境不一样，性格和人生经历当然也不一样，不能拿同一个标准去衡量不同的人。您女儿必定有她的优点，再说，开公司又不是什么难事，或许她的兴趣不在商业。"

梁浩安点点头，微笑着说："没错！"

一旁的服务员在他们喝完酒时，早已将酒杯满上。梁浩安端起酒杯，向唐雨晨示意了一下，又是“嗞”的一声，将酒吸进肚子里。唐雨晨也赶紧端杯见底。

旁边的林况忠见他俩迟迟没有谈到业务的事，赶紧插嘴说：“梁总，我们公司虽然刚成立不久，但我们唐总对产品质量非常重视，这一点，您大可放心！”

梁浩安对林况忠的话，充耳不闻，只顾自个儿抽着烟。林况忠还想继续说下去，唐雨晨赶紧打眼色制止了他。林况忠这才意识到自己多嘴了，一下子涨红了脸。气氛有点儿尴尬，梁浩安却仍悠然地抽着烟。

唐雨晨对梁浩安的沉稳冷静暗暗佩服。她虽然在商场混的时间不长，但阅人不少。有的人一上酒桌就急于谈业务，一心只想把生意做成，这样急于求成的人往往给人以唯利是图的感觉，酒再好也很难喝得痛快。

精明的商人在酒桌上很少谈正事，而是在觥筹交错中交换思想、沟通看法、拉近感情，只有这样才能建立起长期的合作关系，生意才能做得长久。梁浩安在这方面把握得很好，而且他有一点令唐雨晨佩服：他不像一些好色之徒那样，用色迷迷的眼光肆无忌惮地在她的脸蛋儿上、胸脯上徘徊，也不在酒桌上满口黄色笑话。

沉默了一会儿，唐雨晨说：“梁总，您生意做得这么大，应酬又多，得防高血压啊！我父亲跟您年纪差不多，平时沾酒多一点点，血压就会升高。”

“你说的没错！”梁浩安来了兴趣说，“高血压一直是我非常担心的问题。我每隔一段时间都要量一次血压，所幸到目前为止，还没犯过这毛病。我既好酒，也好茶，茶能降压，或许正是这个原因，我的血压很正常。”

随后，梁浩安跟唐雨晨大谈茶道，唐雨晨对茶道知道不多，只是静静地听他讲述。

不知不觉间，两瓶名酒已经见底。唐雨晨让服务员再拿一瓶上来，却被梁浩安制止了。他说：“小唐，今晚我跟你喝得很投缘，聊得很投机。咱们俩的心意相通就行了，不必再用酒精来考验对方。咱们点到为止，多吃点儿菜吧。你一个女孩子家的，在商场打拼也不容易，别伤了身体。你的路还很长呢！”

梁浩安的话说到唐雨晨的心坎上了，她感动得有泪水喷涌的冲动。喝了这么多酒，唐雨晨见过的大多数人要么是酒鬼，要么是色鬼，要么是财奴，一上酒桌就恨不得早点儿把她灌醉，早点儿达到他们的目的，极少有为她着想之人。

相比之下，梁浩安可谓酒场上的君子，对饮酒和饮酒之人把握得毫厘不差，无怪乎他能把生意做得这么大！

“谢谢梁总的理解和关心，那咱们就多吃点儿饭菜吧！”唐雨晨控制了一下自己的情绪说。

梁浩安点点头。

饭上来后，唐雨晨和梁浩安边吃边聊。

她说：“梁总善解人意，为人着想，必定是个好丈夫、好父亲！”

“还有好儿子，我父母还健在！”梁浩安笑呵呵地说。

“哦，家有一老，胜过一宝，梁总，您真是好福气啊！”

“是啊！”梁浩安感慨地说，“父母辛辛苦苦把我们养大成人，不知流了多少血汗。当我们成家立业时，他们却已老去，有的甚至已经不在人间，给儿女留下‘子欲养而亲不待’的无尽遗憾。每当想到这些，我都提醒自己，不论多忙，都要抽出时间陪陪父母，孝敬孝敬他们。”

听完梁浩安的这一番话，唐雨晨红了眼圈说：“梁总，您这么一说，真让我感到惭愧。我出来工作，远离父母，每年难得回家孝敬父母一次，真对不起他们二老。”

“你也不要太难过。”梁浩安说，“孝敬父母不一定天天守在他们身边，抽空打个电话问候他们也可以。虽然只是几句话，但他们听了，心里热乎着呢！”

“也是，梁总可真是个体贴的好男人。”唐雨晨适时恭维说，“改天我再去您家看望二老。”

“那就有劳你费心了！”梁浩安说。

从饭店里出来时，已快九点。临别时，梁浩安说：“小唐，有句话我本不该说，但还是忍不住要说。今晚的酒，我喝得很痛快，你为人处世很不错，给我印象很好。昨晚那个姓周的小伙子，不是我故意贬低他，他连最起码的礼貌常识都不懂，根本就不配当你的办公室主任。你怎么会录用他这样的人呢？”

“哦，此话怎讲？”唐雨晨大为吃惊。周进在大学时，常常带一帮兄弟去拼酒，是个豪爽之人，口才也不会太差，怎么会给梁浩安留下那么差的印象呢？

“他呀，连敬酒的基本常识都不懂，向我敬酒时，把酒杯举得比我还高，怎么说毕竟我也比他大几十岁啊。而且，他的嗓门特大，像只公鸭，酒量不行，还逞强！和这样的人喝酒，真是扫兴！”

听了梁浩安的话，唐雨晨心里很不是滋味。大学时，周进学习成绩好，人长得又帅，别提当时自己有多爱恋他。可没想到，他只不过徒有其表，中看不中用。

唐雨晨强装笑容说“可能他刚进入社会不久，历练还不够，请梁总多多见谅！”

·3·

三天后，唐雨晨亲自到梁浩安办公室签了合同。在梁浩安的办公桌上，唐雨晨意外地看到冯雄俊的名片。梁浩安说：“要不是你亲自出马，我很可能就跟雄俊公司合作了，他们公司老总冯雄俊也是个能喝得来、谈得来的人。”

唐雨晨说：“谢谢梁总的关照。不过我有个要求，要是冯总问起此事，您可不要说出我的名字。”

“为什么呀？”梁浩安说。

唐雨晨迟疑了一下说：“我原先就在雄俊公司工作过。”

“难怪呢！”梁浩安呵呵一笑说，“其实这也没什么，员工另起炉灶也很正常。不过，既然你提出了这个要求，那我就当一回保密员吧！”

唐雨晨说：“那就谢谢您了！”

应酬完，回到公司，一走进办公室，唐雨晨就见周进在电脑上玩游戏，竟然入迷到连她进来都不知道的地步。唐雨晨不由得皱起眉头，干咳了几声，径直走进自己的办公室。

周进这才惊醒过来，尾随唐雨晨，进了办公室，挠了挠头，嬉皮笑脸地说：“唐总，刚才没事做，才玩玩游戏！”

唐雨晨瞧都不瞧他一眼，板起脸说：“这里可是公司，不是游戏厅。你身为办公室主任，却带头玩游戏，像什么样？”

周进讨好地说：“是，是，是，雨晨，我以后不玩就是了。”

“不要叫我雨晨！”唐雨晨说，“我希望这样的事以后不要再让我见到，否则我只能按公司的规定处理。”

周进连连点头出去了。

过了一会儿，林况忠走进来问道：“唐总，那笔业务有结果了吗？”

唐雨晨从包里拿出合同，扔在办公桌上，说：“合同已经签了！”

林况忠激动地说：“谢谢唐总！”

随后，他张了张嘴，一副欲言又止的样子。唐雨晨说：“有什么话，你就大胆地说吧！”

林况忠这才吞吞吐吐地说：“周主任和苏主管今天早上吵架了！”

“他们为什么吵架？”唐雨晨吃惊地问。

林况忠说：“今天早上，一名客户让我过去谈业务，我便直接到他那里，没有先来公司。周主任说我迟到，要按公司规定扣我的钱。苏主管说，业务员外出谈业务，不算迟到。两人因此吵了起来。”

“知道了，你先出去吧！”唐雨晨不禁来了气。周进进公司后，不但没做出什么成绩，反而不断给她添麻烦，太不像话了！

唐雨晨把周进叫了进来，阴着脸说：“周进，你不要以为咱们俩是同学，就可以在公司目中无人，为所欲为！”

“这到底是怎么回事？干吗又无缘无故冲我发火？”

“怎么回事你自己清楚，你今天早上干吗了？”

“是不是林况忠告的状？等下我找他算账！”

“你还找人家算账呢！你以为自己很了不起吗？”唐雨晨的声音大了起来，“你说说，你到我公司做出什么成绩了？业务员不需要坐班，随时可以出去谈业务，这一点你难道不知道吗？为什么无事生非，还跟苏主管吵架？”

“我无事生非？”周进也来了气，说，“谁知道他是不是去谈业务？哪儿有客户一大早就叫业务员去谈业务的？他分明是睡懒觉才来那么晚。这还不算迟到？如果每个业务员都像他那样，天天一大早就去谈业务，那他们是不是每天都不用来公司报到了？我这么做，不也是为公司好嘛。”

“就算你对，你也不应该和苏主管吵架啊。”

“算了，算了，反正在你眼中，我是一个一无是处的人，算我错了行不行？”周进的声音再次提高。

唐雨晨长长舒了口气，压了压心中的怒气，和气地说：“不要争了，这事儿我也有不对的地方，不能全怪你们！”

说完，她把苏华强叫了进来，自责地说：“苏主管，今天早上的事，我先向您道歉，是我管理不到位，使你和周主任闹了矛盾。从今天以后，业务员的考勤就由你来负责。”

苏华强微笑着说：“唐总，我和周主任之间没什么，男人嘛，难免火气大了点儿。你说是吗，周主任？”

周进冷冷地看了苏华强一眼，点点头。周进的表情，唐雨晨全看在眼里。她轻轻地叹了口气，暗暗责怪周进：人家苏主管都那么大气地向你示好，你却不买人家的账，未免太小气了！

周进的态度让苏华强感到有点儿失面子，他找了个借口出去了。

周进这时才冷冷地说：“你这是架空我呢？”

“这怎么是架空你呢？”唐雨晨没好气地说，“我这是避免你们的职责冲突。”

“唐雨晨！”周进阴着脸说，“没错，我是你的员工。你聘用我，我很感激，但我是个堂堂男子汉，有自己的尊严。如果你觉得我不合格，你可以解聘我，我没意见，但你用不着这样捉弄我！”

唐雨晨听了周进的话，心里很生气，却又不好发作，只好解释说：“你知道公司靠什么生存吗？靠业务！没有业务可做，我只能关门！要想有业务做，必须发动业务员到外面拉业务。业务员的收入主要靠提成，他们如果偷懒，就没钱可赚。苏华强是主管，我把业务员的考勤交给他管理，是考虑到他跟业务员沟通较多，对每个业务员都很了解，业务员是否偷懒，他心里都有数。这怎么说是架空你的权力呢？你是我同学，不管论公还是论私，我都希望你留在我的公司，认认真真地、脚踏实地地做出成绩！”

唐雨晨在情在理的一番话，使周进的怒气消除了许多。他低声向唐雨晨说了声“对不起”，然后转身出去了。

唐雨晨泡了一壶茶，喝了几口，稳定了一下情绪，理了理思绪，然后把王桃茂叫了进来，问道：“事情办得怎么样了？”

王桃茂并不回答，而是从背包里拿出一沓照片递给唐雨晨。照片全是冯雄俊和李露在房内拥抱、亲吻的画面。许是从窗外拍摄的缘故，照片有点儿模糊。唐雨晨一张一张地翻看这些照片，手微微地颤抖着。她依然深爱着冯雄俊，见不得他和别的女人亲密的样子；她同时也恨冯雄俊，想起被出卖的经历，她心中就有烈火在燃烧！

"很好！"唐雨晨把照片递还给王桃茂，说，"你把这些照片送给黄虹丽，向她讨赏去！"

"好的！"王桃茂接过照片，朝唐雨晨投来疑惑的一瞥，随即迅速闪开。

"事成之后，我还会重重奖励你的。你不要问为什么，尽管按我的吩咐去办就是了！"王桃茂的眼神逃不过唐雨晨的目光。

"行，唐总，要是没事，我先出去了？"王桃茂说。

唐雨晨点点头，仿佛看到黄虹丽看到照片时勃然大怒的表情，又仿佛看到冯雄俊夫妻大吵的场面，脸上露出了一丝得意的微笑。

·4·

黄虹丽经常去美幻美容院做美容。这天早上十点多，她做完美容，刚走出美容院大门，已等候多时的王桃茂就迎上来，拦住她，说："您好，打扰一下，请问您需要私家侦探服务吗？"

黄虹丽看了看这名理着平头、中等身材的男子，警觉地摇摇头，说："不需要！"

说完，她绕过王桃茂就要走。王桃茂快走几步，再次将她拦住，说："您先不要急于做决定，先看看这些照片吧！"

说完，他把一沓照片递给黄虹丽。黄虹丽瞟了一眼最上面的那张照片，心里一震，不由得伸手接过所有的照片，警惕地问道："你是什么人，怎么会有这些照片？"

"我已经说过，我是私家侦探！"王桃茂微笑着说，"您先欣赏这些照片再作决定，过一段时间，咱们再联系！"

说完，王桃茂转身就走。

黄虹丽看看照片，又看看王桃茂的背影，脸色刷地变得青紫，只觉天旋地转，差点儿晕倒。

冯雄俊又丢了单子，心里窝着火，把自己关在办公室里抽闷烟。他已经记不清，这是雄俊公司第几次丢单子了，而且，丢单子的情形还很相似，明明都快要签合同了，半路却杀出个程咬金。这次，他亲自出马，与梁浩安喝了酒，聊得很投机，本以为这笔生意必定到手，可最终仍丢了。对方还不肯透露抢单的人是谁，这让他冯雄俊输得不明不白！

对手会不会又是那家新开的鑫生公司呢？那家公司的老总又是谁呢？他怎么有那么大的本事，频频抢走自己的业务呢？冯雄俊吐了几个烟圈儿，满脑子的疑问。

这时，手机铃声响了起来。冯雄俊拿起来一看，是黄虹丽打的，她必定又是唠叨一些无关痛痒的事！冯雄俊挂断了她的电话。隔了一会儿，黄虹丽又拨通了他的电话。这次，他接了，不耐烦地问道："什么事？"

"你在哪里？干吗不接我的电话？"黄虹丽的声音很低沉。

"在公司，我忙着呢，你有什么事？"

黄虹丽沉默不语。

"无聊！"冯雄俊咕哝着挂了电话。

晚上九点多，冯雄俊拖着疲惫的双腿迈进家门时，黄虹丽仍坐在沙发上看电视。冯雄俊进来时，她看都不看他一眼。

"谁又惹我的老婆大人生气了？"冯雄俊把背包丢到茶几上，坐在黄虹丽旁边说："良良睡着了没？"

黄虹丽并不作答，啪的一声把那沓照片丢到茶几上。冯雄俊捡起照片，逐一翻看。他才看了两张，心里一阵冰凉，不想再翻下去，啪的一声丢回到茶几上，镇定地问道："这些照片是从哪里来的？"

"你自己说是哪里来的？"黄虹丽反问道。

冯雄俊猜想黄虹丽不会雇人暗中偷拍他。此刻，他无论如何都不能承认照片上的画面是真实的，他知道承认的后果有多严重！

"你有完没完！"冯雄俊大声吼了一句后，朝儿子的房门看了看，怕吵醒儿子，便把声音压低，不满地说，“现在公司频频丢了单子，我整天为这事儿焦头烂额，你却对我疑神疑鬼。我忙一整天了，你让我有个好心情，好好休息一下行不？”

“我让你好好休息，那谁让我好好休息呢？事实就摆在眼前，你还有什么话好说？”

“我跟你说过多少次了，你怎么还是不相信我呢？你到底要怎样才能相信我呢？现在的电脑技术那么发达，什么照片都可能合成。你有没有亲眼看见？你到底是相信我，还是相信这些来历不明、乱七八糟的照片？”

“我很想相信你，可是，可是你看看这些照片，你到底要我怎么相信你？”黄虹丽终于忍不住，抽泣了起来。

“唉！”冯雄俊双头抱头，痛苦地说，“为什么呢？为什么做一个男人这么辛苦呢？我把存款都给了你，公司也给了你，你还是不相信我。我真不知道该如何才能博得你的信任！”

黄虹丽从茶几上的纸盒里抽出一张纸，擦了擦眼泪，问道：“冯雄俊，你老老实实地告诉我，照片上的事是不是真的？我仔细研究过了，电脑不可能合成那么真实的照片！”

冯雄俊猛地抬起头，泪光闪闪地说：“虹丽，我真的很累了！如果离婚，我将一无所有，我会把自己的前途毁于一旦吗？我对你如何你应该知道，我对儿子如何你也应该知道，我在外面拼死拼活，不全是为了你和儿子吗？生意场上，竞争对手很多，为了抢到生意，他们什么坏主意都能想得出来。最近，家具公司那边频频丢单子，我这几天，都在为这事儿吃不下睡不香。这些照片说不定是他们干的，你如果真相信，岂不上了他们的当？”

黄虹丽沉默了下来，好一会儿才轻声说：“我是把你看得紧要才追问你。”随后，她把这些照片的来历告诉了冯雄俊。

冯雄俊心里一惊，不明白到底是谁在暗中偷拍他，跟他作对。没错，这些照片是他与李露幽会的真实照片。

在得知照片的来源之前，他猜测是黄虹丽派人偷拍他。真是这样，那他就无路可走，只有承认，并哀求她原谅。现在黄虹丽说出了真相，他悬着的心就放了下来，知道这场危机即将过去。但是事情还没完，到底是谁暗中跟他作对，他还没弄清楚，敌人仍在暗处威胁着他。

“虹丽，我是你丈夫，你怎么宁愿相信一个陌生人的照片，也不相信我呢？社会那么复杂，商场险恶，你一味胡搅蛮缠，岂不中了别人的奸计？对方明明是想用这种方法拖累我以达到搞垮公司的目的，你怎么就不仔细想想呢？”

“我现在只要你回答我一句话，照片上的画面是不是真的？”黄虹丽直逼着冯雄俊的眼睛说。

“不是，我早就说过了，现在电脑技术那么发达，什么照片都能合成。你要是不信，我找人合成像这样真实的照片给你看！”

“行了，我相信你！”黄虹丽说，“但是，你要记住你说过的话。要是让我查到，你真的和那狐狸精来往，我绝不饶恕你！”

“唉，你的疑心太重了！有些事，你越是怀疑，它就越像。我希望你全部打消对我的怀疑，把咱们这个家管好，给良良创造一个好的成长环境。”冯雄俊语重心长地说。

“我当然是为良良着想才把你看得紧。要不是为了儿子，我才懒得管你在外面有没有女人！你要是嫌弃我，咱们就离婚。爱和我过日子就过，不过就拉倒，谁怕谁？”

“你看看，你又来了，女人真难伺候！”

“行，照片的事就此打住！”黄虹丽打了个暂停的手势说，“你刚才不是说家具公司那边最近不怎么顺吗？到底怎么回事？”

“你管完私事，又要管公事，真不愧是大总管啊！”冯雄俊挨过来搂着黄虹丽说，“最近家具公司老是被别人抢走单子，业务下滑得很厉害，要不是有门市部撑着，可就要倒闭了。真不知道是谁那么厉害，频频把我们口中的肥肉抢走！”

“会不会是照片事件幕后指使人干的？你最近有没有得罪别人？”黄虹丽警觉地问道。

“怎么说呢，生意场上，你抢走了别人的生意就算是得罪了。这其实也很正常，以前咱们也抢过别人的生意。但是，对方要是卷入到家庭，用这种卑鄙的手段来报复，那就太不应该了。这可是违法的事情，要是让我查出来，我非让他吃不了兜着走不可。不管怎样，你要小心点儿，以后不要随便相信别人的话。那人要是再找你，你马上报警，或者给我打电话。总之一句话，不管发生什么事，你要坚定地站在我这边，不要轻信别人！”

“难道你真的和那狐狸精搅在一块儿了，也要我站在你这边？哼！”黄虹丽边说，边倒在冯雄俊的怀里。

冯雄俊使劲捏了捏她的鼻子说：“你呀，一切都好，就是疑心太重！”

黄虹丽被捏得鼻子发痒，阿嚏一声，打了个响亮的喷嚏。

冯雄俊被喷了一身的吐沫，嗔怪地说：“你看你，又不知道在想哪个汉子了！”

“冯雄俊，你敢反咬我一口？”黄虹丽把手伸到他的腋窝下，使劲挠了几下。冯雄俊被逗得哎呀一声叫了起来，说：“别闹了，小心吵醒了良良，早点儿休息吧，我快累瘫了！”

·5·

鑫生公司在唐雨晨的用心打理下，生意越来越红火。唐雨晨感到只有一辆车已经不够用，这辆车就是卢沧舟赔给她的那辆，她平时上下班、出门办事都开着。以前业务少的时候，她亲自出马开车去见客户、签单，现在业务多了，业务员去签单或收款时，大都挤公交车或打车，很不安全。公司有急事时，员工打车也不方便。思量再三，唐雨晨决定买一辆车！

想来想去，她让卢沧舟陪自己去买。卢沧舟玩过的车不少，对车的性价比比较了解。

卢沧舟接到唐雨晨的电话，很是意外，但是想起那天亲眼看到她和周功航手挽手走在一起的情景，他心里就不好受，于是不冷不热地问道：“找我有什么事？”

唐雨晨猜透了他的心思说：“公司想买辆车，我不知道什么牌子的车性价比比较高，你对车比我了解得多，我想请你陪我去买，帮我挑选挑选。不知道你是否有时间？”

唐雨晨平时很少主动给卢沧舟打电话，对他的态度也不是很好，今天却很客气地请他帮忙买车，他有种被重视的感觉，便爽快地答应了。

半个小时后，卢沧舟开着他的宝马车来接唐雨晨。一路上，他问唐雨晨："你对车子有什么要求？"

唐雨晨说："没有什么特殊要求，价格在25万元左右，你帮我参考参考吧！"

"25万元的预算，我觉得还是买日系车较好。日系车较省油，发动机较耐用，外观也豪华，去参加会议或接待客户都有面子。"

"你的建议和我的想法是一致的，那咱们就先去看看日系车吧！"

过了一会儿，卢沧舟和唐雨晨驱车来到了驰骋汽车广场。一名女销售员满脸微笑地把他们引到汽车展区。唐雨晨转了一圈后，把目光定在本田和丰田车上。销售员陪她试驾了一辆本田雅阁和一辆丰田卡罗拉，她均感觉不错，一时拿不定主意。

卢沧舟说："卡罗拉较为经济实用，本田雅阁要豪华舒适些，比较适合商务。"

唐雨晨思量再三后，感觉不错，最终定了一辆本田车。

从汽车广场出来时，已是十二点多。

"雨晨，咱们去吃午饭吧，我请客！"卢沧舟说。

"可以是可以，但得有个条件，就是必须由我请客。你帮我选车，我怎么好意思让你请我？"

"雨晨，你跟我就不要那么客气了，谁请不都一样？"卢沧舟又给唐雨晨投来深情的目光。唐雨晨赶紧避开了，说："你答应就去，不答应就算了。"

"好吧，我的唐总，今天你就好好请我吃一顿吧！"

几分钟后，卢沧舟驱车来到佳味饭店。两人下车，刚走近饭店门口，就见几名中年男子从里面迎面走来。卢沧舟瞟了那几名男子一眼，朝其中一名中等身材、微胖、脸色红润的男子喊了一声"爸爸"。

他正是卢沧舟的父亲卢恩泰，刚和生意场上的朋友应酬出来。

"沧舟，是你啊，来吃饭吗？怎么这么晚！"卢恩泰说。

"我陪朋友去买车，刚从汽车广场出来。"卢沧舟说。

随后，他把唐雨晨介绍给卢恩泰："这是我朋友唐雨晨，前段时间，她卖过家具给咱们的。”

“伯父您好！”唐雨晨赶紧向卢恩泰问好。

卢恩泰早就注意到了唐雨晨，以为是儿子的女朋友，笑眯眯地说：“小唐不简单，这么年轻就自己开公司。沧舟这孩子从小贪玩，你可帮我把他看紧点儿。”

“爸，你说什么呀？我们只是普通朋友！”卢沧舟看见唐雨晨垂手低头的尴尬样子，赶紧阻止他父亲继续说下去。

卢恩泰似乎对唐雨晨很满意，仍笑眯眯地上下打量她。和卢恩泰一同走出来的几名男子插嘴说：“老卢，这是你儿子和未来的儿媳妇吧？你可真有福气，有这么一个相貌堂堂的儿子和这么一个漂亮的儿媳妇！”

卢恩泰更高兴地又看了唐雨晨一眼，再转头对卢沧舟说：“你们俩赶快去吃饭吧，别饿坏肚子了！”

卢沧舟赶紧和唐雨晨逃也似的，快步走进饭店，找了个偏僻的角落坐下，服务员跟着递过来菜单，唐雨晨让卢沧舟点。卢沧舟点了酸菜鱼、辣子鸡、炒白菜、排骨汤各一份。

待服务员收走了菜单，卢沧舟说：“雨晨，我父亲不知道我们的关系，刚才的事你不要见怪！”

唐雨晨扑哧笑了起来说：“我是那么小气、斤斤计较的人吗？”

卢沧舟也笑了笑说：“你不是，不过也难说，有时候你也很小气，爱发脾气。”

“每个人都有自己的脾气，没有脾气的人，是软弱、缺乏个性的人！”

“雨晨，”卢沧舟收起了笑容，十分认真地说：“那晚的事，虽然我有点儿唐突、鲁莽，但我是真心为你好，希望你不要陷入泥淖中。”

“看看，刚刚才说，你又来了？”唐雨晨说，“你要是再说这事儿，我可又要计较、发脾气了！”

“我才不怕你发脾气呢，你知道你发脾气的时候多可爱吗？我喜欢！”卢沧舟说，“我知道你不爱听，但我还是要说。你开公司应酬多没错，但要知道钱是赚不完的，不管怎么样，一些做人的底线，我们还是要坚守的。我们不能为了钱，而出卖自己的灵魂。”

“我和他只是普通朋友关系，我们之间的来往也很少，并不像你所想象的那么复杂。”唐雨晨端起杯子喝了口水，避开卢沧舟的眼神说。她知道卢沧舟不较真便罢，一旦较真起来就没完没了，所以，她干脆向他撒谎。

“但愿如此！”卢沧舟说。

菜陆续上齐。卢沧舟本想要瓶红酒，唐雨晨拦住了，说是肚子很饿，填饱肚子就行了，等下她还有很多事要忙。

“对了，雨晨，有件事想跟你说下。”卢沧舟夹吃了一口菜说，“我父亲想让我去读个 MBA，将来继承家业。你觉得我该去哪个国家读好？”

“你要去读 MBA？”唐雨晨有点儿吃惊。她一直以为卢沧舟是个游手好闲、吊儿郎当的人，这样的人去读 MBA 简直就是个特大新闻！

“是啊，怎么了？是不是觉得不可思议？”

“没有，我只是觉得很突然。”

“是有点儿突然，我年纪也不小了，再不读就耽误青春了。我父亲建议我去美国读，说美国的 MBA 教育水平闻名世界。但我怕太难，读不下去。我想去英国读，去英国读个 MBA 只需要一年时间。”

“要我选择，我将站在你父亲这边。你如果真想去读个 MBA，就要读个像样的，真真正正学到知识，而不是为了应付你父亲，去浪费金钱与时间。”

“可是，雨晨，我真舍不得离开你，我真的很害怕在我读书期间，你成了他人妻。你知道，我是很爱很爱你的。”

“你又来了！”这次唐雨晨并没有太大的反感与生气，也许是听到他要去读 MBA，她感到他并非一无是处的花花公子。

“感情的事是不能强求的，我对你没有感觉。”唐雨晨说。

“我并不这么认为，我觉得感情是可以培养的，两人长期在一起，互相了解、关心，慢慢就可以培养出感情。”

“好了，咱们就不要争这个问题了。在我看来，有上进心是衡量好男人的标准之一，我衷心希望你早日学成归来。你什么时候出国？”

“还没确定具体时间！”

“到时候通知我一声，我送你，怎么样？”

“那太好了！”卢沧舟高兴地说。

·6·

车子被提回来了！唐雨晨本想招聘个专职司机，可考虑到成本问题，她打消了这个念头，想从员工中挑选一名当兼职司机。

这天早上，她召开了全体员工会议。总结了上个月的工作，安排完本月的主要任务后，她扫视了一下全体员工，问道："谁会开车？"

"我会！"周进第一个把手高高举起来。

唐雨晨再次扫视全场，发现只有周进一人举手。

"你拿到驾照了吗？"唐雨晨问道。

"拿到了！"

"是这样的，"唐雨晨说，"咱们公司近来业务很多，只有一辆车不够用，所以又购买了一辆。考虑到成本问题，我不打算招聘专职司机。这辆车以后就由你来开，你当兼职司机。"

员工听说公司买了新车，唧唧喳喳地小声议论着。

"在这里，我要强调一下用车的条件。"唐雨晨说，"遇到非常紧急的情况，接待大客户，以及签合同、收货款等，可以使用公司的车。周主任，你就辛苦点儿，别的同事用车时，你要随叫随到，不能耽搁时间。"

"没问题！"周进听说把车交给他开，高兴得不得了。散会后，唐雨晨把周进带到写字楼的停车场，给了他一把钥匙，指着那辆锃亮的本田车，说："就是这辆车，你平时要注意保养好！"

"放心吧，没问题的！"周进说完，就打开车门钻了进去。发动车子，倒好车后，他飞一般地驱车上了马路，疾驰而去。唐雨晨在他车后大喊道："周进，你不要把车开得那么快！"

周进哪里还能听得到！

事实证明，唐雨晨让周进兼职开车是错误之举。他经常找借口开车出去兜风，根本无心待在办公室。个别员工见状，还不到下班时间，就早早下了班。

一天下午，唐雨晨从外面办事回到公司，发现周进不在，员工也走了大半，而当时才四点多钟，离下班还有一个多小时。苏华强没走，在认真地统计着公司当月的业绩。

唐雨晨把他叫进自己的办公室，问道："周主任呢，他去哪里了？还有其他人呢，都到哪里去了？"

苏华强迟疑了一下，说："唐总，这样的事情已经不是一次两次了。周主任的事情总是很多，他一走，其他人见没人管，也跟着走了。"

唐雨晨皱了皱眉头说："你呢？干吗不管管？"

"那不是我的职权范围，我不好插手。"苏华强说。

"周主任到底去办什么事了？"

"这个我不清楚，他是开车去的。为了车的事，他昨天还跟一名业务员吵架了呢。"

"哦！"唐雨晨甚是惊讶，"为什么呢？"

"那名业务员拉了笔业务，想申请车去签合同，周主任却说他拉的业务太小，用不着申请车，让那名业务员挤公交去签。两人就吵了起来。"

"我不是说过，只要是签合同和收货款，都可以申请公司车去吗？"

"我也是这么跟周主任说的，但他根本不理睬，还说他是主任，不可能给一名业务员当司机！"

"岂有此理！"唐雨晨来了气，却又不好当着苏华强的面发作，说，"这事儿我知道了，你先去忙吧。"

苏华强刚出去，唐雨晨就给周进打了个电话，问他在干吗，周进支支吾吾地说："我在外面办事！"

"在办什么事？"唐雨晨忍着怒火问道。

"我，我……"周进一下子答不上来，只好说："事儿办完了，我现在马上回去！"

约二十分钟后，周进急匆匆地走进来，说："唐总，找我有事吗？"

唐雨晨阴沉着脸，眼光直逼着他，问道："你到底开车出去办什么事了？"

周进耷拉着脑袋，不敢正视唐雨晨，说："我，我，我刚才没事做，就开车出去兜兜风，过过车瘾。我保证以后不再犯这样的错误了。"

"没事可做？你看看办公室里还有几个人？你这一走，其他人都跟着走了。我这公司还像公司吗？要是有客人来访，看到我们这涣散的样子，还敢把生意交给我们去做吗？”

“那几个家伙太不把我放在眼里了，明天看我怎么收拾他们！”周进生气地说。

“他们为什么要把你放在眼里？”唐雨晨更生气了，“上梁不正下梁歪，你自己不以身作则，叫下属怎么信服你？”

“那，那就算我错了行不？我发誓不会有下次！”周进说。

“今天的事，不能就这么了结。”唐雨晨说，“你擅自离岗，还公车私用，月底罚扣 200 元。你服不服？”

“罚就罚吧。你是老总，公司是你的，怎么说，怎么做，都随你了！”周进咕哝着说完，转身欲走。

“等等，还有一件事！”唐雨晨把他叫住了，说，“我再向你强调一次，公司的车优先给业务员使用。只要是签合同和收货款，不管单子多大，都必须优先把车给他们使用，除非出了人命关天、危及公司生存的大事。”

“知道了，还有没有别的事？”周进有点儿不耐烦了。

“你不要怪我对你苛刻与严厉。管理公司，容不得丝毫懈怠。我这么做也是为你好，你要是带着这种散漫、目无纪律的作风，今后不论到哪里都会碰钉子。”

“行了，这些大道理我都知道。要是没事，我出去了？”周进说。

“那你忙去吧！”唐雨晨说。

看着周进的背影，唐雨晨心里有种恨铁不成钢的感觉。周进本来是很有才华的人，只要他用点儿心思，改掉自己的小毛病，他在她公司完全大有作为，助她一臂之力。可他却屡屡犯错误，并不知悔改，继续这样下去，不但害了他自己，也害了公司。他毕竟是她同学，她又不好冲他发太大的火。

周进后脚刚迈出唐雨晨的办公室，王桃茂前脚就踏了进来。两人打了个照面，均互相点点头，当是打招呼了。

王桃茂随手把门关上，转身上前几步，坐在唐雨晨对面的沙发上说：“唐总，照片似乎没起什么作用，冯雄俊和他老婆风平浪静。”

“这事儿你不要心急，冯雄俊老婆的醋坛子迟早会被打翻的。你看到的风平浪静，必定是风雨过后的风平浪静。关于照片，冯雄俊可能已经想到了对策，你再想想别的办法。”

“办法我倒是想了很多个，只要一有机会，他们就有好戏上演了。”王桃茂嘴角微微一笑说。

“那就好，我等你的好消息！”唐雨晨说，“事成之后，我不会亏待你的。”

王桃茂汇报完事情的进展情况后，起身就要走。唐雨晨把他叫住了，说：“还有一件事，你找机会接近雄俊公司的人，多打听他们公司最近都跟什么人在谈业务，咱们要把他们的业务给夺过来。”

“这可是业务员的事！”王桃茂停住脚步说。

“什么业务员不业务员的，有业务公司才能发展壮大，不论是谁，只要能给我拉来业务，我都欢迎。当然了，你提供了信息，业务提成有你的一半。”

“那成！我就多多打探他们的消息，好歹我也是干业务出身的！”王桃茂说完，转身开门出去了。

过了一会儿，会计拿着一沓报销单据给唐雨晨审阅、签名。唐雨晨仔细翻看，其中汽车油费这项竟然有2000多元。她不禁皱了皱眉头，猜想应该是周进搞的鬼。单单公务用车，不可能烧这么多油，要么是周进开车出去兜风太多，要么他索取票据时起了贪念，或者两者兼而有之。想到这里，她不禁对周进更加失望了。

放下报销单据，唐雨晨把苏华强叫了进来，说：“最近咱们的业务做得不错，但我觉得还有很大的空间可以挖掘。业务部是公司发展的先锋队，为了让你带好这支‘军队’，我想让你去学开车，以后公司的车就由你来开，车子主要服务业务部。”

“这，这不大合适吧，周主任同意了吗？他会不会有意见？”苏华强问道。

“别管他有没有意见！”唐雨晨说，“业务部对公司的发展至关重要，我希望你给我带出一支强大的业务队伍。”

“那，那学车的费用？”苏华强支支吾吾地说。

“这个你先个人垫着，拿到驾照后，再到财务部全额报销。”唐雨晨说。

“成，我这两天就去报名！”苏华强说。

·7·

开公司带给唐雨晨很大的成就感，但她也承受着巨大的压力，忙得像只陀螺，每天都是很晚才能回家，累得像一摊泥。身心的疲惫，使唐雨晨感到容颜老去很快。对着镜子，她看到自己的皮肤失去了光泽，眼睛也有了淡淡的黑圈，这对爱美的她来说，是件非常可怕与悲哀的事。为此，她不得不每隔一段时间就去做一次美容。

下午刚好没有什么事，她自己一个人开车到红颜美容院做美容。这家美容院是市里的知名美容院之一，里面既有女性美容服务，也有男性美容服务。女性美容服务是真真正正做美容，男性美容服务要"复杂"些，除了做美容，还提供按摩之类的隐秘服务。美容院有三层楼，一、二楼为男士美容按摩会所，三楼才是女士美容中心。

一个小时后，唐雨晨做完美容，下到二楼楼梯口，看到一名女子很像郝琳。她停住脚步，定睛细看，只见这名女子径直走进了男士会所。唐雨晨越看她的身影，越觉得像郝琳，便跟上去。走到了男士会所门口，唐雨晨伸头往里望了一下，这时那名女子刚好转过头，两人的目光碰到了一起。

"郝琳，真是你啊！"唐雨晨道。

郝琳却迅速转身，快步走进会所的一间包厢里。唐雨晨备感困惑：难道自己看错人了？不可能，她明明就是郝琳！可她为什么躲着自己呢？她又为什么在这个地方呢？

唐雨晨越想越觉得蹊跷，便决定留在外边等她出来确认一下。过了好一会儿，郝琳才从会所出来，又和唐雨晨打了个照面。她转身还想走开，唐雨晨迅速上前，一把抓住她。

"走，咱们出去说！"唐雨晨更加困惑，猜测她应该遇到什么麻烦了。

郝琳弓着腰，站在那里不想走，唐雨晨却死死揪着她前行。僵持了一会儿，郝琳终于妥协，任由唐雨晨拉着她下楼去。一路上，她泪如泉涌。

出了美容院，上了唐雨晨的车，郝琳埋头抽泣起来。

"郝琳，到底发生什么事了？"唐雨晨关切地问道。

郝琳哽咽着说："雨晨，我和他离婚了！"

"你是说，你和符安永离婚了？"唐雨晨很吃惊。

郝琳泪光闪闪地点点头。空气仿佛刹那间凝固了！唐雨晨原以为郝琳把富太太的地位看得很重要，无论如何都舍不得和符安永离婚，没想到悲剧还是发生了。

"为什么会这样？你为什么不和他好好谈谈？"

郝琳止住哭声，红肿着眼，说："没用的，我劝过他很多次，他每次对我非打即骂。他家人起初站在我这边，也劝他不要胡作非为。后来，见劝他不听，便站到他那边，一家人攻击我，逼我搬，我只好和他离了。"

"孩子呢？判给你还是判给他？"

"孩子判给他，他们家人不让我见孩子。孩子那么小，他们怎么能这样呢？"提到孩子，郝琳又难过得泪如泉涌。

唐雨晨追问道："所以你应聘到红颜美容院工作？"

"我也是没办法啊！"郝琳痛哭起来，说，"没错，我现在是个按摩女，你尽管嘲笑我，鄙视我啊，反正我活着已经没有意义了！"

说完，她拉开车门，想出去。

唐雨晨把她按住，关上了车门，递给郝琳一张纸巾，咬了咬牙，目光诚恳地注视着郝琳，说："我没有鄙视你，我也有我自己的痛苦，谁叫咱们是女人呢？"

说完，唐雨晨转头注视着前方，眼里涌出了泪水。想起自己被冯雄俊出卖，被符安永侮辱的事，她的心在滴血。

"你现在拥有自己的事业，顺风顺水的，能有什么痛苦？"郝琳抹了一把泪水说。

"你不知道，我在开公司前曾经经历过多大的耻辱！"唐雨晨恨恨地说。

随后，她把冯雄俊使计让符安永占有自己的事告诉了郝琳。郝琳听了，惊讶地张大嘴巴，好久才说："这个畜生！"

"你跟他离婚是正确的，他这种人靠不住！"唐雨晨说，"但是，你不该去当按摩女。你这是作践自己，自甘堕落！"

"你以为我想吗？"郝琳的眼泪又流出来了，"自从离婚后，我的世界一片黑暗。我不敢告诉父母，在这个陌生的城市，没有人安慰我，我整天像是行尸走肉。我没有工作经验，去人才市场找工作屡屡受挫，好几次，我都想一死了之。”

“你可千万不要想不开啊！”唐雨晨把思绪从痛苦的往事中拉回来，说，“你不能就这么沉沦下去，一定要坚强起来，活出自己的风采，让那个臭男人看看。”

“雨晨，我可没你那么坚强，你也知道我是个软弱之人，我真不知道今后的路该怎么走。家庭破裂了，孩子被人夺走了，我的心也碎了，活着还有什么意义？”郝琳喃喃地说。

“不行，你不能这么消极地活着。你一定要振作起来，给背叛你、伤害你的男人反戈一击！”

“哼！”郝琳苦笑说，“就凭我，一个什么社会经验都没有的软弱女人？”

“只要你醒悟过来就不软弱了！”唐雨晨说，“你如果不嫌弃，就到我公司工作吧！”

郝琳擦干了眼泪，稳定了一下情绪说：“雨晨，过去我一直以为你对我夺走符安永心存愤恨，今天我才明白，你不是这样的人。早知道如此，我当初就不该吃符安永那一套。真应了那句话：命里有时终须有，命里无时莫强求！”

“过去的事就不要提了！”唐雨晨说，“你想好了没有？到底想不想到我公司工作？”

“我只怕我去你公司会坏了你的事，我什么都不懂！”郝琳说。

“那你是愿意了？那就这么定了，明天过来上班吧。对了，周进也在我公司工作呢，晚上咱们几个一起去吃饭！”唐雨晨说。

“哦！那你们？”周进应聘进公司的事，唐雨晨并没有告诉郝琳，因此她感到很吃惊。

“哼！我和他只是普通朋友关系，永远不可能回到过去。”唐雨晨边说边发动车子，掉转车头。

这时，一名男子搂着一名打扮花哨的女子，从红颜美容院里走出来。男子一边走，一边还捏女子的屁股。

当两人走过唐雨晨的车子时，唐雨晨不禁惊叫起来：“是他！”

郝琳随着唐雨晨的惊叫，看向那两人，也不禁叫了起来：“咦？是他！”

原来，那人是金意发！

唐雨晨的嘴角露出一丝冷笑，前段时间，他还信誓旦旦地说，他很爱她。没想到，他是这样的人！

“男人就是这样，没几个好东西！”唐雨晨恨恨地说。她把车子开到金意发的身边，摇下车窗，说：“师哥，好久不见！”

金意发见是唐雨晨，赶紧松了手，涨红了脸说：“雨晨是你！”

“到哪里？要不要我送你一程？”唐雨晨问。

“不用了，不用了！”金意发把头摇得像拨浪鼓。

“那我们先走了！”唐雨晨加速，刷地从他身边疾驰而过！

·8·

晚上，唐雨晨先开车去接郝琳，再去接周进。周进见到郝琳高兴地说：“郝琳，好久不见。我刚来到这里时，本想联系你，但没有你的电话。”

郝琳勉强笑笑说：“几年没见，你变得成熟了许多。”

唐雨晨转过头来说：“其实，我应该早点儿约郝琳出来，大家见见面，都怪我这段时间太忙了！”

“忙是好事，哪像我整天昏昏沉沉熬日子！”郝琳伤感地说。

“郝琳，你不要太悲伤，振作起来，跨过这道坎，幸福就在前方！”周进安慰她说。唐雨晨约他吃饭时，电话中已经简单告诉他郝琳的遭遇。

郝琳埋下头，悄悄掏出纸巾，擦了擦眼泪。她的动作逃不过唐雨晨和周进的眼睛。三人都沉默不语，气氛变得有点儿尴尬。

到了饭店，唐雨晨本想要个包厢，但考虑到这不是谈公事，没有什么隐秘的话题，不必要浪费，便在大厅就餐。

唐雨晨还点了一瓶红酒。 菜上齐后，周进最先举杯，说：“来，为咱们三个重逢干杯！”

哐的一声，三个杯子轻轻碰到了一起，三人脸上都露出笑容。周进把酒杯举得高高的，仰起脖子，咕噜一声，全灌进肚子里。

郝琳看着他把酒喝完，说："周进，你喝酒的样子还像以前那样豪爽、潇洒！"

大学时，周进和唐雨晨谈恋爱那会儿，郝琳和同寝室的姐妹经常"敲诈"周进，要他请客吃饭。他们经常到学校门口对面的小餐馆里吃饭，时值炎热的夏天，一群人点了冰镇啤酒，周进和另外两名男生光着膀子干啤酒，他喝酒时总是把酒杯举高，再仰头咕噜咕噜地干完。大伙儿都说他喝酒的样子很豪爽、潇洒，那时，唐雨晨还是个天真、不谙世事的女孩儿，理所当然地和众人的想法一样，把周进当英雄般看待。如今，看着他的动作，唐雨晨却不由得心里暗暗苦笑。大学时的爱情，或许就像七彩泡沫，色彩斑斓却经不起触碰。郝琳嫁给符安永当全职太太，没有经过社会的历练，仍保存着大学时的单纯，她要是知道周进在自己公司的表现，就不会这么说了。

郝琳见唐雨晨沉默不语，看了看她，又看看周进，说："大学时，你们两个在同学眼中是很相配的一对，大家都很羡慕你们。其实，你们可以重新再来。人总有犯错误的时候，经过波折，才会懂得爱情的真谛，才会更加珍惜！雨晨，你说是不是？"

唐雨晨偷偷瞟了周进一眼，只见他埋下头，脸色发红。

"爱情是什么？"唐雨晨自问自答，说，"爱情这玩意儿很虚幻、缥缈，只可相信一次，不会再相信第二次。过去我头脑里有太多虚幻的东西，现在我比较现实。很多东西都是拉开距离后，才发现它们并不像想象中那么完美。"

郝琳觉到唐雨晨的话伤到周进，有点儿紧张，赶紧笑笑，打圆场说："每个人都有优点和缺点，雨晨，你的眼光是不是太高了？"

唐雨晨又瞟了周进一眼，只见他的脸色已经红得发紫，便说："咱们几个相见，应该谈些快乐的事情，谁都别提感情的事了！"

郝琳看了周进一眼，连声说："是，是！"

周进的脸色这才逐渐恢复过来，连声附和说："没错，咱们应该谈些快乐的事！"

唐雨晨问他："你最近有没有和别的同学联系？"

周进说："我只和我们宿舍的几个哥们儿联系着。张龙业在家里人的支持下，到美国留学去了。”

“哦，他去美国读什么专业？”唐雨晨问道。

“政治学。”

“他父亲不是开了几家公司吗？他干吗不去读 MBA，将来继承家业？”唐雨晨问道。此刻，她想到了卢沧舟说要去留学读 MBA 的事。

“可能是他个人爱好，我也不太清楚！”

“那其他人呢？”郝琳问。

“其他几个兄弟都一般般，有的在公司打工，有的准备考研、考公务员，大家压力都很大。”

“唉，我觉得还是雨晨好！”郝琳说，“自己当老板，为自己的事业奋斗，不用看人脸色！”

“好什么呀？”唐雨晨说，“自己当老板看起来风光，可你们不知道我压力有多大。整天担心公司一旦经营不善就会倒闭，每天忙得团团转，人都老了好几岁。继续这样下去，几年后，估计我都嫁不出去了。”

“那是你眼光太高，现在不就有位帅哥在你眼前吗？”郝琳说。

“你又来了！”唐雨晨说着，就要伸手去给郝琳挠痒痒。郝琳赶紧躲开了。

或许是唐雨晨说到婚姻，触动了郝琳的心事，郝琳一下子变得沉默不语，眼里有泪水在转动。

气氛又沉闷了起来。

唐雨晨对她说："时间会改变一切的，你不要太难过，快乐点儿，大不了重新找一个。”

郝琳目光迷离，又陷入了深深的伤痛中，轻轻叹息了一声，说："哪有那么容易？女人嫁第一次容易，嫁第二次就难了！”

“嫁错一次有了教训，就不会再犯错。第二次嫁真正爱你的人，这样就不会再受到委屈，乐观点儿吧！”唐雨晨说。

周进平时口才不错，可这会儿却哑了口，不知道该说什么，便举杯说："不要想那么多了，喝酒吧，把那些烦心事全丢到脑后！”

唐雨晨和郝琳应声举起酒杯，一饮而尽。

“雨晨，谢谢你收留我！”郝琳说，“可是，你要我到你公司具体做什么工作呢？我怕会误了你的事。”

唐雨晨说：“我给你提供两个选择：一是办公室文员，写些材料，接待客户和做一些日常杂务。二是业务员，到外面拉业务。这活儿可能苦些，但是很能锻炼人，你拉的业务越多，提成就越高。公司有位能力很强的业务员，每月都有将近一万元的收入。”

“那周进在你公司做什么呢？”郝琳看了周进一眼，问道。

“我是办公室主任！”周进抢着回答。

唐雨晨想到周进在公司的种种恶习，心里一阵反感，严肃地说：“到我公司工作，不懂的事可以问别人，可以慢慢来。但如果态度不好，我就不会讲情面。”

周进知道唐雨晨这句话是针对他的，赶紧移开了目光。

也许是心事多的人爱醉酒，郝琳没喝多少就失态了，一会儿咯咯地大笑，一会儿又呜呜地痛哭。

唐雨晨伸手抢她的酒杯，说：“郝琳，你醉了，不要再喝了！”

郝琳死死地抓住酒杯，喊道：“谁说我醉了？我没醉！见到你们俩，我今晚真的好开心，来，继续喝！”

唐雨晨见酒喝得差不多，饭也吃得八分饱了，便对周进说：“你扶郝琳上车，我送她回去！”

郝琳哈哈笑着说：“我不要你送，我们家安永待会儿来接我！”

话刚说完，她又哭了起来，说：“雨晨，安永不要我了，我该怎么办，该怎么办啊？还有我儿子，他在哪里？你带我去见见他，好吗？他那么小，不能没有母爱的！我要去见我儿子，我要去见我儿子！”

唐雨晨看着郝琳憔悴的面容、散乱的头发，不禁一阵心酸。周进也红了眼圈。

·9·

其实，冯雄俊要是用心去调查，肯定可以查出是谁抢走了他的业务。他不想查的原因是：他太忙了，每天都有很多应酬；其次，他把大部分心思都放在了雄良公司上，一心只想着早点儿开始房地产项目赚大钱，对家具厂的小单自然不会上心。

可是，周功航那边却起雾了，他看不清他的面目，不知道他葫芦里卖的是什么药。他到底是否愿意跟他“合作”？疑虑重重之下，冯雄俊便暗中调查周功航是否有了“新欢”。结果让他很乐观：周功航没有“新欢”。可是，他为什么不接受自己的约请呢？这个问题经常困扰着冯雄俊。

这天下午四点多，冯雄俊犹豫良久，又拨通了周功航的电话。电话那头，周功航正和唐雨晨在宾馆里缠绵。听到手机铃声响，他拿起来瞟了一眼，便挂断了。

“怎么不接啊？”唐雨晨柔声问道。

“是他，你以前的上司，冯雄俊！”周功航说。

“哦！”唐雨晨说，“哼，耗死他！”

周功航起身，点了根烟，吸了一口，吐出烟雾，说：“你准备怎样从他嘴巴里夺走那块地？”

“人家还没想好呢！”唐雨晨说。

“既然这样，那就放弃吧！”

“为什么呢？你怎么又改变主意了？”唐雨晨不满地问道。

“上级要求尽快在媒体上公布规划方案，然后快马加鞭地征地、招标、上项目。这事儿不能再拖了！”

“难道真的没有其他的办法来拖延时间了吗？”唐雨晨问。

周功航摇摇头，弹了弹烟灰，说：“没有！”

唐雨晨沉默良久才说：“那只能这样了！”

她公司刚起步，想要夺走冯雄俊的土地确实很难。

周功航摁灭了烟，拿起手机，翻出冯雄俊的号码，回拨了过去。

那头的冯雄俊见是周功航的号码，心里一阵狂喜，按了接听键。

“冯总，不好意思，最近太忙，这不刚才还在开会！”周功航说。

“可以理解，可以理解。我给周局长打电话也没啥大事，只是想跟您喝喝茶！”冯雄俊语气十分谦卑，恨不得将心将肺掏出来给周功航看。

“我今晚有空，你定个时间和地点吧！”周功航说。

“八点钟宁湾宾馆，怎么样？”冯雄俊说。

“行！”周功航挂了电话。

唐雨晨看了看手机，说：“时间不早了，咱们走吧！”

周功航点点头。

两人戴着墨镜、手挽着手走出宾馆大门时，宾馆停车场上一辆黑色皇冠轿车悄然离开。车上，卢沧舟握着方向盘的手在发抖，心仿佛被利剑穿透般剧痛。他担心唐雨晨仍然与周功航保持着联系，便暗中跟踪，没想到结果真像他所猜测的那样。他是那么爱她，她却当他不存在似的漠视他、忽略他、欺骗他。

“难道我在她心目中真的是一无是处吗？为什么呢？为什么我对她付出了一片痴心、真心，她却没有丝毫感动，而是宁愿跟一个老头鬼混，甘愿做人家的情妇？”

卢沧舟又气又难过，几次重重地拍打着方向盘，狠狠地狂按喇叭，把路人吓得纷纷躲闪。

其实，当看到唐雨晨和周功航先后走进宾馆时，他想过出来阻止，但又怕事情闹大遭人围观，那样事情很可能会曝光，会伤害到唐雨晨。而且，他还心存一丝侥幸，或许唐雨晨与周功航只是谈公事。可是，见到他俩出来时的亲密样子，他知道事情远比他想象的要复杂！

卢沧舟把车开到一家饭店，要了个包厢，自己喝闷酒，直到夜色苍茫，喝得醉醺醺。服务员见他醉成这样，显然不能开车，便拨打了代驾公司的电话，让代驾公司的人把他送回家。

冯雄俊早早地到达宁湾宾馆，定好了包厢。八点多钟时，周功航才姗姗来迟。冯雄俊告诉他自己已经定好了包厢时，周功航却让他换了另外一间。

周功航这么做有他的考虑，他是局长，手握大权，和商人交往不得不谨慎点儿。现在科技这么发达，谁知道冯雄俊有没有在定好的包厢里事先安装窃听器、录像设备什么的。

冯雄俊明白他的心思，毕竟两人还在试探期，没有过合作，感情还不是很铁，还没有到无话不谈的地步。他顺从他的意见，换了包厢。

一见面，冯雄俊忙着给他递烟、点烟，说：“不好意思打扰您了，周局长。”

周功航说：“冯总客气了！”

随后，两人进了包厢落座。

过了一会儿，茶上来了，冯雄俊暗示服务员出去。他欠身给周功航倒满了茶。周功航说：“冯总多次给我电话，我都在开会，最近太忙，老是脱不开身。”

冯雄俊说：“可以理解！”

接下来，周功航换了话题，两人谈论了一些社会新闻和一些无关紧要的话题。尽管没有或明或暗地谈及规划方案的事情，冯雄俊还是很满意。在他看来，只要周功航接受了邀请，就意味着事情正朝着好的方向发展。周功航是一局之长，一举一动都引人注意，不会随随便便地答应和他一个商人出来喝闲茶。他答应出来，本身就是一种肯定、认可的表态！

即便是聊无关紧要的话题，冯雄俊也十分留意，用心揣测着周功航的每一句话，看看他是否有什么暗示！

不过自始至终，他都没有捕捉到有关规划方案的任何信息。两人聊了半个多小时，周功航便借口有事走了。

冯雄俊回家时正好九点十分，黄虹丽刚哄完儿子上床睡觉，从房间里出来。冯雄俊进来时，她把食指放在嘴唇嘘了一声，轻声说：“小声点儿，良良刚睡着。”

冯雄俊便放轻了脚步。随后黄虹丽走进卧室，并招手示意冯雄俊进来。冯雄俊刚走进卧室，黄虹丽就把门关上，然后递给他一沓照片，说：“你自己看看吧！”

冯雄俊接过来一看，是他从李露家出来时，和李露牵手的照片。自从上次照片事件后，冯雄俊每次到李露家总是非常小心，确定四周没有可疑的人后才上去，并且特意把窗帘也拉上了。可百密终有一疏，自己还是被偷拍到了。

冯雄俊把照片撕烂，丢到垃圾筒里，说：“难道你真的相信？”

黄虹丽盯着他的双眼说：“我当然不愿意相信这是真的，但是我拿着照片到照相馆问，人家说合成的照片很难有这么真实、自然的！”

“你又来了！我提醒你多少次了，这是别人的离间计，你还不懂吗？”冯雄俊不耐烦地说，“是不是上次那个人给你的？”

黄虹丽点点头，冷冰冰地说：“在还没弄清楚事实真相之前，我暂时先当傻子。如果事实真像照片上的那样，我就当一个疯子！”

冯雄俊听了，不由得打了个冷战！

上床后，冯雄俊拥抱了一下黄虹丽，想给她深吻，以化解刚才的不快，黄虹丽却把他推开。冯雄俊再拥抱，她却狠狠地拍打他的手，不让他拥抱。最终，两人背对着背窝着闷气慢慢睡去。

·10·

郝琳最初在唐雨晨公司当文员，可因为受到离婚的打击，她情绪依然低落，总是一副愁眉苦脸的样子。同事见此，都与她保持着距离。郝琳觉得自己再这样继续沉闷下去，很可能会患上抑郁症，同时也会给公司带来不良影响，便提出去跑业务。

唐雨晨提醒她说："跑业务日晒雨淋，而且还要受人家的白眼，你吃得了这个苦吗？"

郝琳说："这点儿苦跟我受到的打击相比没什么大不了的，我能够承受得住。你就让我出去透透气吧。"

唐雨晨觉得让郝琳出去多接触人也有好处，便同意了。随后，唐雨晨让苏华强对郝琳进行了简单培训，告诉她跑业务过程中的注意事项以及技巧等等，还给她打印了一盒名片。

前几天，郝琳漫无目的地"扫街"，挨个儿问人家需不需要家具，结果真像唐雨晨所说的那样，人家要么给她白眼，要么毫不客气地把她赶出去。

第七天早上，郝琳走进一家刚开始装修的饭店，问一名穿着蓝色衣服的工人："请问你们需要家具吗？"

那名工人指着里面的房间，说："你找我们老板吧，他在里面。"

郝琳谢过那名工人，径直走了进去。里面只有一名男子，50多岁，皮肤黝黑，较壮。

"你有什么事吗？"男子上下打量了一下郝琳，问道。

"老板，您好，我是鑫生家具公司的，请问您需要家具吗？"郝琳边说，边递过去自己的名片。

男子也从办公桌上的名片盒里抽出一张名片回递给郝琳。这是郝琳第一次受到礼遇，有种被尊重的感觉。

她双手接过名片看，对方名叫陆刚。

“我的饭店正好需要一些桌椅，你给我介绍下你们的公司和产品报价吧。”

郝琳从袋子里拿出一本宣传册递给陆刚，宣传册上有鑫生公司的介绍和一些产品的图片、报价。陆刚接过宣传册，仔细看了看，然后起身给郝琳倒了杯水，说：“你先喝点儿水！”

郝琳接过水，有点儿受宠若惊。

“之前，已经有好几家家具公司跟我联系过，你们的价格没有什么优势！”陆刚回到座位上说。

“价格的问题，我们还可以商量！”郝琳喝了口水说。

“你还能少多少？”陆刚问。

“最低可以打七折！”郝琳说。

陆刚拿起计算器，噼里啪啦地计算了一番后，点点头，说：“这还差不多！”

“您如果不喜欢上面的款式，还可以定做，不过折扣要高些。”郝琳说。

“哦，高多少呢？”陆刚问。

“八折！”

“这样吧，明天我到你们公司看看样品，之后咱们再详谈！”陆刚说。

“行，那陆老板，您先忙！”郝琳说。

从那家饭店出来，郝琳长长舒了口气，找到一个意向客户可真不容易！她看了看时间，才九点多钟，本想继续去“扫街”，可这时她突然想念起儿子来。这么长时间没见儿子了，他还好吗？

她和符安永离婚后，儿子就被交给他爷爷、奶奶带。儿子一不见她就会哭，现在隔这么长时间了，他是不是已经适应了爷爷、奶奶照顾呢？他还记得自己吗？郝琳思儿心切，便拦了辆出租车前往符安永父母居住的绿韵小区。

到了小区门口，保安把她给拦住了，问她找谁。郝琳说：“我是A栋301住户的亲戚，以前来过的，你不记得了吗？”

保安板起脸，说：“我只记得这里的业主，他们的亲戚那么多，我哪能每个都记住？你是他们的什么人？”

“我，我……”郝琳一下子不知道怎么回答。

保安警惕地盯着她，说：“怎么了？你是他们的什么亲戚都想不起来吗？”

“我是他们以前的儿媳妇，我儿子在他们那里，我想上去看看我儿子！”郝琳找不到更好的借口，只好如实说了。

“你等下，我先问问他们！”保安边说边拨打电话。

过了一会儿，他放下电话，说：“对不起，他们说不想见你，让我不要放你进来，你走吧！”

“求求你让我进去吧，我要见我儿子！”郝琳不禁痛哭了起来。

“对不起，这是我们公司的规定，你另想办法吧！”保安说。

郝琳控制情绪，止住了哭声，拿出手机拨通了符安永父母家的电话。接电话的是符安永的父亲，一听是郝琳的声音，他冷冷地说：“我警告过你不要来这里，我不会让你进来的，你死了心吧！”

郝琳哭着说：“我是孩子他妈，我有权利见我儿子，求求您让我见见他吧！”

郝琳话还没说完，对方就啪的一声挂了电话。郝琳再次拨打，对方却始终不肯接听。随后，她给符安永打电话，想让他劝他父母，让她进去看儿子，可符安永也不接她的电话。

“为什么会这样啊？我到底做错了什么？你们为什么不让我见儿子？”郝琳哭着自言自语道，差点儿瘫软在地上。

见不到儿子，她不愿离去。她朝A栋301房远远望去，希望能从窗口看到儿子，可那扇面向着她的窗子被窗帘遮得严严密密的。

郝琳不甘心就这么离去，一直站在小区门口，想等着前公公、婆婆抱儿子出来散步时，看上他一眼。

果然，十点多的时候，前婆婆抱着孙子走了出来。郝琳不禁睁大了眼睛，直愣愣地看着儿子，只见他依然白白胖胖的样子，眼睛依然大大的、圆溜溜的。她还没把儿子看个够，前婆婆就发现了她，赶紧掉头往回走。

“儿子啊，我的儿子！你们还我儿子，还我儿子！”肝肠寸断的郝琳，抓住护栏失声痛哭道。

前婆婆听到哭声，回头看了一眼，便更加迅速地走进楼梯，消失了踪影。郝琳几欲晕倒在地。

次日，郝琳刚到公司，陆刚就打来电话，说想过来看样品。郝琳想到自己精神状态不佳，便说：“您过来吧，我们领导也想跟您交流交流。”

放下电话，她把这件事告诉了苏华强，让苏华强帮她接待一下陆刚，苏华强爽快地答应了。二十分钟后，陆刚到达公司，苏华强给他看了样品，还带他到工厂参观，最终签订了一笔金额为 10 万元的单子。这笔单子，郝琳得到几千元的提成，她想分一半给苏华强，却被苏华强拒绝了。苏华强说他是业务主管，有义务帮助业务员完成业务，郝琳甚是感激。

·11·

郝琳对儿子的思念越来越深切，多次去见儿子都被拒于门外。无奈之下，她决定找符安永交涉。

一天下午，她见了一位客户后，早早地来到符安永的办公大楼面前等候。

五点半的时候，符安永才穿着整齐的西装从办公楼里出来。

郝琳赶紧迎上前去说："我有话要跟你说！"

符安永见是郝琳，不理她，转身走向停车场，郝琳紧跟过去。

符安永猛地转过身子，低声喝道："我警告你，我跟你已经没有任何关系，你不要来烦我！"

说完，他快步走向自己的车子。郝琳仍紧紧地跟在他后面，说："我只想见见我儿子！"

符安永不理她，径直走到车前，拉开车门弯身欲进去。郝琳赶紧上前，拽住他，说："不许走，你今天必须把话说清楚！"

符安永一把将郝琳推开，喝道："滚开！"

郝琳身子一倾，差点儿跌倒，她使劲站稳，又冲上来拉住符安永。符安永举起脚想踹开郝琳，这时，办公楼里走出两名工作人员，他赶紧收住脚，低声命令道："上车！"

郝琳犹豫了一下，放开他，两人弯身钻进了车子里。符安永发动车子，迅速离开。

几分钟后，符安永把车开到一个偏僻的角落，转过头，冷冷地问道："你到底想怎样？”

“我想要我的儿子，他那么小，不能没有妈妈！”郝琳瞪着红肿的眼睛说。

“儿子已经判给了我，你休想见他！”

“法律规定我可以见他的，你没有权利阻止我！”

“我就是不让你见，怎样？去告我啊！”符安永阴阳怪气地说。

“符安永，你到底有没有良心啊！”郝琳放声大哭起来，说，“我和你夫妻一场，你怎么这么绝情？伟伟是我儿子，你让我见见他吧，他那么小，需要人精心照顾，你怎么忍心伤害他！”

“你不要假慈悲了！”符安永怒喝道，“伟伟自有人照顾他，用不着你担心。”

“我是他母亲，没有人能代替得了我。他需要我，真的需要我，你让我去看看他，照顾他。我不会赖你们的，求求你了！”

“我跟你说过多少次了，没门儿！你给我滚下车去！”符安永命令道。

“我不走，你不答应我，我就不走！”郝琳已经哭得声音有些嘶哑了。

符安永猛地推开车门，钻出来，拉开后车门，拽住郝琳拼命往外拖，一边还骂道：“贱人，快给我下车，下车啊！”

郝琳一只手紧紧地抓着椅背，弓着腰，死活不肯出来。

“我叫你出来！”符安永大吼一声，同时猛地一用力。

郝琳啊地叫了一声，被拽了出来，跌倒在地上，啃了一嘴巴泥土。她挣扎着欲站起来，怒气未消的符安永对她连踢带踩，并恶狠狠地骂道：“我打死你这贱人，打死你，打死你！贱人去死吧！”

郝琳一会儿捂着头，一会儿捂着肚子，号啕大哭，身上沾满了泥巴，脸上满面尘土，在泪水的冲刷下，变得脏兮兮的。

符安永打累了，才止住脚，气呼呼地转身钻进车子，疾驰而去。

躺在地上的郝琳肉体和心灵均剧烈地疼痛着，泪水喷涌而出。好一会儿，一位路人发现了她，将她扶起来，问道：“你是不是遭抢劫了？赶紧报警啊！”

郝琳理了理凌乱的头发，摇摇头，踉踉跄跄地走开了。她走到马路边，想拦辆车回去，才想起自己是拿着包来的，现在却两手空空。她返回刚才挨打的地方，却发现包已经不在。

她掏遍了自己的口袋，终于掏出五元钱。郝琳走到附近的一家小卖部，准备给唐雨晨打电话，让她来接自己，可想到唐雨晨很忙，她改变了主意，拨通了周进的电话号码，要他来接自己。

周进感到很意外，问她："发生什么事了吗？是不是很急？"

郝琳说："你能尽快过来就尽快过来吧！"

过了大约十分钟，周进驱车赶到。他见到像个乞丐似的郝琳，大吃一惊，问道："郝琳，这到底怎么回事？你怎么弄得浑身脏兮兮的？呀，身上还有伤！谁欺负你了？难道是他？"

郝琳点点头，难过得眼泪又流了出来，说："先带我回去吧！"

周进赶紧上前扶她上了车。

回到出租屋，郝琳哽咽着把事情的经过告诉了周进。周进气呼呼地说："那畜生太不像话了，改天你带我去见他，我非揍他一顿不可！"

郝琳摇摇头说："你不要添麻烦了！"

"那怎么行？难道就这样被他白白欺负了吗？"周进说。

"即便你打他，又能怎样？那只能使他们更加讨厌我，我就更没有希望见到儿子了！儿子，我的儿子啊！"一想到儿子，郝琳又控制不住痛哭起来。

周进见郝琳哭得伤心，不由得红了眼圈，双手按着她的肩膀说："不要太难过了，咱们再好好想想办法，啊！"

郝琳悲痛至极，不自觉地伏在周进的肩膀上，泪流不止。过了一会儿，她才惊觉过来，一下子收回身子，擦了擦眼泪说："谢谢你送我回来，你先回去吧！"

周进说："不行，你被那畜生打了，身上还有许多伤，你先去洗个澡，我再带你上医院检查下。这可不是小问题！"

"我没事，不用了，你还是回去吧。等下雨晨找不到你，又要怪你了！"郝琳说。

"雨晨是个讲道理的人，她要是知道我送你回来，肯定不会见怪的，你快去洗澡吧！"

郝琳只好感激地说："那你等我一下！"

周进说："好，我在车里等你！"

郝琳点点头。

约六点四十分的时候，郝琳洗完澡出来。看着她脸上青一块儿紫一块儿的样子，周进隐隐地感到心疼，还伴有一种说不清的味道。

他带郝琳到一家私立医院检查，医生说只是外伤，并无大碍，只是给她开了点儿外擦的药水。周进抢着帮郝琳付了钱，走出医院大门，郝琳把钱还给周进。

周进微笑着说："老同学了，这么点儿钱还计较？你现在比较困难，钱你先拿着吧。"

郝琳拗不过他，只好说："那这样吧，咱们找家饭店吃饭，我请客！"

周进说："行，我肚子早就已经唱空城计了！"

两人在附近找了家饭店，边吃边聊。

周进伤感地说："郝琳，咱们俩是同路人，你婚姻失败，我也失去了心爱的人。唉，都怪我当时一时糊涂，不该放弃雨晨。"

这时郝琳情绪已经稳定了许多，她安慰周进说："不要气馁，雨晨既然愿意让你进公司工作，说明她对你还有情义。你不要放弃，坚持不懈地对她付出真情，她早晚会感动的。"

"没用的！"周进摇摇头说，"她已经伤透了心，多次告诉我，我们根本不可能。据我了解，追求她的人不少，而且，她似乎已经心有所属。"

"是你自己多疑了吧，雨晨没跟我说过她有男朋友。"郝琳说。

"时机不到，她没必要告诉我们。其实也很正常，她那么漂亮，又有事业，有男朋友也没什么奇怪。我现在什么都没有，寄她篱下，她看不起我也是应该的，唉！"

"很多事情是不能强求的。当初，我嫁给符安永时，一心只想当个贤妻良母，和他白头偕老，可谁料到他会变心？我承认当时嫁给他时，很看重他的财富，可自从有了孩子后，我对财富已经看得不那么重要，只想拥有一个和谐美满的家庭，好好照顾丈夫、儿子，享受家庭的温馨，这就足够了！没有家，没有丈夫的关爱，没有儿女在身边，一切都是枉然，活着就根本没有意义！"

周进也有过和郝琳类似的经验。郝琳的话勾起了他的回忆，使他陷入了痛苦的往事之中，久久不语。

饭吃得差不多时，郝琳叫服务员埋单，服务员说已经结过账了。周进这时冲她诡秘地一笑。

郝琳说：“你倒会做地下工作啊！可是你这么做，我今天欠的人情真不知道怎么还。”

周进说：“我可没要求你还啊！”

从饭店出来时，天色已黑，街灯已经闪烁。马路上，各种各样的车一闪而过，街道两旁的商店里人来人往，热闹非凡。

周进坚持把郝琳送回家。回来的路上，周进想着郝琳和自己的人生经历，心里久久不能平静。

·12·

次日，郝琳给唐雨晨打了个电话，把昨天发生的事情告诉了她，并向她请假。唐雨晨不但批准了，还立即买了水果去看她，让她好好休息。郝琳心里甚是感动。

唐雨晨刚从郝琳那里出来，就接到了周功航的电话，要她到宁湾宾馆。周功航对唐雨晨越来越喜欢，最近频频和她幽会，甚至还想让她到规划局工作，这样两人就可以天天见面。

唐雨晨说：“我可不想到你们单位当临时工。”

周功航说：“你先当一段时间的临时工，我给你的待遇跟公务员一样。过一段时间，我再找机会把你转正，什么事都要有个过程。”

唐雨晨说：“算了，到你单位工作，每天得按时上下班，多约束！而且工资又那么少，我还是做生意吧！忙是忙了点儿，但比较自由，收入也高。”

周功航觉得唐雨晨说得也有道理，只好依了她。

唐雨晨到达宁湾宾馆时，周功航还没到，她先上去开了个房。约过了五分钟，周功航才推门进来。锁好门后，他一把将唐雨晨抱起丢到床上，迫不及待地压上去。

两人正热吻时，突然响起了敲门声。周功航停止了动作，放开唐雨晨，大声问道：“谁啊？”

门外的人并不回答，仍在继续敲门。周功航低声对唐雨晨说：“你先到洗手间里避一下！”

看着唐雨晨整理好衣服，走进洗手间，周功航才理了理自己的衣服，慢悠悠地走过去，打开了门。

一名男子闪了进来，再反手把门关上，此人正是卢沧舟。他朝里面望了望，阴着脸问道："雨晨呢？"

"什么雨晨、云晨，我不认识！你给我滚出去！"周功航怒吼道。

"你别装了，你到底把雨晨藏到哪里了？快交出来！"卢沧舟说着，欲往里面走。

周功航把他拦住了，厉声说："大胆！你给我滚出去，否则我报警了！"

"你报啊！有种你就去报啊！"卢沧舟用手指着周功航说，"你到底把雨晨藏到哪里了，说！"

"这里没有什么雨晨，你到底想干什么？"

"干什么？"卢沧舟说着，从口袋里掏出一沓照片，朝周功航扬了扬，说，"你这个败类，玩弄了多少女性，别装出一副道貌岸然的样子！"

周功航定睛看了看卢沧舟手上的照片，顿时面如土色，颤抖着说："你，你，你想怎么样？"

卢沧舟冷笑一声说："这下怕了吧，雨晨到底在哪里？"

周功航下意识地朝洗手间看了一眼，卢沧舟顿时明白了过来，对着洗手间，大声说："雨晨，你出来，咱们把话说清楚！"

卢沧舟连喊了几声，里面都没有回应，便起步朝洗手间走去。周功航死死拦住他，说："你不要乱来！"

卢沧舟将他推了个趔趄，正要冲过去，这时，洗手间的门被打开了。

唐雨晨沉着脸走了出来，怒目圆睁，说："卢沧舟，你到底想怎么样？"

卢沧舟刚才的凶煞样儿不见了，走过去，拉起唐雨晨的手说："雨晨，你答应过我不再跟他有来往的！"

唐雨晨甩开他的手，骂道："你干吗老是阴魂不散？你以为你是谁，竟然跟踪我！"

"雨晨！"卢沧舟又要去拉唐雨晨的手。唐雨晨啪的一声，狠狠地扇了他一耳光，说："滚开，你给我滚得越远越好！"

卢沧舟捂着火辣辣的脸，眼里噙满了泪水。怔了一会儿，他把手中的照片递给唐雨晨说："雨晨，你先看看这个吧，你和他不会有结果的，他只是玩弄你。"

唐雨晨接过照片一看，只觉得心里一阵绞痛。照片上，周功航和一名貌美女子拥抱在一起，一副含情脉脉的样子。唐雨晨转头看周功航，周功航却避开了她的目光，拿出一根烟，再拿出打火机啪的一声点燃了。深深吸了一口后，他问卢沧舟："你到底想怎么样？提个条件吧！"

卢沧舟看了一眼唐雨晨，说："我要你从此和雨晨断绝来往，不许再碰她！"

"还有呢？"周功航不相信卢沧舟的条件就这么简单。

"没有了，只要你保证做到这点，我就把照片全给你！"

"就这么简单？"

"你能做到就不简单了！"

周功航意味深长地看了唐雨晨一眼，吐出一口烟雾，说："行，你把照片给我，我保证今后不再和唐雨晨来往！"

卢沧舟把手中的照片扔到地上，接着从口袋里又掏出一沓照片，再扔到地上，说："全部就这些！"

周功航弯腰捡起地上的照片，然后直起身子，右手伸向卢沧舟，说："还有呢？"

"没有了！"卢沧舟说。

"还有底片！"

"数码相机拍的，没有底片！"

"那存储器呢？你难道没有存到别的地方？"

"没有，全删掉了！"

"我希望你说的是事实！"周功航眼露凶光说，"否则，我绝不放过你！"

说完，周功航起身就要走。卢沧舟拦住他，说："你不能就这么走！"

"你还想怎么样？"周功航把烟头丢到地上，用脚碾了碾，问道。

"空口无凭，我要你写一张保证书，保证以后不许接近雨晨！"卢沧舟说。

"笑话！你当我是三岁小孩儿吗？我说话从来都算数的，你不要再啰唆了！"周功航说。

"不行，你不写就不许走！"卢沧舟上前一步，又将周功航拦住。

周功航看了唐雨晨一眼，唐雨晨赶紧上来，拉住卢沧舟说："沧舟，你不要这样，有什么事你和我好好商量吧！"

卢沧舟迟疑了一下，放开了周功航。周功航头也不回地带门出去了。

唐雨晨往里走几步，坐到椅子上，垂着头，一言不发。卢沧舟刚才给她看的照片，仿佛一把刀插进她的心里，此时仍剧烈地疼痛着。尽管她没有对周功航付出感情，尽管她也明明知道自己的身份，但她毕竟把自己的青春给了他，他却暗中还有别的女人，背叛、被骗的耻辱啃噬着她的心。另一方面，她的隐私已经被卢沧舟知道，在他面前，她又感到很没面子。

气氛变得有点儿尴尬。卢沧舟走过去，坐在旁边的另一张椅子上，最先发话，说："雨晨，原谅我的鲁莽，可我这么做是为你好。他只会玩弄你的感情，不会对你付出真心的！"

"真心？哼！"唐雨晨翻了翻眼皮，白了卢沧舟一眼，说，"哪个男人会对一个女人付出真心呢？你会吗？你不也是玩弄过很多女人吗？你敢说，你没有？"

"我，我……"卢沧舟支支吾吾了一会儿才说："以前我确实行为不端，可那时我还没有遇上喜欢的人。自从见到你后，我就爱上了你，愿意对你付出真心，可你不给我机会！"

"机会？哼！"唐雨晨冷冷地说，"我要是给你机会，你得到手了，玩腻了就摔掉了吧！你这种人，我还不了解？你也好不到哪里去！"

"雨晨，你太不了解我了，我真的不是那样的人！"卢沧舟跺跺脚，气急败坏地说。

"不要多说了！"唐雨晨说，"既然你知道了我的事，我希望你保密，不要到处宣扬。"

"放心吧，雨晨，我不会那样做的。我对你只有爱，只会保护你，不会伤害你的。"周功航说。

"希望如此。还有，你偷拍周局长的照片，是不是全给他了？"

"全给了！"

"没有另外保存吧！"

"没有。雨晨，你怎么不相信我，还帮他说话？难道你对他还不死心吗？"卢沧舟语气又急了起来。

"我不是不相信你，是怕这件事闹大了，对他对你，还有对我都不好！"

"我知道的。我偷拍他，只有一个目的，就是要他远离你。我不会对他图谋不轨，你知道，我又不缺钱！"

"那就好！"唐雨晨说。

卢沧舟红着眼圈，深情地注视着唐雨晨，说："雨晨，我再请求你一次，你以后不要和他来往了，行吗？你不能就这么糟蹋自己的青春，就算不为我，也为你自己，行吗？"

唐雨晨眼里涌起了泪水，低头不语，算是答应了。

·13·

卢沧舟的偷拍事件发生后，唐雨晨在对周功航失望的同时，心里也忐忑不安，怕他怪罪自己。

自从攀上周功航以来，周功航给她介绍了不少生意，这才使她的公司在短短一年多的时间里，迅速发展壮大。对唐雨晨来说，他是棵摇钱树，是个财神爷，她舍不得就这么终止两人的关系。何况，她还想利用他来对付冯雄俊。

第二天，唐雨晨想给他打个电话，试探一下他的口气，犹豫良久，她最终没有拨他的号码。直觉告诉她，周功航是爱她的，她必须沉住气，等他给她打电话。在刚认识他的时候，她总是很主动，现在，周功航对她已经十分留恋，她必须表现得高傲一点儿、尊贵一点儿，只有这样才能将他抓得更牢。凭她的经验，她觉得对男人一味妥协、软弱、忍让，只会贬低自己，男人不仅不感动，反而会更加讨厌、嫌弃她，甚至抛弃她！她自己就是很好的例子。过去，她对周进一味妥协、宽容，他却背叛了她。还有郝琳，对符安永那么体贴、顺从，最终不也被抛弃了吗？

唐雨晨固执地认为，只有懂得把握好温柔和顺从尺度的女人，才更加迷人！

一天过去了，两天过去了……直到第五天，周功航才打来了电话，两人秘密见了面。

周功航一把将唐雨晨抱进怀里，说："宝贝，我想死你了，我不能没有你！几天不见你，我都快被逼疯了！"

唐雨晨却抽泣起来，假装不理周功航。周功航亲吻着她的脸颊，说："对不起，原谅我好吗？我对你是真心的！"

唐雨晨哽咽着说："你口口声声说，除了我就没有别的女人，可你，你却欺骗我！"

周功航说："不要生气了，好吗？那个女人是以前认识的，我跟她已经断绝关系了，可她仍三番五次来找我，我只是应付她而已。我喜欢的人是你，爱的人是你，你又不是不知道！"

"谁知道你说的是真是假？"

"你要怎样才相信？我把心掏出来给你看，行不？要不我给你跪下？"周功航说着，就要弯腰跪下。

唐雨晨赶紧拉住他，娇声说："谁要你下跪了？"

"我就知道，你会原谅我的！"周功航说着，趁势又将唐雨晨揽入怀里……

激情终于消退，唐雨晨把卢沧舟的家庭背景和他追求自己的事情告诉周功航，最后说："我和他只是普通朋友关系。"

"这个我知道的！"周功航说。

"我只怕他仍保留着你的照片，对你构成威胁。"

"区区几张照片能奈我何？"周功航翻了翻略显疲惫的眼睛，瞟了唐雨晨一眼说："没有真凭实据，单凭几张照片，谁会相信他？他敢威胁我，我非让他蹲监狱不可！"

"不过，他这人有点儿孩子气，凭我对他的了解，他应该不会保存那些照片的。"

"哦，看来你对他挺了解啊！"

"什么呀，你是不是又怀疑我？"唐雨晨嘟起嘴，佯怒道。

"我不是那个意思！"

"以前，我骂过他很多次，他都不记恨，从这一点上看，他并不是一个小心眼儿、内心阴暗的人，所以我猜测，他不会保存那些照片。另外，那天你走后，他向我保证，他并没有保存那些照片。"

周功航沉思了一会儿问道：“你刚才说他是富二代，他父亲是做什么生意的？公司名称是什么？”

“他父亲有好几家公司，我只知道其中一家名叫恩泰酒店管理有限公司。”

“哦！”周功航突然两眼放光，说，“真是太巧了！”

“难道你认识他父亲？”唐雨晨问。

“哼！不知好歹的东西！”周功航点点头，恨恨地说，“不给他点儿颜色，他不知道厉害！竟敢欺负到我头上来了！”

“我看这事儿就算了吧。卢沧舟他主要是针对我，不是针对你，而且他也说这事儿到此为止。您就不要再追究了！”唐雨晨看到周功航的凶样，很害怕事情闹大。她巴结周功航，目的是利用他的人脉多做点儿生意和打击冯雄俊。周功航和卢沧舟对她都有过帮助，要是他们反目成仇，闹出什么事来，她也脱不了干系。

“就这么算了？没那么容易！”周功航说，“我必须给他点儿警告，否则，我咽不下这口气！”

唐雨晨从没见过周功航发那么大的火，心里发憷，赶紧给他做按摩，柔声说：“都怪我不好，这事儿都是由我引起的，你要是心里还有气，就撒到我身上吧。”

周功航眯着眼，舒服地享受着唐雨晨的按摩，好一会儿才说：“你怎么那么护着他？”

“谁护着他了？人家是护着您呢。”唐雨晨说，“您堂堂一个局长，犯不着跟他这么个浪荡公子去计较。再说，卢沧舟他父亲财大气粗，要是跟您硬对硬，把事情闹大了，对您、对我都很不利啊。您想过这个问题没有？”

周功航翻过身子，把唐雨晨搂进怀里，捏了捏她的鼻子说：“没错，我的小美人考虑问题真周到。”

“那你答应不计较这件事了？”唐雨晨问道。

周功航点点头，说：“不过，你帮我警告那小子，让他以后不要再搞跟踪、暗拍那一套，否则我不放过他！”

“知道了，我再好好劝说他就是了！”唐雨晨说。

周功航沉思了一会儿，目光如剑，直逼唐雨晨，问道：“你确定卢沧舟幕后没有人指使吗？”

唐雨晨被问得一头雾水，说：“凭我对他的了解，应该没有，怎么了？”

“那就好！”周功航的目光变得柔和起来，说，“我是怕他被人利用来暗算我。官场暗箭多，我不能不提防！”

唐雨晨这才恍然大悟，说：“卢沧舟家境殷实，他不缺钱，没人能收买得了他。”

停了一会儿，唐雨晨突然想起周功航刚才那利剑般的眼光，不禁打了个冷战，从周功航的怀抱里挣脱出来，问道：“难道你怀疑我和他共谋暗算你？”

周功航又把她搂进怀抱里，微笑着说：“官场陷阱多，我不能不多个心眼儿。没错，事情发生后，我曾怀疑你和他共谋暗算我，不过，这几天我派人调查过了，基本查明那小子的行为没人指使。”

唐雨晨止不住抽泣起来，说：“我把美好的青春年华都给了你，没想到你却怀疑我。如果是这样，我看我们还是不要来往吧，我可不想被人怀疑提防，像个间谍似的。”

周功航埋头亲吻着唐雨晨，双手滑过她白嫩的肌肤，好一会儿，才说：“我那么爱你，怎么舍得离开你？原谅我吧！亲爱的，我保证以后不再怀疑你。现在真相大白，我会更加爱你的！”

“但愿你说的是真的。”唐雨晨说。

“不是但愿，是当然！”周功航说。

从宾馆出来，唐雨晨想起周功航的话，不禁忧虑重重，便约了卢沧舟出来，叫他以后不要再跟踪、偷拍他。

卢沧舟朝唐雨晨投来狐疑的目光，问道："雨晨，你是不是又和他见面了？"

“没有。我说过，我们只是普通朋友关系，你没有权利，也没有理由来问这个问题！”

“对不起，雨晨，我是关心……”

“够了！”唐雨晨又来了气，声音大了起来，打断他的话，问道，“刚才我的话你听见了没有？”

卢沧舟点点头，说：“行，我答应你以后不再跟踪、偷拍他。”

过了一会儿，唐雨晨才和气地说：“他的身份你是知道的，他是一名局长，你雇人跟踪他、偷拍他，他受得了吗？你考虑过后果没？这是危及他乌纱帽的事，你把他逼急了，你以为你还有好日子过吗？你不为你自己想，难道就不为你父亲想想？”

“我才不怕他呢！”卢沧舟向来不吃硬，他想说周功航要是不给他好日子，他也不会给他好日子。可看到唐雨晨脸色阴沉下来，他只好忍住了气，说：“好吧，只要你们断绝关系，我保证不跟踪、偷拍他。”

第七章　一雪前耻

朝霞透过玻璃窗，洒在唐雨晨的办公桌上。唐雨晨哗啦哗啦地翻看当天的报纸，突然，她的目光落到了一则拍卖公告上，她先是一惊，随后嘴角露出了微笑。

·1·

这天早上八点多，冯雄俊到了办公室，像往常一样翻看报纸，突然，一则规划方案公告跃入眼帘。仔细看了之后，冯雄俊啪地一拍桌子，然后猛地站起来，在办公室里踱来踱去，自言自语道："太好了，太好了！"

那则公告正是关于糖厂周围土地的规划方案公告。

这时，林淦刚好推门进来，见到冯雄俊激动的样子，不解地问道："冯总，你怎么了？"

冯雄俊拿起那张报纸，指着那则公告，说："老林，你看看！"

林淦看报纸的时候，冯雄俊点了根烟，吸了几口，沉醉在发财的美梦中。

"冯总，这下咱们的土地可要大大升值了！"林淦说。

冯雄俊喷了口烟，点点头。

"冯总，你是不是早就知道这个方案啊？要不，你怎么会贸然买下糖厂那块地？"林淦不解地问道。

"老林，这个你就别问了。总之，咱们的机会来了！"

"是，是，是！"林淦连连点头，说："冯总，你打算把那块地转手卖掉，还是盖楼卖？"

"这还用问吗？当然是盖楼卖了！卖土地能赚几个钱？如果不盖楼，我注册房地产公司干吗？"

"也是。可是盖楼得需要好多资金，咱们公司账上没钱，是不是又得跟银行贷款？"

"这个你就不要担心了！"冯雄俊叼着烟，瞥了林淦一眼说，"自然会有人送钱上门的。"

“送钱上门？”林淦皱着眉头，一副一知半解的样子。

冯雄俊摁灭了烟头，拍了拍林淦的肩膀，走出了办公室。他原本打算去找几个要好的朋友喝几杯，可刚上车，他的手机铃声就响了起来，是李露。

李露焦急地说：“小妮发高烧，我现在送她去市医院，你能不能过来一下？”

冯雄俊安慰她说：“你不要慌张，我现在马上过来！”

说完，冯雄俊掉转车头，赶往市医院。

在市医院儿科门诊走廊里，冯雄俊看到李露抱着女儿，无助地坐在椅了上。她见到冯雄俊，流下了眼泪说：“雄俊，这可怎么办？小妮烧得很厉害，怎么办？怎么办啊？”

小妮见到冯雄俊，瞪大眼睛看了看他，问道：“妈妈，他是谁啊？”

“这是冯叔叔，快叫冯叔叔！”李露说。

“冯叔叔！”小妮稚气地叫了一声。

“小妮乖！”冯雄俊边说，边摸了摸小妮的额头，确实很烫。

“不要紧张！”冯雄俊安慰她说，“给医生看看就好的，挂号了没有？”

李露擦了擦眼泪说：“挂了！”

冯雄俊挨着坐在她旁边，一起等候医生叫唤。

冯雄俊刚到达市医院，在家里做家务活的黄虹丽就收到了一条短信：“想捉奸就快点儿到市医院三楼儿科吧，慢了就没戏看了。”

黄虹丽回拨过去，问道：“你是谁？到底想干什么？”

对方说：“你不是不相信那些照片吗？你现在可以去市医院看现场直播，去晚了就看不到了。”

挂了电话，黄虹丽本不想理睬对方，可一想到冯雄俊和李露仍然保持来往、卿卿我我，心中醋意大发，便停下了手头的活儿，换了衣服，赶往市医院。

约二十分钟后，当黄虹丽出现在儿科门诊走廊时，冯雄俊和李露正好从医生办公室出来，准备带小妮去注射室打吊针。

见到黄虹丽，冯雄俊脸色惨白，僵在那里，嘴巴张得大大的，像个傻子。

黄虹丽的脸色由青变紫，眼睛快要喷出火来。四目相对了一会儿，她转身就走。冯雄俊低声对李露说：“你先带孩子去打针。”

随后他追上黄虹丽，说：“虹丽，我和李露只是普通朋友关系。她女儿生病了，我只是来陪她带孩子上医院看病。我们之间没什么的。”

“你给我滚开！”黄虹丽回头狠狠地给了冯雄俊一个响亮的耳光，怒喝道，“你这狼心狗肺的东西，算我瞎了眼。”

黄虹丽高分贝的声音，吸引了走廊上的人们的注意力，他们全都把眼光聚焦到冯雄俊夫妇身上。李露早已带着女儿躲到注射室里了。

冯雄俊捂着火辣辣的脸，扫了一眼围观的人群，说：“咱们回家再谈吧！”

“我偏要在这里说！”黄虹丽提高了声音，说：“你既然敢做，就不要怕人笑话。你这没良心的畜生，背着我包二奶，还口口声声说没有，亏我还那么相信你！”

“你！”黄虹丽当场揭他的丑，使他丢尽了面子，他顿时火冒三丈，却又不好发作，只好硬拽着黄虹丽下楼去。

黄虹丽边挣扎着边喊道：“冯雄俊，你放开我，放开我！”

下到二楼时，趁冯雄俊不注意，黄虹丽又扬手给了冯雄俊一个耳光。冯雄俊一气之下，甩开她，头也不回地走了。黄虹丽跌坐在地上，号啕大哭。

冯雄俊看到规划公告后本来满心欢喜，却被黄虹丽闹得满肚子气，从医院出来后，他找了家咖啡厅，自己一个人干坐着，抽了一整天的闷烟。

直到晚上十一点多，他才拖着沉重的脚步，怀着忐忑不安的心情回到家。黄虹丽坐在沙发上等他。冯雄俊开门进来时，她看了他一眼，目光冷漠。

“良良睡着了没有？”冯雄俊问道。他知道，这个时候，儿子是化解妻子心中怒气最有效的“药方”，可今晚，这个“药方”失效了。

黄虹丽指了指茶几，冷冷地说：“冯雄俊，在上面签上你的名字吧！”

冯雄俊朝茶几看去，只见上面有几张纸。他走过去，弯腰捡起来，瞟了一眼，苦笑了几声，然后刷刷几声全撕了。

“你不分青红皂白，就要闹着跟我离婚，简直是太无理取闹，太荒谬了！”冯雄俊跌坐到沙发上，抱头叹息道。

“我无理取闹？”黄虹丽气呼呼地说，“我一而再、再而三地原谅你、相信你，可你到头来还是把我当傻子，你还说我无理取闹？”

“我和李露真的只是普通朋友关系！”冯雄俊说。

“哼哼！”黄虹丽冷笑几声，说，“冯雄俊，你不要再演戏了，我永远不会再相信你了！”

“你怎么这么不可理喻！”冯雄俊火又上来了，大声说，“房产证上写的是你的名字，公司法人也是你，最大股东也是你，我把什么都给你了，你怎么还不相信我呢？我在外面累死累活容易吗？”

“你不要多说了。冯雄俊，我已经看透你了，离婚是难免的！”黄虹丽的语气尽管很平和，却饱含着可怕的冷漠与不可逆转的坚定。

“我警告你，你不要老是拿离婚来威胁我！”冯雄俊终于忍不住爆发了，“我受够你了，整天搅得这个家不安宁，简直就是个泼妇！”

“你竟敢骂我泼妇！”黄虹丽侧过身子，抡起拳头，雨点般砸向冯雄俊，哭骂道，“你在外面包二奶，还骂我泼妇。你这没良心的禽兽，我打死你，打死你！”

“够了！”冯雄俊一把将黄虹丽推倒在沙发上，喝道，“我跟你说过多少次了，这是别人的离间计，叫你不要相信，你却偏偏上人家的当，真是愚蠢到了极点！”

“我愚蠢？”黄虹丽说，“事实我都看到了，你还想抵赖，你像个男人吗？”

“好，好，我不像个男人，我是无赖！我走还不行吗？惹不起你，我躲得起！”冯雄俊抓起茶几上的一个杯子，哐的一声狠狠地砸到地板上，吼道。

黄虹丽难掩心中悲痛，呜呜地痛哭起来。

冯雄俊看都不看她一眼，转身迈出了家门。

黄虹丽声嘶力竭地哭喊道：“冯雄俊，你给我回来。你这个负心郎，我的命怎么这么苦啊……”

冯雄俊到附近的一家宾馆开了房。喝了几口水，消了消心头的怒气后，他给李露打了个电话，问她：“小妮睡着了吗？好点儿了没？”

“好点儿了！”李露回答完，竟抽泣起来。

冯雄俊皱起眉头，叹了口气说：“好了，好了，别哭了。事情已经过去了，照顾好小妮，小心病情复发。”

“知道了！”李露好一会儿才止住哭声，问道，“你那边情况怎么样？她和你吵架了吗？有没有为难你？”

“唉！”冯雄俊又叹了口气说，“吵了，我现在在宾馆呢。”

“这怎么行呢？”李露说，“你要多劝解她、安慰她，一味躲避是解决不了问题的！”

“知道了，你快去睡吧。夜晚天气较凉，要注意给小妮盖被子！”

“好的！”

冯雄俊挂了电话，倒在床上，脑子里一会儿出现黄虹丽横眉冷对的模样，一会儿出现李露温柔体贴、风情万种的娇态，久久不能入睡。

·2·

那则规划公告连续刊登了好几天，唐雨晨是第三天早上才看到的。她当即给周功航打了个电话，周功航却不接。过了约半个小时，他才打过来，解释说，刚才在开会。

唐雨晨说：“规划公告我看到了，怎么这么快就出来了？”

周功航说：“没办法，顶不住上级的压力。另外，土地冯雄俊早就已经拿到，想要夺过来，不容易。”

唐雨晨问道：“还有没有什么办法可以补救？”

周功航说：“具体办法就看你的了。我这边可以拖延他一段时间，不给他批报建申请，你可要抓紧时间！”

放下电话，唐雨晨苦苦思索打败冯雄俊的办法，却迟迟没有头绪。

这时，王桃茂打来电话，说：“唐总，我看到黄虹丽和一名男子在一起，样子还挺亲热，估计是她的老相好。要不要让冯雄俊来看看这幕好戏？”

唐雨晨咬咬牙说：“当然要让他看！”

说完，唐雨晨挂了电话。过了没多久，王桃茂又打来电话，说：“唐总，我想不出有什么好主意可以约冯雄俊到那里，还不让他起疑心。”

唐雨晨想了想，说：“你假装一个建筑商约他，他的土地这几天升值了，他正准备搞房地产呢。”

“这是个好办法！”王桃茂挂了电话。

王桃茂所说的那名男子，正是黄虹丽的老相好马朝阳。黄虹丽目睹冯雄俊和李露在一起的亲昵样子后，心痛欲裂。那天，她把儿子送回娘家让父母照看，然后打电话咨询律师，起草了离婚协议书，打算和冯雄俊离婚，冯雄俊却撕烂协议书，离家几天不归。黄虹丽感到很无助与绝望，才约了马朝阳在星河咖啡厅见面，向他倾诉自己的遭遇。

说到伤心处，她不禁泪流满面。马朝阳拿了一张纸巾替她擦干眼泪。

就在这一刻，冯雄俊和王桃茂走了进来，远远地看到了这一幕，不禁怔住了。

“怎么了，冯总？”王桃茂见冯雄俊发愣的样子，故意问道。

“哦，没什么，我看那人有点儿像我朋友，仔细一看，却不是。”冯雄俊说完，把头转向另一边，有意躲开了黄虹丽，不让她看到。王桃茂看他失魂落魄的样子，心里暗喜。很快，咖啡端上来了，冯雄俊心不在焉，匆匆喝了几口，还没和王桃茂谈到实质性问题，就借口有事离开了。

从咖啡厅出来，冯雄俊径直驱车回家，坐在沙发上抽闷烟。过了约一个小时，黄虹丽也回到了家，眼睛红肿，双颊上泪痕未干。

“回来了！”冯雄俊开门见山地说，“跟马朝阳聊得开心吗？”

黄虹丽翻了翻眼皮，白了他一眼，没有回答，径直走向房间。

“我在问你问题呢！”冯雄俊把烟丢到地上，厉声喝道。

“你那么想知道答案，我就告诉你吧。我们聊得很开心，满意了吧？”黄虹丽冷冷地说。

“放肆！”冯雄俊铁青着脸，“你暗地里和你的老相好幽会，却反咬我一口，说我包二奶，岂有此理！”

“现在你我是路人，你管得着吗？”黄虹丽头也不回地走向自己的房间。

“你给我站住！”冯雄俊命令道。

黄虹丽却仍然径直走进了房间。冯雄俊嗖的一声站起来，冲进房间，将黄虹丽拽出来，啪啪两声，重重地抽了她两个耳光。

“你敢打我！”黄虹丽捂着火辣辣的脸颊，大哭起来，“冯雄俊，我跟你没完！”

说着，她冲到茶几旁，提起开水壶，转身朝冯雄俊砸过去。

哗啦啦的一声，开水壶先砸到冯雄俊身上，再落到地下，碎了。热腾腾的开水将冯雄俊烫得哇哇大叫。盛怒之下，他揪住黄虹丽的头发，狠狠地回敬了她几个耳光，黄虹丽只是杀猪般号叫。冯雄俊打累了才住了手，气呼呼地摔门而去，留下黄虹丽趴在地板上，号啕大哭。

冯雄俊把车开得飞快，来到了李露的住所。李露开门见到他浑身湿漉漉、脸上怒气未消的样子，甚是惊讶，关切地问道："你怎么把身子弄湿了？到底发生了什么事？"

冯雄俊随手关了门，气呼呼地说："这日子没法儿过了！"

"你们又吵架了吗？"李露问道。

冯雄俊伸出双手猛地按住李露的肩膀说："露，我们结婚吧，我真的受不了她了！"

李露一惊，轻轻拿开他的双手说："夫妻吵吵架是很正常的事，你不要因为一时冲动而想到离婚，将来你会后悔的。"

"我不会后悔的！"冯雄俊深情地注视着她说，"这次不一样，我和她彻底完蛋了！"

"到底怎么回事？你给我说说，我帮你分析一下。"

冯雄俊把发现黄虹丽和马朝阳在一起后，两人大打出手的事告诉了李露。李露沉思了一会儿说："你不该打她，女人一旦受到男人的暴力，对他的印象从此就会变坏，很难修复。"

"所以我才向你求婚。答应我，我会好好待你，咱们好好过日子吧。"冯雄俊认真地说。

李露给他倒了杯水，微微一笑，说："你太冲动了！你想过没有，离婚了，你儿子怎么办？你的公司怎么办？你忍心让你儿子这么小就因为你们俩的离婚而心灵受伤吗？你舍得你的财产被分走一半吗？"

冯雄俊一下子哑了口。过了一会儿，他喝了一口水，把杯子放到茶几上，然后重重地跌倒到沙发上，长长叹了口气说："做男人为什么这么累啊！"

李露坐在他旁边，握住他的手说："不要轻易说离婚，我尝尽了离婚的苦，深知离婚对孩子的伤害有多大。"

"可我实在忍受不了她那乖戾的性格，还有她暗中给我戴绿帽。"冯雄俊说，"财产我倒不在乎，旧钱不去，新钱不来。我是担心我儿子受伤害。他还小，我怕他承受不了这个打击。"

"所以，哪怕是为了孩子，你也不能离婚。"李露说。

"你为什么不支持我离婚呢？我离婚了，就可以正大光明地娶你，咱们俩过正常的夫妻生活，白头偕老不是很好吗？你为什么拒绝呢？难道你有了别人？”冯雄俊问道。

“别胡思乱想了！”李露眼神有点儿慌乱，说，“我这也是为了你好啊！”

“婚姻真他妈是个坟墓！”冯雄俊愤愤地说。

下午，冯雄俊的岳父黄禾良打来电话，约他出来面谈。黄禾良73岁，退休后天天到公园锻炼，身体很健康。他是个开朗、明事理的人，平日里，不时把冯雄俊叫到他家，爷儿俩喝上几口，给冯雄俊讲一些为人处世之道，冯雄俊很受用。

两人在一家茶艺馆见了面。黄禾良慢条斯理地说：“雄俊，虹丽这人性格有点儿急躁，遇事总是很情绪化。不过，这些都是小毛病，总的来说，她还是个勤劳、善良的好母亲。我希望你在看到她的缺点的同时，也要看到她的优点，不要捡了芝麻，丢了西瓜。”

“爸，我这人有时也很情绪化，不过事后我会理智地分析问题的。您放心，这事儿我自有分寸。”冯雄俊自从成为黄禾良女婿的那天起，就一直喊他“爸”，他认为这是对老人的尊重，今后哪怕黄虹丽和他离了婚，他也会这么叫他。

“那就好！”黄禾良说，“我就怕你们俩像玩过家家一样，说离婚就离婚。你们要考虑到对儿子的伤害。”

“对了，爸，良良现在怎么样？他知道我和虹丽吵架的事了吗？”一提到儿子，冯雄俊心里充满了柔情。

“他还好，我和你妈照顾着他，接他上学、放学。他问我们，你们为什么不接他，我说你们都出差了。”黄禾良说。

“爸，您放心吧。过几天，等虹丽的气消了，我再跟她多沟通、和解！”

“有你这句话，我就放心了！”黄禾良抿了口茶，长长地舒了口气。

·3·

冯雄俊一连几天都住在宾馆，不想回家。他想，时间会冲淡两人心中的积怨，到时候再慢慢和黄虹丽沟通，弥补两人心灵的裂痕。

五天过去了！这天早上九点多，冯雄俊正在办公室里翻看报纸，林淦走了进来，说：“刚才有家公司的老总打电话，问咱们那块地卖不卖。”

“他开价多少钱？”冯雄俊头也不抬，似乎不大感兴趣。

“他说愿意以一倍的价格来买咱们的土地。”

“他就是出两倍我也不卖。”冯雄俊说。

“是，是！”林淦连连点头说完，就要出去。

“等等！”冯雄俊放下报纸，抬起头说，“今后凡是买土地的电话，你全给我直接挂掉。要是银行、材料商、建筑商谈业务的，你马上跟他们预约见面的时间和地点。”

“好的！”

林淦刚迈出办公室，黄虹丽就阴着脸，喘着大气闯了进来。冯雄俊看她那样子，深知大事不妙，还没等她发话，就急忙起身走过去，把办公室的门关上。黄虹丽却啪的一声重重地把门推开，大声说：“你不是没做亏心事吗？关门干吗？”

推门声和叫喊声把外头的员工吓了一大跳，他们把眼光全聚焦到冯雄俊身上。冯雄俊颜面大扫，涨红了脸说：“你到底想干吗？有什么事回家再说！”

说完，他拽着黄虹丽就要往外走。黄虹丽却猛地摔开他的手，冷冷地说：“我偏要在这里说。你别忘了，我是公司的董事长，你无权命令我。”

公司的员工一直都以为公司只有冯雄俊一个总经理，从没听说过还有董事长。黄虹丽的话使他们甚感惊讶，都睁大眼睛望着他们俩。

“你到底想干什么？有完没完？”冯雄俊火气大了起来，再也不顾颜面了，大声吼道。

“你今天给我把话说清楚！”黄虹丽拿出一条长长的通话记录，指着一个号码，说，“你说你和李露是普通朋友关系，为什么和她频繁通话？普通朋友会每天通话十多次吗？你别想抵赖，有种你就当着我的面拨打这个号码！”

“真是不可理喻！”冯雄俊边说，边拿起手机转身欲走。

“冯雄俊，你不许走！”黄虹丽赶紧关上门，背靠在门上面。

冯雄俊见状，只好返回座位上，点了根烟抽了起来，并把头转向窗外，不理睬黄虹丽。

僵持了一会儿，黄虹丽拿着通话记录，走过来，按了免提键，然后拨通了李露的手机号码。

嘟嘟了两声后，电话里传来李露的声音：“喂！”

“冯雄俊，你说话啊！”黄虹丽挖苦说。

“喂，喂，哪位？”李露连喊了几声。

冯雄俊再也沉不住气了，猛地站起来，抢过电话，啪的一声狠狠地砸到地上，哗啦一声，电话被砸裂成了几块。

“你不是想离婚吗？好，我答应你，你把协议书拿出来，我现在就签字！”冯雄俊气呼呼地说。

“冯雄俊，你这个畜生，我跟你拼了！”黄虹丽号叫起来，抓起桌子上的烟灰缸朝冯雄俊砸过去，不偏不倚砸中了冯雄俊的额头，然后哐的一声落到地上。冯雄俊捂着额头，哎哟叫了一声。

黄虹丽似乎仍不解恨，抓起文件框又砸过来，冯雄俊赶紧躲开。这时，他再也忍不住了，冲过来，啪啪啪地连扇黄虹丽耳光。黄虹丽号啕大哭，抓住冯雄俊的右手，狠狠咬了一口。她的利牙撕破了皮肤，扎进肌肉中，直到鲜血冒了出来。冯雄俊左手挥拳，连击黄虹丽脸部，黄虹丽杀猪般号叫。

这时，门嘭的一声被打开了，林淦和两名员工冲进来，将他们俩分开。只见冯雄俊额头肿了个包，右手沾满了鲜血，黄虹丽则头发散乱，鼻青脸肿，满脸泪痕。冯雄俊理了理衣服，转身迅速离开了办公室。

下午两点多，冯雄俊正一个人在宾馆里抽闷烟，黄虹丽给他打来电话。他犹豫了一下，还是接听了。

黄虹丽冷冷地说：“你现在回来把离婚的事商量好！”

还没等冯雄俊回答，她就挂断了电话。

冯雄俊翻出黄虹丽的手机号码，想给她打回去，可想想又打消了这个念头。他不知道电话打通后，该和她说些什么，甜言蜜语、安慰、哀求都无济于事，他感到自己和黄虹丽之间隔着一堵无法逾越的墙。

来回踱了几步，冯雄俊一拳砸在桌子上，恨恨地自言自语道：“离就离吧，我受够了！”

过了一会儿，冯雄俊驱车回到家。迈进几天未进的家门，他心里一片冰凉。客厅里还保留着他和黄虹丽打斗的痕迹，那个开水壶仍静静地躺在地板上，四周散落的玻璃碎片仍在反射着刺眼的光芒。他撕烂的离婚协议书，依旧散落在茶几上、地上。

黄虹丽一声不响地坐在沙发上，脸阴沉着。家里很安静，出奇的静，墙上挂钟走动的滴答声清晰可闻。

“你先看看协议书吧！”黄虹丽的语气无比冷漠。

冯雄俊走过去，拿起茶几上的协议书，一口气读完后，说：“房子我可以给你，钱也可以给你，但良良不能给你！”

“你不给我，我马上从楼上跳下去！”黄虹丽威胁说。

冯雄俊顿时哑了口，挂钟的滴答声又响起，似乎在催促着冯雄俊快点儿签字。

冯雄俊点燃了一根烟，吸了一口，吐出个烟圈儿，慢条斯理地说：“你这是让我回来签字吧？这哪里是谈条件？我一点儿选择的权利都没有？”

“没错，就是让你签字。”黄虹丽撇撇嘴说。

冯雄俊不再说话，拿过协议书，边抽烟边逐字阅读，偶尔翻眼皮瞄黄虹丽一眼。那根烟终于抽完了，冯雄俊将它摁灭在烟灰缸里，从上衣摘下钢笔，刷刷几声，在离婚协议书上签上了自己的名字，然后将笔狠狠地丢到地上说：“房子、钱、儿子我全给你，你要是对儿子照顾不周，我发誓不会让你有好日子过。”

说完，冯雄俊转身就要走。这时，大门传来开锁的声音，紧接着，门打开了。黄禾良带着良良走了进来。见到冯雄俊，良良小跑过来，高兴地大叫：“爸爸！”

冯雄俊弯下身子，一把把他抱起来，说：“良良，让爸爸好好看看！”

良良嗔怪地说：“爸爸，你出差有没有给我买玩具？”

冯雄俊说：“时间太紧，爸爸没来得及买，过几天爸爸再给你买好多好多玩具。”

良良说：“爸爸，你说话要算数！”

说完，他挣扎着让冯雄俊放他下。他冲过去，一头扎进黄虹丽的怀抱里，问道：“妈妈，你呢？有没有给我买玩具？”

黄虹丽搂着他，泪水喷涌而出，说：“妈妈也没买！”

黄禾良看到此情景，摇摇头轻轻叹息了一声，他正想开口劝说女儿和女婿，突然看到茶几上的协议书。他走过去，拿起粗略看完，不禁双手发抖，颤声说：“你们，你们怎么会这样啊？”

黄虹丽抱着儿子，站直身子，从黄禾良手中夺过那份协议书，说：“爸，这事儿你就不要管了，我和他已经谈好了，明天就去办手续。”

“你们，你们想过孩子没有？”黄禾良气呼呼地问。

黄虹丽低头对儿子说：“良良，以后跟妈妈生活，好吗？”

良良似乎感觉到事情不大对劲，说：“好，那爸爸呢？”

黄虹丽沉默不语。良良又追问道：“妈妈，爸爸呢？他不和我们在一起了吗？”

黄虹丽含泪点点头。此情此景，使冯雄俊心里一阵剧烈疼痛。他说：“良良，过来，让爸爸抱抱！”

良良从黄虹丽怀抱里挣脱出来，一头又扎进冯雄俊的怀抱。冯雄俊说：“良良，以后你就跟妈妈生活在一起，爸爸有空就会来看你的，知道吗？”

他的话刚说完，良良就哇的一声大哭起来，说：“我不要，我不要。爸爸，我不要你离开妈妈，我要你和我们在一起！”

冯雄俊心里一阵痉挛，别过脸悄悄擦了擦眼泪。黄禾良也不禁老泪纵横。黄虹丽早就埋着头，泪如泉涌。

“良良不哭，爸爸会经常来看你的！”冯雄俊稳定了一下情绪说。良良却从他怀抱里挣扎出来，跑过去，跌倒进黄虹丽的怀抱里，哭得更凶了，说：“妈妈，我不要爸爸离开，我要你们在一起！”

冯雄俊不忍心再待下去了，咬咬牙，转身走出了家门。良良看他要走，号啕大哭起来：“爸爸，你不要走，不要走！”

冯雄俊心一狠，加快了步伐！

·4·

冯雄俊终于和黄虹丽离了婚，儿子判给了黄虹丽。冯雄俊把房子和 300 多万元家庭存款全给了她，此外，还要另外给黄虹丽 2000 万元，使黄虹丽把雄良公司的股份转让给他。冯雄俊当然一下子拿不出那么多钱，只好给黄虹丽打欠条，保证一年内还完钱。

拿到离婚证的那天，冯雄俊叫上林淦，把自己的行李搬到公司附近一家四星级宾馆的包房里。林淦自始至终不敢说什么，生怕触到冯雄俊的痛处。

从宾馆出来，冯雄俊拍拍林淦的肩膀说："老林，我现在恢复单身日子了，真的感到很自由啊！"

林淦附和说："是啊，单身没有什么约束，想干什么就干什么。"

冯雄俊问他："最近有没有银行和材料商、建筑商主动联系咱们？"

林淦说："暂时还没有！"

冯雄俊嘴角露出一丝微笑，说："该来的迟早会来！"

说完，他钻进自己的车里，对林淦说："你忙去吧！"

冯雄俊驱车先到一家珠宝店买了一枚钻戒，然后来到李露家。李露正在做午饭，见到冯雄俊，她说："你来得真是时候，要是再慢一点儿，我就下一个人的米，你得饿肚子了。"

"这就叫来得巧！"冯雄俊说。

李露接过他的话说："要是爱情也来得这么巧就好了。"

冯雄俊说："该来的还是要来！"

李露问他："你和那醋坛子和好了没有？"

冯雄俊扬了扬眉头，说："这里是你的家，只有我和你，不要再提她。"

"我这是为你好！"

"既然是为我，就更不要提她，而是提你自己。"冯雄俊说。

"她是你妻子，我算什么？"

"你也是我妻子啊！"

"讨厌！我跟你认真说话呢，不贫嘴了。你和她到底怎样了？"

"我说过不要提她了，快做饭吧，我都快饿晕了。吃完饭，我有件重要的事告诉你。"

午饭很快就做好了！李露给冯雄俊盛了饭，两人默默地吃着，偶尔抬头，互相深情地凝视着对方。

吃完饭，冯雄俊坐在沙发上看电视，李露则收拾碗筷。过了几分钟，李露叠放好碗筷刚从厨房里出来，冯雄俊就说："宝贝，快过来！"

李露走到他身旁，挨着他坐下。冯雄俊命令说："闭上眼睛！"

李露不解地问道："你搞什么鬼？"

冯雄俊说："叫你闭上，你就闭上。"

李露只好顺从地闭上眼睛。

冯雄俊取出那枚钻戒，拉起李露的左手，慢慢套进她的无名指中。

"好了，你现在可以睁开眼睛了！"冯雄俊说。

李露睁开眼睛看到那枚戒指，身体不禁一颤，结结巴巴地说："这，这……"

冯雄俊给了她一个深吻，说："亲爱的，我已经离婚了，嫁给我吧！"

"不！"李露一惊，站起来连声说，"不可能，雄俊，我们之间不可能的！"

"为什么呢？"冯雄俊大为不解，说，"难道你不爱我？"

"不是这样的！"李露说，"我是觉得事情来得太突然了，我还没有思想准备。"

"这，这难道还要有思想准备吗？咱们相处又不是一天两天了。"

"不行，这事儿我得考虑考虑！"

沉默了一会儿，冯雄俊搂住李露，柔声说："露，嫁给我吧。我会好好爱你一辈子，会把小妮当亲生女儿看待的。不要再多虑了，好吗？"

"我说过，这事儿我得好好考虑。"李露挣脱出来说。

"你到底有什么顾虑呢？说出来听听。"

"我，我……"李露支支吾吾好一会儿才说，"我没有什么顾虑，只是事情来得太突然，你让我冷静几天，好好想想行不？"

冯雄俊注视着她说："好吧！"

李露摘下戒指，递给冯雄俊，说："这个你也先拿着！"

冯雄俊说："这个早晚是你的，你就戴着吧！"

"不行！"李露说，"在我没有答应前，我不能收下它。"

冯雄俊十分疑惑地看着李露，迟疑一会儿，才接过那枚戒指。随后，李露埋下头，不敢正视冯雄俊，脸色苍白。

从李露家出来，冯雄俊满脑子疑惑，不明白李露为何拒绝他。

晚上，冯雄俊自己一个人睡在宾馆客房里，备感孤独与寂寞。他打开电视想看看节目，可节目换了一个又一个，均不合他的意。他便下床，走到窗边，打开窗户透风。他包的房间在十楼，极目远眺，城市的高楼鳞次栉比，灯火点点；低头往下看，马路上，车来车往，匆匆忙忙地不知开往何处。一阵微风吹来，冯雄俊的思绪无边无际地飘开，仿佛在云端，想要捕捉些什么，却什么也没有捕捉到。

过了许久，他看了看时间，已经是深夜十二点多。返回床上，躺了一会儿，还是睡不着，他便穿好衣服，出了门，下了楼，驱车前往李露家。

没过多久，冯雄俊来到李露居住的小区。远远的，他看到李露家的灯亮着，似乎有两个人影在晃动。冯雄俊仿佛被冰冻住了似的，僵住了，好一会儿才清醒过来。下了车，走进小区，来到李露家门口，他并没有敲门，而是把耳朵轻轻地贴在门上倾听，里面竟传来打情骂俏的声音，一个是李露的，另一个是个男的。

冯雄俊只觉得浑身的血液直往脑门冲，他举起右脚，准备踹门，可想了想又放下，蹑手蹑脚地离开了。上了车，冯雄俊并没有发动车子，而是端坐在车上，透过车窗，盯着李露居住的那栋楼的楼梯口。

整整一夜，冯雄俊都没有合眼。

第二天早上七点左右，李露和一名高个儿、帅气的男子手挽着手出现在楼梯口。男子抱住李露，给了她一个深吻，再转身走出去。等他走远不见了身影，冯雄俊才下车，走了进去。

门铃响了两声，李露边开门，边说："阿勇，你怎么还没走？"

门打开了，见是冯雄俊，她的脸色刷地变得无比惨白。

"雄俊，是，是你！"李露怯声说。

冯雄俊的心在滴血，大脑一片空白。他翻了翻沉重的眼皮，看了李露一眼，走了进去，跌倒在沙发上。李露僵在那里好一会儿，才关上门，返回屋内，坐在沙发上。

"为什么？"冯雄俊冷冷地问道。

"雄俊，我对不起你！"李露泪流满面，哽咽着说，"我也是没有办法啊。你知道吗？每次你走后，我的心都空落落的，整个家就像一个冰窟，没有一点儿生气。孤独、寂寞、凄凉、恐惧萦绕在我心头，多少个夜晚，我难以入眠，多少次，在梦里与你相遇，醒来却只有被泪水打湿的枕头。我的路还很长，我不要过这样的生活！"

"多久了？"冯雄俊的语气依然很冰冷。

“一年了！”李露说，“他来我店里买衣服，我们聊得很投机。他离过婚，我们有共同的语言，性格也合得来，就慢慢交往了。”

冯雄俊点了一根烟。烟雾缭绕中，他颤声问道：“还有没有挽回的余地？”

李露的泪水又涌了出来，摇摇头说：“没有了！我们已经登记了，过几天就要办婚礼。我本想早点儿告诉你，可那几天你正好和你妻子吵架，我见你心情不好，不想打击你。”

冯雄俊将烟丢到地板上，用右脚使劲碾烂，然后一把将李露抱起来，走进卧室，丢到床上，扑上去，撕烂她的衣服，疯狂地发泄了一通。完事后，他扬起手，啪啪几声狠狠地抽了她几个响亮的耳光，才扬长而去。李露趴在床上，放声痛哭。

冯雄俊踉踉跄跄地从李露家出来，上了车，发动车子，飞一般地狂奔。转过了几条街道，他又不知道该去哪里。经过一家烟酒店，他才刹住车，下去买了五瓶名酒。提着酒上了车，他想了想，觉得没有更好的去处，便回到宾馆。

虽然明知自己的胃不好，他仍把自己关在房间里喝闷酒，一口接一口，一瓶连一瓶。其间，他的手机铃声不时地响起，他却置若罔闻。很快，他感到胃部剧烈地疼痛，豆大的汗珠不断往下滴，头也慢慢沉重、疼痛起来。尽管如此，他仍咕咚咕咚地灌酒，直到趴在地上，昏昏沉沉地睡去。

·5·

林淦多次拨打冯雄俊的手机都打不通，便直接到宾馆找他。敲门许久没人应，他只好喊来酒店领导将门砸开，才发现冯雄俊昏倒在地上，房间里酒气冲天。他赶紧拨打救护车急救电话，将他送到市人民医院。经过医生的紧急抢救，第二天，他终于苏醒过来。

林淦见他醒了，长长地舒了口气，说：“冯总，你怎么喝那么多酒？看到你昏倒在地上，可把我吓坏了！”

冯雄俊回想起昨天的经历，心里一阵酸楚。他的身体一向很好，很少得病，住院就别提了。以前是喝酒太多伤了胃才住院，那时，黄虹丽守护在他身边，悉心照料他。如今，他再次胃病发作住院，却没有一个亲人在身边！

“公司这两天有没有什么事？”冯雄俊问，肉体上的折磨反倒使他的情绪稳定了许多。

“昨天有几个建筑材料供应商、建筑商和银行的信贷客户经理陆续找上门来，我联系不上你，就让他们留下了电话号码。他们说，希望尽快与你见面谈业务。”

冯雄俊不禁蹙起了眉头：房产项目还没正式开始，他欠银行几千万元债务，每天的利息很高，他不想拖延太久。现在规划方案出来了，他有太多的事情去做。当务之急，他必须马上与建筑材料供应商、建筑商、银行等谈妥合作条件，然后快马加鞭上项目。可如今，他胃病发作，喝不了酒，怎么去应酬？公司里没有酒量好、社交能力强的人，这可怎么办啊？刹那间，冯雄俊想到了唐雨晨，要是她在，这些事很快就可以搞定！

“雨晨那么出色的一个女孩儿，对我既忠诚又一片痴心，我却深深伤害了她，我真该死！”冯雄俊越想越陷入深深的自责中。

他转念又想：“关于房产项目，我握有土地，他们都争着想跟我合作，我占据主动地位，不必像以前应酬客户那样跟他们死拼酒。”

想到这里，冯雄俊说：“老林，你等下回去将他们排下顺序，从明天开始，我挨个儿跟他们谈判，挑选最佳合作伙伴。”

林淦说：“可是你的身体？”

“我身体没事的，今天再打几针就没事了，快回去准备吧！”

林淦点点头，转身离去。

冯雄俊躺在病床上，百无聊赖，几次想打电话给唐雨晨，想问问她的近况，可犹豫了几次，他始终没勇气拨打她的号码。

次日早上，冯雄俊感觉胃部疼痛减轻了许多，医生建议他再多住三天，等完全康复后再出院。他却拔掉针头，结账提前出院。

这几天，找上门来的建筑材料供应商、建筑商和银行客户经理都有好几个。下午两点多的时候，冯雄俊接见了一名建筑材料供应商和一名建筑商。

建筑材料供应商姓朱，四十多岁。冯雄俊起身亲自给他倒满了茶，接着双方交换了名片，客套了一番。冯雄俊说：“朱总，生意人最讲究效率，咱们就不要遮遮掩掩，直接进入正题吧。”

朱总说：“冯总真是爽快，那咱们开始吧。听说冯总前段时间拍下了糖厂的土地，不知道您是否准备上房产项目？”

“没错！”冯雄俊说，“朱总消息很灵通嘛！”

“我们公司是咱们市最大的建筑材料供应商之一，每年建筑材料销售额有近亿元。产品质量有保证，在客户中声誉很高。”

“朱总，咱们来实的吧！”冯雄俊说，“您公司都销售哪些材料呢？”

“都有。凡是建筑用到的材料都有，比如水泥、钢筋、涂料，等等。”

“恕我直言，据我了解，咱们市有好几家水泥厂，我直接向他们要货可以省些钱，从您代理商这儿拿货，价格岂不是更高？”

“冯总说的是小水泥厂吧？没错，您可以从小水泥厂以较低的价格拿货，但是他们的产品质量，您信得过吗？你用得放心吗？万一楼房出现了质量问题，后果怎样，您心里应该很清楚。我公司总代理的水泥全是名牌产品，质量由保险公司承保，这一点您绝对放心。至于价格嘛，我向您保证，不会高于别的公司。”

“货款结算方式呢？”冯雄俊问道。

朱总并不急于回答，欠身给冯雄俊递了根烟，再掏出打火机点燃，然后再点自己的。透过缭绕的烟雾迅速瞥了冯雄俊一眼后，他才慢条斯理地说：“先付一半货款，余款等工程验收后再结算。”

冯雄俊弯身弹了弹烟灰，也用眼角余光迅速瞟了朱总一眼，然后端起茶杯一饮而尽，才说：“朱总，我虽然刚入行，但行内的规矩我是知道的。而且，我那块土地的价值，以及楼房建起来后的价值，想必您心里清楚。材料您先全部帮我垫付着，等工程验收完，我马上跟您结算。”

朱总沉默了一会儿，装作为难的样子，说：“冯总，您是生意人，也知道现金流的重要性。那么大一笔材料压在您那里，我怕资金周转不过来，您也要体谅体谅我们啊。”

“朱总言重了。您生意做那么大，这么点儿钱对您来说是九牛一毛，不至于断了您的资金流的。不像我，那么多地方需要花钱，得靠朱总这样的朋友多多理解与帮助。”

朱总吐了个烟圈儿，沉思了一会儿，说："这事儿我得回去跟其他股东商量商量，冯总这几天有空没？咱们哥俩喝几杯，从长计议。"

"行！"冯雄俊想，酒场应酬到底还是免不了的。

刚送走了建筑材料供应商，林淦接着把建筑商带了进来。这名建筑商，人还没进来，声音就先响起："冯总，您好，您好！久仰您的大名！"

冯雄俊听他的声音有点儿熟悉，仔细一看，不禁怔住了，这人竟是那晚在塞思酒吧要唐雨晨陪酒并闹事的肥头男。那晚，他在明处，冯雄俊在暗处，冯雄俊认出他，他根本没在意冯雄俊。

冯雄俊还没回过神来，肥头男就主动递过来名片，说："冯总，多多照顾兄弟！"

冯雄俊接过名片一看，原来他叫韦世财，是市第五建筑工程公司的副总。冯雄俊将他的名片放进名片夹里，再抽出一张自己的名片递给他，他却连声说："林总已经给我您的名片了。"

林淦给两人倒了茶，然后带门出去了。落座后，冯雄俊说："韦总能不能给我介绍下贵公司的情况？"

韦世财架着公鸭似的嗓门，大声说："那公司不是我的，冯总难道不知道吗？现在很多工程队都是挂靠在有资质的公司下，以该公司的名义揽业务、签合同，再给该公司交纳管理费。我的工程队也是这样，挂靠在市第五建筑工程公司名下。"

"哦！"冯雄俊没想到韦世财竟如此直爽，接着问道，"那你的工程队规模有多大呢？"

韦世财说："有 200 多人。我盖过很多楼，还修过路，我这人性格有点儿粗鲁，但做事您大可放心。我承建的工程从没出过问题，冯总要是不信，可以去打听打听。"

冯雄俊给他加满了茶，问道："工程款怎么个结算法？"

韦世财说："一般情况下，开工后每隔一段时间结一次。冯总，您如果把工程给我做，可以等工程进行到一半时结一次，余下的等工程验收完再结。"

冯雄俊觉得这韦世财虽然言语粗鲁，倒也很爽快，但这事儿毕竟至关重要，他必须多与几家工程队接触，挑选最佳合作伙伴，因此，他说："这事儿我得好好考虑一下，过几天咱们再联系。”

韦世财大声说：“冯总，这事儿您还考虑什么？我保证说到做到，价格也好商量。”

冯雄俊看到这人有点儿不达目的不罢休的势头，便找了个借口说：“很多准备工作我都还没做好，等手续批下来了，咱们再详谈吧。”

韦世财又啰唆了一会儿才离去。

·6·

经过一周的谈判，冯雄俊基本敲定建筑材料供应商和建筑商。贷款方面，一家银行得知冯雄俊向符安永所在的银行贷过款，显得较为谨慎，曾打算中断业务谈判。冯雄俊多次约见他们领导，向他分析自己手里的土地价值，以及房产项目的潜在价值，那家银行最终给他贷款 800 万元。由于建筑材料供应商和建筑商都答应等楼盖好后再结算工程款，冯雄俊没有太大的资金压力。

这天下午，连续忙了几天、累得一塌糊涂的冯雄俊到按摩院做按摩。他刚躺上按摩床做按摩不久，家具厂厂长孙名亮就打来电话，说：“冯总，不好了，厂里的工人又闹事了！”

冯雄俊一惊，大声说：“你马上报警，我现在就过去！”

说完，冯雄俊一跃而起，丢下 100 元，迅速往外冲。

当他风驰电掣赶到家具厂时，只见厂门口站着十几名工人，厂门大开，几名警察正在询问工人，了解情况。

见到冯雄俊从车上下来，孙名亮迎上来，垂头说：“冯总，我没能拦住他们。厂里的机器被砸坏了许多，办公室里一些值钱的东西全被他们抢走了。”

接着，孙名亮指着门口那十几名工人，说：“参与打砸、抢夺的工人都跑了，这些工人没参与。”

冯雄俊一言不发，径直走进厂房，只见里面凌乱不堪，机器毁损严重，地上还留有不少石头和棍棒。

冯雄俊点了根烟，猛吸了几口，说："这两天暂时停工，你让人清理下厂房，然后把机器的毁损情况告诉我。"

说完，冯雄俊上车离开了。事情都已经发生了，他留在那里已经没有用。这段时间，他把精力都放到了雄良公司的运作上，很少插手雄俊公司的事，以致雄俊公司业务不断下滑，工资发放不正常。他又很少开会给工人鼓劲，以安抚他们的情绪，发生这样的事也不足为奇。这次参与闹事的工人很多，显然不是别的公司从中作祟了。这样的群体性事件，警方调查起来不容易。即便抓到了一两个，又能怎么样？他们身无分文，根本没能力赔偿损失。

一路上，思虑再三，冯雄俊决定关闭雄俊公司，卖掉厂房和门市部的设备、存货，并将土地和门面转租出去。

次日早上，冯雄俊一到办公室就把林淦叫进来，问他："家具厂这几个月的经营情况怎么样？"

林淦埋头不敢正视冯雄俊，说："这几个月一直亏损，但是亏得不多。"

冯雄俊说："等下，你去联系一家拍卖公司，委托他们把雄俊公司的固定资产拍卖掉，我要关了它。"

"冯总，这，这……"林淦对冯雄俊的决定大为吃惊

"我现在把主要精力放在雄良公司，没时间去管理雄俊公司，不如关掉它，全力搞房地产。"

林淦张了张口，迟疑片刻，说："冯总，我知道我的办事能力有限，你如果觉得我不能再为你效劳，就将我开除吧。"

冯雄俊这才意识到，自己刚才的话语伤害到林淦，使他误解自己了。他说："老林啊，你误解我的意思了。雄俊公司最近经营不善，不是你的错，我也有责任。好几笔大单子，我亲自出马不也丢了吗？我的想法是，现在房产项目很快就上马了，今后你我都将很忙，很难再有时间顾及雄俊公司。它将继续亏损，这样就成了累赘，不如把它关了，省钱又省力。何况现在工厂又出了事！"

这时，孙名亮推门进来说："冯总，工厂的损失情况我估算了一下，大约有 30 万元。"

冯雄俊说："你回去配合警方，将闹事最凶的揪出来。其余没有参与打砸的，你让门市部那边给你们打点儿款过来，把他们的工资结算完。"

孙名亮领命出去后，冯雄俊对林淦说：“你赶紧去办刚才我交代给你的事吧。”

林淦也起身出去了。

这时，冯雄俊才蓦然想起，雄俊公司还欠着符安永所在的银行3000万元债务，想关闭公司还不容易。冯雄俊给符安永打了个电话，约他出来喝茶。符安永倒也爽快，立即答应了。

半个小时后，两人在一家茶艺馆的包厢里见了面。符安永开门见山，直接问冯雄俊：“冯总找我是不是为了贷款的事？”

“没错！”冯雄俊说，“符行长公务繁忙，我就不耽搁您的时间了。是这样的，现在我两家公司都开着，忙不过来，我想关掉雄俊公司，专心打理雄良公司。雄俊公司不是还欠着贵行3000万元吗？我准备把雄俊公司的债务转移给雄良公司，想请符行长帮帮忙。”

符安永说：“雄良公司不也欠着一大笔钱吗？”

冯雄俊说：“没错。不知道符行长最近有没有看到市政府的规划方案？糖厂附近将上大项目，我手上的土地价格现在已经翻番，要是盖楼来卖，利润更不用说了。因此，您大可放心，贷款我有能力还。”

“当然了，要不是你手上有那块地，我们也不会给你追加贷款。不过，雄俊公司不是还有许多固定资产吗？你可以拿去拍卖，还一部分贷款，余下的债务，我们再商量。”

冯雄俊说：“符行长考虑得真周到，不过雄俊公司那些家底值不了几个钱。再说，我最近手头又有点儿紧。”

符安永喝了口茶，意味深长地说：“这事儿不好弄！”

冯雄俊说：“咱们已经打过一次交道，符行长应该了解我这个人，您帮我这个忙，我当然会记在心上的。”

符安永这才说：“你等候我的消息！”

没过几天，符安永终于同意冯雄俊将雄俊公司的债务转移给雄良公司。冯雄俊随后委托泰达公司对雄俊公司的固定资产进行拍卖。

·7·

朝霞透过玻璃窗，洒在唐雨晨的办公桌上。唐雨晨哗啦哗啦地翻看当天的报纸，突然，她的目光落到了一则拍卖公告上，她先是一惊，随后嘴角露出了微笑。这则拍卖公告的拍卖标的，正是雄俊公司的固定资产。

唐雨晨把周进叫了进来，指着那则拍卖公告说："你尽快去交保证金，到时去参加拍卖，务必把标的拍下来。"

周进应承下来，拿着报纸出去了。唐雨晨在办公室里踱来踱去，心里无比激动：期待已久的时刻即将到来了。

两周后，周进代表鑫生公司以700万元的价格拍下了雄俊公司的厂房、设备、土地承租权，以及门市部的固定资产和承租权，等。

唐雨晨公司账上只有500多万元，显然不够。她只好向刘乾生求助。

自从公司开起来后，她经常约刘乾生出来喝酒。刘乾生听说她自己开了家家具公司，非常高兴，说："妹子，以后你如果需要木材，尽管来拉，货款可以慢慢再付。"

唐雨晨感激地说："谢谢大哥没有把妹子忘记，还这么关心妹子！"

刘乾生说到做到，只要唐雨晨开口要木材，他马上派人把木材拉过去，绝口不提钱的事。唐雨晨当然也不会赖他，只要公司账上有钱，马上就打过去。如果没钱，她会跟刘乾生说一声，一有钱她就马上付清货款，绝不拖延一天。

唐雨晨表明来意后，刘乾生沉默了一会儿，才诚恳地说："妹子，你吞并雄俊公司，大哥打心里高兴，希望你把生意越做越大，也愿意把钱借给你。但由于数目不小，咱们得有条有据，你可别怪大哥啰唆啊！"

唐雨晨说："这是应该的，这一点大哥不提，我也要提。你答应借钱给我，我已经感激不尽了，怎么可能还怪你呢？"

当天，唐雨晨就跟刘乾生签订了借款协议书。次日，刘乾生就把钱打到了唐雨晨公司账户。

这天早上，周进接到了雄良公司的电话，对方说："款已经到账，请你们老总过来办理产权变更手续吧。"

周进挂了电话，把此事告知唐雨晨。唐雨晨叫上周进和会计，一起来到冯雄俊公司。

离开雄俊公司已经一年多了，这么久不见，雄俊你还好吗？你知道吗，我心里一直有你，多少次，我依然在梦里与你相会。你可知道，我依然深爱着你？可你为什么那么冷血，对我的爱无动于衷，还将我出卖？我恨你，恨你入骨，恨不得将你大卸八块！一路上，往事一幕幕映现在唐雨晨脑海里，她的心一会儿剧烈地疼痛，一会儿又燃起熊熊怒火。

终于到了冯雄俊公司所在的办公大楼，一切都那么熟悉！她依然记得初次来到这里时，对未来、对自己一片茫然，不知方向在哪里！依然记得离开这里时，满心仇恨与耻辱，甚至想到自杀。如今，物是人非，她不再是过去的唐雨晨了，她已经彻底告别了过去。

不知不觉，已经到了雄良公司门口。她站住，仔细端详着挂在门口上方的“雄良房地产有限公司”的牌匾。

一名年轻的女员工看到了唐雨晨他们，走出来问道："请问你们有什么事吗？"

女孩儿话音刚落，坐在里面的林淦就看到了唐雨晨，惊叫起来："唐雨晨！"

唐雨晨假装没听见林淦的惊叫声，微笑着说："我是来办理产权变更手续的。"

女员工回头看了看仍在发呆的林淦，迟疑了一下，说："请进！"

唐雨晨走进去后，才微笑着对林淦说："林总，好久不见。"

林淦本来见到唐雨晨就已经很吃惊，刚才听她说，她是来办理手续的，更是万分吃惊，以至唐雨晨现在和他说话，他张大嘴巴，不知道该说什么。

这时，那名女员工刚从冯雄俊办公室汇报出来，说："请进来吧！"

唐雨晨走进冯雄俊办公室时，看到他正拿着笔在写着什么。听到脚步声，他抬起头，目光和唐雨晨碰到了一起。刹那间，他一阵愕然，手中的笔掉到地上。

“雨晨，你，你……”冯雄俊舌头仿佛打结似的，半天说不出句话。

“冯总，您不是让我来办理产权变更手续吗？”

“雨晨，你，你是……”冯雄俊仍未从吃惊中回过神来。

周进见冯雄俊喊唐雨晨的名字，好奇地问道："雨晨，你们认识啊？"

唐雨晨不理周进，抽出自己的一张名片递给冯雄俊。

“雨晨，原来你就是鑫生公司的老总啊！”冯雄俊接过来看了之后惊叹道，脸上的表情很复杂！

唐雨晨说："说来还得感谢冯总您呢，我在您公司学到了不少家具方面的知识。"

冯雄俊一下子沉默了，不知道该对唐雨晨说些什么好。唐雨晨说："冯总，这是您的待客之道吗？我都站了这么久了，您都不让我坐？"

冯雄俊这才警醒过来，连声说："坐，请坐！"

这时，刚才那名女员工给唐雨晨他们倒满了茶，说："请用茶！"

唐雨晨抿了一口茶说："冯总不是让我过来办理产权变更手续吗？"

"没错！"冯雄俊赶紧递过来一沓材料说，"你先看看协议书，等下派人到工厂核对，确认没问题再签字。"

唐雨晨先把材料给周进和会计看，然后自己再逐字审阅。其间，两人偶尔交谈些问题，冯雄俊发现，唐雨晨的目光时而如利剑，仿佛要刺穿他的身体；时而如阵阵暖风，唤起他和她共事时的美好回忆。

上午十一点多，手续终于办完了！唐雨晨让周进和会计先回公司。周进和会计应声转身离去，此时办公室里只有唐雨晨和冯雄俊。

唐雨晨说："冯总，这是咱们第一次合作，以后还希望您多关照。为了庆祝咱们合作成功，也为了表达我今后与冯总合作的诚意，今晚我请客，咱们俩好好喝几杯，不知冯总能不能赏个脸？"

冯雄俊以复杂的眼神注视着唐雨晨说："雨晨，你不要那么客气好吗？我知道我对不起你，自从……"

唐雨晨咯咯一笑，打断了他的话说："冯总，这是办公室，是谈公事的地方，咱们就谈公事吧，你要是想谈私事，咱们酒桌上谈，怎么样？"

"雨晨，你知道我的胃不好。"冯雄俊本想告诉唐雨晨，他的胃病又发作了，还没痊愈。可唐雨晨还没等他把话说完，又打断了他，叹息说："唉，我知道，冯总是嫌我们鑫生公司小，您瞧不上眼。既然这样，我自知卑微，就不攀您这高枝了。"

说完，她转身就要离去。

"等等！"冯雄俊把她喊住了，说，"行，咱们今晚好好干一杯。不过，客由我来请。"

唐雨晨转过头微笑着说：“只要你我有诚意，谁请都一样，冯总您说对吗？”

冯雄俊脸上的肌肉抽搐着，显得很痛苦的样子，说：“没错！”

这时，林淦走进来，满脸堆笑地说：“小唐自己开公司，不错嘛！”

冯雄俊插话说：“老林，雨晨现在是公司老总了，你应该喊她唐总！”

林淦连声说：“是，是唐总！”

唐雨晨说：“不敢当，我在雄俊公司的时候，冯总和林总教给了我许多做人做事的经验，我一辈子都受用。在你们面前，我永远是个学生，喊我小唐是应该的。”

唐雨晨的话使冯雄俊和林淦感到有点儿难堪，尤其是那句“冯总和林总教给了我许多做人做事的经验，我一辈子都受用”，冯雄俊和林淦总觉得话中有话。

唐雨晨不想逗留太久，和冯雄俊约好见面的时间和地点后，起身告别。冯雄俊说要送她下楼，她谢绝了，说：“冯总，咱们今晚还要见面啊。您送我下楼，给我的感觉仿佛咱们俩很难再见面似的。”

冯雄俊只好作罢。

·8·

冯雄俊和唐雨晨相约在兴旺酒家吃饭。晚上七点半，两人先后到达。酒菜上来后，冯雄俊先自己干了一杯，说：“雨晨，我对不起你，这杯是我向你赔罪的。”

“自从那件事后，我日夜不安，内心有深深的愧疚感与负罪感。你为我付出了那么多，我却出卖你，我真不是人，是个畜生，我真该死。你知道吗？自从你走后，没人替我上酒场，我只好强撑着去应酬，喝得胃痛时，我就想起你，心里很酸楚、疼痛。”

冯雄俊眼里有泪花在闪动，他咬了咬牙，控制住自己的情绪，继续说：“都说男儿有泪不轻弹，可想起你对我的好，想起我犯下的错，我总止不住流泪。可我是走投无路才这么做的，雨晨，你是知道的，你原谅我好吗？你不原谅我，我的心灵永远都在煎熬，永不得安宁！”

唐雨晨脸上始终带着微笑。待他停下来了，她才说："冯总知道我为什么给公司起的名字为'鑫生'吗？你知道'鑫生'有什么含义吗？"

冯雄俊仍沉浸在悲伤、痛苦的情绪中，并没有回答，只是疑惑地看着唐雨晨。

"'鑫'和'新旧'的'新'读音一样。"唐雨晨解释说，"这下你明白了吧？过去的唐雨晨已经死了，她不再是一个任人摆布、玩弄的唐雨晨。"

"不管怎么说，我知道我对不起你，欠你很多，总想找机会补偿你。"

"补偿？"唐雨晨哈哈大笑起来说，"怎么补偿？给我钱，还是献身给我？"

冯雄俊没料到唐雨晨会这么说，愣了一下，说："雨晨，你真的变了，变得跟以前大不一样了。"

"你说说，我跟以前有哪些不一样？"

"以前的你容易情绪化，说话总是很小心、谨慎，现在奔放、自信、潇洒。没想到，短短一年多时间不见，你就像换了个人似的。"

"我刚才不是跟你说过了吗？我已经不再是以前的我！"

"唉！这段时间发生的事实在太多了！"冯雄俊仿佛在自言自语，又仿佛有意告诉唐雨晨似的说，"我刚刚离婚不久。"

"哦！"唐雨晨假装不知道似的，惊讶地问道，"这是为什么呀？你们的感情不是一向很好吗？"

"好什么呀？"冯雄俊说，"黄虹丽暗中跟她的老情人来往，给我戴绿帽。"

唐雨晨不禁暗自苦笑："明明是你冯雄俊暗中包二奶，却反咬黄虹丽一口。"

"你不也有情人？"唐雨晨不顾冯雄俊的面子，直逼着他问道。

"别提了！"冯雄俊拉着一张苦瓜脸说，"李露她早就心有所属，前些日子，她跟别人结婚了。她玩弄了我的感情。"

"哦！"冯雄俊离婚的消息，王桃茂早已告诉她，李露结婚的事她根本不知道。得知此消息，唐雨晨竟止不住莫名地高兴。那两个女人都离开了他，她不就有机会了吗？可是，他伤害她却是如此之深，她同时对他的遭遇幸灾乐祸。爱与恨两股兵力，在唐雨晨内心交战，谁都赢不了谁，令她万分痛苦。

"我现在是孤家寡人，一无所有啊！"冯雄俊伤感地说。

"怎么会呢？"唐雨晨从沉思中回过神来说，"你还有事业，还有钱。男人有钱就有了魅力，有钱就可以拥有一切，想找个女人还不简单？"

“话不能这么说，我的感情经历告诉我，我可以很容易得到一个女人的肉体，但不一定能得到她的真心。”

“有几个男人想要真心？不全都为了肉欲吗？冯总太认真了吧！有句俗话说，凡事不要认得太真，想必冯总是知道的。”

冯雄俊似乎不想再揭自己的伤疤把这个话题继续下去，便问道：“雨晨，这么久没见，你有了自己的事业，是否也有男朋友了？”

“冯总问的问题太隐私了吧？”不知道为什么，唐雨晨对这个问题很敏感。她赶紧端起杯子，喝了口酒，借此掩饰自己的脸色。

“怎么会呢？年龄才是女孩子最大的隐私。我问你这个问题是关心你，你要是有了，我祝贺你；要是没有，我帮你介绍也不错啊。”冯雄俊把话题转移到唐雨晨身上，变被动为主动。

“是吗？那我就先谢谢冯总对我的关心。”唐雨晨说，“要是我说没有，冯总会介绍什么样的男孩儿给我呢？”

“这要看你了。你说出你的条件，我帮你物色就是了。”冯雄俊说。

“冯总真是会关心人。不过，我觉得您得先把您自己的问题解决了，您现在婚也离了，情人又跟别人结婚了，孑然一身，多可怜啊！”

“那咱们就来个互相帮助呗。”冯雄俊说，“你帮我介绍女朋友，我帮你物色男朋友。”

唐雨晨想开玩笑说，你我都单身，不如我们试着谈谈恋爱。这时，她看到冯雄俊额头突然冒出密密麻麻的豆大汗珠，他的脸部肌肉抽搐着，显得很痛苦的样子。

“冯总这是怎么了？包厢里开着空调呢，不至于这么热吧？”唐雨晨问道。

“雨晨，我，我胃痛！”冯雄俊捂着肚子呻吟起来。唐雨晨满肚子狐疑，以为他是装的，可仔细一看，又不像。

“冯总，这到底怎么回事？”

“我，我的胃前段时间刚发病，还没痊愈！”冯雄俊额头已经汗水涔涔。

“赶紧上医院看医生吧！”唐雨晨这才意识到情况不妙，赶紧扶他出了酒家，驱车赶往医院。

过了十几分钟，唐雨晨将冯雄俊送到市人民医院急诊室。此时，冯雄俊已经陷入半昏迷状态，微闭着眼睛，脸色苍白。医生初步诊断后，给他输液。唐雨晨守护在他身旁，心里百感交集。看着冯雄俊那熟悉的、刚毅的脸庞，她多想轻吻他，把自己的一腔柔情倾注到他身上啊！可是，一想起他出卖了自己，她不禁咬牙切齿，恨不得将他的脸皮撕烂，以泄心头之恨。

病房里只有他俩，日光灯管发出轻微的呜呜声，唐雨晨看着针水一滴一滴地从瓶子里滴进注射管里，脑海里浮现出与冯雄俊交往的点点滴滴，泪水不知不觉地流了出来。

十点多的时候，冯雄俊终于睁开了的眼睛。见到唐雨晨，他翻了翻有点儿沉重的眼皮，沉思片刻，想起了刚刚发生的事情，说："雨晨，谢谢你把我送到医院，我害你受苦了。"

唐雨晨笑笑，说："你说反了，应该是我害你受苦了。我不知道你胃病还没好，把你拉出来喝酒，才导致你胃病发作。你别怪我啊！"

"雨晨！"冯雄俊挣扎着欲坐起来。唐雨晨赶紧示意他躺下，说："正在打点滴呢，别乱动！"

冯雄俊只好躺了下来，说："雨晨，你能不能原谅我，恢复以前对我的态度？今后，我保证好好对待你，不再伤害你，我真的很在意你！"

唐雨晨依然面带微笑地说："冯总，好好养病吧，别胡思乱想！"

冯雄俊痛苦地闭上眼睛又睁开，长叹一声说："雨晨，你就不要假笑了，真实点儿、自然点儿好吗？不要在我们中间设置障碍，让我感觉你明明在我眼前，却远在万里之外。"

唐雨晨心里悲戚如秋，有种泪水喷涌而出的冲动，但她拼命控制住了，拿出手机看了看时间，说："快十一点了，你好点儿了，我也该走了！"

说完，她起身就要走。

"雨晨，不要走，留下来陪陪我好吗？"冯雄俊带着哭腔哀求道。

他那富有磁性、饱含伤感的声音，触动了唐雨晨心中最柔软的地方。唐雨晨不由得停住了脚步，回望了他一眼，只见他头发凌乱、脸色苍白、眼神无助，像极了一个无人关心的可怜的孩子。唐雨晨真想冲过去给他拥抱与深吻，刹那间，她猛地想起了那次她醉酒后的情景：冯雄俊送她回家时，她向他表白，苦苦哀求他留下来陪自己，而他却头也不回地走了。

想到这些，唐雨晨一狠心转过头，迈开大步走出了病房。冯雄俊不由得悲伤地呼唤了一声“雨晨”，这一声叫得唐雨晨心如刀绞，挥泪如雨，她抹了一把眼泪，加快了步伐！

·9·

第二天早上，唐雨晨刚起床便感到有点儿头痛，猜想是最近太忙过度劳累所致。洗漱完毕，简单吃过早餐，她本打算待在家好好休息下，可想到公司员工最近纪律有点儿散漫，不去可能办公室就会乱成一团糟了，于是稍微歇息了一会儿，唐雨晨打起精神出了门。

九点多钟时，她刚到办公室门口，便听到里面闹哄哄的，有人在大声说话。立住脚步，仔细一听，是周进的声音。只见他大声说：“以后你们就听我的。我是唐总的大学同学和前男友，我们虽然分手了，但还藕断丝连，目前正在培养感情。唐总很看重我，我的话她都相信。他苏华强算什么？不就一个主管吗？有什么了不起？”

听了周进的一番激情“演说”，唐雨晨顿时火冒三丈。她一直以为办公室最近的乱，是别的员工不遵守纪律造成的，现在看来，可能是周进起的头。唐雨晨越想越气，阴着脸一声不哼地走进去。

众人看到唐雨晨进来，顿时鸦雀无声。周进的脸一下子红到了脖子，嗫嚅着说：“唐总，我，我刚才在开会！”

听了周进的借口，员工中有人忍不住窃笑起来。

“你到我办公室来一下！”唐雨晨目光如剑地盯着周进说。

两人一前一后进了办公室。周进随手把门关上，支支吾吾地说：“雨晨，刚才你，你都，都听到了？”

唐雨晨瞧都不瞧他一眼，冷冷地说：“等下，你到财务处结算工资另谋高就吧，我这里容不下你这样的人才！”

“雨晨，我错了。你原谅我一次好吗？”周进知道事情真的闹大了。

“不存在原不原谅的问题！”唐雨晨说，“我这小公司实在没法儿给你提供好的平台，你留在这里，既耽误你自己，也让我内心备感愧疚与不安。不如，你另谋高就，大家都宽心。”

“雨晨，你就原谅我这一次好吗？你要我写检讨书也行，扣工资也可以，我都愿意。”周进说。

唐雨晨表情十分冷漠地说：“等下我跟财务处打声招呼，给你补偿两个月的工资，你好自为之吧！”

周进见事情已经无法挽回，气愤地说：“走就走，你不要以为自己很了不起。你不就有几个钱吗，摆什么臭架子。此处不留爷，自有留爷处，没什么了不起！”

说完，周进狠狠地摔门出去。唐雨晨气得咬牙切齿，浑身发抖。

大概周进把唐雨晨开除他的事告诉了郝琳，他结算完工资刚走不久，郝琳就给唐雨晨打来电话，问她为什么开除周进。

唐雨晨把事情的经过告诉了她，她说：“周进这么做太不应该了，这等于在员工面前毁你的面子。但是你这么做，也很伤他的自尊心。大家毕竟同学一场，何况他说的也许是真心话，他对你还有感情，难道你真的不念一点儿情义吗？我看，要不你给他打个电话，让他回来做个检讨吧，每个人都有犯错的时候。”

唐雨晨不耐烦地说：“郝琳，你不要多说了，他这人我还不了解吗？类似的错误，他已经犯过多次了，我又不是没给过他机会。如果他继续留在我这里，我这公司是要倒闭的！”

郝琳见多次劝说唐雨晨都没有结果，只好打电话安慰、鼓励周进。

下午，唐雨晨把苏华强叫进办公室，把开除周进的事告诉他，并向他道歉说：“都怪这段时间我太忙，没想到周进在背后胡言乱语，不但说你的坏话，而且连我也毁损。现在事情已经解决，希望你不要把这件事放在心上，管好业务员，多做单子多赚钱，大家齐头共进！”

苏华强朝唐雨晨投去敬佩感激的目光，说：“唐总，放心，我会努力工作的！”

唐雨晨随后召开员工大会。会上，她先简要说了一下周进的事，然后十分严肃地说：“大家满怀诚意来应聘，我也满怀诚意聘用大家，你们既然来了就要遵守公司的规定，努力工作。公司是我的，其实也是大家的，公司有业务做才能有收入，你们才有工资领。我不希望你们人在公司，心在别处。前段时间，公司的管理比较混乱，我希望经过这件事后，大伙儿能够端正心态，努力工作。我再次强调，不论是谁，只要是违反了公司规定，我都按规处罚，该扣工资就扣工资，该开除就开除。”

唐雨晨发完言，接着让苏华强总结业务部上个月的业绩，目的是鼓舞员工，激发他们的工作热情。苏华强刚讲了几句话，唐雨晨的手机振动起来。她看了一下号码，是卢沧舟打来的，可一接听，竟然是他父亲卢恩泰的声音。

卢恩泰很客气地说："小唐，冒昧打扰你了。有件急事想请你帮个忙，行不？"

唐雨晨赶紧走进自己的办公室，关上门，向他问好后，说："伯父，您有什么吩咐尽管说。"

卢恩泰叹息了一声说："沧舟这孩子不知道得罪了什么人，被人家打破了头，现在正在医院抢救，他的意识有点儿模糊，老喊着你的名字。我只好用他的手机给你打电话，想让你过来看看他。"

唐雨晨心头一震，大概猜到了怎么回事，既紧张又害怕。她挂了电话，走到苏华强身旁，低头交代他，让他继续开会。随后，她迅速离开了办公室。

半个小时后，唐雨晨赶到了市医院。卢恩泰早就等候在医院大楼门口，唐雨晨刚下车，他就迎上来，满脸愁容地说："沧舟这孩子，我早就跟他说过很多次，叫他好好学点儿东西，安分做人，他就是不听。现在果然出事了，真是急死人啊！"

不一会儿，两人来到卢沧舟的病床前。只见他手上、腿上、头上都缠满了纱布，浑身血迹斑斑，眼睛紧闭着，脸色苍白。衣服上还沾有不少泥土，显然是被人打倒在地上了。

"据民警说，事情发生在上午十点多。"卢恩泰说，"沧舟在他开车的路上，被一伙人拦下，这伙人不由分说就拿刀棍朝他乱砍乱砸，直到他倒在血泊中才扬长而去。路人发现了他才报警，并拨打120将他送到医院。我怕他妈妈知道受不了打击，都没敢告诉她。医生说他失血过多，血压很低。动完手术出来，他一直喊你的名字。他要是有个三长两短，叫我怎么办啊！"

卢恩泰越说越伤心，不禁红了眼睛。

唐雨晨安慰他说："伯父，您不要难过，医生的诊断结果是什么？大脑受伤严重吗？"

卢恩泰说：“都是皮外伤，就是失血有点儿多，医生说没什么大碍，我是担心留下后遗症。”

“不会的，现在医学技术那么发达，沧舟他不会有事的。”唐雨晨安慰他说。

“但愿如此！”卢恩泰说，“小唐，我知道你很忙，但还是想请你留下来，等沧舟他醒了，你陪他说说话好吗？”

唐雨晨点点头，说：“没问题！”

卢恩泰连声向唐雨晨道谢，唐雨晨心里备感愧疚，心想，肯定是周功航指使人下的毒手，要是卢恩泰知道卢沧舟是因她才受伤，他不知道有多怨恨她呢。

“伯父，我知道您很忙，您如果没时间，就把沧舟交给我吧，我会好好照顾他的。”

“那就谢谢你了！”

“不用客气！”

卢恩泰指着椅子上的一个大袋子，说：“里面有一些饮料和水果，你要是渴了就自己喝。还有……”

卢恩泰拿出钱包，抽出厚厚一摞钞票，递给唐雨晨说：“我已经交了一笔钱给医院，住院费、手术费、医药费都在里面。这笔钱你拿着，需要什么，你尽管买，不够再给我打电话。”

唐雨晨推辞说：“伯父，我这里有钱，如果需要用钱，我先垫付着吧。”

卢恩泰却硬塞给了唐雨晨。随后，他又走进医生办公室，交代了些事情才离开。

·10·

唐雨晨看着昏迷中的卢沧舟，满心愧疚与不安。虽然她不爱卢沧舟，但卢沧舟毕竟从没伤害过她，甚至还帮过她不少忙。抛开感情，从朋友的角度来看，卢沧舟称得上是她很好的朋友，只是，她始终搞不明白，他为何偏偏对她钟情，而且还锲而不舍。这份执著有时候令她很感动，有时候却又让她很烦恼甚至恼怒。

她虽然答应他不再和周功航来往，却做不到，只是两人的幽会更加隐秘。这段时间，卢沧舟跟她联系较少，没想到却出了这事儿。唐雨晨猜测，他必定是跟踪周功航才被打的，周功航也太心狠手辣了。

晚上八点多的时候，卢沧舟终于醒过来。见到唐雨晨，他眼睛一亮，忘记了自己身上有伤，挣扎着想坐起来。唐雨晨赶忙说："别乱动！"

卢沧舟这才又躺下，说："雨晨，谢谢你来看我，见到你我真的很高兴！"

唐雨晨削了个苹果给他吃，问他："这到底是怎么回事？"

卢沧舟把事情的经过告诉唐雨晨，跟卢恩泰描述的差不多。唐雨晨环顾四周，见没人，才轻声问他："你是不是又跟踪周功航了？"

卢沧舟点点头，然后咬咬牙，眼睛快要喷出火似的，说："肯定是他指使人干的！"

唐雨晨又生气又难过，说："我跟你说过多少次了，不要去惹他，不要去跟踪他，你怎么不听呢？你是不是还怀疑我？"

卢沧舟注视着唐雨晨，眼里充满了柔情与幸福，说："雨晨，我是放心不下你才这么做的，我没有怀疑你。从现在开始，我听你的话，不再跟踪他。"

唐雨晨避开他含情的目光说："我希望你说到做到，你这么做真的让我很为难、失望。"

这时，唐雨晨的手机铃声响了起来，是卢恩泰打来的。他问唐雨晨："沧舟醒了没有？"

唐雨晨说："醒了！"

"谢谢你小唐！"卢恩泰高兴地说，"你再等一会儿好吗？我现在给他送饭过去。"

"是不是我父亲？"卢沧舟等唐雨晨挂了电话问道。

唐雨晨点点头。

过了没多久，卢恩泰提着盒饭走了进来，笑眯眯地对唐雨晨说："小唐辛苦了，真的很感谢你帮忙照顾沧舟。"

"应该的，伯父，您不要客气！"唐雨晨说。

卢恩泰放下盒饭，充满慈爱地对卢沧舟说："伤口疼不？肚子饿了没？"

卢沧舟白了他一眼，转过头，不理他。卢恩泰很生气却又不敢发作，转过头，他突然记起了什么似的，说：“小唐，你照顾沧舟这么久，我倒忘了你还没吃饭。这样吧，你先回去吃饭，这里有我呢。”

唐雨晨说：“刚才我打电话叫人送饭上来，已经吃过了。”

卢恩泰说：“那你站这么久也很累了，先回去休息吧，别累出毛病来。”

唐雨晨这会儿确实很累，正准备走，突然又觉得亏欠卢沧舟太多，便说：“伯父，我不累，让我来喂沧舟吧。”

卢恩泰恍悟过来，呵呵地笑着说：“哦，好，好，那真是麻烦你了，我手头还有点儿事先走了。要是沧舟有什么问题，你随时给我电话。”

卢沧舟知道父亲误解他和唐雨晨的关系了，大声说：“爸，你不要走啊！”

卢恩泰慈爱地说：“爸有事，待会儿再来看你！”

说完，他径直离去。

卢沧舟只好对唐雨晨说：“雨晨，你不要见怪啊，他老糊涂了，老往那方面想。”

“没事的！”唐雨晨说，“我觉得，你是个大人了，应该多为父母着想，他们把你养育成人很不容易。你看，你父亲头发都白了，你应该多孝顺他，别惹他生气、难过。”

卢沧舟一下子沉默了，眼里噙满了泪水，好一会儿才说：“雨晨，你说得对！其实，我也知道我有很多缺点，可就是改不了，也许是他们给我创造的条件太好了，我想为他们做点儿什么，却又觉得他们根本不需要我做什么。”

唐雨晨笑笑说：“怎么会呢，你可以学着帮你父亲打理生意啊，将来这个担子终究要交给你的，你要让他放心才是。”

“没错。对了，雨晨，我前段时间跟你说过出国留学的事，你还记得吗？”

唐雨晨点点头。

卢沧舟说：“我已经向英国一所大学递交申请了，估计很快就有回复了。”

“那好啊，我真为你高兴，走的时候，通知我一声，我来送你！”

“好的！”

“快吃饭吧，你看饭菜都快凉了！”唐雨晨说着，拿出饭菜，像喂小孩儿似的，一口一口地喂卢沧舟吃。卢沧舟吃得津津有味，脸上写满了幸福。

饭吃到一半，卢沧舟突然抬起头，朝唐雨晨投去深情的目光，说：“雨晨，我真想就这样长久地病下去！”

唐雨晨说：“你看你又来了，给你一点儿阳光，你就灿烂。你要是这样长久地病下去，谁有精力和时间照顾你啊，净说瞎话！”

“雨晨，你告诉我，怎样才能得到真爱？”卢沧舟幽幽地问道。

唐雨晨说：“我觉得世界上并没有真爱，只有‘情投意合’或者说‘合得来’！”

“那怎样才能找到‘情投意合’或者‘合得来’的人呢？”卢沧舟追问道。

“好好吃饭，好好睡觉，好好工作，‘情投意合’的人就会在你不经意的时候出现！”

卢沧舟看着唐雨晨，露出了甜蜜的笑容。唐雨晨也笑了！

唐雨晨喂卢沧舟吃完饭，已经九点多。她给卢恩泰打了个电话，等他到来后，才起身离开。

出了医院，她觉得今天的事很严重，便给周功航打了个电话，想约他出来见面。周功航却说他正在应酬。唐雨晨只好驱车回家。

进了家门，匆匆洗完澡，累得一塌糊涂的她倒在床上，眨眼工夫便昏昏沉沉睡着了。

·11·

第二天下午，唐雨晨终于把周功航约了出来。

在宾馆的房间里，一见面，唐雨晨便开门见山地问他：“卢沧舟是不是你指使人打的？”

周功航把她拥入怀里，嬉笑着说：“我的宝贝，你这是审问犯人啊！”

唐雨晨板起脸说：“我是跟你说认真的呢！”

周功航这才收起了笑容，说：“谁叫他不识趣！”

唐雨晨缓了缓语气说：“以后不要这样了，好吗？我快被吓死了！”

“你是怎么知道的？”周功航乜斜着眼，看着唐雨晨问道。

“我昨晚去医院看他了，生命没有大碍，不过，要是被送到医院慢些，可能就会因失血过多出现生命危险。”

“那又怎样？”周功航满不在乎地说，“谁叫他三番五次跟踪我，我的忍耐是有限度的。”

“求你以后不要这样了好吗？”唐雨晨哀求着说，“要是出了人命，你我都难逃干系！”

“这就是惹我的下场！”周功航恶狠狠地说，“今后他还敢再来，我让他不得好死。还有卢恩泰，我必须给他点儿颜色瞧瞧！”

唐雨晨从没见过周功航如此凶狠的样子，心里有些发憷，劝说道：“这事儿跟卢恩泰无关，你就不要追究了。”

“你干吗老是帮他们说话？”周功航的声音大了起来，问道，“你昨晚在医院是不是跟他们打得火热？”

“干吗冲我发那么大的火？”唐雨晨也有了不满的情绪，“他父亲打电话跟我说，他被人打了，昏迷之中老喊我名字，要我过去看看。出于朋友的关系，我才去看他、喂他吃饭，这也算是一种弥补吧。”

“不行！我不允许你去见他！”周功航指着唐雨晨说，“你以前爱过谁，我不管。但是从你投入我怀抱的那天起，我不许你再跟任何男人亲近，你是我的人，必须忠于我！”

唐雨晨从没见过周功航如此霸道，感到很惊讶。但她也是个不吃硬的人，说：“凭什么？我又不是你老婆！”

“你不是我老婆却胜似我老婆！”周功航似笑非笑、似怒非怒地说。

“呵呵！这么说，我连找男朋友、结婚也不行了？”

“不是不行，但必须在三十岁以后！”

“你！”唐雨晨杏眼圆睁，说，“我又不是卖身给你！”

“你就是卖身给我！”周功航一把将唐雨晨搂进了怀里。

“既然这样，我看咱们还是到此为止吧！”唐雨晨气呼呼地说。

“你敢！”周功航低声喝道。

“我为什么不敢，我又不是奴隶，我是个自由人，凭什么被你控制？”

“你不想从我这里拿到业务了吗？你不想今后有好日子过吗？”周功航涎

笑说。

唐雨晨一下子沉默了。确实，自从认识周功航以来，他给她介绍了很多业务，她的公司才在短时间内迅速壮大。没了他这棵大树，生意就不好做了。可是，真要她付出自由的代价，她宁愿放弃。

"如果你真那样对我，我宁愿关掉公司！"唐雨晨说。

周功航猛地将唐雨晨压在身下，用嘴巴堵住她的嘴，把舌头伸进她嘴巴里搅动起来。周功航的技巧很好，唐雨晨一下子软得像摊泥，失去了反抗的力气。

完事后，周功航亲吻着唐雨晨白嫩的肌肤，无比陶醉地说："宝贝，你那么年轻、漂亮，我怎么舍得伤害你、离开你？"

唐雨晨脸色潮红，仍喘着气，沉浸在刚才的快感中。好一会儿，她才说："你刚才说的是不是真的？"

周功航把眼睛眯成一条缝儿，使唐雨晨无法看透他的心思，说："你认为真就是真，认为假就是假！"

"讨厌！到底是真还是假？"唐雨晨发嗲说。

"你就别问是真是假了，如果那小子真的不再冒犯我，我也不为难他。还有你，只要忠于我，我保证你有好日子过。"

唐雨晨看着他那没有表情的面孔、眯成一条缝儿的眼睛，暗想，自己就是猜一午，也猜不透他的真实意图。

晚上，唐雨晨又到医院看望卢沧舟，并喂他吃饭。卢恩泰以为两人正在发展感情，依旧借故躲开，给他俩创造单独相处的机会。

喂到一半时，唐雨晨的手机铃声响了起来，一接听，竟然是周功航。

他问道："你是不是在医院和他在一起？"

"是。"唐雨晨放下饭盒，起身走出病房，在走廊里和他通话。

"我说过，不许你亲近任何男人，你现在马上离开医院！"他的语气非常强硬。

唐雨晨怕卢沧舟听见，又向前远走了几步，说："我只是看看他，又没和他做什么。"

"我不管，总之，你现在马上离开他，听到没有？"周功航命令道。

"过一会儿行不？我刚到就离开，太没礼貌了！"唐雨晨打算喂卢沧舟吃完饭才离开。

“不行！”周功航说，“给你十分钟，我就在医院外面等你。十分钟后，你不出来，后果你自己好好想想。”

唐雨晨想起周功航说过的话，担心他真做出什么事，便匆匆返回病房，说：“沧舟，我公司这会儿有点儿急事，得马上赶过去。”

卢沧舟说：“你去吧，我再打电话给我爸爸，让他过来。”

唐雨晨点点头，转身迅速离开了病房。

从医院出来，刚上车开出没多远，周功航的电话就打了进来，说：“到宁湾宾馆！”

唐雨晨瞟了一眼后视镜，终于看到周功航的车。

约过了十多分钟，两人来到宁湾宾馆。唐雨晨先开房进去，周功航过了一会儿才上来。走进房间，随手关好门后，周功航冲上来，二话不说，啪啪连扇了唐雨晨两个耳光，喝道：“我叫你别去医院，你为什么不听？”

唐雨晨被打得两眼直冒金星，双颊火辣辣地疼。自从和周功航认识以来，周功航对她百依百顺，从没冲她发过火。如今，他却像变了个人似的，对她大打出手。唐雨晨自觉没有一点儿尊严，不禁捂着脸，抽泣起来。

周功航指着唐雨晨，气呼呼地喝道：“我再次警告你，不许再亲近他，听到了没有？”

唐雨晨从没被人既骂又打，火气腾地冒出来。她理了理衣服，一言不发，转身就走。周功航拽住她，把她推倒在床上，说：“想跑？你跑得了吗？”

说着，他拿出一沓照片丢到唐雨晨的眼前，说：“在逃跑之前，你先看看这个。”

唐雨晨捡起照片看完，只觉得天旋地转，这些照片全是她的裸照。

“如果你不听我的话，我就把你的照片传出去，叫你没法儿做人。”周功航说。

“你，你……”唐雨晨气得一下子说不出话来。好一会儿，她才咬牙恨恨地说：“你是个局长，把我的照片传播出去，难道你就不怕我告你吗？难道你就不怕别人查你吗？”

“告啊，你去告啊！我不怕你告，也不怕被查！”周功航说，“我上级有人，没人敢查我。我也不会傻到亲自去传播你的照片。如果公安局查出来，会另有其人。再说，我公安局里也有人，没人敢把我怎么样！我告诉你吧，那小子的案件永远不会有人去理睬的！”

唐雨晨差点儿气晕过去，颤声问道：“你到底想怎样？”

“放心！”周功航说，“只要你乖乖听我的话，我依然会像以前那样对你好！”

唐雨晨没想到他是这么一个卑鄙的人，顿时难过得泪如雨下。周功航挨坐过来，说：“这是你自己送上门来的，怪不得我啊！”

说完，他又将唐雨晨压在身下，唐雨晨根本没力气反抗。

第八章　绝密视频

慌乱中，她使劲踩了一下刹车，巨大的惯性力量使她胸部重重地撞到方向盘上，鲜血流了出来。她很快昏迷过去。

·1·

唐雨晨没想到，自己因一念之差，竟落入周功航的魔爪中。照片在他手中，想摆脱他的控制几乎不可能，她仿佛看到自己正在滑入一个深不见底的可怕的深渊，而酿成今天这个苦果的直接原因，是冯雄俊。要不是想报复冯雄俊，唐雨晨根本不会向周功航主动投怀送抱，自然也不会有今天的恶果。

想到这里，唐雨晨对冯雄俊的恨又加深了。以前她对冯雄俊的爱与恨，就像一架处于平衡状态的天平的两端，任何一方都没法儿将对方升起来。如今，她对冯雄俊的恨已经远远超出了爱。

手机铃声响了起来，唐雨晨瞟了一眼，是郝琳打来的。郝琳经过一段时间磨炼，逐渐灵活起来，业务也慢慢地上了手，签单越来越多，每月提成高达6000元。不过，她还没从离婚的阴影中走出来，情绪依然很低落。

“雨晨，我想借你车子用几天，可以吗？”郝琳问。

“你要干什么用呢？公司不是还有一辆车吗？你要是用车去签合同或者收款，可以找苏主管要。”

“不是，我是想借你的车用几天。”

“到底做什么用呢？你知道我每天都很忙，不能没有车的。”

“我知道的。可是我，我……”郝琳吞吞吐吐说不出个理由来。

“有什么事你尽管说吧，你和我还见外吗？”

“这事儿电话中很难说清楚，等下我到公司再跟你说吧。我现在在路上，很快就到公司了。”

挂了电话，唐雨晨又想到了周功航的事，寻思着怎样才能摆脱他的控制。

可想来想去，始终想不出一点儿头绪。周功航位高权重，人脉很广，尤其是官场上结识的人更多。相比之下，她只不过是刚入行不久的生意人，结交的朋友大都是生意场上的，而且，商人重利，大家都为赚钱而走到一起，万一她有事，为她两肋插刀的人几乎没有。她原先以为只要利用周功航达到她的目的，自己就可以脱身了。可现在看来，自己将长久地被他控制，这是件多么可怕的事情啊！唐雨晨不禁蹙起了眉头。

沉思间，郝琳敲门进来了，说："雨晨，事情是这样的。"说着，她把借车的原委告诉了唐雨晨。

原来，郝琳一直挂念着儿子，后来又多次去看望儿子，却每次都被拒绝，前公公、婆婆根本不让她迈进小区一步。郝琳怕挨打，不敢再找符安永，日夜忍受着思念儿子的煎熬。

一天，她去跑业务时，看到他和一名男子从酒店出来。那名男子是一家公司的老总，她曾向他推销过家具。她猜测，那个老总必定是想从符安永那里贷到款才巴结符安永，符安永既好色又贪财，两人之间必定有肮脏的交易。

"我想借你的车跟踪他，拿到他受贿的证据，然后逼他把孩子给我，甚至逼他回心转意。"

"这样的负心人，你还想和他破镜重圆？"唐雨晨心里嗤笑郝琳。不过，唐雨晨考虑到，要是郝琳拿到符安永受贿的证据，倒是件好事。要是她把符安永扳倒，必定牵连冯雄俊，要是纪检部门查到冯雄俊的头上，可就有好戏看了！

"行吧！"唐雨晨说，"我就把车子给你用几天。不过，我离不开车子，不能把我的车子给你。等下我跟苏主管打声招呼，你去跟他要。至于公司其他员工需要用车时，我再把我的车子给他们，或者干脆让他们打车去办事，回来再报销。"

"那我先谢谢你了！"郝琳说。

"谢什么？我们之间还用得着谢吗？对了，你好久没开车了吧？我有点儿担心你呢！"

"放心好了，没事的！"郝琳说，"离婚后，虽然我没开过车，但我的技术娴熟着呢。车到手，去马路上转几圈就熟了。"

“那就好！”唐雨晨说。

这时，手机铃声又响起来了，是卢恩泰打来的。

“伯父您稍等下，可以吗？”唐雨晨说着，捂住话筒，对郝琳说，“要是没事，你先去忙吧！”

郝琳点点头，转身带门出去了。

“伯父，实在不好意思，刚才忙着呢。”唐雨晨说。

“哦，那我打扰你了，真抱歉！”卢恩泰说，“沧舟在你的照顾下，康复得很快，我，我见你两天没来……”

听他支支吾吾的口气，唐雨晨知道，他是想让自己到医院照顾卢沧舟。但一想起周功航的警告，唐雨晨就不寒而栗，她真的很害怕周功航再次做出疯狂的事。可卢沧舟受伤毕竟因她而起，她不去照顾他，心里总有一种负罪感。

“伯父，您告诉沧舟，我这两天公司事多，没空过去。等忙完了，我再去看望他。”唐雨晨打算等过几天，周功航放松了对她的怀疑和监视后，再到医院照顾卢沧舟。要知道，这两天周功航都按时打电话来“查岗”呢。

晚上，周功航果然又来了电话，要她到宁湾宾馆。唐雨晨按时来到宾馆，他微笑着点点头，说：“你这几天的表现我很满意，只要你顺从我，我绝对不会亏待你的。”

唐雨晨生气地说：“我快要被你逼疯了！”

“你知道的，我是爱你才这么做的！”周功航说。

“你既然爱我，就应该疼我，关心我。你不给我一点儿空间，总会有一天我要么被逼疯，要么被憋死。你这么不相信我，你叫我怎么打理公司？是不是连客户都不能去见？”

“见客户跟见那小子不同。”周功航说，“见一个客户，你最多见一两次，而且有别的员工在场，你们不会有别的想法。见那小子，你们是长时间相处，何况他那么喜欢你。”

说完，周功航搂住唐雨晨倒在床上，竟然连着要了两次。唐雨晨虽然很讨厌他的霸道，却对他的技巧痴迷，以至于连抗拒的念头都没有。

完事后，唐雨晨娇声问他：“你都五十多岁了，功能怎么还那么强？”

周功航眯着眼，心满意足地盯着她说："我年轻的时候经常锻炼身体，身体一直就很棒，现在吃得好，功能自然好了。最主要的是我想向你证明，我不比年轻人差，我能满足你，这样你才不会想着别人。"

唐雨晨生气地说："我什么时候想着别人了？照你这么说，我倒像个不三不四的女人似的。"

周功航涎笑着说："是我错了，我向你道歉行不？"

从宾馆出来，周功航开车跟在唐雨晨后面，一直把她"护送"到家才离去。眼看着他的车离开后，唐雨晨却掉转车头，赶去市医院。她仍对卢沧舟有着深深的愧疚感，总想找时间多照顾他，这样心里才好受些。

时间已是十点多，医院走廊里静悄悄的。唐雨晨放轻脚步，走进病房，只见卢恩泰坐在病床旁，深情地凝视着卢沧舟。

见到唐雨晨，卢恩泰轻轻站起来，朝外指了指，意思是让唐雨晨到外面说话。唐雨晨掉头，走出了病房。卢恩泰随后走出来，轻声说："小唐，你来了，沧舟他刚刚睡着。"

唐雨晨问他："沧舟这几天情况好些了吗？"

卢恩泰微笑着说："好多了。医生说，他的血压已经恢复正常，伤口正在愈合，没有出现感染腐烂的情况。谢谢你前些日子精心照顾他！"

"不用客气！"唐雨晨垂下头，不敢面对卢恩泰，"伯父，您这会儿累了吧。要不您先回去休息，沧舟让我来照看。"

"那哪儿行？"卢恩泰说，"得熬一整夜哪！你明天还要上班，我不能让你受这个苦。"

"不怕，我不用按时上班，明天好好休息也可以的。"

还没等卢恩泰开口，这时，病房里传出卢沧舟"呃呃"的声音。

"沧舟他可能醒了！"卢恩泰说完，转身进了病房，唐雨晨也跟了进去。卢沧舟果然醒了。见到唐雨晨，他蒙眬的睡眼一亮，说："雨晨，你来了，快坐！"

卢恩泰把座位让给她，说："小唐，你坐这儿，你们好好聊聊，我出去买点儿东西。"

说着，他转身出去了。

卢沧舟说："雨晨，我现在感到精神好多了，等伤口一愈合，我就可以出院了。谢谢你来看我！”

唐雨晨替他拉了拉被子，垂下头，吞吞吐吐地说："沧舟，你不恨我吗？"

“我怎么会恨你呢？”卢沧舟说，“你又不是不了解我，我这人不是小气的人，再说，你又没做对不起我的事。”

“可是，这件事是因我而起的。要不是因为我，你也不会去跟踪周功航，自然也不会被打了。”唐雨晨说完，鼻子一酸，心里甚是难过。

“那是我自己去跟踪的，又不是你叫我去的，我怎么会恨你呢？我爱你都还来不及！”说完，卢沧舟向唐雨晨投来深情的目光。

“唉！”唐雨晨轻轻地叹了口气。她接触过周进、符安永、冯雄俊，还有周功航，这些男人要么为了钱而背叛、出卖她，要么只贪图她的美色，对她没有丝毫爱惜之心。相比之下，只有卢沧舟对她最好，他从不向她发脾气，顺她、依她、帮助她、关心她，可她一点儿都不爱他，有时甚至还讨厌他。这也难怪，他是个富家公子，谁知道他是不是真的能爱她到永远呢？谁知道他今后会不会变心呢？遭遇过背叛与出卖，她对爱情怀有恐惧之心，弄不懂到底什么才是真爱。她的爱情到底在何方呢？造化为什么这么捉弄人啊？

“雨晨，你在想什么？你有什么心事吗？”卢沧舟问。

“没！”唐雨晨回过神来，勉强笑了笑说，“今天忙了一整天，有点儿困而已。”

“哦！那你赶紧回去休息吧，可千万别累出病来！”卢沧舟关切地说。

“不用，我多坐一会儿再回去！”唐雨晨说。

“真的不用了，你快回去休息吧，我不想让你受累！”说着，卢沧舟拿起手机给他父亲打了个电话，让他过来。见他一再坚持，唐雨晨只好起身离去。

·2·

经过一段时间的跟踪观察，郝琳发现，除了家，符安永常常去的地方有四个：两个情妇的住所，青云酒家的富贵包厢，阳光茶艺馆的海涛包厢。

符安永包养情妇的事，郝琳是知道的。但她万万没料到，他竟然包养了两个，不仅给她们每人买了一套房，还买了许多珠宝给她们。看到他那两个情妇穿金戴银，想起自己做他妻子时，找他多要一分钱都很难，郝琳不禁悲从中来，对符安永恨得咬牙切齿。

符安永很狡猾，不论是到情妇处，还是去酒家、茶艺馆，都先驱车回家，到了家门口才突然掉转车头，在街上兜几圈再驶至目的地。

为了抓到他的把柄，郝琳来到青云酒家和阳光茶艺馆，在符安永常去的那两个包厢里的隐蔽处，安上立体声高清晰度录音笔。不料，符安永比狐狸还精，跟别人谈事、交易时，全都打暗语，不说明话，即使录音下来，也没用处。

郝琳只好买了台鸡蛋般大小的针孔摄像机伺机行动。摄像机一次的摄像时间最长有一个多小时，要想把符安永的肮脏交易拍摄下来，必须在他到达包厢前的半个小时内，把摄像机安装到包厢里。对于郝琳来说，这显然是个很大的考验。即便如此，郝琳也决定冒险试试，她实在咽不下被符安永辱骂、殴打的这口气。

这天中午，符安永开车从公司出来上了马路，郝琳驱车悄悄地跟了上来。很快，车到了家门口，他把车停住，却不下来。郝琳赶紧将车停在不远处的一棵树下，静观其变。

过了一会儿，符安永发动车子，掉转车头，又驶上了马路，郝琳赶紧跟了上来。照例在街上兜了几圈，他才朝青云酒家的方向开去。

郝琳马上加速，绕道赶往青云酒家。过了约五分钟，她来到青云酒家，一停好车，她就小跑着冲上三楼的富贵包厢。她刚气喘吁吁地来到富贵包厢门口，正欲推门进去，一名女服务员走过来，说："这位女士，您好，这个包厢已经有人定了，您换别的包厢好吗？"

郝琳稳定了一下情绪说："我昨晚在这里吃饭，丢了枚戒指，不知道是不是丢在这里，想来找找！"

服务员微笑着说："哦，那您快点儿找吧，等下客人马上要到了！"

"好的，我看看就走！"郝琳说。

服务员一走，郝琳迅速关上门反锁着。接着，她扫了一眼整个包厢，发现有两个地方可以安装摄像机：电视柜后方的窗帘里，门口右侧的胶合板里。脑子闪电般地转动了一下，郝琳决定把摄像机安装在门口右侧的胶合板里，因为她怕符安永他们开电视机，电视机的电磁场会影响摄像机的拍摄效果。

她搬来一张椅子，站在上面，将胶合板拉开，拿出事先准备好的小刀，在胶合板上钻了个孔，再把摄像机放进去，按下开关，然后将胶合板拉回原位，并使那个孔对着摄像机镜头。最后，匆匆扫视了一眼胶合板，确定没有破绽后，才下来，将椅子搬回原位，迅速出来。

下到二楼楼梯拐弯处，她低头向下看，竟看到符安永正走上来。这时，返回去已经不可能，走下去必定会和他打照面。情急之下，郝琳打开包，翻了一下，然后长长舒了口气：幸好今天带着墨镜。她迅速戴上墨镜，昂着头，缓步下楼。和符安永擦肩而过时，符安永多看了她一眼，才径直上去。

出了酒店，回到车上，郝琳手心不知道什么时候冒出了密密的汗珠，心里暗呼道："好险！"

约过了一个小时，符安永和一名矮胖中年男子从饭店里走出来，两人握了握手，上了各自的车，开离了青云酒家。

看着他们的车走远了，郝琳从车里下来，走进青云酒家。她上到二楼，不经意间转头透过玻璃窗，竟看到符安永的车又返了回来。

郝琳一惊："难道他发现了自己吗？"她赶紧拿出墨镜戴上，转身下楼。在酒家大厅，两人又擦肩而过。郝琳径直走向自己的车，刚拉开车门，就见符安永快步走过来，边走边大声说："小姐，请留步！"

郝琳不敢哼声，上了车，关上门，发动车子迅速离开。但没想到，符安永也迅速上了他的车，追了上来。

郝琳一手握着方向盘，一手拿出手机给唐雨晨打了个电话，喊道："雨晨，青云酒家富贵包厢门口右边的胶合板后，有一台摄像机，你现在马上过去帮我取走，事后我再跟你解释。我现在遇到点儿紧急情况。"

说完，她加大油门，飞一般地往前冲。拐过了两个弯，前面突然出现了红灯，郝琳急坏了，想闯过去，可前方斑马线上，一行行人正鱼贯而过。她只好踩住了刹车。后面，符安永也隔着一辆车停了下来。他下车，走到郝琳的车旁，敲了敲车门，喊道："郝琳，你给我开门，我知道是你，快开门啊！"

郝琳仍戴着墨镜，不理他。

符安永连敲了几次门，见郝琳不肯开，急了，大喊道："你再不开，我就砸了！"

这时，红灯倒计时即将结束，后面的车使劲按了按喇叭，仿佛在警告符安永快上车。符安永只好愤愤地返回自己的车。

终于绿灯了！郝琳加大油门，再次狂奔起来。符安永也发疯似的，在后面追赶。郝琳原本打算将车子开到公安局，那样符安永就不敢再追她，可她没去过公安局，不知道路该怎么走。正犹豫着要去哪里，突然一不留神，她打错方向盘，轰的一声，撞上了路边的护栏。慌乱中，她使劲踩了一下刹车，巨大的惯性力量使她胸部重重地撞到方向盘上，鲜血流了出来。她很快昏迷过去。

后面的符安永赶紧刹车下来，没有拨打 120，而是跑到郝琳的车旁，打开车门，伸手进去拿出她的包，翻了个底朝天，接着又朝车内看了看，没有发现他想找的东西后，才气呼呼地离开。

很快，有人发现了郝琳，拨打了 120。没过多久，救护车呼啸着赶来，将她送往医院。

·3·

唐雨晨挂了电话，迅速下楼，驱车赶往青云酒家。此时，酒家里大部分客人已经吃完饭离去，服务员大都在收拾残羹剩饭。唐雨晨径直上到三楼，来到富贵包厢。一名服务员问她："干什么？"

唐雨晨说："我朋友有东西落在这里了，让我来看看。"

那名服务员用疑惑的目光打量了她一会儿才说："那你找找吧！"

说完，她边忙活，边用眼角余光看着唐雨晨。唐雨晨趁她不注意，迅速拿了张椅子，到门口右边，站上去，伸手到胶合板后，掏出了摄像机。她刚下来，那名服务员就把头探进来，问道：“找到了吗？”

唐雨晨举起手中的摄像机朝她扬了扬说：“找到了，没想到丢在了门口的角落里。”

说完，唐雨晨若无其事地转身离开。

唐雨晨并不知道，她刚走没多久，符安永也来到青云酒家富贵包厢搜了个遍。

回到办公室，唐雨晨取出摄像机的内存卡，插到读卡器上，再接上电脑。

看完内存卡里的视频画面，她先是大吃一惊，随即面露喜色。视频里，符安永和一名男子先是吃饭，饭吃到一半，男子递给符安永一张银行卡和一个盒子。符安永正好背对着摄像机，他打开盒子看了一眼，摄像机便将盒子里面的物品拍了下来，竟然是一对金光闪闪的鸡蛋般大小的金狮子。

这段视频要是落入纪检部门手里，符安永将彻底完蛋！唐雨晨深知它的重要性，犹豫了一下，按下复制键，复制了一份，存到自己的U盘里。

接着，她拔出内存卡，装回到摄像机里，再给郝琳打了个电话。接电话的竟是个陌生的女子，她问唐雨晨：“你是她什么人？”

唐雨晨说：“我是她要好的朋友！”

“你朋友出车祸了，快到市医院来吧！”对方说。

唐雨晨惊得差点儿把话筒掉到地上。她藏好U盘，带上摄像机出了办公室，迅速赶往市医院。

在急诊室，唐雨晨隔着玻璃窗看到郝琳带着呼吸机，几名医生围在她身旁，紧张地忙碌着。过了一会儿，一名年轻女医生走出来，唐雨晨迎上去问她：“请问，病人情况如何？”

医生摘下口罩，脱了手套，说：“断了一根肋骨和多处擦伤，没有生命危险。”

唐雨晨长长地舒了口气，说：“我现在可以进去看她吗？”

“现在不行，再等一会儿吧。”医生说。

“那病人现在清醒吗？”唐雨晨接着问道。

医生点点头，说：“刚刚苏醒过来没多久。”

约过了二十几分钟，几名医生陆续从病房里走出来。经医生同意后，唐雨晨走了进去。

病床上的郝琳脸色苍白，衣服上还沾有鲜红的血迹。手上扎着针筒，针水接连从输液瓶里往塑料软管里滴。

“雨晨！”郝琳见到唐雨晨，努力笑了笑，弱声问道：“那台摄像机拿到了吗？”

唐雨晨从包里拿出摄像机递给她，说：“拿到了！”

郝琳想了想，轻声说：“你帮我装进我口袋里，行吗？这东西对我来说很重要！”

唐雨晨撩起被单，将摄像机轻轻地放进了郝琳的裤兜里。

郝琳接着问道：“雨晨，你看过摄像机里面的视频了吗？”

唐雨晨迟疑了一下，说：“没有。我一拿到就给你打电话，医生说你出车祸了，我就马上赶过来了！里面到底有什么内容啊？”

郝琳微微地摇了摇头说：“我也不知道！”

唐雨晨说：“你放心治好伤吧。对了，这到底是怎么回事？车祸是怎么发生的？”

郝琳动了动嘴唇，话还没说出口，泪水先涌了出来。

“好了，咱们先不说这个，你好好养伤！”

“是符安永！”郝琳动了一下手，似乎想擦眼泪。可她这一动触动了伤口，痛得她痛苦地闭上双眼，额头冒出了密密的汗珠，脸色刷地变得无比惨白。

“你好好躺着，不要乱动！”唐雨晨说。

郝琳咬咬牙忍了一会儿，才轻声告诉唐雨晨，是符安永驱车追赶她才引发车祸。

“雨晨！”郝琳一字一句轻声地说，“这事儿我不想让家人知道、担心，你不要给他们打电话。”

唐雨晨点点头，说：“放心吧，我会抽空来照顾你。”

郝琳接着说：“我的银行卡里还有些钱，等下你帮我取一些出来交住院费。”

唐雨晨说：“这个你就不要操心了，我按工伤给你全额报销。”

“那就谢谢你了！”郝琳投来感激的目光。

周进是在郝琳发生车祸后的第三天才知道的。

他打电话给郝琳，告诉她，他应聘到一家广告公司当助理了。电话中，他听到郝琳的声音微弱，便追问她发生什么事了。郝琳迟疑了一下，才告诉他真相，但没有提及符安永的事情。

周进当即买了水果和营养品，赶了过来看她。

经过几天的治疗，郝琳的气色已经好了许多。

她微笑着说："听说你找到工作了，我真为你高兴。雨晨知道了没？"

周进眼里闪过一丝复杂的表情："还没有！"

"对了，我要下个月才开始上班，这段时间，我来照顾你吧！"周进说。

"谢谢你的好意！不过不用麻烦你了，还是让雨晨来吧。"

"你不用客气，反正我又没事干，闲着也是闲着！"

"真的不用你操心，雨晨把我照顾得很好！"郝琳对周进的好意很是感激，但她怎么能让周进照顾呢？她是女的，诸如上厕所、洗澡这些事，周进根本插不上手。

周进是男生，心较粗，根本没考虑那么周全，仍坚持要照顾郝琳。两人就这样你来我往地客气着。

这时，唐雨晨提着饭走了进来，问道："你们两个在争什么呢？"

周进见是唐雨晨，赶紧埋下头，不好意思正视她。唐雨晨也觉得开除他时，自己态度不好，也有意避开他的目光。

郝琳说："周进说要照顾我，我说有你照顾我就够了。"

唐雨晨听了，忍不住扑哧笑了起来，用狡黠的目光瞟了周进一眼，故意说："好啊，我自己还真忙不过来，有他帮忙再好不过了。不过你洗澡或上厕所时，我不在你身边，你该怎么办啊？"

"雨晨，你再说我撕烂你的嘴！"郝琳没想到唐雨晨竟点破她的心事，羞得恨不得找个地缝儿钻进去。

唐雨晨忍不住咯咯地笑起来，偷偷瞟了周进一眼，见他的脸早已红得像个熟透了的西红柿。

好一会儿，唐雨晨才止住了笑，认真地说："郝琳，周进说得也对，还是有个人守在身旁的好。要是有什么突发事件，也好应付。我还得忙公司的事，不能时刻守在你身旁。"

周进接过唐雨晨的话说："我刚才也是这个意思。"

郝琳想起被符安永驱车追赶的事仍心有余悸，生怕他还会找上医院来，有个人在身边守着也好。想到这里，她说：“也行，那就谢谢你了！”

周进说：“光口说不行，出院后，你得请我吃饭！”

“没问题！”郝琳微笑着说。

唐雨晨感慨地说：“咱们几个好久没聚了。这样吧，郝琳出院后，我来请客，咱们几个好好吃一顿。”

“好啊，有款姐做东，我们可要放开肚皮大吃一顿！”周进说。

郝琳说：“雨晨，周进找到工作了，在广告公司当助理！”

“恭喜你啊，周进！”唐雨晨说。

周进脸又红了起来，脸色很难堪。

唐雨晨知道，自己当众开除他，很丢他面子，将他伤得较深。

“周进，对不起，那天我确实冲动了些！”唐雨晨向周进道了歉。

“没事的，我在你公司表现确实很差，给你带来不少麻烦！”周进说。

“好了，你们都不要酸溜溜的了，好像刚认识似的！”郝琳说。

唐雨晨和周进相视一笑，心中不快尽释。

郝琳的担忧不无道理，在她住院期间，符安永曾经几次到医院找她。可透过玻璃窗看到周进在她身旁，他只好悻悻离去。

周进日夜守护着郝琳，白天给她做饭，喂她吃饭，喊医生来换药水，还给郝琳讲笑话，逗她哈哈大笑；晚上，他打地铺睡在地板上。病房里蚊子很多，没几天，他的脸就被叮得起了许多密密麻麻的红色斑点，郝琳看了既感激又心疼。

·4·

唐雨晨接到冯雄俊的电话，说请她喝咖啡。她想起自己因为他而被周功航控制，不禁来了气，说：“这几天事太多，忙不过来呢！”

冯雄俊说：“唐总，你现在也是个商人了，难道有生意你也不想做？”

“到底什么生意啊？”唐雨晨来了兴趣。

“这个嘛，当然见了面才知道！”

“冯总真会吊人胃口！”唐雨晨说，“我考虑考虑吧！”

挂了电话，她拨通了周功航的号码，向他请示：“我以前的老板冯雄俊请我去喝咖啡，谈生意，你说我是该去还是不该去？”

自从卢沧舟的事情发生后，周功航把唐雨晨看得很紧，她去见熟悉的男性朋友，都必须向他汇报。

“去吧！”周功航说，“回来后告诉我谈的结果就行了。”

“去死吧，老不死的！”唐雨晨在心里恨恨地骂道。

尊容咖啡厅装修得非常豪华，意大利真皮椅子，高档杯子，咖啡是选用进口咖啡豆现磨的，一杯就卖到上百元。里面穿梭来往的净是些社会名流。

冯雄俊看了看时间，给唐雨晨发了条短信，问她：“到了没有？”

唐雨晨回复说：“马上到！”

冯雄俊放下手机，看到角落里有个杂志架，便起身过去拿了本杂志翻起来。一篇文章看到一半时，唐雨晨笑容满面地走了进来。

冯雄俊多看了她几眼，说：“小唐，你依然那么漂亮，风采迷人！”

“是吗？有没有迷到你？”唐雨晨边落座边说。

“迷到了，只是，只是……”冯雄俊没有把话说完，就转移了话题，说，“点单吧！”

两人看着菜单，各自点了一杯上等咖啡。

“唐总，你接手了雄俊公司，现在经营得怎么样？”服务员收走了单子后，冯雄俊问道。

“还行吧，多亏你当初让我参加应酬，我把那些客户也接了过来。”

“我看好你！凭你的能力，我相信你一定会在家具行业闯出一片广阔的天地的。”

“那又怎样？还是不如冯总搞房地产捞钱多。”

“那钱也不容易捞啊！雨晨，你知道吗？自从你走后，我找不到人替我应酬，造成了很大的损失。后来，我曾到多家酒吧物色人选，可再也找不到像你这样的人了。”

“呵呵，冯总财大气粗，要找个人陪酒还不容易嘛！”

“不是这样的。雨晨，你知道吗？我现在可是一无所有啊！”

“怎么会呢？人人都知道冯总马上要盖楼赚大钱呢。”

“我说的是真话。”冯雄俊说，“离婚后，我的房子、家庭存款都给了黄虹丽。而且，因为她是雄良公司最大的股东，我花了2000万元买下她的股份，雄俊公司的固定资产拍卖款和最近办理下来的银行贷款都给她了。我现在真的是穷得叮当响。”

这时，服务员把咖啡端上来了。

唐雨晨抿了一口咖啡说：“冯总不是叫我来谈生意吗？怎么又向我哭穷起来了？该不会是找我借钱吧，我也是穷得叮当响啊！”

“你不要紧张！”冯雄俊也抿了一口咖啡说，“我不是找你借钱。我确实马上要盖楼，有笔生意想给你做。”

“承蒙冯总关照，到底是什么生意呢？”

“我准备盖一栋商住两用楼，楼盖成后，我准备精装修再出售，到时候需要一批高档家具，我想把这笔业务给你做。”

“确实是一笔不小的生意，谢谢冯总的关照。”

“没错！”冯雄俊给咖啡加了点糖，继续说，“我原本没打算关掉雄俊公司，让这批家具自行‘消化’，但人算不如天算。我根本没考虑过，我一个人精力有限，根本顾不了两个公司。”

“冯总就这么轻易地把这笔生意给我做？没有什么条件？”

“看你说到哪里了？雨晨，看来我对你的心，你并不了解。其实……”冯雄俊看了唐雨晨一眼说，“我是爱你的。”

刹那间，唐雨晨的心弦一阵颤动，可旋即就平静了下来。要是以前，冯雄俊对她说出这句话，她会无比激动、幸福、陶醉，可经过了符安永事件和周功航事件，她对爱情感到了恐惧与怀疑，对冯雄俊的恨远远超过了爱。

“哦，真的吗？”唐雨晨问道。

“真的！”冯雄俊朝唐雨晨投去深情的目光，说，“以前，我不敢接受你的爱，是因为我有妻子，还有情人。最主要的是，我不想伤害你，你我年龄差距较大，我觉得配不上你。”

“可你后来伤害了我！”唐雨晨眼睛直逼着冯雄俊。

冯雄俊避开了唐雨晨利剑般的目光，说：“那是在万分不得已的情况下才这么做的。”

“冯总，您约我来是谈生意的，是不是扯得有点儿远了？”

“哦！那咱们就先谈完生意吧。都怪我，一见到你就情不自禁了！”冯雄俊笑笑说。

“你现在谈那笔生意是不是有点儿早？”唐雨晨问道，“盖楼的手续都办好了吗？”

“已经递交了报建手续，很快就能办下来！”冯雄俊自信满满地说。

唐雨晨看着他，嘴角露出了一丝不易察觉的微笑，心想：“你很快办下来才怪！”

“不过，咱们的合作还是有个条件。”冯雄俊说。

“我说嘛，冯总怎么会这么轻易地就把生意给我做？到底是什么条件？”

“你知道的，”冯雄俊说，“我盖楼都是建筑材料供应商先垫付材料，建筑商先出人力，卖楼后才给他们钱，所以，这笔生意你得先给我赊货。”

“冯总这是空手套白狼呢？”

“也可以这么说吧。”

“我考虑下吧。我们公司毕竟刚成立不久，我怕资金周转出现问题。”唐雨晨使劲用勺子搅了搅咖啡。听冯雄俊说得头头是道，她仿佛看到他疯狂卖楼赚大钱的情景，她是那么恨他，当然不愿意看到他成功。

冯雄俊看到她低头不语，说：“雨晨，其实我们俩如果联手的话，我相信，可以成就一番大事业！”

“这句话怎么说？”唐雨晨抬起了头。

冯雄俊抓住唐雨晨的手，激动地说：“雨晨，嫁给我吧。有你助我一臂之力，我一定可以创造出辉煌。”

唐雨晨本能地把手缩了回来，刹那间，一个想法在脑海里一闪而过。她咽了口气，压了压心中的怒气，挤出了眼泪，一言不发。

冯雄俊显然看到了她的眼泪，动情地说：“雨晨，我知道过去伤你太深，今后我会加倍补偿你，好好爱你疼你的。我知道你在心里依然爱着我，不然你不会伤心流泪的，对吗？”

“对不起，咱们是来谈生意的，不是来谈感情的！”唐雨晨擦干了眼泪说，“生意的事要是谈完了，我想我们也该走了！”

说完，唐雨晨起身就要走。

冯雄俊站起来，一把抓住她说：“雨晨，告诉我，你还爱着我，好吗？”

唐雨晨止住脚步，没有挣脱被冯雄俊抓住的手。

“我知道，你还爱着我，给我一点儿时间，好吗？”

唐雨晨一用力，把手抽回来，捂着脸洒泪而去。冯雄俊站在原地，心情久久难以平静。

唐雨晨一回来，就把和冯雄俊喝咖啡所谈的内容向周功航禀报。冯雄俊向她表达爱意的事，她当然没提起。

周功航甚是满意，说：“既然他把业务给你做，你就大胆地做吧。”

唐雨晨说：“你不是答应我，帮我把他手中的‘肉’抢过来吗？”

“问题是，你现在还没想到好的办法，也没有那个实力，怎么抢？不如，你先应承下来，到时候能抢就抢，不能抢，你也可以分到一杯羹。”

唐雨晨觉得周功航说得有道理，她自己确实没有实力抢走冯雄俊手中的土地。

·5·

三天后的早上，冯雄俊给唐雨晨打来电话，问她考虑好了没有。

唐雨晨说：“你不是说我们都是商人吗？商人有生意当然要做了。”

“这么说你是答应了？太好了！”冯雄俊高兴地说，“今晚有空吗？我想请你吃饭！”

唐雨晨说：“咱们是应该庆贺庆贺！”

冯雄俊想了一下，说：“你不是喜欢吃海鲜吗？咱们就到味鲜酒家吃海鲜吧。”

“好啊，几点钟呢？”

“七点半！”

挂了电话，唐雨晨咬咬牙，眼睛流露出逼人的寒气！

这时，手机铃声响了起来，是卢沧舟。自从周功航警告她不要接近卢沧舟后，她只能偷偷摸摸地去看望卢沧舟。卢沧舟不了解事情的内幕，以为唐雨晨是真的忙得抽不出时间来看他，并没有见怪，不过，他希望出院那天唐雨晨能来接他，唐雨晨答应了他。可到了那天，她开车到半路，周功航似乎有先知先觉功能似的，一个电话追过来，问她：“在哪里？准备去干吗？”

唐雨晨想起自己的裸体照片在他手上，想起他那凶神恶煞的模样，顿时心寒，只好给卢沧舟打电话，说自己临时有个应酬，不能去接他出院了，卢沧舟听了很是伤感。

“雨晨，你今天下午有空吗？”卢沧舟问。

“你有什么事吗？”唐雨晨反问道。自从周功航露出狰狞的面目，对她严加控制后，她做事总是提心吊胆的，生怕周功航突然来电话追问她的行踪，或者叫她马上过去，因此，她既不敢说有时间，也不敢说没时间。

“我下午就要搭乘飞机到英国留学了，你上次不是说，要我通知你吗？下午你要是有空，就过来送送我吧！”卢沧舟的语气有点儿伤感。

“好的！”唐雨晨一怔，心头涌起一丝惆怅，“下午几点钟？在哪里？”

“我下午五点的飞机，你要是有空，两点半那会儿过来吧，我在机场附近的豪都酒店等你。”

豪都酒店离机场约一公里，高十五层，四星级。因机场离市区有十多公里远，豪都酒店便成了旅客的中转站，乘机的旅客早早到酒店住下，以便赶飞机。从外地乘夜班机到达机场的旅客，如果没人接，大都先在酒店休息一夜，第二天再打车到市区。当然，赶时间的人，也有连夜坐机场巴士到市区的。

唐雨晨两点钟就到了豪都酒店。走进酒店大厅，唐雨晨看到卢恩泰正坐在沙发上看报纸，他旁边坐着一个中等身材、发胖、皮肤白皙、穿金戴银的中年女子。唐雨晨猜想，她应该是卢沧舟的母亲了。

听到脚步声，卢恩泰抬起头，见是唐雨晨，便放下报纸说：“小唐，你来了。”

唐雨晨点点头：“伯父，您好！”

卢恩泰随后指着中年女子，说："这是我爱人。"

"伯母好！"唐雨晨向她问候。

"你好！"卢恩泰老婆上下打量了唐雨晨一番，说，"沧舟他还在睡觉呢。"

"我去把他叫醒吧！"卢恩泰说着就要起身。

他老婆却向他使了个眼色。唐雨晨都看在了眼里，知道她是想让儿子多睡一会儿。

"伯父，不用了，我再等等就是了。旅途劳累，您让他多睡一会儿。"

"是，是！"卢恩泰老婆红了眼圈说，"他第一次出国，到那么远的地方，我们真是不放心啊！"

正说着，卢沧舟从电梯里走了出来。

"雨晨，我知道你会提前来的。"卢沧舟高兴地说，"我们到附近走走吧。"

唐雨晨点点头。

卢沧舟母亲插话说："你多穿件衣服再出去吧，外面风大！"

"没事的，妈，你就别操心了！"卢沧舟有点儿不耐烦。

说完，他和唐雨晨并肩走出了酒店。他并不知道，他母亲这时泪水已经涌了出来。

酒店外，风确实有点儿大，呼呼地刮着，吹乱了两人的头发。阳光透过云层洒在大地上，不远处的一个小水塘里，泛起一片白光。

"雨晨，这次出国，我只读一年书。"两人走出了一段路，卢沧舟最先开口说，"我拿到 MBA 学位就回来。"

"很好啊！虽然英国的 MBA 课程只有一年，但功课很多，你要多努力。"唐雨晨说。

"谢谢你。有你的鼓励，我一定可以顺利完成学业的！"

"还有，"唐雨晨接着说，"外国的伙食可能不大适应你的胃口，你要照顾好自己。"

或许是唐雨晨很少对卢沧舟说关心话语的缘故，或者是由于即将远行，天各一方，卢沧舟停住了脚步，噙着眼泪，深情地凝视着唐雨晨说："雨晨，有句话，我对你说过很多次，今天我还要再说一次：我爱你，我真的真的很爱你！你给我一个机会，等我一年，好吗？"

不知道为什么，那一刻，唐雨晨被感动了，眼里也有泪花在闪动。可她拼命咬着嘴唇，埋着头，说："沧舟，我不是个好女孩儿，你忘了我吧。一年后，凭你的学历和家庭条件，不愁找不到比我优秀的女孩儿。"

"雨晨，你不明白我的心！"卢沧舟双手按住唐雨晨的肩膀说，"我不否认以前接触过很多女孩儿，可是自从见到你之后，我才醒悟过来，明白过来，什么是爱情。爱一个人，可以为她哭，为她笑，为她疯狂，为她做任何事情。以前，我对别的女孩儿只停留在生理上的满足，可是你不同，你深入我的内心，我白天想着你，夜里梦到你，只要见到你，我的心就醉了。你就像一阵风，只要朝我轻轻吹来，我就仿佛置身于云里雾里，完全迷失了自己。别的女孩儿不管她们多么漂亮，多有才华，都给不了我这种感觉。今生只要能和你在一起，我愿意付出任何代价。"

或许是受离愁别绪的影响，或许是卢沧舟的一番肺腑之言太感人，或许两者兼而有之，唐雨晨的心弦破天荒地微微颤动着。可她知道，自己不能因一时感动而接受卢沧舟的爱，她有太多的爱与恨还没放下。

"沧舟，你的心我一直都知道，也一直努力让你打消这个念头。我觉得我们真的不合适，而且，我不是个纯洁的女孩儿。如果你全面了解了我，你会对我失望的。人很容易被自己的感觉欺骗，你之所以有那些感觉，是因为还没有走近我。万一我们走到一起，你会发觉我并不像你想象中的那么完美。爱情，有时是欺骗人的鬼把戏。"

"如果真像你所说，我宁愿一辈子被这个鬼把戏欺骗！"卢沧舟松开了搭在唐雨晨肩膀上的双手，说，"不要再多虑、犹豫了，好吗？爱情不是凭我们的猜测去认识的，而是在尝试中去感受它、发现它、体验它、巩固它。"

唐雨晨笑笑说："你说的也许有道理，不过，这不是咱们这次见面的主题，以后再讨论好吗？咱们还是回酒店吧，我想，你父母这个时候，只希望你在他们身旁，好多看你几眼。"

"雨晨，在回酒店之前，你能满足我一个要求吗？"

"什么要求？"

"我希望你接受我一个吻！"卢沧舟说着，捧起了唐雨晨的脸。唐雨晨此时已经没有了刚才的心动，把他的手拿下了，说："别闹了，回去吧！"

卢沧舟只好放开了手，面对斜阳，轻轻叹了口气，眼里还有泪花在闪动。

离别的时间终于到了！卢沧舟和父母一一拥抱告别，卢恩泰夫妇哭成了泪人。随后，卢沧舟朝唐雨晨挥挥手，然后猛地转身，头也不回地走了。唐雨晨的眼泪也不知不觉地流了出来。

·6·

晚上，在赴冯雄俊的约会前，唐雨晨再次向周功航请示，周功航很爽快地答应了。唐雨晨对此感到费解，为什么她去和冯雄俊谈事，周功航都不大在乎；去看望卢沧舟，他却盛怒不已。

出发前，唐雨晨精心打扮了一番，穿一条淡黄色连衣裙，线条一下子就出来了；口红涂得较淡，看上去很自然，没有一点儿妖冶、做作之气，眼眉描得较弯较细，仿佛两片细长的绿叶，把她那双乌黑、闪亮的大眼睛，衬托得更美丽。对着镜子，唐雨晨看到自己的眼睛有点儿红肿，那是今天下午送卢沧舟时伤感流泪所致，她用温水毛巾敷了一会儿才消去。

味鲜酒家，离唐雨晨的住所约十公里远。里面的海鲜均是刚捕捉上来不久，就被送到酒家加工，味道非常鲜美，远近闻名。唐雨晨以前只是听说过，却没有去过。她请顾客去吃饭，大都是去传统酒家、饭店。

七点半过一点点，唐雨晨到达味鲜酒家，冯雄俊早已要了一间包厢，等候多时。这个包厢约 20 平方米，可以容纳十人就餐，跟别的地方的包厢不同的是，这间包厢有一张宽大豪华的沙发，人既可以坐着看电视、谈话，也可以躺着休息。唐雨晨一进来，他就上下打量了一番，对她夸奖了几句，接着两人各自点了一些自己爱吃的海鲜。

过了十几分钟，海鲜加工好，端上来了。冯雄俊让服务员拿一瓶红酒上来，却被唐雨晨阻止了。

她说："听说酒精和海鲜混在一起容易产生有毒物质，还是不要喝酒吧。再说，咱们又不是初次相识，你的胃又不好。"

“行，那就不要红酒了。”冯雄俊扭头对服务员说。

随后，两人甩开膀子，大快朵颐。面对如此美味，唐雨晨也不顾形象了。他们点的海鲜大多数都有坚硬的外壳，用筷子吃太麻烦，她干脆用手抓着吃，手上、嘴上沾满油渍。

冯雄俊看着她，呵呵地笑起来说：“雨晨，好久没看到你这么开心了！”

唐雨晨拿纸巾抹了抹嘴巴，说：“有美味吃，我当然开心。”

“那我以后天天请你吃美味，这样你就可以天天开心了！”

“好啊！只是，我的食量很大，会把你吃穷的。”

“吃穷我也愿意！”冯雄俊也抹了抹嘴巴说，“只要你开心就行，你开心，我也开心。我们赚钱不就是为了活得开心吗？”

“你说的也有道理！只是，要是我这么天天吃下去，会吃成个超级胖子，到时候是人见人怕，对我避之唯恐不及。”

“那倒是！”

很快，满满几盘海鲜，就被他们俩消灭光了。

冯雄俊问道：“够了没有，还想吃吗？”

“当然还想吃！”唐雨晨笑笑说，“问题是胃已经容不下了！”

冯雄俊随后按服务铃，把服务员叫进来，收拾干净餐桌。之后，服务员端上来两杯柠檬水。

“你们如果需要服务，请按服务铃！”说着，服务员微笑着转身带门出去了。

“雨晨，你知道，咱们从相识到现在，有多长时间了吗？”冯雄俊喝一口柠檬水问道。

“这个问题太简单了吧！”唐雨晨翻眼皮看了冯雄俊一眼。

“问题是简单，但若是无心之人，未必记得。”

“你这么一说，我倒真不记得了，咱们相识多长时间了？”唐雨晨皱起眉头，一副沉思的样子。

“雨晨，你就不要装了！”冯雄俊笑了笑，感慨地说，“这近三年的时间里，发生了太多太多的事！离婚，遭遇情人背叛，我从没想到这些事情会接连降临到我头上来。”

“这就叫做天有不测风云。”唐雨晨嘴角微微露出得意的一笑。

"不过，现在这些都已成了过眼云烟。"冯雄俊用低沉、饱含感情的语调说，"在我心灵深处，有一个不可磨灭的印记，那是对被我伤害过的一个女孩儿的愧疚与深爱。雨晨，你知道我的痛苦吗？要不是碍着黄虹丽与李露，当时，我绝对不会错过你、拒绝你。现在，她们都背叛了我，我的心在滴血。多少个孤独的夜晚，我独自懊悔、难过，我怎么能伤害你这样一个纯洁、善良、痴情的女孩儿呢？我怎么这么有眼无珠，对你的爱熟视无睹呢？"

冯雄俊越说越伤感："一直以来，我都傻傻地以为，我真心爱一个人、关心一个人，她也会真心爱我、关心我。在这种想法的驱使下，我付出了真心。譬如黄虹丽，我赚的钱都交给了她，每天忙忙碌碌，回到家还要对她温柔、体贴，我自认为尽到了一个好丈夫的责任，可她暗中跟她的初恋情人来往。又譬如李露，我帮她拥有自己的事业，对她也很体贴，她也背叛了我。"

"是你先背叛对不起她们吧？"唐雨晨瞟了冯雄俊一眼说。

"不！"冯雄俊说，"雨晨，你不了解内情。我和黄虹丽结婚后，对她很忠诚。那时，我忙于事业，根本没碰过其他女人，可黄虹丽却暗中跟她的初恋情人马朝阳有来往，我意外看到过几次，她没看到我，并且，我查她的通话记录，发现她和马朝阳通过话。那时，我们已经有了儿子。我是个重家庭的人，我很爱我儿子，不希望家庭破裂，给他带来伤害，因此，我委婉地警告她，她才收敛。而我，作为一个事业有成的男人，怎么也咽不下这口气。在我伤心、难过之时，李露才走进我的生活，复苏了我的爱。我打算，为了儿子，就这么凑合地过下去吧，可到头来，她们都背叛了我。"

冯雄俊的讲述很动情，唐雨晨被深深吸引住了，不禁同情起他来。

"我不是个乱性的人，雨晨，你接触过我，应该知道的。"冯雄俊此时眼里已经有泪花在闪动，"我一心一意只爱一个人，如果乱性、处处留情，我有的是资本。我正值盛年，长得不算太丑，事业也过得去，想乱性、处处留情还不容易吗？可我没有，这一点，雨晨，你是知道的。"

唐雨晨不自觉地点点头，和冯雄俊在一起一年多，除了黄虹丽和李露，他确实没有接触过别的女人。连她主动示爱，他都拒绝。

"当时，你替我喝酒，我心里很感激，不是迫不得已，我不会伤害你。你年轻、漂亮，又善良，我心里其实也很喜欢你，但我不是滥情的人，所以那晚才拼命控制住自己。雨晨，我对你怎么样，你心里也很清楚，对吗？”

唐雨晨的思绪，一下子被拉回了过去。没错，他确实对她很好，否则，她也不会一发不可收地爱上他，甚至甘愿做他的情妇。

唐雨晨不由得红了眼睛，点点头。

“现在，她们都背叛了我，我的心已经伤痕累累，一片荒芜！只有你才能抚平我心灵的创伤，复苏我心灵的绿洲。雨晨，你明白我的心吗？你能可怜可怜我吗？”

冯雄俊带着哭腔的哀求，触动了唐雨晨心灵最柔软的地方，激活了过去她对他的深爱。刹那间，她仿佛回到了过去，心里的恨荡然无存！

包厢里有一套音响，不知道什么时候，邓丽君的歌曲《月亮代表我的心》缓缓响起：你问我爱你有多深，我爱你有几分，我的情也真，我的爱也深，月亮代表我的心……

唐雨晨仿佛和冯雄俊牵着手，情意绵绵地走在朦胧的月光下，不禁陶醉了。

这时，冯雄俊起身走到包厢的落地窗帘旁，一把拉开窗帘，顿时，一束巨大的红玫瑰呈现在唐雨晨面前。唐雨晨感到一阵目眩，忘了自己的存在。

冯雄俊款款走过来，捧起她的脸，将嘴唇贴着她的嘴唇，舌头伸进去，和她的舌头搅和在一起。唐雨晨浑身酥软，用力地回应着，吮吸着，甜如蜜，醉似酒！她内心深情地呼喊着：“雄俊，是你吗？真的是你吗？多少次，我只能在梦里和你相拥，难道这一刻终于变成现实了吗？”

两人交织着，挪动着，倒在宽大的沙发上，呼吸急促……

激情消退，冯雄俊拥着唐雨晨，喃喃地说：“雨晨，谢谢你接受我的爱，今后，我一定好好爱你、疼你，给你一个温暖的家。”

“我的接受是有条件的。”唐雨晨推开冯雄俊说，“如果你不答应，咱们从此别再来往。”

“什么条件？”冯雄俊心头一惊。

唐雨晨翻眼皮看了他几眼，说：“你不是说我是商人吗，我就从商人的角度提条件。一、我想要你公司30%的股份。二、在你的房地产项目没有完成前，不许向我提婚姻，不许随意给我打电话或上门找我，我们必须保持以前那样的关系。”

冯雄俊点了根烟，抽了一口，瞟了唐雨晨一眼，久久不作答。唐雨晨见状，转身就要走。

“等等！”冯雄俊把她叫住了，“我答应你，我相信你不是把钱看得比什么都重要的人，你只是用这个方法来约束我，对吧？”

“你说呢？”唐雨晨反问道，“你要是后悔还来得及。”

“我认为是这样的，不会后悔。而且，我相信你是爱我的。”说着，冯雄俊将唐雨晨搂进怀里，给她一个深吻。

唐雨晨的嘴角露出一丝冷笑！

第九章　身陷绝境

他只是享受她的青春与美貌，而她则利用他的权力获取财富，当这种关系失去维护的意义时，两人就相忘于茫茫人海了。

·1·

周进无微不至地照顾着郝琳，郝琳甚是感动，敞开心扉，把自己的成长经历、情感经历都告诉了周进，周进则海阔天空地跟她聊人生、事业、价值观、婚姻观。慢慢地，两人之间的拘束感没有了，可以随意地开玩笑。

药物作用、心情愉悦，加上周进的细心照顾，郝琳的病情恢复很快，伤口愈合得很好。

这天早上，阳光透过玻璃窗暖暖地洒进来。郝琳睁开惺忪的睡眼，看到周进正傻傻地看着自己。

她揉揉眼睛问道："你在发什么呆啊？"

"哦，没什么！"周进一惊，回过神来，说，"今天的天气真好，我突然想起了大学时代的美好生活。那时，我们周末经常踏着阳光郊游，日子过得如诗如画，像神仙般快活！"

"是啊！"郝琳笑了笑，"想不到，你还挺多愁善感！"

"我突然发觉，人生有很多错觉与错位，往往很多美好的事物，就在我们身边，我们却忽视了。"

"你今天怎么说话怪怪的？是不是有什么心事？"郝琳满脸的狐疑。

"你不是说我多愁善感吗，我这会儿感情正丰富呢！"

"但愿你不要吟起诗来！"郝琳抿嘴笑了起来。

停了一会儿，周进问道："郝琳，你会不会在短短的几天时间里爱上一个人？"

"这个嘛！"郝琳不知道周进葫芦里卖什么药，皱着眉头，想了想说，"或许会，或许不会，这要看具体情况了！"

郝琳所在的病房共有三个病号。其他两个，一个是中年妇女，一个是个老太太，他们半睡半醒地躺在床上，家属还没来。

周进环顾了一下整个病房，抓着郝琳的手说：“郝琳，我爱你！”

郝琳万万没料到周进会有此举，吓得猛地把手缩回来，满脸惊慌，一时不知道该说什么好。

“郝琳，你我都有过失败的婚姻经历，我能体会你的痛苦。不知道为什么，这几天跟你在一起，我感到很开心，脑子里一直盘旋着你的影子。”周进低着头，脸红红的。

“不行的！”郝琳把声音压得很低，“我们之间是不可能的！我对你没有那种感觉。”

“感情是可以慢慢培养的，你我都受过感情挫折，应该懂得如何去选择、珍惜一份新的感情。咱们俩慢慢来，好吗？”

“我说不行就是不行！”郝琳把头偏向另一边，避开周进的目光，“我还有很多事情要做，这件事，你就不要再提了，好吗？你再提，只会使我们俩都感到尴尬，只怕到时候，连同学都做不成。”

见郝琳态度如此坚决，周进只好垂着头，沉默着。

周进和郝琳都不知道，他们的谈话全被躲在门外的唐雨晨听得一清二楚。唐雨晨心里只是有点儿吃惊，根本不会吃醋或生气。经过这么多人，这么多事，她得到磨炼，变得很成熟。现在再看看周进，她反倒觉得他比他原先在她心中的形象低矮了许多，或者说，她瞧不起他！周进不论追求谁，都不关她的事，她根本不在意，她只是怕自己现身使气氛变得更尴尬，便转身悄悄离开了。

此时，郝琳觉得自己刚才的语气有点儿冲，怕伤周进的自尊，便和气地说：“周进，你不要见怪，咱们俩是同学，这些日子你对我照顾得很周到，我很感激。但是，我真的自始至终，从没想过，我们俩会有那种可能。何况，我现在是一个孩子的母亲，我心里挂念的是我儿子，只想见见我儿子，好好照顾他，给他母爱。我根本没心思考虑感情问题。”

周进腼腆地笑笑，说：“对不起，我太冲动了。我这个人，你也了解，总是藏不住心事，控制不住感情，心里想什么、喜欢什么，都忍不住说出来，不计后果地去追求。”

“其实，这不是缺点。”郝琳说，“敢做敢拼的人才容易成功，你把你的胆量和勇气放在事业上，肯定能成功。”

周进轻轻叹息了一声：“郝琳，你就不要安慰我了，要知道，我这段时间感到很迷茫、自卑，不知道路该怎么走？”

“我想，”郝琳犹豫了一会儿说，“你可能是还没走出雨晨的阴影。没错！雨晨现在事业是很成功，但她在成功之前，付出了很多努力，现在也还在呕心沥血。如果你一味仰望着，你将永远感到自己渺小。不如，你忘掉她，找准自己的方向，踏踏实实地走下去，终有一天，你会发现自己已经站在山峰上。”

“谢谢你的鼓励！”周进朝郝琳投去感激的目光，“那你呢，你有什么打算？”

“我？”郝琳一下子沉默了。尽管刚才她安慰、鼓励周进时说得很有道理、很动听，可一想到自己，她也迷茫起来。她的家没了，儿子判给前夫，她自己的工作还是唐雨晨照顾她，“施舍”给她的。要说处境，她比周进还惨！

过了好一会儿，她才勉强地笑笑，说：“我一个女的能有什么打算，病好了继续工作，混日子吧。”

“郝琳，我觉得你也像我一样，仍沉浸在过去的痛苦之中难以自拔。你不能继续这样消沉下去，否则，终有一天，你会崩溃的。你应该学会爱自己，努力做好工作，忘掉过去，再找个合适的男人，好好过日子。”

“谢谢你的鼓励！”郝琳朝周进伸出手，说，“我们一起加油，一起努力！”

周进握住她的手，点点头，投去坚定的目光！

·2·

唐雨晨不敢告诉周功航，冯雄俊给她 30% 股份的事，更不想让他知道她和冯雄俊的恋情，不管是真恋，还是假恋。她只是告诉周功航，已经和冯雄俊谈妥了家具的生意。

“你既然想不出夺走他手中的土地的方法，只能跟他合作，分一块蛋糕了。”周功航说，“其实这样也好，想要夺走他的土地，必须付出很大的代价，而且还得花费很多时间和精力上项目。我舍不得你太劳累啊，宝贝。”

“别虚情假意了！”唐雨晨翻了翻眼皮，说，“你把我当牛当马一样拴着，还说疼我，真虚伪！”

“我是爱你才这么做的！不过，因为你跟冯雄俊有合作关系，今后跟他来往，可以不必向我申请。”

“那你就不怕我和他有一腿？”唐雨晨撅撅嘴说。

周功航吸了口烟，吐出烟雾，眯着眼，慢条斯理地说：“你不会的，因为你和他有利益关系！”

“哼，这可是你说的啊！要是我和他发生了关系，你可别怪我啊！”

周功航朝唐雨晨喷了一口烟雾，一个字一个字地说：“你不敢！”

“你干吗呀！”唐雨晨又气又伤心！

周功航马上变了个人似的，微笑着，十分慈爱地说：“宝贝，你那么漂亮，我怎么舍得伤害你？我会好好爱你、疼你的。只要你听我的话，不做对不起我的事，我可以让你享尽荣华富贵，你想要什么，我都给你！”

“真讨厌！那些照片你什么时候给我？”

“你想要照片？”周功航把烟头丢进烟灰缸里，哈哈大笑了几声，说，“不要急，到时间，我自然会给你的！”

唐雨晨恨得咬牙切齿。自从得知周功航偷拍了她的裸照后，她日夜寻思着怎样拿回照片。可她想尽办法，试探了周功航多次，比如对他极尽温柔、体贴，哀求等等，都无济于事。周功航这只老狐狸，始终不肯把照片给她。唐雨晨不禁绝望了，对他失去了信心，打算多赚点儿钱，离开这座城市，到别处发展，甚至有可能的话，移民国外。这样周功航鞭长莫及，拿着她的照片也没用。正是在这个想法的驱使下，她才假装和冯雄俊恋爱，从他那里要到雄良公司 30% 的股份。

冯雄俊虽然向规划局递交了报建申请，却迟迟没见批下来，员工去规划局询问，被告知，局长这段时间太忙，还没时间审阅。冯雄俊只好给周功航打电话，约他出来喝茶。

周功航似乎知道冯雄俊叫他出来的目的似的，说：“这段时间太忙，我再叫人跟你联系。”

冯雄俊煎熬了三天，才接到一名男子的电话：“周局长让我跟你联系的。”

冯雄俊约他在国贸大道见面。到了国贸大道的见面地点，只见该男子二十

多岁的样子，头发理得很短，双目有神，看上去很沉稳

冯雄俊让他上了车，说："咱们去尊荣咖啡厅吧！"

"行！"男子就一个字。

"您是周局长的……"冯雄俊没有把话问完。

"您叫我小周吧。"男子一直注视着前方，并不愿回答。

冯雄俊也不再追问，心里猜测，他要么是周功航的儿子，要么是周功航的侄子。

过了一会儿，周功航来了电话，问道："小周跟你联系上了没？"

"联系上了！"冯雄俊话刚说完，周功航就挂了电话。

车，很快到了尊荣咖啡厅。

小周却改变了主意："冯总，咱们还是先去蒸个桑拿，放松放松吧。"

"行，你说去哪家？"冯雄俊知道，对方是不放心他选的地点，生怕他在那里做了手脚。

在小周的指引下，冯雄俊驱车来到了逍遥休闲中心。两人脱光进了桑拿室，小周拿出一张字条，给冯雄俊看了上面的数字，然后，将字条拿到卫生间冲走。

冯雄俊心里暗道："真是老奸巨猾，竟然担心我身上带有窃听、拍摄设备，到这里脱光衣服交易！"

蒸完桑拿，小周给了冯雄俊一张字条，说："这是一家装饰公司，冯总从这里走账吧。"

冯雄俊小心翼翼地将那张纸条收好。

从桑拿室出来，小周说："冯总真不好意思，我这会儿还有事，改天咱俩再去喝咖啡吧。"

冯雄俊说："行，那我送你一程吧？"

小周说："冯总是个大忙人，不用了，我自己打车回去吧。"

说完，他拦了辆的士，眨眼间消失在滚滚车流中。

冯雄俊上了车，拿出那张字条，再想想小周给他看的那个数字，不禁皱起了眉头。

晚上，冯雄俊约唐雨晨见面。唐雨晨不满地说："我不是跟你说过，不许随意约我见面吗？难道你忘了？"

“我有急事找你！”冯雄俊心里很不快，你是我的情人，我不能随意约你，岂不是太滑稽！

唐雨晨犹豫了一下，还是赶到冯雄俊所在宾馆的包房。

“找我到底有什么急事啊？”

冯雄俊猛地将她抱进怀里，亲热一通后，才说：“看你比我还急！我想和你见面还不行吗？”

“仅仅是这个原因？”唐雨晨撅起嘴巴，“害我把车开得飞快，下次我可不理你了！”

“当然不只是为了这个，”冯雄俊又给了唐雨晨一个深吻，“我确实有事需要你帮忙。”

唐雨晨朝他投去询问的目光。

“唉！”冯雄俊叹了口气，“报建申请一直没批下来，周功航开价 200 万元。雨晨，我现在手头没现金，你是知道的。”

“没门！”还没等他说完，唐雨晨就打断了他，“我不可能给你钱！”

“雨晨，你不要这样好不好？我都给你 30% 的股份了，难道区区 200 万元，你都不能给我吗？”

“我说不行就是不行！”唐雨晨斩钉截铁地说，“谁知道你葫芦里卖什么药？”

“雨晨，报建申请批不下来，我就没法儿动工，求你了，算你借给我，我给你打借条，行不行？你持有我 30% 的股份，楼盖不成，你也有损失啊！”

“我说不行就是不行！”唐雨晨的声音大了起来，“你有本事去找银行借啊，或者找朋友借啊，你的朋友不是很多吗？你的感情网不是很宽、很牢固吗！”

“能借得到，我就不会找你了。雨晨，难道我在你心中真的是个骗子吗？难道你我是在逢场作戏吗？既然咱们俩确定了关系，就应该同心协力，同甘共苦，患难与共才对，你这么不相信我，真的令我很伤心！”

“不管你怎么说，钱我是不会给你的，男人没几个是好东西。如果你真的爱我，就不要再强求我！”

“唉！”冯雄俊抱头，深深地叹息道，“好吧。既然这样，我就不再强求你，我再想想办法吧。不要让你为难，也希望你不要怀疑我！”

·3·

几天后，唐雨晨和周功航幽会时，故意幸灾乐祸地说：“冯雄俊找我借钱，我巴不得他破产呢，凭什么借给他！”

“哦！”周功航有点儿吃惊地问道，“他找你借多少钱？”

“200 万元！”

“银行不是贷款给他了吗？他怎么还找你借钱？他借钱干什么呢？”

“鬼才知道呢，他也没跟我说干什么用。”唐雨晨说。

周功航沉默了一会儿，说：“你就借给他吧！”

“为什么呀？”唐雨晨睁大眼睛盯着周功航。

“你想想啊，”周功航眯着眼，慢条斯理地说，“他的土地现在很值钱，房地产项目前景更不用说了。你不是有一笔家具业务在跟他合作吗？他既然急着向你借钱，想必是项目进展遇到了难题，如果项目因此失败，你不也损失了一笔业务吗？”

“我宁愿损失，也不借钱给他。谁知道会不会肉包子打狗，有去无回？”

“宝贝，相信我吧，我的分析不会错的。”周功航微笑着说。

“不行！”唐雨晨的态度很坚决。

周功航点了根烟，自顾自地抽了一会儿，说：“你把钱借给他吧。实话跟你说，这 200 万元，他是准备借来送给我的。”

“啊！”唐雨晨故意睁大眼睛，惊叫起来。

“值得大惊小怪吗？”周功航得意地笑起来，“他不给我钱，报建手续我能给他批吗？”

“你这是……”唐雨晨没把话说完。

“奇怪吗？”周功航将唐雨晨一把搂进怀里，说，“你把钱借给他吧，他迟早会把钱给我，到时候，我再给你 100 万元。怎么样，划算不？”

“不行！”唐雨晨瞥了周功航一眼，说，“谁知道你们男人说的话是真是假！”

“宝贝，你这是得了多疑症吧？怎么连我都不相信了？在钱方面，我亏待过你吗？”

唐雨晨顿时哑了口。没错，周功航在钱方面确实对她很大方。他曾多次主动给她钱，一出手就是10万元以上。唐雨晨怕以后出事被抓，不敢收他的钱。周功航便提出，给她买豪宅，她也不敢。周功航只好利用职权，给她多介绍业务。这一方面，唐雨晨放得很开，做业务是合法的，没什么可担心的。

不过，现在不同了。她一心只想多赚点儿钱，然后远走高飞。这样轻而易举地入账100万元，她不能不动心。

“好吧，我就听您的，借给他钱！”唐雨晨微笑着说。

周功航也眯着眼，得意地笑着。

冯雄俊正拿着电话本，眉头紧锁地冥思苦想，唐雨晨微笑着走了进来。

“雨晨，你来了？”冯雄俊放下电话本说，“坐！”

唐雨晨在他对面的沙发上坐下来，问道：“看你刚才愁眉苦脸的样子，在想什么呢？”

“你知道的，为200万元的事。”

“我不借钱给你，你是不是很恨我？”

“怎么会呢？”

“为什么不会呢？”唐雨晨反问道。

“因为，”冯雄俊盯着唐雨晨说，“如果我没猜错的话，你已经同意借钱给我了。”

“哼！想得倒美，谁同意借钱给你了？”

冯雄俊起身走过来，坐在唐雨晨旁边，含情脉脉地说：“雨晨，别卖关子了，你是不是同意了？我急着用钱呢。”

“你怎么知道我会把钱借给你？”唐雨晨问道。她有点儿怀疑，冯雄俊是不是和周功航串通一气。不过，这个念头只是一闪而过，周功航对冯雄俊提防还来不及，不可能随意地跟他有这些见不得人的勾当。

“我当然知道了，因为你爱我，肯定不会忍心见我身处困境的。”冯雄俊坏笑着说，“哪有老婆不帮老公的？”

“去你的！”唐雨晨娇声说，“我答应借给你，但是我得跟你说好了，一年内还清，利息10%。”

“行，我都答应你，反正你是我的女人，我赚的钱，迟早都要给你。”

唐雨晨心里一阵冷笑。那晚，冯雄俊的浪漫表白确实让她心动、陶醉，仿佛回到对他痴痴地单相思的那段日子。但事后，她想起了被出卖、被利用的耻辱，对他又深深地怀恨起来，并远远超过了对他的爱。她不相信冯雄俊的话，认为他是商人，把利益看得比一切都重要，因此，她戴着面具和冯雄俊谈感情，把自己伪装得很好。

“说得倒好听，谁知道你会不会变心！”

“要不要我向你发誓？”

“你记在心里就行了，口头怎么说都是假！”唐雨晨说。

次日，唐雨晨把钱转账到冯雄俊公司账户。

几天后，周功航约唐雨晨见面。一番缠绵后，唐雨晨问他：“冯雄俊给你钱了没有？”

“看你急的！”周功航微笑着说，“正要跟你说呢，我让他把钱转到我侄子开的一家公司。非常不巧，他公司这段时间，资金周转出了点儿问题，今天早上，他给我打电话，说那笔钱他先用着，过一段时间再给我。所以，你得等一段时间。”

“等多长时间？”唐雨晨的心凉了半截。

“难说，快的话，一两个星期。慢的话，半年左右。”

“你不要骗我，你说好给我钱的！”唐雨晨声音大了起来，有点儿控制不住自己的情绪了。

“我怎么会骗你呢？我那么爱你，怎么会骗你？不就区区 100 万元吗？你自己说说，这么点儿钱，我会放在眼里吗？我堂堂一个局长，难道你还信不过？”

“既然这样，你可以自己先拿钱给我呀？”唐雨晨意识到自己的情绪变化，嘟起嘴，缓和了语气。

“我没钱！”周功航说。

“怎么会呢？你刚才还口口声声说自己是堂堂一局长，不把区区 100 万元放在眼里！”

“我是说过，但那并不矛盾。你想想，在官场上也有资金周转啊，别人给我进贡，我也要向别人进贡才行，否则我这把椅子坐不牢。目前，大钱还没来，我只是有小钱，十几万，你要，我也给你。不过，我想你肯定看不上眼，干脆等过一段时间一起给吧。”

唐雨晨见周功航说得头头是道，不禁哑了口，暗自懊悔不该听他的话，把钱借给冯雄俊。可事已至此，她也没办法，无凭无据的，她能把周功航怎么样。好在她手中握有冯雄俊的借条，否则，很有可能肉包子打狗，有去无回了。

“哼，但愿你说话算数，不要骗我！”唐雨晨嘟着嘴说。

“宝贝，你这句话伤我太重了！”周功航捏了捏唐雨晨的鼻子，说，“我堂堂一个局长，会是那样的人吗？”

这时，唐雨晨脑子里一闪，问道：“我答应你这么多了，你总该也答应我一件事才对！”

“什么事啊？看你那股认真劲儿！”

“那些照片呢？总该还给我了吧？你考验我这么长时间了，我那么忠诚于你，你该相信我了吧？”

“原来是这件事啊！”周功航哈哈大笑起来，说，“我想好好保存着，想你的时候就拿出来欣赏欣赏！”

“不行！”唐雨晨快急哭了，可她知道干着急没用，便压制住心中的怒火，撒娇说，“万一弄丢了，人家就没脸活了，你要是想人家，只要打个电话，人家马上过来就是了！”

周功航看着她的娇样儿，乐呵呵地说：“好吧，看在你不急着要我给钱的份儿上，我就把照片给你吧！”

唐雨晨暗暗舒了口气，露出了笑脸，跌倒在他的怀抱里。

次日，周功航将厚厚一摞照片给了唐雨晨，唐雨晨一一撕碎，然后一把火全烧了。

·4·

钱终于如数转到周功航指定的账户了，冯雄俊感到心头轻松了许多，下一步该快马加鞭开工了。不过，得选个好日子，这么大一个项目，可马虎不得！

他刚拿起电话，准备打给林淦，让他去办这件事，门就呀的一声被打开了，来人竟然是韦世财！

他人未进来，声先到："冯总，好久不见！"

冯雄俊心里有点儿纳闷，上次和他谈判，他的言谈虽然显得豪爽，但给他的感觉不踏实，因此，没有把工程给他做。后来，他又多次上门恳求冯雄俊，都被拒绝了。他这会儿来有什么事呢？

"韦老板，请坐！"冯雄俊起身给他倒了杯茶，问道，"是什么风把您给吹到我这里来了？"

"还不是来找冯总要口饭吃吗？"韦世财说。

"真不好意思啊，韦老板！"冯雄俊边说边回到自己的座位上，"我已经跟您说过多次了，工程已经给别人了。"

"是吗？可是你还没开工哪！"

"那又怎样？"冯雄俊脸色有点儿不悦，"我已经跟人家谈好了。"

韦世财喝了口茶，起身踱了几步，说："冯总别找借口搪塞我了，谈好又怎样，只要你一开尊口，咱们合作还不容易？"

冯雄俊摇头说："咱们是生意人，要讲诚信啊，你要我出尔反尔，今后还有谁敢相信我？"

"这个怎么能跟诚信扯得上关系呢？"韦世财说，"商场本来就竞争激烈，丢失客户的事情常发生。难道我们丢了单，就怪客户不讲信用吗？显然不能嘛，丢单的原因是多方面的。冯总，我是很讲义气的人，你把工程给我做，我会牢牢记在心里的。"

"韦老板的心意我领了，您是做大生意的人，肯定看不上我们这个小工程的，再说，我已经有了合作对象了。我看，我们还是不要浪费彼此的时间了吧？"说完，冯雄俊看了看手表。

冯雄俊都把话说到这个份儿上了，知趣的人应该知难而退。可韦世财装作没有听见，仍大声说："冯老弟，我认识的朋友很多，你还是把工程给我做吧，免得我的朋友浪费时间跟你打招呼！"

"韦老板这是在威胁我呢？"冯雄俊不禁来了气，毫不客气地说，"我现在很忙，您请走吧！”

韦世财这才起身，仍满脸堆笑地说：“冯总，那我就不再打扰，咱们终究会合作的！”

“韦老板未免太自信了吧！”冯雄俊只差没开口骂人了。

韦世财哈哈大笑，说：“冯总，多有打扰，抱歉，抱歉！”

韦世财走后，冯雄俊使劲捶了捶桌子，气呼呼地说：“什么鸟人，真烦！”

林淦这时走了进来，见到冯雄俊的神色，问道：“你跟刚才那人发生争吵了吗？”

冯雄俊余怒未消，说：“等下你跟办公室的员工说下，今后见到这个人，不许他进来！”

林淦说：“好，他刚才来的时候，我拦他了，他把我推开，硬闯进来的。”

“今后他要是敢硬闯，你就报警！”

林淦连连点头应承着。

这时，冯雄俊的手机铃声响了起来，他一看，竟然是周功航的号码。他把那200万元打给周功航后，过了几天，报建申请竟然仍没批下来，他正想给周功航打个电话呢，没想到他竟然主动打过来了。

“冯总这会儿有空没？过来喝喝茶？”

“周局长请喝茶，我求之不得，有空！”冯雄俊说。

“那现在就到宁湾宾馆来吧！”

冯雄俊挂了电话，匆匆出了办公室。走了几步，又回过头来，对林淦说：“你去问问人，挑选一个开工的好日子。”

吩咐完，他迈开大步出去了。

冯雄俊走进宁湾宾馆的包厢时，不禁傻眼了：韦世财竟然也在！

“冯老弟，想不到咱们这么快又见面了，请坐，请坐，咱们哥俩好好聊一聊！”说着，韦世财拉过来一张椅子，做了个请的手势。

冯雄俊坐下来，微微皱了一下眉头。眼前的情况不用说他都明白，周功航肯定收了韦世财的好处，想给韦世财说情，让他把工程给他做。韦世财行为粗鲁，嘴巴没遮拦，周功航怎么跟他这种人走到一起了呢？冯雄俊心里很是纳闷，但周功航毕竟还“卡”着他的报建申请，他不敢得罪他。

"你们两个认识啊？那更好了！"周功航看了看韦世财，又看看冯雄俊，惊讶地说。

"是啊，我和冯老弟不久前才刚认识，冯老弟为人忠厚，是个值得交往的好兄弟！"还没等冯雄俊回答，韦世财公鸭般的声音就响起来。

"没错，我和韦老板有过几次生意上的来往。"冯雄俊接过韦世财的话说。他对像个暴发户似的韦世财很反感，而周功航的虚伪让他十分厌恶。周功航明明知道他和韦世财认识，却故作惊讶，真是虚伪透顶了。

韦世财欠身给冯雄俊倒了一杯茶，接着给周功航加满杯，再给自己也加满。

"来，来，来，喝茶，喝茶！"韦世财像敬酒似的，端起茶杯，朝周功航和冯雄俊示意了一下，一饮而尽。

冯雄俊则轻轻抿了一口，然后看着周功航，希望他发发话。可周功航却看着眼前的杯子，沉默着。韦世财那个大嗓门却说个不停："冯老弟，我这人没读过多少书，文化水平不高，但我做生意向来讲信用。我的工程队承建过大大小小上百个工程，从来没出过质量问题，也从来没出过一起人命事故。我们也承建过许多政府大项目，都是按时、高质量完成任务，从没出现过纠纷。这一点，周局长可以作证！"

冯雄俊瞅了周功航一眼，只见他这时端起杯子慢吞吞地抿茶，根本看不清他的表情。

"不仅如此，"韦世财接着说，"我们还获得过政府部门颁发的大大小小几十张奖状。我能有今天全靠信誉走过来的！"

"韦老板真了不起啊！"冯雄俊怕他继续这么说下去，只会没完没了，便打断了他，说，"您这么有名气，想必手中有很多工程，做都做不完！"

韦世财先是一怔，随即明白了冯雄俊的意思，哈哈一笑，说："我们做生意的，业务多是好事嘛，只要有钱赚，再多都做得完！"

"我虽不是生意人，对生意场上的事也一窍不通。"周功航这时发话了，"不过，我觉得还是那句话说得好，多一个朋友就多一条路。"

说到这里，周功航把头转向冯雄俊，继续说："韦老板是我的朋友，我原以为冯总不认识，所以才把你叫过来，介绍给你认识。这样，你就多了一个生意场上的朋友，互相帮助，多一条路。"

“周局长说得很对，谢谢周局长的关照！”冯雄俊赶忙说，尽管他心里很不快，“我刚入房地产行业，有许多东西还摸不透，今后还得请韦老板多多指教呢。”

“这个没问题，包在老哥身上。”韦世财公鸭般的声音再次响起。

“行，你们先聊吧！”周功航似乎也受不了韦世财，直起身子说，“你们俩都是我的朋友，就好好聊聊，互相帮助、关照吧。我有公务在身，先走了！”

冯雄俊和韦世财赶紧起身，将他送出门外。

周功航走后，冯雄俊感叹说：“韦老板真是神通广大啊，看来，我不跟你合作都不行啊！”

“冯老弟不要见怪啊，大家都是出来混饭吃的，都不容易。老弟这次帮的忙，老哥记在心上。今后，老弟有用得着老哥的地方，尽管说一声，老哥一定会出力的！”

冯雄俊拍拍他的肩膀说：“行，明天你到我办公室，咱们详谈！”

·5·

郝琳出院这天，唐雨晨八点钟就来到了医院。

郝琳刚刷好牙，见唐雨晨这么早就来了，朝她投去感激的目光，说：“雨晨，谢谢你这么关心我！”

唐雨晨扮了个鬼脸，说：“呀，呀，呀，老同学都这么客气啊！”

“这是我心里话，患难见真情，经过这件事，我对你的感激难以言表！”郝琳说。

“行了，快点儿收拾东西吧！”唐雨晨催促道，“你忘了？我说过，你出院这天请你和周进好好吃一顿的，赶紧去换身好看的衣服吧，美女！”

“好的，我这就换！”郝琳打开行李袋，认真地挑选着衣服。

唐雨晨说：“你慢慢挑，慢慢换，这里的福尔马林味儿太浓，我受不了了，到楼下等你啊！”

“行！”郝琳答道。

唐雨晨顺手拿了她住院的条据，到一楼替她交清了所有的费用，然后，她坐在一楼大厅的椅子上等待郝琳。过了一会儿，周进急匆匆地走进来，到电梯口等待电梯。

唐雨晨喊了他一声，他回过头，说："雨晨，你这么早就到了？"

唐雨晨点点头，说："你先坐在这儿等吧，郝琳马上就下来了。"

周进刚坐下不久，郝琳就提着行李袋出来了。

唐雨晨说："账我已经结清了，咱们走吧！"

郝琳对唐雨晨说了一番感谢的话，三人随后出了医院，上了唐雨晨的车。

唐雨晨将他们俩带到一家饭店吃早餐。才吃了一半，周进就接到公司老总的电话，要他现在马上到公司，周进只好起身离开了。

这时，郝琳吞吞吐吐地说："雨晨，那个摄像机里面的视频，你，你真的没看过吗？"

唐雨晨心里一惊，表面上却装作不解的样子，说："是啊，怎么了？是不是拍到符安永的受贿画面？要不，你怎么会被符安永追到出车祸？"

"没，没！"郝琳的神情有点儿慌乱，"我原以为拍到了，但其实没拍到。可能是他事先发现了，恼怒之下才追我的。"

住院期间，周进为了给她解闷，拿了自己的笔记本电脑给她播放影片。趁周进不在，郝琳偷偷用笔记本播放了偷拍到的画面，见真的偷拍到符安永受贿的画面，郝琳既高兴又担忧。这段视频，她可以用来要挟符安永，逼他让她看望儿子，甚至逼他复婚。可她又怕唐雨晨把这段视频复制下来，万一外泄出去，符安永就完蛋了，而她目前还不希望符安永出事，心底对符安永仍抱有一线希望。

唐雨晨心里很不是滋味，郝琳刚刚才口口声声说感激她，可这会儿却不肯把事实真相告诉她，要不是她早就看到了摄像机里面的内容，还真相信她的话了呢。不过，回过头来想想，唐雨晨又觉得情有可原。那段视频是符安永受贿的经过，一旦落入检察机关手中，符安永可就完蛋了。他毕竟是郝琳的前夫，一日夫妻百日恩，也许，郝琳心里多少还留有一点儿旧情。

"郝琳，我看，你还是忘了符安永吧。努力工作，然后找个合适的对象好好过日子吧。"唐雨晨说。

"雨晨，你以为我还能嫁得出去吗？"郝琳凄然一笑说。

“为什么不呢？”唐雨晨吃惊地说，“你还年轻，又漂亮，只要要求不太高，肯定可以找得到的。”

“不会的！”郝琳眼圈红了，语气中含着无限的悲伤，“我不但心灵伤痕累累，身体也伤痕累累，没有人会看上我的。”

说完，郝琳环顾四周，趁没人注意的时候，撩起自己的上衣，露出自己的肚子。只见一道长长的伤疤，赫然出现在眼前。

唐雨晨只觉得那道伤疤触目惊心，不由惊叫道：“我以为你只是胸骨骨折，没想到肚皮也划出了这么长的伤口。”

郝琳又是凄然一笑，说：“你相信我刚才说的话了吧？连你都被吓着了，男人更不用说了！”

唐雨晨说：“那不一定。茫茫人海，总会找到一个真心喜欢你、爱你、呵护你的人，你不要灰心丧气，自己瞧不起自己，那样只会让你进入恶性循环，使你变得压抑、自卑，甚至自暴自弃。到时候，就真的很难找到对象了！”

“雨晨，你就别安慰我了，反正我现在心如止水，根本没有重组家庭的念头。”郝琳不知道什么时候停下了手中的筷子。

“那你有什么打算？总不能就这么消沉下去，自己一个人过一辈子吧？”唐雨晨也不自觉地放下了筷子。

“儿子，我现在只想要回儿子，好好照顾他，把他抚养成人，那是我最大的心愿。我可以没有男人疼，但他不能没有母亲爱！”

唐雨晨不禁被郝琳感动了，一个母亲对儿子的爱是何其深沉，情愿为了他做出任何牺牲。

她说：“符安永不会把儿子给你的，要是这样，你当初就不要同意把孩子判给他。”

“唉！我哪里想到这么多呢？”郝琳叹息说，“他们骗我说，符安永经济条件好，可以给儿子提供很好的成长环境，还骗我说，只要我想念儿子，随时可以去见他。谁料到，他们一家全是骗子！我儿子要是出了什么问题，我也不想活了！

“郝琳，你不要这么消沉好不好？你忘了我们毕业时的约定吗？”

唐雨晨的话，仿佛一道阳光洒进郝琳的心里。大学毕业时，她们宿舍几个姐妹约定毕业十年的时候，带上自己的爱人和孩子聚会。那时，每个人都对未来充满了憧憬。

郝琳的目光先是一亮，随后黯淡下来，叹息说："唉，到时候，我哪里还有脸去参加聚会？"

唐雨晨不忍心郝琳老沉浸在过去的悲伤中，见说了这么多安慰的话语都没用，想了想，说："郝琳，我觉得你这种状况，最好去学下心理方面的知识，干脆，你去报考心理咨询师算了，既可以化解自己内心的不良情绪，又可以把它作为自己的职业。要知道，现在社会竞争越来越激烈，人们压力越来越大，心理出现问题的人很多，这一行业很有发展前景。"

郝琳突然来了兴趣说："这个建议不错！"

随后，她盯着唐雨晨说："雨晨，你该不会是开除我吧？"

唐雨晨瞪了她一眼，说："你这个女人，老是爱疑神疑鬼！"

郝琳露出了难得的笑容，叹息说："唉，我们女人命真苦！"

唐雨晨想起自己的经历，心里也一阵难过！

郝琳见唐雨晨沉思的样子，收起了笑容，认真地问道："你最近怎样？有男朋友了没？"

唐雨晨回过神来，说："没有呢。这个世界，花心的男人一大把，好男人真难找！"

郝琳还想也安慰唐雨晨一番，唐雨晨却抢先说："你要是报考心理咨询师，我给你报销学费，而且你还可以边工作，边复习。"

郝琳说："学费的问题，我自己解决吧。你给我保留工作还帮我报销了住院的费用，我已经感激不尽了。"

唐雨晨知道郝琳经济较困难，说："我给你报销学费是有条件的啊。以后你开起心理咨询工作室，我要是有心理问题找你，你给我免单就是了。"

郝琳笑笑说："好了，八字还没一撇，咱们就不要聊这个了！"

晚上，唐雨晨履行诺言，请郝琳和周进到饭店吃饭。周进惦记着被唐雨晨开除的事，吃饭过程中话不多。另外，他才向郝琳求爱被拒，面对郝琳很尴尬，因此，刚开始，他显得很拘束，红着脸，话不多。唐雨晨便把话题引到大学时代，三人才慢慢消除了隔阂，聊得很开心，吃得也很开心！

·6·

郝琳原本打算一出院，就到公司上班，唐雨晨考虑到她身体还虚弱，便强硬要求她在家休养几天。郝琳对着电脑，将那段视频看了一遍又一遍，还复制了一份，存到一个U盘里。她深知这段视频的重要性，可以说是对付符安永的撒手锏。但是，想要挽回他的心，似乎是不可能的事。她没受伤前，符安永已经嫌弃她了，现在她身上有那么触目惊心的伤疤，他避之唯恐不及！不过，郝琳仍决定试试，哪怕挽不回他的心，要回孩子也行。

这天早上，阳光明媚，暖风和煦。吃完早餐，郝琳觉得精神不错。十点多的时候，她带上那台针孔摄像机，早早来到银行大门，等候符安永下班。

接近十二点的时候，符安永终于夹着个公文包，昂首挺胸地从办公大楼里走出来，身后还簇拥着男男女女七八人。走出大门没多远，符安永身后的随从就纷纷与他挥手告别，各自走向自己的车子。郝琳快步朝符安永走去。

两人相隔只有几步之远时，弯身正准备上车的符安永，扭头看见了郝琳，先是愣了一下，接着，把车门砰的一声关上，屁股靠在车上，乜斜着眼望着郝琳，冷冷地问道："你想干吗？"

郝琳走到他面前，也冷冷地说："不想干吗，只想给你看一样东西！"

符安永迅速环顾了一下四周，接着打开车门，说："上车吧！"

两人先后上了车，郝琳坐在副驾驶座上。车还是那辆车，里面的装饰还是没变，香水味还是那么熟悉，坐在副驾驶座上的感觉也跟以前一样！

"说吧，你到底要给我看什么东西？"符安永并没有发动车子。

"我看还是到别的地方再看吧，这里可是你办公的地点！不过，你要是不在乎的话，我现在也可以给你看！"郝琳的语气依然冷冰冰的。

符安永一言不发，发动车子，调转车头，狂风一般地离开。三拐两拐之后，他驱车来到一条行人稀少的马路上。

"这下，你可以给我看了吧！"符安永熄灭了发动机说。

郝琳慢吞吞地拿出针孔摄像机，取出内存卡，握在手里，朝符安永扬了扬。

符安永一把抢过来，低声喝道："这是什么？"

“你自己插到电脑上看看，不就知道了吗？”郝琳眼睛始终看着前方，没有正眼瞧符安永一眼。

符安永起身从后座拿过笔记本电脑，打开看了看，说：“我没有读卡器！”

“我这里有呢！”郝琳早已考虑到了这一点。

符安永插上读卡器，看完那段视频，脸色刷地变得无比惨白，接着，迅速转青紫。他转头一把揪住郝琳前胸，怒吼道：“你活得不耐烦了是不是？竟然偷拍我！”

郝琳大喊道：“你放手啊！”

符安永猛地将郝琳一推，放开了她。郝琳一下子控制不住，砰地撞到车门上，后背一阵剧痛。

符安永接着取出那张内存卡，啪的一声折断，然后丢到脚下，使劲地碾，那张卡很快面目全非。

“跟我作对的人，都不得好死，我最受不了别人威胁我。”符安永又揪着郝琳，咬牙切齿地说。

郝琳不做任何反抗，冷笑道：“符安永，你以为你踩烂了那只内存卡就没事了吗？你难道没想过，我会把里面的内容复制下来吗？”

符安永发狂地摇动着郝琳，吼道：“你竟然敢复制？复制的到底在哪里？你给我拿出来！”

“你给我放手，否则我对你不客气！”郝琳火也冒上来了。

符安永松开了她，语气也缓和了下来：“你到底想怎样？”

“我要见儿子！”

“好，我答应你。但是，你得先把复制的文件拿给我看看。”

“你以为我是傻子吗？我拿给你看，你又抢走了，我不白忙活了吗？”

“那你到底要我怎么做，你才肯放过我？”

“你不要问这个，现在马上带我去见儿子！”郝琳掰开他的手，整理了一下自己的衣服。

符安永气呼呼地盯着郝琳，想要发作，却又控制住了。过了一会儿，他转头瞅了郝琳一眼，然后发动车子，飞一般地疾驰。

郝琳思儿心切，巴不得车子马上到达目的地。半年多了，她没见过儿子一眼，他还记得自己吗？他是否长高了？是否还像以前那样蹒跚学步？

一路上，郝琳思绪纷飞，肝肠寸断，眼泪不由自主地流了出来。

恍恍惚惚间，车终于到达前公公、婆婆居住的小区。符安永停好车，不满地看了郝琳一眼，说："你不要进去了，就在外面等着，我把儿子抱下来给你看。"

郝琳并不作答，默默地下了车，强打精神在小区门口等待。

几分钟后，符安永抱着儿子伟伟走了出来。郝琳的目光像探照灯似的，一直盯着儿子，眼泪像断了线的珍珠似的，一个劲地往下滴。

符安永刚走出小区门口，郝琳就猛冲过去，张开双手，哽咽着、愁肠百结地呼唤道："伟伟，妈妈来看你了！"

不料，伟伟见到她，就仿佛见到陌生人似的，转过头，紧紧地伏在符安永的肩上，不敢看郝琳。

刹那间，郝琳心如刀绞，差点儿晕厥过去。她和符安永离婚那会儿，儿子正牙牙学语，整天"妈妈"喊个不停，对她很依赖，她一离开半步，他就哭闹个不停。没想到半年多不见，他竟然对她陌生起来！

"伟伟，我是你妈妈啊！你不认得妈妈了吗？快叫妈妈呀！"郝琳将儿子抱过来，紧紧地搂着，让他贴着自己的心窝，泪流满面地呼唤道。

伟伟吓得大哭起来，连声朝符安永稚气地喊道："爸爸，爸爸！"

"伟伟不哭，我是你妈妈，别怕，让妈妈好好看看你！"郝琳捧着儿子的头，仔细看了又看。儿子还是那么白嫩，乌溜溜的大眼睛依然可爱，但明显长高、长胖了许多。

伟伟睁大眼睛仔细瞧了瞧郝琳，似乎想辨认这张面孔，一时还没认出来，转头朝符安永张开双手，想让符安永抱他。

"你看到了？儿子根本就不认你！"符安永伸手接住儿子。郝琳却紧紧地抱住不让，放声大哭起来："他是我儿子，你不能抱走他，我的儿子啊！"

符安永一把将她推开，喝道："你干吗？别吓着儿子！"

说完，他抱起儿子，径直走进去。郝琳在后面，伸出双手，凄然大哭。她的儿子转着乌溜溜的眼睛，茫然地看着她。

郝琳心痛欲裂，哭得气都顺不过来了，只差没晕厥过去！

·7·

郝琳哭了好久，才拦了一辆的士回来，午饭都没吃，就跌倒在床上，心情久久不能平静。她日思夜盼地想见儿子，可见了面，儿子竟然认不得她了。儿子是她的心头肉，她怎么都无法接受这个事实。婚姻已经失败了，儿子以后要是不认她，她活着也就没有盼头了。郝琳越想越伤心，眼泪又涌了出来。

下午三点多，她正迷迷糊糊地躺在床上，手机铃声突然响了起来，是符安永！

他用低沉的声音问道："你住在哪里？"

"你到底有什么事"郝琳反问他。

"你现在有没有时间？我想和你见面谈。"

郝琳犹豫了一下，说："在哪里？"

符安永问道："你住在哪里？我过去你那里。"

郝琳听他的语气较平和，不像以前那么冲，便把自己租住的地址告诉他。

约过了二十分钟，符安永又打来了电话，说他已经到小区门口了。郝琳刚走出小区，他就迎了上来，态度来了个大转变，微笑着说："我能到你房间坐坐吗？"

郝琳知道他的目的是那段视频，迟疑了一下，冷冷地说："可以。但是我住的地方可不像你情人住的那么富丽堂皇！"

符安永顿足说："你看你又来了！我说过，我从来没有情人，我跟她们只不过是逢场作戏而已。"

"是吗？"郝琳将他两个情妇的住址说了出来，然后侧头看着他。他脸上的肌肉一阵抽搐，但很快他又笑得像一朵花："你弄错了吧？她们是银行的大客户，像她们这样的大客户，我们银行领导必须定时上门拜访，跟她们搞好关系，要不，就被别的银行抢走了！"

"哦！"郝琳止不住一阵冷笑，"她们都是什么来头，竟然要行长大人亲自上门拜访！"

"这，这是单位的秘密，我不能随便透露的！"符安永避开了郝琳的目光，支支吾吾地说。

说话间，两人来到了郝琳租住的房子门口。郝琳开门将他让了进去，却不请他坐，更不给他端茶倒水，只是自个儿坐到沙发上。

符安永挨坐在她旁边，语气十分谦卑地说："郝琳，我知道，我对不起你，请你原谅我，好吗？你知道的，那段视频要是传出去，我可要进监狱的。你我夫妻一场，总不至于一点儿旧情都不念吧？"

"旧情？"郝琳苦笑一声，说，"你念了吗？自从嫁给你之后，我整天在家操劳，你却在外面包养情人，我苦口婆心劝你，你不但不听，还把我赶了出来。你还要我对你念旧情？"

"我知道我错了，所以今天才来向你求情。爸爸妈妈今天也狠狠地教训了我，说我这么做对不起你，也对不起儿子。我知道，你爱儿子，不能没有儿子，儿子也不能没有你，你就原谅我这一次好吗？咱们重归于好，去复婚再做夫妻，好吗？"

郝琳心里一动，可很快又平静下来，苦笑几声，说："你别黄鼠狼给鸡拜年，一副可怜兮兮的样子了！你以为我不知道你的目的吗？你不过是冲着那段视频而来，一旦拿到手就翻脸不认人了。我奉劝你，别在我面前演戏了！"

"我不是演戏，我说的是真话。"符安永挪近郝琳说，"我承认我跟别的女人有过不正当男女关系，我也知道，这么做对不起你。但是，我跟她们真的只是逢场作戏，只是应酬而已，不可能对她们投入感情的。我跟你说过多次，你不相信我、理解我，我才一怒之下和你离了婚。要知道，我也是个人，也渴望有个温暖的家庭，有个贤惠的妻子。自从你走后，每次回家，我都感到整个房间冷冰冰的，此时，我就会想起你，要是你在，就不会那样了！"

"是吗？"郝琳白了他一眼，说，"你和我离婚，赶我走的时候，可是一副满不在乎的样子啊！"

"那是我一时气在心头！郝琳，你就原谅我好吗？我求求你了！"说着，符安永竟扑通一声，跪在郝琳面前，"男儿膝下有黄金，为了能使你回心转意，我宁愿在你面前长跪不起！"

郝琳是个软弱之人，最经不起别人对她好。符安永这一跪，她的心一下子软了下来，准备扶他起来。可是，猛然间，符安永伤害她的情景一幕幕闪现在脑海里，她咬咬牙，心一横，冷冷地说："我可不是菩萨，你不要那么虔诚，你爱跪多久就跪多久！"

说完，郝琳转身走进房间，拿了钱包，又返回来，说："你请回吧，我要出去吃饭了！”

符安永这才站起来，屁颠屁颠地跟着郝琳出了家门，不停地说："都是我不好，害得你午饭都还没吃，我请你吃午饭好吗？"

郝琳阴着脸，不理睬他。出了小区门口，郝琳才说："你再跟着我，我可就要报警了！"

符安永环顾了一下四周，再拉着一张苦瓜脸，小声说："郝琳，那段视频可千万不要传出去啊，否则我就完蛋了，你提什么条件，我都答应你。"

郝琳猛地转过身，拿出手机扬了扬，说："你再不走，我可真的要报警了！"

符安永这才止住脚步，心有不甘地看着郝琳。直到郝琳走远，他才上了自己的车，悻悻离去。

次日早上，郝琳吃完早餐，准备给唐雨晨打电话，告诉她自己今天去上班。可她刚拿起电话，门铃就响了起来。

她放下电话，走过去打开门，一下子愣住了！符安永抱着儿子和他母亲王娥站在门口。

王娥最先发话说："郝琳啊，自从你和安永离婚后，我和他爸经常教训他，这么贤惠的一个媳妇不好好珍惜，到底还想咋地？难道要找天上的嫦娥给你当媳妇不成！经过我们老两口多次责骂、开导，他终于认错了。今天，他是来给你赔罪的！"

"是，是！"符安永边说，边推门走了进来，"你看我把伟伟都抱来了，我知道你想伟伟。"

等王娥也走进来后，郝琳关好门，返回屋内，坐在沙发上沉默着，气氛有点儿尴尬。

符安永挪坐过来，指着郝琳对伟伟说："伟伟，这是你妈妈，快叫妈妈！"

伟伟睁着圆溜溜的大眼睛看了郝琳一会儿，才怯生生地叫了一声："妈妈！"

这一声"妈妈"，仿佛一阵暖风吹进郝琳的心田。刹那间，她的心一下子融化了。她转过身，颤抖着双手，抱过儿子，将儿子拥进怀里，眼泪无声无息地滚落下来。

也许是母子天性，也许是符安永事先跟伟伟说了些什么，他伏在郝琳的怀里，出奇的安静。郝琳此刻母性大发，紧紧地抱着儿子，恨不得将他贴着自己的心。

“好了，别难过了！”王娥说，“常言道，一日夫妻百日恩，你们夫妻一场，总该念点儿情吧。安永他确实做了一些对不起你的事，可他有官职在身，那都是逢场作戏，不得已的事。你要多谅解他！想当年，我那老头子不也为了应酬经常到酒色场所吗？我也跟他吵过很多次，磕磕绊绊也走到了今天，夫妻间要多些谅解才是。我和他爸已经教导过他多次，他爸甚至还打了他几巴掌。他已经知道错了，你就再原谅他一次，抱孩子回家好好过日子吧。”

郝琳做符家媳妇那会儿，跟婆婆的关系很好，对她言听计从，孝敬有加。这会儿婆婆来说情，她心里甚是感动！但她和符安永的事，远非婆婆说的那么简单。符安永在外面包养情人后，她不知道劝说过多少次，他不但不听，还对她恶语相向，甚至拳打脚踢，百般辱骂。而且，离婚也是符安永提出的。可以说，她是被符安永像打发乞丐一样赶出来的，没有一点儿尊严！这种伤害是刻骨铭心的，她对符安永已经产生了深深的仇恨，不可能只因婆婆一句话就尽释前嫌。

“妈，您不要再说了！”虽然感到有点儿别扭、陌生，郝琳还是喊王娥为妈，“这是我和他之间的事，您就不要插手了。”

王娥朝符安永使了一下眼色，符安永赶紧说：“郝琳，儿子不能没有妈啊！你知道吗？自从你走后，伟伟整天哭喊着要妈妈。你想过吗？将来他上学了，同学都有妈妈，他没有，该多伤心、难过啊！你忍心吗？”

说着，符安永对儿子说：“伟伟，快叫妈妈回家！”

伟伟嘟着嘴，奶声奶气地叫了一声：“妈妈！”

郝琳深深埋下头，眼泪再次喷涌而出。

也许是郝琳的眼泪使伟伟意识到了什么，伟伟哇的一声大哭起来：“爸爸，我要妈妈，我要妈妈！”

“儿子都这样了，你还忍心吗？”一旁的王娥也忍不住哽咽起来。

郝琳好不容易才稳定了一下情绪，抹去伟伟白嫩小脸蛋儿上的泪水，说：“伟伟不哭，妈妈在这里呢！”

伟伟止住了哭声，睁着好奇的大眼睛，一会儿看看符安永，一会儿又看看郝琳。

郝琳又是一阵心疼，将儿子紧紧抱进怀里，哽咽得无法言语。

这时，郝琳的手机铃声响了起来，一接听，竟然是她父亲打来的。她父亲是名普通工人，母亲下岗多年，家里还有个弟弟在读书，经济条件不是很好。她嫁给符安永后，全家人都以她为荣，她和符安永离婚，根本不敢让家人知道，怕他们难过。

郝琳不由得捏了一把汗，怯怯地问道："爸，有什么事吗？"

"娃儿，咱们是穷人家出身，你既然嫁给安永这样的富有家庭，凡事要忍让着他，不要惹他生气。夫妻吵架是常有的事，他一个大男人偶尔冲你发发脾气也是很正常的，你跟他闹什么别扭呢？快跟人家认个错，两人好好过日子吧。我和你妈年纪大了，你就不要再让我们为你操心了！"

听了父亲的话，郝琳暗自松了口气，看样子父亲还不知道她已经和符安永离婚的事。父母年事已高，经济条件又不好，她这个做女儿的，得多尽孝心才是啊。可想到自己目前的处境，郝琳心里充满悲苦。

"爸，我知道了，这事儿我会处理好的，您放心吧！"

挂了电话，郝琳把儿子交给婆婆，对符安永说："你过来一下！"

符安永赶紧起身跟了上去，两人一前一后，走进了卧室。郝琳把门关上，眼睛直逼着符安永，严肃地问道："你真的是诚心诚意来跟我复婚，还是为了那段视频？"

"当然是诚心诚意跟你复婚了！"符安永摆摆手，装作很苦恼的样子，说，"你怎么老是不相信我呢？"

郝琳二话不说，一下子撩起自己的上衣，露出那道刺眼的疤痕。

"这，这……"符安永目瞪口呆，一时语塞。

"这是你前段时间驱车追赶我出了车祸后留下的。"郝琳目光如剑地盯着符安永，继续说，"你如果现在改变主意还来得及！"

符安永愣了一会儿，微笑着走过去，拉下郝琳的衣服，牵起她的手，说："这是我犯下的错误，后果应该由我来承担，我不会嫌弃你的。"

"真的？"郝琳追问到。

"当然是真的了！"

郝琳心头一热，扑进了符安永的怀抱中。

"好了，好了！"符安永给她穿好衣服后说，"现在赶快收拾东西回家吧！"

郝琳含泪点点头！

符安永替她擦了擦眼泪，问道：“那段视频，你没传出去吧？”

“没有！”郝琳摇摇头说。

“那除了你我，还有没有别人看过？”

“也没有！”郝琳说。

停了一会儿，她猛地抬头说：“那台摄像机是雨晨帮我拿的，不知道她看过没有！”

“什么？雨晨帮你拿的？”符安永脸色顿时像被染上了白霜似的，没了血色，双腿也在发抖。

“是这样的！当时我看到你上楼来，没敢去取摄像机。接着，你又跟了出来，追赶我，我只好给雨晨打电话，让她去取。我出了车祸后，昏迷了过去，醒来时，雨晨正好拿着摄像机进来。我问她看过里面的内容没有，她说没看过。”

符安永松了口气，但心中仍仿佛扎着根刺似的，特别不是滋味。

“你现在可以把复制的盘给我了吧？”符安永搂着郝琳，柔声问道。

郝琳心里一惊，挣脱出来，说：“不行，在你没有正式和我复婚之前，我不能给你！”

符安永脸上的肌肉抽搐着，似乎想发作，但瞬间就笑得像朵盛开的花：“行，那就等复婚后再给，看把你吓得魂不附体的样子！”

郝琳随符安永回到他们的婚房，一套位于达安路金典小区的三房两厅的房子。这套房是符安永父亲买给他的，房产证上的名字也是他父亲的名字。婚后，家庭存款由符安永掌管，他具体有多少钱，郝琳并不清楚。她一心扮演着称职家庭主妇的形象，买菜、做饭、拖地板、照顾儿子，整个家都被她收拾得井井有条，一尘不染。

一阵开锁声过后，符安永将门打开。迈进家门的那一刻，郝琳的记忆之门也打开了。家还是那个家，家具、电视、冰箱都没变。只是，每一件物品都蒙上了一层灰尘，仿佛在等待着女主人回来擦洗干净。

郝琳愣愣地站在客厅中央，脑海里一会儿浮现出刚结婚时夫妻相偎相依看电视时的温馨、甜蜜，一会儿浮现出夫妻闹离婚时的天崩地裂。

“到家了，发什么愣呢？”符安永边将伟伟放到地下，边说。小家伙似乎对这里很陌生，睁着大眼睛这儿瞧瞧，那儿看看，脸上写满了好奇。

“你把儿子抱到房间里，我先把客厅擦洗一下。”

说着，郝琳走进厨房，拿来抹布、拖把，还提来半桶水，弯腰忙碌了起来。符安永带着儿子到房间里逗他玩。也许是母子天性，虽然相处才短短几个小时，但他对郝琳很有好感，想出来和郝琳玩，符安永硬是不让，后来干脆把门关上了。

二十多分钟后，郝琳终于把客厅擦洗干净，电视机、音响、沙发等每件物品都仿佛一朵朵被小雨清刷过的花朵般纯净、明亮。紧接着，郝琳又擦洗了卧室、厨房和卫生间。

“好了，终于忙完了！如果我没说错的话，自从我走后，这个家从来没打扫过吧？”郝琳边说边推门走进房间，却见符安永躺在床上眯着眼半睡半醒的样子，儿子坐在他旁边安静地玩着玩具。

“睡着了啊？快到午饭时间了，咱们出去吃吧！”郝琳说。

“好吧！”符安永坐直起来，脑袋却耷拉着，头发有点儿凌乱，一副委靡不振、极度不耐烦的样子。

郝琳不禁悲由心生！离婚前，符安永在家时就是这样一副无精打采、昏昏欲睡的样子，她再好的心情，看到他这副模样，都会被破坏，变得伤感、压抑。现在，他虽然把她请了回来，可如果复婚后，他仍是这个样子，这样的婚姻，又有什么意义呢？还能维持多久呢？

“U盘到底存放在哪里，该给我了吧？”符安永走到镜子前，对着镜子理了理自己的头发和衣服，偶尔瞅一眼镜子中的郝琳。

“你的目的到底是要我回来，还是为了U盘？”郝琳撅撅嘴问道。

“当然是要你回来了！”符安永大声说，语气中有点儿不耐烦和不大情愿，“但是，我也放心不下那段视频，要知道，它关系到我的前途！”

“那段视频，我自然不会泄露出去的。如果你是真心和我复婚，那么咱们先去办理完手续，我自然马上给你。”

“办理手续也只不过是个形式而已，婚姻要靠两个人经营，如果两个人合不来，那张纸能把两个人长久地拴在一起吗？”符安永回过头，翻了翻有点儿沉重的眼皮，看了郝琳一眼说。

“你的意思是说，我和你合不来？既然这样，你没有必要把我叫回来！”

郝琳的语气有点儿冷起来。

“我可不是那个意思！”符安永说，“要知道我是个行长，每天忙得晕头转向，你要我立刻跟你去办理手续，我还真抽不出时间。所以，你不要着急，先等一段时间，我有空再说。”

“好吧！”郝琳不再强求。她想，反正他已经把她请回来了，缓一段时间也无妨。

·8·

报建手续批下来了！

开工时间也定下来了，就在下周一。项目起名为“佳运玉园”，由新世纪广告公司策划、推广。

在开工之前，冯雄俊决定请建筑材料供应商、建筑商等合作伙伴一起吃一顿饭，一来，对他们表示感谢；二来，鼓舞大家的士气。至于政府部门和银行帮过忙的朋友，他已经单独打过多次交道，该意思的已经意思了，不打算再请。

吃饭的地点定在金贵酒家，时间是今晚七点半。

冯雄俊挨个儿给合作伙伴打电话，发出邀请。唐雨晨是最后一个接到电话的。

她说：“我可不可以不去？我公司今晚也有个应酬。”

冯雄俊为难地说：“你也是我的合作伙伴，我好不容易把其他人都请齐了，唯独缺你，我心里很别扭。再说，你也知道，我不能喝太多酒，希望你过来帮我撑一下场面。另外，这些朋友生意都做得很大，你认识他们今后或许会对你有所帮助，最好过来吧！”

唐雨晨想了想，觉得自己应酬的是个小客户，不去也没关系，便说：“行吧，我把我的应酬推掉就是了！”

放下电话，冯雄俊埋头沉思了一会儿，把林淦叫了进来，在他耳边嘀咕了一番。

林淦听了，惊得张大嘴巴，说：“这，这可是犯法的事啊？”

“犯什么法？这可是关系到公司利益的大事啊！况且，股份本来就是咱们公司的！”冯雄俊说。

“哦，哦，那好吧！我去找个稳妥、老练的人！”

“你找到了，让对方不要急，一定得小心，别让人逮着了！”

“好的！”林淦满腹心事似的，低着头，眉头紧锁地走出了冯雄俊办公室。

唐雨晨七点四十分左右，才到达金贵酒家。别人都已经到达，当她走进包厢时，众人目光都齐刷刷地集中到她身上。她还没来得及看清每个人的面孔，突然，一个略微沙哑、好似公鸭般的声音惊叫起来：“玫瑰！”

唐雨晨寻声望去，是一个肥头大耳的家伙。刹那间，她顿时想起来了，这人就是以前在塞思酒吧喝过酒的肥头男！此人正是韦世财！

他这一声惊叫，把众人的目光都吸引到他身上。可他根本没在意，目光一直在唐雨晨的脸部、胸部扫视。

唐雨晨白了他一眼，感到很恶心，又不知道该如何避免目前的尴尬。

冯雄俊见状，赶紧起身打圆场，指着唐雨晨，介绍说：“这是我的好朋友，也是我的合作伙伴，鑫生家具公司的唐总，唐雨晨。”

“哦，哦！”韦世财半天都没反应过来，“玫瑰，哦，不，唐总原来是做家具生意的啊！”

冯雄俊本想挨个儿把在座的朋友介绍给唐雨晨，既然韦世财插嘴了，他只好先对他做介绍：“唐总，这位是搞工程的韦老板，韦世财。”

唐雨晨把心中的厌恶情绪压制住，朝他勉强地笑了笑，并跟他握了握手。

冯雄俊接着把其他人介绍给唐雨晨。他们分别是：建筑材料供应商梁文峰和邓运发，新世纪广告公司老总鲁广能。唐雨晨微笑着一一跟他们握手问好。

唐雨晨落座后，梁文峰问唐雨晨：“唐总和韦老板以前就认识吗？”

还没等唐雨晨回答，韦世财就大声说：“是啊，我们以前一起喝过酒，唐总的酒量可好了！”

“是吗？”梁文峰看着唐雨晨说，“那等下，唐总可要让我们见识见识！”

唐雨晨见韦世财嘴巴没遮拦，把“火”引到自己身上，心里很生气，却又不好发作。

“哪里，哪里，我的酒量远远比不上韦老板！”唐雨晨边说，边瞅了韦世财一眼，见他竟然还色迷迷地盯着自己，心里不由得又是一阵恶心。

这时，服务员陆续把酒菜端上来了。冯雄俊让她给每个人倒满酒，接着举杯说：“今天难得把各位请到一起，首先，我对大家的到来表示感谢！”

说完，冯雄俊仰头一饮而尽，其他人也举杯见底，一旁的服务员赶紧给每个人满上。冯雄俊又举杯说：“佳运玉园下周一动工，工程投资较大，感谢各位先行垫付财力、人力，希望大家齐心协力把项目圆满完成，一起发财！”

说完，冯雄俊和大伙儿一起碰了杯。

哐，哐，那清脆的玻璃碰撞声，犹如一支美妙的曲子。韦世财并不知道唐雨晨和冯雄俊的关系，和冯雄俊碰完杯后，又将杯子伸到唐雨晨面前，碰了一下唐雨晨的杯子，盯着唐雨晨的脸蛋儿与胸部之间。唐雨晨心里很不快，却又不好发作，喝完杯中酒，只是低着头摆弄杯子。

韦世财的言行举止和唐雨晨的不满，冯雄俊都看在眼里，却不好说什么。

两杯酒下肚，大伙儿都拿起筷子吃菜。在这个空当，勤快的服务员微笑着给每个人又满上酒。

才吃了一口菜，韦世财就不分主次，似乎早已忘记了冯雄俊的存在，按捺不住地朝唐雨晨举起了酒杯：“唐总，以前跟你喝的那次酒，还不够尽兴，今晚咱们俩可要好好干一干！”

说着，他不顾其他人愕然的表情，起身把酒杯朝唐雨晨递得更近一些。挨着他坐的鲁广能只好挪了挪椅子，让了让。

唐雨晨不好当着这么多人扫他的面子，只好举杯和他干了。

“爽快！”韦世财大声说，“服务员，快倒酒！”

这时，建筑材料供应商梁文峰看不下去了，对韦世财说：“韦老板，今晚的主角是冯总，咱们得先敬冯总一杯！”

“哦，没错，没错！”韦世财这才大梦初醒似的，举杯对冯雄俊说，“冯总，我这人比较粗心，得罪之处，多多见谅！”

说完，他咕噜一声，把酒给干完了，其他人也先后单独敬了冯雄俊一杯。随后，冯雄俊也单独回敬了他们每人一杯。

该尽的礼节已经尽到，胃开始隐隐作痛，冯雄俊不想再喝下去了，说：“今晚把各位请来，除了表达我对各位的感激之情外，还有一个目的，就是让各位互相认识、交个朋友。因此，各位不要光把目光聚集到我身上，你们互相之间也要多交流、多喝点儿。”

“冯总说得对，梁总，我先敬您一杯！”唐雨晨怕被韦世财揪住不放，干脆主动出击，甩开他。

韦世财果然显得很焦急，拿着酒杯，直愣愣地看着唐雨晨。

鲁广能挨着韦世财坐在他右边，本该和他干一杯才合礼节，可见他这模样，干脆和邓运发干杯。

和梁文峰干完后，唐雨晨接着又和邓运发、鲁广能干。韦世财几次想插嘴发话，唐雨晨都抢在他面前说话，不给他机会，急得他涨红了脸。

终于等到唐雨晨和在座的每个人都干完了，韦世财美滋滋地以为，唐雨晨马上要和他干了。

谁知，唐雨晨却说："韦老板，您的酒量以前我已经见识过了，改天咱俩再好好喝。今晚，我要见识一下其他几位大哥的酒量。"

韦世财一听，气得脸都发青了，大声说："唐总，不行，不行！怎么说咱们也是老相识了，今晚你不能忽略我这个老朋友。"

说着，他让鲁广能跟他换了位置，挨坐在唐雨晨旁边。唐雨晨心里暗暗叫苦，知道这个人很难对付，却又想不出脱身之计，于是朝冯雄俊狠狠地瞪了一眼。

韦世财根本无视其他人的存在，一杯接着一杯地和唐雨晨喝，根本不容其他人插嘴，而且一边喝，还一边哈哈大笑。在座的其他人都受不了他，皱了皱眉头。眼见这酒喝得没多大意思，梁文峰最先起身告别，其他人也找借口离开了。

这反倒更合韦世财的心意。他说："唐总，他们都走了，咱们俩不醉不罢休，怎么样？咱们像以前那样，边划拳边喝酒吧？"

其他人都走了，冯雄俊已没有了顾虑，板起脸说："韦老板，今晚咱们就到此为止吧。唐总也很忙，你就不要耽搁她的时间了。"

唐雨晨也接过话，说："是啊，我等下还要去拜访一位朋友，改天咱们再喝吧。"

“这，这，这算什么啊！”

还没等他发完牢骚，冯雄俊就大喊道："服务员，结账！"

韦世财见状，只好起身告别。临走之前，他回头盯着唐雨晨，恨不得把她吞进肚子里。

·9·

从酒家出来，唐雨晨气鼓鼓地说：“你约了这个猪头似的家伙，怎么不跟我说一声？要是知道他在，我才不会来！瞧他那肥头大耳、色迷迷的样子，真是恶心！”

“我每天都那么忙，哪里想到这一点？而且，那晚在塞思酒吧喝酒的事，都过去那么久了。”

“你怎么把工程给他这种人做啊？看他那粗鲁的样子，怎么都放心不下！”

“我也不想把工程给他做啊！”冯雄俊叹息说，“是周功航介绍的，我不敢得罪周功航啊！”

“周功航？”唐雨晨怎么也没想到，周功航竟然跟韦世财这种粗俗的人认识。

“是啊，我原本已经跟另外一家公司谈妥了，周功航硬是要我把工程给他。我不给他，报建手续不知道猴年马月才能被批下来！”

“可是，跟他合作你能放心吗？万一出了事，怎么办？”

“不跟他合作又有什么办法？开工以后，我多抽时间去工地监督就是了！”

“我可不希望出什么事啊！”唐雨晨瞅了冯雄俊一眼，说，“公司有我的股份，而且你还欠我 200 万元呢。”

“雨晨，在你心中是我重要，还是钱重要？”冯雄俊不禁止住脚步，一脸认真地问道。

“当然是钱重要喽。没有钱寸步难行，至少，钱，我可以紧紧握在手里。至于你的心吗，难说！”说完，唐雨晨回头看了冯雄俊一眼，见他一副失望的样子，她赶紧笑嘻嘻地说，“逗你玩的，当然是你重要了，瞧你那模样，好像苦瓜似的！”

冯雄俊这才露出了笑容。

卢沧舟到英国已经几个月了。

他每隔一段时间就给唐雨晨发一封电子邮件，告诉她自己的学习、生活情况。他说，功课非常多，压力很大，每天都看书到深夜。有时，唐雨晨还跟他在 MSN 上视频聊天，视频中的他瘦了许多，眼睛深陷，显得很疲惫。由于时差，唐雨晨一般晚上跟他聊。

时间已经是深夜十一点多，英国大概是下午，卢沧舟也许在上课吧。唐雨晨喝完酒回来，头还有点儿不舒服，睡不着，便打开电脑上了 MSN，卢沧舟竟然在线。

还没等唐雨晨跟他打招呼，他就先发了一个微笑的表情过来。

“最近好吗？”唐雨晨噼里啪啪地敲了一行字。

“好！你呢？”卢沧舟打过来的竟然是英文。幸好唐雨晨的英文还没忘光，看日常对话还没问题。

“也好！你在干吗？”唐雨晨在这行字后面，加上一个握手的表情。

“我和同学在图书馆查资料。”

“哦，那你忙吧，我不能打扰你！”

“没事的，雨晨，我有女朋友了，你想看看吗？”

唐雨晨一愣，心里竟然有点儿酸楚：“那恭喜你啊！”

这时，卢沧舟发过来视频请求，唐雨晨刚一点击，电脑屏幕上就顿时出现了三个金发碧眼的洋妞，咧咧嘴，眨眨眼，冲唐雨晨扮鬼脸。

“忘了提醒你一下，我说的是女性朋友，不是女朋友！”卢沧舟发过来这句话，紧接着是一个大笑的表情。

唐雨晨心头一松，也笑了起来。

“雨晨，我爱你，做我的女朋友吧？”卢沧舟打完这句话，接着发过来一颗红心。

“别闹了，专心查资料吧，我可不希望你拿不到学位！”

两人随后又聊了一些各自的近况，唐雨晨感到头沉重起来，便说：“你忙去吧，我要下线了！”

“好的，拜拜！”卢沧舟发过来一个挥手告别的表情。

唐雨晨关了 MSN，脑海里一会儿出现卢沧舟那略带孩子气的纯纯的笑，一会儿出现冯雄俊刚毅、棱角分明的脸庞，一会儿又出现周功航眯着眼时那副深不可测的模样。

·10·

糖厂早在五年前就已经倒闭，机器、设备等值钱的东西早就被卖光抵债了，唯独剩下空荡荡的厂房。但由于年久失修，厂房的墙七扭八歪，里面杂草丛生，更不时有蛇鼠出没。

早上九点多，朝霞给断墙野草披上了一层金光。三台推土机轰鸣着，将破败不堪的厂房推倒。冯雄俊西装革履，斜靠在自己锃亮的奔驰车上，悠然地抽着烟，望着眼前忙碌的景象，心里勾画着佳运玉园建成后的豪华与气派。

在他的旁边还停着好几辆小轿车，唐雨晨和建筑材料供应商、开发商等几人，站在冯雄俊旁边，用入迷的目光追随着推土机和一堵堵应声而倒的墙。

今天是佳运玉园开工的日子。新世纪广告公司本来提交了个隆重的开工仪式方案，拟进行舞狮和文艺表演，邀请本市一些名人和媒体记者来参加，可方案被冯雄俊否定了。他觉得这只是普通住宅建筑，又不是政府盖重大民生工程项目，用不着大张旗鼓。开工这天，他让参与项目的公司老总都到现场，搞个简单的开工仪式，再放几挂鞭炮就行了。

“冯总，这块地即使你不盖楼，转手出去也可大赚一笔，盖楼就更不用说了。你的眼光怎么那么准，怎么就料到这里的土地会增值呢？说给兄弟听听，让兄弟也学点儿经验？”梁文峰面带微笑，满脸羡慕地问冯雄俊。

“哪有什么经验？我只不过厌倦了做家具生意，想尝试一下其他行业，恰好看到这块土地的拍卖信息，便买下了。”冯雄俊也没料到对周功航进行小小的感情投资，会获得这么大的一个商机。这个秘密，他当然不会告诉梁文峰。

“仅此而已？没那么简单吧？”梁文峰略带惊讶地说，“您是做过多年生意的人了，怎么可能没有考虑到成本与收益，就盲目花巨资买下这块土地？您是不是事先知道这块地周围即将上大项目？”

“对，对，对！”邓运发凑过来，插嘴说，“冯总必定是事先知道这一带的规划才迅速下手的，看来，冯总的人脉很广啊！”

韦世财刚才故意慢慢踱到唐雨晨的身旁，想和她套近乎。无奈，唐雨晨阴着脸，对他的问话不理睬，他自觉没趣，只好也围上来，参与梁文峰他们的交谈。

他认识周功航，也知道周功航和冯雄俊的关系，因此，冯雄俊拿这块地的内幕，他是知道的。邓运发的话音刚落，他就吐掉烟头，张嘴正想揭冯雄俊的老底，冯雄俊知道他嘴巴没遮拦，赶紧给他递了个眼色，手迅速搭到他的肩膀上，大声说："要说到经验，你们应该向韦老板学习，韦老板承揽过很多工程，什么样的土地能增值，他看得八九不离十。"

韦世财愣了一会儿才明白冯雄俊的意图，赶紧把话吞回肚子，说："这个嘛，很难说，市场变化多端，谁也摸不准。照我看，得大胆，只要你觉得可行就大胆地押注。不管做什么生意，都存在风险，畏首畏尾肯定做不了大生意。"

"韦老板说得真好，难怪他生意越做越大！"冯雄俊赶紧恭维韦世财，借此转移别人的注意力，防止他们对刚才的话题追问到底。

韦世财听了恭维话，笑得把眼睛挤成了一条线，说："要说赚钱，人人都知道搞房地产来钱多来钱快，冯老弟现在开发的是黄金土地，到时候恐怕要雇辆大卡车来拉钱了。"

梁文峰和邓运发赞同韦世财的说法，连声附和着。冯雄俊却收起了笑容，望着轰鸣的推土机，脸色有点儿凝重："房地产是来钱快，但是投入也多，风险也大。我现在把全部家产都押在这个项目上了，一旦出现问题，我可就彻底玩完了。各位也知道这点，所以希望各位理解我，不论在什么样的情况下，都要相信我，保证工程顺利完工，大家都有钱赚。"

"冯老弟，这个你就放心吧！"韦世财抢先发话说，"我们也是看好你这个项目，才垫付人力、财力帮你盖楼的。现在大家是在同一条船上，我们一定齐心协力，把船向'钱'开，一起发财！你们说对不对？"

梁文峰和邓运发连连点头。

"唐总，你说呢？你好像不开心啊，有什么心事吗？"韦世财看了一眼唐雨晨，忍不住又把注意力转移到她身上。

唐雨晨那晚被他弄得心情糟透了，很讨厌再见到他，本不打算来参加开工仪式的，经冯雄俊多次劝说才心不甘情不愿地来。

见韦世财问她，她勉强露出笑容说："你们都是大款、大生意人，谈的话题又那么伟大，我一个弱女子插不上嘴。"

"唐总这是深藏不露啊！"梁文峰笑笑说，"听说唐总的家具生意做得很大，以后我要是买家具，你可得给我优惠点儿啊。”

“梁总真是会开玩笑，您是大款，买东西哪里会在乎价格呢？”唐雨晨说，“今后，我希望您多给我介绍点儿业务才是。”

“唐总，我认识很多地产老板，这个任务就包在我身上了！”韦世财见唐雨晨态度转暖了，赶紧走到她跟前，丝毫不收敛他那色迷迷的目光。

唐雨晨不由得皱了皱眉头，敷衍说：“好啊，那我就先谢谢韦老板！”

这时，唐雨晨的手机铃声响了起来。她仿佛抓住一根救命稻草似的，拿出手机，往前走几十米，避开韦世财接听，是周功航。

“雨晨，你现在马上到宁湾宾馆来一下，我有重要的事跟你谈！”

“好的，我现在就过去！”

唐雨晨巴不得早点儿离开这里，免得被韦世财纠缠。挂了电话，她跟冯雄俊打了声招呼，然后上车绝尘而去。

唐雨晨要回自己的私密照后，对周功航的怒气消除了许多。周功航也像以前那样宠着她，到外面出差，总忘不了给她买珠宝、高档化妆品等礼品。两人温存时，他还亲昵地喊她“老婆”，并且要她喊他“老公”。

唐雨晨不从，说：“那是你结发妻子的专利，我只不过是你生命中的过客。”

周功航很不满她的回答，双手用力地按着她，使她动弹不得，接着在她脸颊上重重地咬了几口，痛得唐雨晨哇哇大叫，喊道：“你干吗咬我？”

周功航注视着她，说：“我就是要把你咬得很痛很痛，只有这样，你才能把我记在心上。以后，你要是离开我了，想起我咬你脸蛋儿时的疼痛，就会想起我。你是我的人，我不仅要在你的脸蛋儿上烙上印痕，还要在你心上深深地烙上不可磨灭的印痕。”

如果这句话是发自知心爱人之口，那唐雨晨肯定会感动得泪如泉涌，生生世世铭刻在心头。可他毕竟不是，他只是享受她的青春与美貌，而她则利用他的权力获取财富，当这种关系失去维护的意义时，两人就相忘于茫茫人海了。到底什么才是真爱呢？世界上有没有真爱呢？

“唉！”唐雨晨轻轻叹了口气，举手敲了几下门。过了一会儿，门打开了一道缝，周功航探出头来。见是唐雨晨，他把门打开，待唐雨晨进去后，再关好反锁上，接着回过头，一下将唐雨晨猛地抱进怀里，狂吻着。

直到力气耗尽，他才松开了快要窒息的唐雨晨。

“你不是说，有重要的事要跟我商量吗？”唐雨晨捋了捋有点儿散乱的头发问道。

“看把你急的！”周功航把唐雨晨扶到椅子上坐下，他自己坐到床上。

“宝贝，你公司账上还有多少钱？”周功航问道。

“干吗？”唐雨晨不由警觉起来。

“现在有个赚大钱的好机会。”周功航点了根烟，吞云吐雾起来，“冯雄俊手头的土地是我指示他买的，这个你是知道的。那块地，现在价格已经翻了一倍多，他只要一转手就可以狠赚一笔。现在，市规划局在南江区群贤村一带准备上大项目，建一个高科技村。规划方案已经获得市政府批准，很快就会在媒体上公布，个别知情的商人已经开始在那一带圈地。”

“你的意思是让我炒地皮？”还没等周功航说完，唐雨晨就插嘴说。

“没错！”

“可我哪有那么多资金？”唐雨晨说，“我收购雄俊家具公司的时候，已经找人家借了一大笔钱，现在还没还清。前段时间，你又让我借给冯雄俊 200 万元，现在哪有那么多钱炒地皮？”

其实，唐雨晨借刘乾生的钱，已经还完。她不想让周功航知道她公司的情况才这么说。

“公司账上还有多少钱？”

唐雨晨迟疑了一下说：“300 多万元，这可是公司的流动资金，不能动的，否则资金周转不过来，公司要垮掉的。”

“你先听我把话说完。”周功航说，“我已经筹到了 800 多万元，只要你入股 300 万元，即可把群贤村附近的 100 亩地拿下来。只要规划方案一公布，那里的土地价格肯定上涨，到时候咱们一转手即可赢利。细细算来，占用你的钱的时间不太长，也就两三个月而已。”

“别跟我说这些了，我不感兴趣，况且你还欠我 100 万元呢！”唐雨晨一想到周功航欠她的钱就来了气。

“你先不要忙着拒绝，你那 100 万元，我也算你入股，加上 300 万元，总共入股 400 万元。你想想看，只要规划方案一公布出来，土地价格就飞涨，到时候一出手，就可以赚几百万。你做家具生意能在这么短时间内赚这么多钱吗?我是局长才得知这个可靠消息，要是别人早就高兴得发狂了，冯雄俊当初我只是给了他一个暗示，他就买下了。当然，我自己也想赚点儿钱，所以才筹集了800多万。正是因为钱还不够，加上也想让你大赚一笔才找你。"

唐雨晨不由得心动了！周功航说得没错，冯雄俊就是最好的例子，他的土地很多人看着眼红呢。问题是，她的钱来之不易，她怕出了问题，打了水漂。可如果周功航提供的信息准确，这可是个绝好的发财机会，放弃真是太可惜了。周功航是局长，这个消息应该不会有假。退一步说，即使土地不增值，也不会降太多，这笔投资也赔不了多少钱。

"你好好想想，晚上给我答复。你要是不感兴趣，我再找别人，时间很紧！"周功航说。

唐雨晨想，如果把流动资金都拿来炒地皮，那她就没钱进木材，客户的订单也就没法儿按时完成。不过这个问题似乎不太难，她有一些木材存货，还可以应付一段时间。即使到时候没钱进木材，还可以向刘乾生赊货，她跟刘乾生关系很要好，他肯定会同意的。至于公司的日常开销、员工工资等，数额不大，她可以找生意场上的朋友帮忙。另外，她认为自己已经把周功航套牢，周功航对她已经动了情，而且陷入很深，他离不开她，他说的话应该不假。

唐雨晨想了一个下午，最终觉得机会不容错过，便同意出资跟周功航炒地皮。

当晚，周功航开唐雨晨的车，带她来到南江区群贤村转了一圈。群贤村周围还有好贤村、下贤村等几个村庄，因为靠近市区，这几个村庄早就把土地出售给他人办厂，或自个儿办厂。在这里，根本看不到农田。

周功航把车开到一家名为优良的种子公司门口。该公司大门约十米高，借着车的灯光，看上去还挺气派，可当车驶进去后，里面却是杂草丛生，比人还高。

"这家公司购买了100多亩地，在这里搞试验，后来公司出了问题，这块地就荒芜掉了。咱们买的就是这块地，离群贤村仅一公里左右，保准升值！"周功航把车停了下来。

"你干吗不让你侄子去找银行贷款自己炒？那样你不是可以赚得更多吗？为什么还要拉上我呢？"唐雨晨问道。

"你说呢？"周功航把唐雨晨搂进怀里，亲了一口，说，"我是爱你，才把机会给你，让你也发一把。再说了，我这种身份，哪敢让亲人随随便便到银行借钱？”

“那，那 800 万元，你是哪里来的？筹到钱，干吗不先还给我？”

“那笔钱一部分是我侄子的，一部分是找朋友借的，我当然要还你钱了，不过不是现在而是几个月后，到时连那 300 万元一起双倍还给你，满意了吧？”

“你怎么那么肯定这块地会升值？万一不升的话，怎么办？”

“放心吧，亲爱的。真要赔了，我养你一辈子，可以了吧？”

“你能养我一辈子吗？我又不是你老婆！对了，你干吗不让你侄子像冯雄俊那样搞房地产项目啊，那样不是更赚钱吗？”

“不行！”周功航说，“搞房地产投入成本高，风险大，而且较引人注目，不适合我这种人，短炒一下还可以。”

唐雨晨见他分析得很有道理，心里对他越发信服了。

次日，唐雨晨在一家宾馆的房间里，见到了周功航的侄子周世禄，他开的公司名叫精琢装饰公司。

当着周功航和周世禄的面，唐雨晨逐字逐句地阅读了三遍合同条款，确认没有错误后，才签了合同。

“这两天就把款打过来吧，时间很急，我们必须趁早行动！”周功航看着她签完最后一个字后说。

“没问题！”唐雨晨平静地说，心里却有点儿忐忑不安。

回到半路，唐雨晨突然想起，自己应该去对方的公司看一看，毕竟 300 万元是个不小的数目，在还没对对方有多少了解的情况下，贸然打款过去，显然太粗心。

想到这里，唐雨晨给周功航打了个电话，说想去他侄子的公司看看。周功航突然醒悟过来似的，说：“没错，我怎么忘了让他带你去看看，你现在马上跟他联系，让他带你过去。”

唐雨晨说：“不用了，他的名片上有地址，我自己过去就行了。”

周世禄的精琢装饰公司位于经贸大厦 601 房。唐雨晨拿出名片看了一眼地址，接着调转车头直奔经贸大厦。

十几分钟后，唐雨晨刚走进该大厦，周世禄就迎上来，略带歉意地说：“唐总，真不好意思啊，忘了带你到公司参观，刚才伯父还训了我一顿，说我办事粗心。”

“我只是想来看看你的公司，向你学习些经验，没有别的意思。没想到害你挨骂了，你不要见怪啊！”

“不会的，唐总好客气！”

过了一会儿，周世禄领着唐雨晨走进了他公司办公室。大厅约100平方米，被隔成许多小间，每间都配有办公桌、椅子、电脑等。见到周世禄，员工都站起来，向他点头问好。

“我公司目前有21名员工，主要做家庭装修业务，在装修行业中的知名度较高。”周世禄边说边把唐雨晨领进了自己的办公室。

唐雨晨环顾了一下他的办公室，左边有一张豪华的办公桌，上面放着一只展翅欲飞的雄鹰；办公桌的右侧有一个高大的四面镂花的书柜，里面陈列着一排排精装图书；办公桌对面有一张古典红木茶几和沙发，沙发背后的墙上挂着两幅装裱非常精美的行书。

“周总的办公室既古朴典雅，又豪华气派，真不愧是搞装修的啊！”唐雨晨由衷地赞叹道。

“谢谢你的夸奖！”周世禄说，“我们搞装修的，肯定要注重自个儿的形象，给客户留下好的印象。”

说着，周世禄泡了一壶茶，给唐雨晨倒了一杯。两人坐在沙发上，边喝茶边聊。唐雨晨有意问他一些装修方面的事，周世禄说得很专业，她这才放心下来。次日，她将300万元打到了周世禄公司的账户上。

·11·

唐雨晨得知郝琳跟符安永和好并且即将复婚的消息，甚是惊讶。

“郝琳，你要三思啊！他过去对你那么无情，你难道忘记了？你有没有想过，他要你回去的真正目的？”

郝琳自然不能把自己握有符安永把柄的事告诉唐雨晨，只好支支吾吾地说：“我，我也不知道，是他和他母亲带着孩子上门来求我的。”

唐雨晨见郝琳不肯把真相告诉她，也不再追问。不过，她猜测，必定是那段视频起了作用。

“雨晨，谢谢你的好意，不管怎么样，为了孩子，我必须回去。孩子不能没有妈妈！”

“那恭喜你了！我这里的工作，你还要做下去吗？”唐雨晨觉得这是郝琳的家事，既然她的主意已定，她没有必要去干涉。

“不了，我每天干家务，还要照看孩子，哪儿有时间？”

“行！那你有空的话，过来把工资结清！”

“不用了，雨晨，你帮过我那么多忙，那点儿工资就算了！”

“那怎么行？这些工资可是你流了许多汗水换来的，不能不要！”

郝琳推辞了一番，只好答应了。

“对了，雨晨，”在挂电话前，郝琳突然记起什么似的，问道：“前段时间，你帮我取那台摄像机的时候，有没有看过里面的内容？”

“没有啊！你上次不是问过我这个问题了吗？”唐雨晨想，既然上次都隐瞒了真相，那么就干脆隐瞒到底得了。

“哦，这我倒忘了，真不好意思啊！”

没离婚前，郝琳每隔一段时间就去做一次美容。离婚后，她既没心情，也不想浪费钱，从没去过。在家忙了几天后，她对着镜子，看到自己的皮肤粗糙了很多，眼圈也有点儿发黑。这天早上，她早早忙完了家务，把孩子送到婆婆那里后，上美容院做了一次美容。

十一点多，她做完美容回到家，一进家门，就见符安永正在格式化她的笔记本电脑。

“你这是干吗？我电脑里有许多重要的照片和文件呢！”郝琳惊叫起来。话一出口，她顿时明白过来，符安永肯定以为那段视频文件就在电脑里，他找不到就干脆格式化，全部删除，一了百了！

“你是想找那段视频吧？”郝琳失望地说，“那也不至于不说一声，就格式化我的电脑啊！”

“你不要生我的气啊！”符安永说，“我是怕你存在电脑里，上网时万一被人窃取，我就麻烦了。”

“可是，我没有把文件存在电脑里。”郝琳说。

符安永站起来，面带微笑，说：“那你藏到哪里去了？把它给我，我好放心。你都回来好几天了，总该相信我是诚心诚意要和你过日子了吧！”

“我跟你说过多次了，那段视频我存在一个U盘里，保存得很好，没人会发现的！”

“不怕一万，就怕万一！”符安永走过来，搂着郝琳说，“你现在拿出来给我吧，我下周二有空，到那天早上，咱们就去办理复婚手续！”

“真的还是假的？”

“当然是真的了，我对你，求也求过，跪也跪过了，你难道还不相信？”

“反正也就几天的事，你都等那么久了，再多等几天又如何？”

“这样吧！”符安永眼睛一转，说，“你先把U盘给我看看，我好放心！”

“我说过了，只有等到复婚手续办完那天，才把U盘给你！”

符安永叹了口气，咬咬牙，眼里闪过一丝不易察觉的凶光。

五天后，符安永终于和郝琳到民政局办理了复婚手续。

一回到家，符安永就搂着郝琳，含情脉脉地说：“现在该把U盘给我了吧？”

郝琳眼里闪着幸福的泪光点点头。

她走进房间，打开自己的皮箱，用剪刀剪开皮箱底部的棉布，拿出了U盘，递给跟进来的符安永。

“除了这个，再没有其他的了吧？”符安永问。

“没有了！”

“真的没有了吗？”

“当然了，你不相信我？”

符安永收起了笑容，走到电脑旁，打开电脑，把U盘插上去，打开那段视频看了起来。当屏幕上出现他和别人交易的画面时，他脸上的肌肉抽搐着，看上去十分狰狞。

他关了视频，拔出U盘，丢到地上，再拿起椅子，用椅脚对准U盘使劲地砸。椅子是红木做的，很沉重很有分量。在他的用力猛击下，U盘很快变成碎片，根本不能再使用了。

一旁的郝琳见他砸得如此用力、疯狂，不由得心惊肉跳。就在她毫无防备的时候，砸完U盘、放下椅子的符安永，猛地转头，啪啪几声，狠狠地抽了郝琳几个响亮的耳光。

郝琳只觉得天旋地转，眼前有无数金星在闪烁。

“臭婊子，竟敢偷拍老子，逼得老子对你低声下气，给你下跪，丢尽了颜面，老子忍你多时了！”符安永边打边怒吼。

郝琳捂着脸，放声痛哭起来：“你干吗？”

“干吗？你以为我真的要和你复婚？我是被你逼得无奈才这么做的！就凭你也配做我老婆？”符安永越说越气，下手也越重起来。

郝琳万万没想到符安永会风云突变，心痛得无法呼吸，身体更经不起符安永雨点般的拳头和巴掌，一下子跌倒在地上。符安永怒气未消，对着郝琳又狠狠地踢了几脚。郝琳哭得呼天抢地，泪如泉涌。

打累了，他才将郝琳拖出门外，吼道：“这里永远不是你的家，你快给我滚！”

说完，他砰的一声，将门重重关上。

郝琳鼻青脸肿，满脸泪水，瘫在地上，已经哭不出声来！仿佛一只病猫，被主人丢出家门，趴在地上，无力行走！

过了一会儿，符安永又将门打开，把郝琳的皮箱给扔了出来，喝道：“你能滚多远，就给我滚多远！”

郝琳自杀了！

那天，唐雨晨想起好久没跟她联系，便给她打了个电话，接电话的却是她母亲。

得知消息，她仿佛挨了当头一棒，震惊得久久说不出一句话。

“郝琳她，她为什么走上绝路呢？”好一会儿，唐雨晨才回过神来问道。

“她和符安永那畜生复婚后没多久，就又被赶出来了，还饱受那畜生的殴打、辱骂。那畜生逼迫她再次离婚，没过多久，郝琳她就，就……”电话那头，郝琳的母亲已经泣不成声。

挂了电话，唐雨晨脑海里浮现出郝琳那笑容可掬的模样。她虽然有点儿爱慕虚荣，但乐于助人、勤劳善良。大学时，每天早上，室友都还在睡梦中时，她就早早起来给大家打开水，买早餐，室友身体不舒服，她都主动帮忙照顾。大家很感激她，都称她为大好人。

可她，年纪轻轻，就这么从人世间消失了！为什么呢？为什么好人没好报呢？那天，接她出院时，两人还互相安慰，互相鼓励，没想到竟成了永别！仿佛两人昨天还见面，转瞬，她竟消失在时间的长河中了。

抬起头，已是泪眼朦胧！窗外，天依然那么蓝，云仍旧悠然地漂浮着，故友已去，生死两茫茫！

眨了一下眼，泪水终于滴落下来，闪烁的泪光中，郝琳的笑容如靥，何曾离去？

埋头难过了好久，唐雨晨才突然想起，应该去给她献束花表达哀思，怎么说，郝琳毕竟是她的好姐妹、好闺蜜。她再次拨打了郝琳的手机，可郝琳母亲告诉她，郝琳遗体已经火化，骨灰已经运回老家安葬。

无奈，唐雨晨只好给同学群发消息，告诉他们郝琳自杀的消息。一时间，天南海北表达震惊、难过、哀思的短信接连涌进唐雨晨的手机。此刻，虽然天各一方，但大家心里都在默默流泪，为郝琳祈祷，愿她在天堂安好！

周进打电话约唐雨晨出来，两人见面均泪眼相向。在公园里，两人并排着默默地走了一圈又一圈，夕阳把他俩的身影拉得很长很长……

·12·

唐雨晨提拔苏华强当了副总，工资给他涨了一倍。苏华强懂得感恩，也非常敬业，每天都将公司的事安排得很妥帖。员工的考勤、考核与激励，大单业务的跟踪与签单、收款、发货，等等，他都一丝不苟地对待，替唐雨晨分担了许多压力。以前，唐雨晨事必躬亲，公司大小事务都揽到自己身上；现在，她只需听取苏华强的汇报即可，遇到大客户，偶尔去应酬一下。跟以前相比，工作轻松了许多。

她大部分时间都周旋在冯雄俊和周功航之间。她对周功航没有爱，只是利用他的职权，为自己谋好处。

发自内心地说，她仍爱着冯雄俊，只是这份爱交织着刻骨铭心的恨。冯雄俊深深伤害过她，使她对这份爱产生怀疑，没法儿相信冯雄俊会爱她一辈子。更多时候，她希望冯雄俊公司倒闭，成了穷光蛋，向她乞怜，那样，她才能牢牢地把他控制在掌心！可这是不大可能的事，冯雄俊的项目正如火如荼地进行，想要他公司倒闭很难！他又是那么敬业，项目开工后，几乎天天都泡在工地，监督施工，认真查验每一个环节。有时，唐雨晨给他打电话，他都不接。

郝琳自杀事件给唐雨晨的触动很大。人生苦短，女人的青春更是稍纵即逝，她不能这么长久地在两个男人之间周旋下去，必须尽快挣脱出来，找个心爱的人组建家庭。她打算等周世禄炒完地皮，冯雄俊的项目完工，拿到钱后，安心打理自己的公司，本分做生意，好好过日子。

晚上，唐雨晨照常打开 MSN 和卢沧舟聊天。她已经习惯了在网上向他倾诉心事，而且觉得卢沧舟似乎没有以前那么令她反感、讨厌了。这种变化是不知不觉中发生的。唐雨晨突然觉悟时，感到很惊讶。她想，或许是远隔万水千山的缘故，或许是卢沧舟悄悄发生了改变，或许自己只不过是对着一个虚幻的网络倾诉心事，卢沧舟恰巧就在这个网络的另一端。

卢沧舟的 MSN 果然亮着，他总是那么耐心地等着她。

“沧舟，我最近心情很不好，我一个很要好的同学自杀了！”唐雨晨发过去一个泪流满面的表情。

“哦！”卢沧舟发来一个震惊的表情，“为什么呢？”

唐雨晨简要地向他介绍了事情的经过。

“她的前夫简直是个畜生！”得知郝琳的故事，卢沧舟发过来一个愤怒的表情，“他简直没有人性，没有一点儿怜悯心！”

“郝琳的经历，使我对爱情、对婚姻产生了深深的恐惧！”唐雨晨说。

“我理解你的心情！”卢沧舟说，“可是，你不要太悲观失望，要换个角度看问题。郝琳的事是个个例，大多数人还是找到了爱情，有美满的婚姻。要是没有爱情，没有婚姻，一个人孤零零活在世上，那多可怜、多凄凉啊！其实，郝琳要是振作起来，忘掉过去，重新开始，我相信她最终会找到真爱的。不论做什么事，我们都会遇到挫折、失败，爱情也一样！如果经历了一次失败，就一蹶不振，那就真的永远失败了！如果因为畏惧失败而不敢去尝试爱一个人，那才是更大的失败。你说是吗？”

“当局者迷，旁观者清，大道理谁都懂，真正陷入纠葛中，没有几个人能真正做到十分理智。”

“你说的也是，就像我，深深地爱上了一个女孩，对她发动猛攻，她却无动于衷，我几乎到了发狂的地步。”

唐雨晨说：“我比较相信那句话：命里有时终须有，命里无时莫强求。是你的就是你的，别人怎么也夺不走；不是你的，怎么强求都没用。既然，你知道我和你不可能走到一起，你何必再费心呢？大家做好朋友不是很好吗？”

“我和你的想法不一样。我的想法是，我只追求我喜欢的，即使得不到，追求的过程也是一种快乐，哪怕我悲伤过度、肝肠寸断而死，我也死得痛快。我绝对不允许自己去做自己不喜欢的事，敷衍自己不爱的人。那是一种折磨，一种伤害。”

“即使你走进了死胡同，你也不回头？”

“可我相信，我走进的不是死胡同！”

“你怎么那么自信？”

“我的心灵告诉我，那个人终有一天会感动的！”

“感动不能跟爱情画上等号！”

“没错！但感动是通往爱情的阶梯！”

唐雨晨打过去一个咧嘴笑的表情，说：“你最近说话的水平跟以前大不一样，看来英国改变了你不少啊！”

“不是英国改变了我，而是一个女孩儿。”卢沧舟发过来一颗红心，说，“她使我懂得什么是爱情，什么是责任，使我从浑浑噩噩中苏醒过来，使我有了人生方向与目标。”

“真酸！夸你两句，你就陶醉得升天了！”唐雨晨发过去一个耻笑的表情。

“雨晨，我现在已经不怕你打击、取笑了！”

“为什么呢？”

“因为我已经在你的打击与取笑中变得坚强起来了！”

唐雨晨发过去一个狂笑的表情，说："想不到打击、取笑别人，还是功劳！看来你回来要请我吃饭才行！"

"没问题！"卢沧舟说，"雨晨，你有没有在你的车上发现什么东西？"

"没有啊！我车里能有什么宝贝？你到底想说什么？"唐雨晨发过去一个巨大的问号。

"没什么，我只是希望你有空好好查看你的车，因为那辆车是我赔给你的。你爱护它，就等于爱护我！"

"哼，老是那么贫，不跟你聊了，我要睡觉了，你也该午睡了！"

"好的，拜拜！"

那晚，唐雨晨竟然梦见了卢沧舟，梦中，他向她露出了纯纯的、孩子气般的微笑。醒来，她惆怅不已！

·13·

唐雨晨每隔一段时间就打一次电话给周世禄，问他土地买下来没有。一个月过去了，周世禄老是说正在办理。唐雨晨急着用钱，又怕被骗，心里万分焦急。

这天早上，周世禄终于告诉她好消息：土地买下来了，土地证也办好了。唐雨晨立即赶过去，仔细查看了那个红色的小本子，一直悬着的心才终于放了下来。

她问周世禄："大概多久可以转手卖出去？"

周世禄说："规划方案公布出来后，还要两个月左右，但是如果行情看好，我们不妨多等些时日，等价格攀到最高点再出手。"

唐雨晨不由得皱了皱眉头，她公司账上已经没钱，工人的工资已经欠了一个月了，再拖下去，麻烦可不小呢。

从周世禄公司出来，唐雨晨给刘乾生打了个电话，约他出来吃饭。

半个小时后，两人在一家咖啡厅见了面。

自从唐雨晨开公司以来，刘乾生给过她很多帮助，比如，给她介绍一些进木材的经验；让他生意场上的朋友照顾唐雨晨的生意；唐雨晨收购雄俊公司时，他大方地借钱给她，等等。唐雨晨遇到什么困难，他都要过问，帮她出出主意，甚至大方地出手相助。

“大哥，我今天找你是想请你帮我一个忙！”刚一落座，唐雨晨就开门见山，直奔主题。

“妹子，有什么事你尽管说，我和你还分谁跟谁？”刘乾生笑眯眯地说。

唐雨晨把自己跟人合作炒地皮的事告诉刘乾生，但并没有说是跟谁合作。

“这么说，妹子是投入全部流动资金，现在出现资金困难了？”刘乾生问道。

“没错，大哥真知我心！”

刘乾生望着窗外，沉默了一会儿，才转过头，注视着唐雨晨说：“妹子，我这人向来热心对待朋友，这你是知道的。朋友有困难，我不会袖手旁观，即便是资金方面的困难也一样。但是，我出手是讲原则的。首先，对方必须是可信赖的、值得交往的人。这一点，妹子你当然没问题，我对你很放心。其次，是有限度的，必须在可控的范围内。这个可控的范围有两方面：一方面，是指我贷款给别人，必须在我自己能够承受的范围内；另一方面，是指在对方的偿还能力范围内。妹子，我出手相助过你不止一次，不但借钱给你，还把木材赊给你，但我终究是个商人，不是慈善机构，必须要为自己考虑，你说对不对？”

唐雨晨点点头。

“作为一名商人，我希望自己的事业稳步向前，发展壮大，也希望我的朋友如此。但我得先为自己考虑，再为别人考虑。这次，不是大哥不借给你，而是大哥最近进了大量红木，资金也差不多耗尽了。”

“大哥，你别说了，我理解你。”唐雨晨这时也觉得自己如此频繁地找刘乾生帮忙，心里很过意不去，说，“你已经帮过我很多忙，我一直铭记在心。你说得没错，我不能拖累你，我再想想办法就是了。”

“这就好，我只怕妹子误会我呢！”刘乾生露出微笑说。

“不会的，我不是那么小心眼的人。”

刘乾生看了唐雨晨一眼，埋下头，眉头微微地皱着，似乎有什么心事。唐雨晨说：“大哥是不是有什么话想跟妹子说？”

刘乾生抬起头，微微一笑说：“没错。不过我怕说出来，妹子会不高兴呢！”

“哎哟哟！”唐雨晨嗔怪地说，“大哥这句话可真见外啊，咱们俩都谁跟谁了，我怎么会见怪呢。”

刘乾生这才收住笑容，注视着她，认真地说：“雨晨，说实话，我挺佩服你的商业才能，你在这么短的时间内，把公司做到这等规模，确实很了不起。但我得给你浇盆冷水，我一直认为，做生意得脚踏实地才行，一口吃成胖子很难。商场上，尔虞我诈的事情屡见不鲜，陷阱处处都有，很多人被利润所迷惑，孤注一掷，到头来两手空空。当然也有人抓住机会，狠赚一把，但这样的机会并不多。你这次炒地皮，信息可靠吗？有几成的把握？地皮一定会涨价？”

唐雨晨不想把自己跟周功航合作的事告诉刘乾生，张了张嘴，犹豫了一下才说：“大哥，这次我是很有把握才大胆出手的，您就别替我担心了！”

刘乾生移开了目光，略微失望地说：“那就好，那就好！不过，我觉得家具市场这两年很不错，你炒完地皮后，好好做一做，争取赶上雄俊公司当年的规模。”

“谢谢大哥的建议与鼓励！”唐雨晨说。

……

从咖啡厅里出来，唐雨晨耳边一直回响着刘乾生的劝告。在生意场上所有的朋友中，刘乾生为人真诚，办事一丝不苟，是唐雨晨最值得信赖的朋友，唐雨晨向来对他的话很上心。在炒地皮这件事上，唐雨晨其实也很谨慎，要不是周功航提供信息，她绝不会去冒这个险，而且，她打算炒完这次地皮，就不再三心二意，而是好好打理公司的生意。可刘乾生说得也对，商场上陷阱多，万一这是个陷阱，可就麻烦了。

怀着忐忑不安的心情，唐雨晨约周功航出来见面，把自己公司的处境告诉他，让他筹点儿钱以解决燃眉之急。唐雨晨这么做，是想试探一下他，看他对自己是否在意，由此推测在炒地皮这件事上，他是否给自己设置了陷阱。

周功航一听说她公司资金出现困难，搂着她，微微一笑，说：“这点儿鸡毛蒜皮的事就包在我身上吧。”

说着，他取出一张银行卡，递给唐雨晨：“这张卡里面有 30 万元，你先拿去应急！”

唐雨晨听他讲得情真意切，不像是伪装的，悬着的心才放了下来。可她仍心存疑虑，忍不住问道：“那块地皮的运作，不会出现什么问题吧？”

周功航捏了捏她的鼻子，说：“难道你连我都不相信吗？”

唐雨晨推开他的手，娇嗔地说：“谁知道你是不是真心对我好？”

说完，唐雨晨盯着周功航的双眼，周功航却把眼睛眯成一条缝，不让她看到他眼里的表情。

唐雨晨只好移开目光，认真地说：“我当然相信，可是你也要想想我的处境，现在公司账上一分钱都没有了，拖得太久，公司可要破产了。”

周功航仍旧眯着眼，微微一笑，说：“宝贝，只要你乖乖听我的话，你就什么都不用担心。”

唐雨晨心里一惊，却故意发嗲地问道：“你什么意思吗？人家什么时候不听你的话了？听不听你的话，难道跟炒地皮也有关系吗？”

周功航呵呵一笑，说：“是不是把你吓着了？我的意思是，我很爱你，只要你听我的话，我什么都愿意给你！”

唐雨晨撅起嘴巴，翻翻眼皮，说：“那要是人家不听你的话呢？”

“你不会的！”周功航依旧呵呵地笑着说，“宝贝，我知道你也爱我的，对吗？”

“知道就好，哼！”唐雨晨见套不出周功航的心思，只好打住。

·14·

有了周功航给的30万元，唐雨晨暂时解决了员工的工资，加上出了一批货，资金紧张的局面有所缓解。但她接了很多笔业务，还需要进很多木材，也需要一大笔资金，压力不小。

两个月过去了，唐雨晨公司账面上又空了。规划方案刚刚才公布出来，周世禄那边却仍没有动静，说还不是时候，再等一段时间。唐雨晨只好找周功航，周功航却说他手头没有钱。唐雨晨只好找冯雄俊，冯雄俊说：“你又不是不知道我现在的情况！我把所有的家产都压在佳运玉园上了，还欠了银行一大笔钱，材料和劳力都是别人垫付的，哪里还有钱给你解急？”

无奈之下，唐雨晨只好找银行贷款。这天早上九点多，她驱车来到了市建设银行，一个姓张的信贷部经理接待了她。张经理询问了她公司的创立时间、规模、有哪些抵押物以及财务状况等，然后告诉她，只要材料齐全，一周内可办完手续，发放贷款。唐雨晨说，她急需用钱，会尽快准备好材料，前来办理贷款。

她从银行出来，发现自己的车快没油了，便到附近的一家加油站加油。她刚把车停稳，突然，一辆小轿车停在她的车子后面，紧接着，符安永从车里钻出来，面带微笑地说："雨晨，我们找个地方聊聊吧，我有话跟你说。"

唐雨晨想起自己被他玷污的耻辱，想起郝琳的自杀，不禁怒火中生，白了他一眼，不理睬他。符安永看了看正在加油的工作人员，不好多说什么，站在一旁，等唐雨晨加完油，再次请求道："雨晨，我真的有话跟你说！"

唐雨晨仍不理睬他，付了钱，上了车，径直离去。不料，她刚上马路不远，便从后视镜里看到符安永在跟踪她。一气之下，她把车靠近路边停下来，符安永也停下车。唐雨晨下了车，走过去，气呼呼地说："符安永，你到底想干吗？再跟踪我，我可要报警了！"

符安永下了车，走到唐雨晨跟前，说："雨晨，我只想跟你说几句话。其实，郝琳的死跟我没关系，我心里也很难过！"

"你不要假慈悲了！"唐雨晨冷冷地说，"明明是你害死了她，还说跟你没关系，郝琳在地下不会放过你的！"

符安永打了个冷战，说："我没有害死郝琳，她是我妻子，我怎么会害她？你们，你们怎么个个都咬定是我害死她？"

"哼，是不是你害死她，你自己心里很清楚，我现在很忙，没时间跟你啰嗦，我警告你不要再跟踪我，否则，我肯定报警！"

说完，唐雨晨转身就要返回自己车里。符安永却上前一步，拦住她，支支吾吾地问道："雨晨，郝琳死之前，有没有给你留下什么东西？"

唐雨晨一怔，顿时想到了那段视频。郝琳死之前没有给她留下什么，但那段视频她偷偷复制保存了下来，连郝琳都不知道。对符安永来说，那段视频意味着什么，唐雨晨心里很清楚。

她嘴角露出一丝冷笑，说："你是她丈夫，她有东西，难道会留给我，而不留给你吗？"

符安永一下子哑了口，好一会儿才说：“这么说，她，她没有给你留下什么东西了？”

“呵呵！”唐雨晨嘲讽地说，“你刚才口口声声说郝琳是你妻子，难道你妻子给我留下什么东西，你这个做丈夫的不知道？”

符安永咬了咬牙根，说：“但愿她没有给你留下什么东西！”

说完，他转身返回自己车上，发动车子，绝尘而去。

唐雨晨也上了自己的车，回到公司，让财务部的员工准备好贷款材料。之后，她关上办公室的门，拿出那个存有那段视频的U盘，插到电脑上，仔细又看了一遍。这段视频的画面很清晰，符安永受贿的一举一动，均被拍摄得一清二楚。这段视频如果落入纪检部门手中，符安永非被抓去坐牢不可，那样就可以替郝琳报仇了。

但是，她不会这么做。因为，一旦符安永被查，冯雄俊就肯定会受牵连，毕竟他也向符安永行了贿。冯雄俊如果被抓，肯定还会把周功航牵扯进去。冯雄俊还欠她一大笔钱，雄良公司还有她的股份呢。如果冯雄俊被抓，那她的钱就要不回来，那些股份估计也没戏了，而如果周功航被抓，她跟他合作炒地皮赚大钱的美梦也将成为泡影。对她来说，损失巨大。除非万不得已，她不会将这段视频泄露出去！

她想了想，干脆把视频删掉，免得不小心泄露出去，遭受灭顶之灾。可转念一想，留着这段视频或许将来会有用，便又打开回收站，将那段视频恢复原位，然后拔下U盘，藏到隐秘之处。

一周后，唐雨晨从银行贷到了300万元。钱刚一到账，她就从刘乾生那里进了大批木材。刘乾生问她：“是不是地皮已经出手了？”

唐雨晨说：“还没呢，这钱是从银行贷的。”

刘乾生皱了皱眉头，说：“妹子，你干吗找银行贷款呢？”

唐雨晨说：“大哥，您就别为我操心了，公司急需流动资金，我不得不这么做啊。”

“唉！”刘乾生叹气说，“银行贷款得承担利息不说，万一你不能按时还款，银行就会查封你的资产，到时候客户会蜂拥而至，公司就会瞬间垮掉的。”

“不会有事的。再过一段时间，地皮出手，我就可以把钱还给银行了。”

唐雨晨说。

“也对。”刘乾生说，“希望你尽快出手，然后专心打理家具公司的业务，大哥希望你把公司越做越大，多帮大哥消化木材。咱们长久合作，互惠共赢！今后要是遇到什么困难，尽管开口，我会尽力帮忙的。”

“谢谢大哥的关照，妹子我真的很感激！”

“你怎么跟我客气起来了呢？”刘乾生微笑着说，“咱们俩的交情又不是一天两天了。”

唐雨晨点点头，朝他投去感激的目光。

刘乾生接着说：“妹子，跟你交往了这么长时间，咱们一直都是谈生意上的事，私事很少聊起。今天我想跟你谈点儿私事，你不见怪吧？”

确实，两人相识以来，每次见面都谈生意，互相之间很少聊家庭、感情等话题。她只知道，刘乾生已有家庭，妻子是名小学教师，儿子上小学五年级。刘乾生也只知道她父母是普通工人，她还没男朋友。除此之外，彼此对对方都没有太多的了解。

可以说，两人的关系是靠利益维持着的，但又与普通生意人之间的关系不同。两人在交往中，彼此信任、信服对方，友谊超出了普通生意人的关系，只差没结拜为兄妹了。

“当然不见怪了！”唐雨晨面带笑容地说，“大哥待我那么好，即使你骂我几句，我也不会见怪的。”

“大哥怎么会骂你呢？”刘乾生投来诚挚的目光，说，“大哥是关心你的终身大事。你的年纪也不小了，该找个对象成家了。不知你是否有了意中人？”

唐雨晨没料到刘乾生会问这个问题，一下子愣住了，回想起自己被侮辱的经历，心中悲愤万分，脸上的肌肉抽搐着，眼圈也红了起来。

刘乾生没想到这个问题，竟然引起唐雨晨如此强烈的情绪，赶紧说：“妹子，大哥提的问题确实很冒失、唐突，你不要放在心上，就当我没问过。”

唐雨晨惊醒过来，稳定了一下情绪，微笑着说：“没事的。我还没男朋友呢，大哥是不是要给我介绍男朋友啊？”

刘乾生暗暗舒了口气，说：“没错，大哥看你自己一个人单打独斗，怪可怜的，所以想给你介绍个对象，帮你分忧。不过，妹子你的条件太好了，大哥怕你看不上。”

“哦，能介绍一下对方的情况吗？”唐雨晨其实不喜欢别人给她介绍对象，总认为一个人如果让别人给她介绍对象，那她必定是次等品，没人看得上才让人介绍，而她自认为自己还没到那个地步。如果是别人，她可能会断然拒绝。

“是这样的。”刘乾生说，“我有个弟弟，在工商局工作，人长得不错，比你大两岁，还没女朋友，想介绍给你认识。”

“那好啊！”唐雨晨说，“改天你约他出来见见面！”

“没问题！不过，成不成你都不要见怪，就当多认识一个朋友！”

“那是的，不论如何，我得先谢谢大哥这么关心我！”唐雨晨微笑着说。

·15·

相亲的经历很尴尬，刘乾生弟弟的性格跟刘乾生完全不一样，显得很腼腆。刘乾生介绍他和唐雨晨认识后，就借故离开了。他坐着浑身不自在，脸涨得通红，基本是唐雨晨问一句他答一句，最后弄得唐雨晨也尴尬起来。两人干坐着，每一秒钟都是一种煎熬，唐雨晨干脆早早结束了相亲。

刘乾生随后打来电话，问她对他弟弟的印象如何。

唐雨晨把相亲的经历告诉他，并说：“我们俩的性格相差太大了，他是个闷罐子，半天都不说一句话，要是我们在一起，我会被憋疯的。”

刘乾生叹口气说：“我弟弟什么都好，就是这性格太内向了，我还以为你性格活泼，跟他的性格或许能互补，没想到你也受不了他沉默寡言的性格。虽然相亲失败了，但咱们的友情依然存在，你可不要见怪啊！”

唐雨晨说：“大哥，你言重了，你这是为我好，我怎么会见怪呢？妹子感激你还来不及呢。这样吧，改天妹子再请你喝酒，以表谢意！”

“行，咱们兄妹俩可真好久没喝酒了，真得该好好喝一喝了。”刘乾生哈哈大笑说。

挂了电话，唐雨晨心里一阵酸楚。眼看时光飞逝，自己却仍然孤身一人，形单影只。经历过诸多感情挫折，见过形形色色的男人，她对爱情失去了信心，对婚姻产生了恐惧，她不知道什么样的男人才适合自己。要她找个能力比她差的男人，她心理上接受不了，她毕竟是个女人，渴望有个坚强的男人来呵护她，为她撑起一片温暖的晴空，条件比她差的男人，给她的感觉就是柔弱、无能，这样的男人根本给不了她安全感。如果找个能干的、条件比她好的男人，她又怕对方太优秀了，她无法拴住他的心。这样的男人，很容易吸引女人，很容易变坏，靠不住。唐雨晨在心底把认识的男性挨个儿进行了分析，却没有一个是她想嫁的对象。

她不禁苦笑了一声，暗自问自己：到底什么样的男人才是好男人？女人的青春易逝，难道自己就这么一直拖下去吗？

过去，她深深地爱过冯雄俊。现在，她仍爱着他，但她对他的爱交织着深深的恨，而且目前两人存在着利益的纠葛。这使得她对他的爱，变得不纯洁、不牢固。

如果以前冯雄俊没有出卖她，她愿意牺牲一切，义无反顾地爱他。可冯雄俊为了私利出卖她，使她对爱情产生了怀疑，对冯雄俊也产生了不信任，认为他把钱、把事业看得比一切都重要。这样的男人，不值得她去付出。

现在，周旋于两个男人之间，一旦出了问题，后果就非常危险，这一点她心里很清楚。她只希望这段使她提心吊胆的日子早点儿过去，早点儿摆脱这种复杂的关系，一心一意打理公司的生意，找个合适的男人好好爱一场，才不辜负自己的青春。

周功航那边或许再过一两个月地皮就出手了，到时候就可以终止跟他的不正常关系，从此断绝和他的来往。冯雄俊那边要等到项目竣工，拖的时间可能稍微长些，大概一年。一年后，只要钱一到手，就可以跟他翻脸，甚至跟他作对，以报复他对她的伤害。

一想到摆脱这两个男人后的自由以及从他们俩那里拿到的那一大笔钱，唐雨晨心情无比激动，巴不得这天马上到来。这时，刘乾生的警告又在耳边回响起来，她心里不禁隐隐地担忧起来，万一在这期间出了什么事，自己可就亏大了。

“他俩一个是局长，一个是精明的生意人，不会出什么事的！”唐雨晨不断地自己安慰自己。

回到公司，唐雨晨把苏华强叫进办公室，问他这几天公司的一些情况。苏华强汇报完后，吞吞吐吐地说："唐总，我，我有句话，想，想跟您说下。"

唐雨晨不解地说："有什么话你就直说吧！"

苏华强这才抬起头，说："唐总，感谢您重用我，提拔我当副总。但是，我现在已经找到了更好的发展平台，所以想向您提出辞职。"

唐雨晨一下子愣住了！她万万没想到苏华强会提出辞职。自从开除了周进后，她一直器重苏华强，把公司的重任比如业务谈判、员工的考核等等都交给他，工资也给他翻了将近一倍。苏华强的表现也没有让她失望，替她把公司管理得井井有条，使她省去了很多烦恼，并可以留出很多时间做别的事情。有时候，唐雨晨甚至觉得他的管理能力比自己还要强。现在他突然提出辞职，她一下子不知所措，公司其他员工没有一个像他那样可以挑重担。这意味着，今后，她必须像以前那样早早来公司，很晚才回去。那种累死累活的日子，她已经过怕了。

"你找的是什么公司，能跟我说一下吗？"唐雨晨问道。

"是家外企！"苏华强垂着头，不敢正视唐雨晨。

"对方给你开的工资是多少？假如我给你提的工资高过对方，你是否愿意留下来？"

"唐总，这不是钱的问题，我是觉得对方是外企，是大公司，发展前景较好，所以才决定跳槽的。"

"原来，你是嫌我的公司太小！"

"我不是那个意思！"苏华强有点儿急了，"唐总待我很好，咱们公司也发展得不错，我的意思是想到一个新的、竞争更激烈的环境中锻炼自己。"

"看来你去意已决，我也留不住你，也行，人各有志，你到财务处结算完工资再走。另外，鑫生公司的大门永远为你敞开，随时欢迎你回来。"

"谢谢唐总的关怀与厚爱！"苏华强朝唐雨晨投来感激的目光，接着转身大步走出了她的办公室。

唐雨晨看着他的背影，一阵强烈的无助、失落感涌上心头。她第一次感到管理公司是件很艰辛的事。当初开公司时，她满怀豪情，干劲十足。公司慢慢运作起来，开始赢利了，新鲜感和干劲也就慢慢消失，取而代之的是无边的紧张与疲倦。这时，她希望有人可以助她一臂之力，使她轻松些，苏华强恰恰就是这个能替她分忧的人。如今他却突然辞职，她一下子感到不适应。如果她仍保持着当初刚开公司时的干劲，对苏华强的去留她根本不在意，可现在，她已经受够了打理公司的苦，真的感到很累很累。她不想整天为了钱而麻木地活着，只想活得真实些、快乐些！

第十章　鸿门酒局

符安永像触电似的，僵在原地，纹丝不动。冯雄俊也松了手，面如土灰。一直安坐不动的周功航，额头上渗出了密密的汗珠，双手不停地颤抖着……

·1·

苏华强辞职后，唐雨晨一时找不到合适的人替自己打理公司。为此，她不得不每天很早到公司，很晚才回去，忙得不可开交。

这天下午，她六点半左右才回到家。走进卧室，摁亮灯，眼前的一幕把她吓了一大跳：床单被揉成一团，桌子三个抽屉的锁头被撬开，里面的东西被翻得凌乱不堪。

家里进贼了！她丢下背包，冲到桌子旁，仔细清点了第一个抽屉里面的文件，结果发现，冯雄俊打给她的欠条和签署的股份转让协议书不见了！而她跟周世禄合作炒地皮的文件还在。

肯定是冯雄俊搞的鬼！唐雨晨的粉拳重重地捶在桌子上，带着哭腔愤愤地吼道：“冯雄俊，我跟你没完！”

她立即掏出手机，拨通了冯雄俊的号码。

冯雄俊仿佛什么事都没发生过的样子，柔声问道：“亲爱的，吃晚饭了没？”

“你在哪里？”唐雨晨压制住心中的怒火问道。

“我在清香茶艺馆跟朋友谈点儿事。”

“我现在过去！”唐雨晨啪的一声挂了电话，冲出了家门。

上了车，她发动车子，猛踩油门，飞一般地赶往清香茶艺馆。

冯雄俊正在跟别人谈事，唐雨晨只好在茶艺馆外面等。约半个小时后，冯雄俊才打来电话，说事已经谈完了。唐雨晨快步上楼，走向他所在的包厢。

一进门，她就气呼呼地责问道：“是不是你干的？”

冯雄俊不解地问道：“发生什么事了，我干什么了？”

“冯雄俊，你别跟我装糊涂了！”唐雨晨怒吼道，“欠条和协议书是不是你偷的？”

“原来是这个啊！”冯雄俊面带微笑地说，“偷鸡摸狗的事，我堂堂一个公司老总是不屑于去做的,不信你可以去报警,看看警察的调查结果就知道了。”

“冯雄俊，你如果是个男人就要敢作敢当，不要像只缩头乌龟！”

“瞧你，芝麻大的事也发这么大的火，值得吗？”冯雄俊将唐雨晨搂进怀里，说，“欠条和协议书真不是我偷的，不过，确实在我手上。咱们俩是恋人关系，在谁的手上不都一样吗？你以后嫁给我了，我把整个公司都给你。”

“冯雄俊，你真卑鄙无耻！”唐雨晨猛地回头，狠狠地扇了冯雄俊一记耳光，怒骂道。

冯雄俊捂着火辣辣的脸，不但不还手，反而动情地说：“雨晨，我是真心爱你的！我之所以这么做，是想考验你。如果你真的爱我，愿意嫁给我，等到咱们登记结婚那天，我就把所有的家产都给你。如果你坚持要回欠条和协议书，说明你在敷衍我，并不是真心爱我。”

“鬼才想嫁给你，你这个大骗子、人渣！”骂完，唐雨晨终于忍不住放声大哭起来。

“这么说，你对我是虚情假意，从来没爱过我？”冯雄俊脸上的肌肉抽搐着，显得很痛苦。

唐雨晨已经失去了理智，抑制不住地把压抑在心头的感情全都宣泄出来。她抹了一把眼泪，咬咬牙说：“以前，我确实爱过你，而且爱得发狂。但是后来，我发现我错了。我爱上的人是个唯利是图、自私自利的小人，他很卑鄙很无耻！我为他付出了那么多，他却为了私利，将我推给另一个男人。从那天起，我心里对他只有刻骨铭心的恨！所以，我才想方设法拆散他的家庭，导致他妻离子散。所以，我才忍辱负重，搞垮他的公司，想着有一天让他变成穷光蛋！”

听了唐雨晨的一番话，冯雄俊惊得目瞪口呆，指着唐雨晨，结结巴巴地说：“你，你说什么？我和虹丽的离婚是你一手造成的？”

“哼，没想到吧？”唐雨晨恨恨地说，“没错，是我指使人偷拍你和你情妇偷欢的照片再给黄虹丽的，只可惜你知道得太迟了！”

“我家具公司的业务也是被你频频抢走的？”

“那是你自己无能！”

"你为什么这么做？"冯雄俊的眼睛快喷出火来了，双手按住唐雨晨的肩膀，使劲地摇晃着，怒吼道。

"你这个畜生，快给我放手！"唐雨晨边喊边掰开冯雄俊的双手。冯雄俊怒不可遏地将唐雨晨推倒在地，喝道："你为什么这么做？"

唐雨晨已经被愤怒冲昏了头脑，不计后果地猛站起来，连扇了冯雄俊几个耳光。冯雄俊也在气头上，回敬了她几个耳光。唐雨晨被打得眼睛直冒金星儿，头发也散乱不堪。她不甘挨打，冲上去，抓住冯雄俊的左手，狠狠地咬了一口，冯雄俊痛得"哎呀"地大叫一声，右手使劲地又扇了唐雨晨一记耳光。

打斗声引来了茶艺馆的几名服务员，他们奋力将唐雨晨和冯雄俊拉开。冯雄俊的左手被唐雨晨咬得鲜血淋漓，唐雨晨也被冯雄俊抽得鼻青脸肿，头发凌乱。

这时，两人心中仍怒气未消，但经过一番打斗，都有些累了。唐雨晨睁着发红发肿的眼睛说："冯雄俊，你要是敢不把欠条和协议书还给我，我让你马上破产！"

"你敢动我试试！"冯雄俊挣扎着欲冲向唐雨晨，被服务员死死拉住。

拉着唐雨晨的服务员以为两人是夫妻吵架，将唐雨晨推出了门外，说："我看您还是先回去吧，您丈夫正在气头上呢。"

唐雨晨也清醒了许多，觉得这样闹下去也不是办法，便挣开服务员的手，径直走下楼。

走到茶艺馆大厅时，迎面走来几名男子。唐雨晨抬眼无意地扫视了一下这几名男子，发现其中一人竟然是周功航。周功航也看到了唐雨晨，愣了一下，目光中充满了惊讶，大概是被唐雨晨青肿的脸庞和凌乱的头发吓着了。但他似乎有公务在身，没有和唐雨晨打招呼，只是朝她投去疑惑的目光，略微点点头，接着转头和随行的人谈话。

唐雨晨也没有说什么，和他擦肩而过，匆匆出了茶艺馆，上了车，飞一般地往家赶。

回到家，她觉得肚子空空的，才记起自己还没吃晚饭。打开冰箱，随便翻了点儿东西，填饱了肚子后，她跌倒在床上，泪流不止。

在失窃事件发生以前，她心里对冯雄俊仍有爱意，只是这种爱是交织着恨的爱。但失窃事件发生后，她对冯雄俊已经彻底死心，心中只有无尽的恨，再也没有一丝爱恋。此刻，她恨不得他立即破产，变成穷光蛋，恨不得将他碎尸万段。

过了好一会儿，待情绪稍微稳定下来后，唐雨晨才意识到自己刚才确实太冲动了，不仅抖搂了她拆散冯雄俊家庭的事，还和他撕破脸皮大打出手，两人的关系宣告彻底破裂。她借给他的钱肯定没法儿要回，冯雄俊给她的股份也永远无法兑现。这两笔钱加起来有好几百万呢，难道就这么白白损失了吗？唐雨晨越想越不甘心，可又想不出什么办法！

猛地，她又想到自己刚才走出茶艺馆时，遇到周功航。他看到她这副模样，会有什么想法呢？他有没有看到冯雄俊呢？万一他看到了，会不会起疑心呢？她跟周功航的合作还没结束，应得的收益还没到手，要是他对她起了疑心，发起怒来，问题将变得很复杂。现在她已经欠了银行一大笔钱，和冯雄俊又撕破了脸皮，要是周功航也变心，她很可能就会走向穷途末路了。

唐雨晨越想越担心，赶紧给周功航打了个电话。电话拨通了，周功航却不接，响了几次就挂断。唐雨晨接连拨打了五次都是如此。她以为他在开会，想他开完会应该会给自己打过来，可周功航始终没给她打。一整夜，唐雨晨都没法儿入睡。

·2·

次日，唐雨晨没心情到公司，只打电话给几名员工交代了一些事情。之后，她给周功航打了个电话，周功航却仍不接，一种不祥之感涌上心头。在焦急不安中等待了近一个小时，仍不见周功航回电话后，唐雨晨便拨打周世禄的电话，竟然是空号，她感到天仿佛快塌下来了。

她匆匆出了门，驱车赶往周世禄的公司。到了他办公室，只见大门紧锁，使劲敲了好久的门也没人回应。到一楼物业管理处一问，人家说，那家公司几天前就已经搬走了。

唐雨晨意识到自己很有可能被骗了，火气一下子冒了上来，准备驱车到周功航单位找他理论。这时，她的手机铃声响了起来，是周功航打来的，他约她今晚八点在宁湾宾馆见面。唐雨晨还没来得及问他周世禄到哪里去了，他就挂了电话。

晚上，唐雨晨提前半个小时来到宁湾宾馆。八点多，周功航才姗姗来迟。他毕竟是个局长，唐雨晨不敢像对待冯雄俊那样冲他发火。

周功航眯着眼，看了看她说："怎么了，一脸不开心的样子，谁惹你生气了？"

唐雨晨猜想，昨晚他应该也遇到冯雄俊了，便主动把冯雄俊派人偷走欠条的事告诉他，但股份转让协议书，她没敢提及。

"他的胆子可真够大，你报警了吗？"周功航愤愤地说。

"没有，现场我已经破坏，而且案子是别人做的，即使破了，也奈何不了冯雄俊。"

周功航点了根烟，抽了一口，喷出烟雾，乜斜地看了唐雨晨一眼，说："你打算怎么办？"

唐雨晨此次来见周功航的目的，是要回炒地皮的钱和收益，见周功航满不在乎的样子，再也忍不住了，问道："地皮出手了没？"

周功航喷出一口烟，平静地说："出手了！"

"那我应得的钱呢？"唐雨晨焦急地问道。

"你想要钱？"周功航弹了弹烟灰，说，"你想拿到钱，然后离开我，永远不再理我，是不是？"

唐雨晨嘟起嘴，说："你不要问我这些问题，那是我应得的钱，我当然有权要。"

周功航嘿嘿地干笑几声说："我跟你说过，只要你听我的话，你什么时候缺钱花，我都会给你。"

"我不想跟你啰唆，你到底给不给？"唐雨晨有点儿按捺不住了。

周功航捏着她的下巴，冷冷地说："实话跟你说吧，钱确实在我手上，但你休想拿到，除非你乖乖听我的话。"

唐雨晨拿开他的手，生气地说："我手里有合同书，你不给我，我可以到法院告你。"

"告吧，你去告！那只是个皮包公司，法人又不是我，能奈我何？"说完，周功航哈哈大笑起来。

唐雨晨气得浑身发抖，问道：“你，你到底想怎样？”

周功航转身从包里拿出一沓照片，丢到唐雨晨的面前，说：“你先好好看看这些照片吧。”

唐雨晨颤抖着双手捡起照片一一翻看后，只觉得天旋地转，这些照片竟然是她的裸照。

“不好意思，上次的照片我保留了一些。”周功航说，“只要你乖乖听我的话，替我办事，你仍然可以像以前一样，过着奢华的生活。”

“你到底要我替你做什么？”唐雨晨强压着心中的怒火问道。

周功航走过来，一把搂住她，强行给了她一个吻，说：“你是个美人，男人见了你都会动心。我要你牺牲美色，替我打开官路，使我在仕途上步步高升！”

“你休想！”唐雨晨感到莫大的耻辱，猛地推开周功航，喝道。

“那也随你便！”周功航稳了稳身子，踱到窗前，说，“如果你不想从我这里捞到好处，并且乐意让你的照片在熟人面前曝光的话。”

唐雨晨昨天才跟冯雄俊大吵了一场，身心已十分疲惫，此刻又遭受如此打击，一时间，只觉得天昏地暗，万念俱灰。她不由得瘫倒在地上，哭出声来，哀求道：“求求你放过我吧。我没有做对不起你的事，我只想过平平淡淡的生活，你就放过我吧。”

周功航慢悠悠地转过身来，慢条斯理地说：“我对女人的眼泪不过敏，你别跟我来这一套。是你自己主动送上门来的，要怪只能怪你自己。我阅人无数，向来以为会喝酒的女人最可怕，像你这种既漂亮又会喝酒的女人，更加可怕。自始至终，我都提防着你，你主动向我献身的目的，我一清二楚。别以为你跟冯雄俊的事，我不知道，我心里清楚着呢。你以为我那么傻，甘愿做你的工具？如果你真想从我这里捞到好处，必须做出牺牲，乖乖听我的话。念在你我度过的美妙时光的分儿上，我不会亏待你的。”

唐雨晨没料到自己一时糊涂，竟酿成了今天的苦果，不但白白被骗了几百万元，还给周功航留下了把柄，心中既懊悔万分，又愤怒不已。她抹了一把眼泪，恨恨地说：“你堂堂一个局长，怎么能做出这么卑鄙的事？你难道就不怕我揭发你、告你吗？”

“你去揭发啊，告啊！”周功航冷笑一声说，“你手中有证据吗？你要是告不倒我，我反告你诽谤、诬蔑，将你关进监狱，让你尝尝阶下囚的滋味。到时候，恐怕你叫天天不应，叫地地不灵。你父母要是知道了，该多伤心、难过啊！你如果识相的话，还是乖乖听我的话吧！”

“你，你……”唐雨晨气得说不出话来，只是一个劲儿地流泪。

“好话，我就不跟你多说了，你自己考虑考虑吧，三天内给我答复！”周功航说完，走到门口，打开门大步离去。

唐雨晨记不起自己是怎样回到家的。躺在床上，哭到半夜，她才勉强止住了眼泪。自从开公司后，她拼死拼活，好不容易才把生意做起来，赚了一些钱。可因为自己一时的贪念，上了冯雄俊和周功航的当，被骗了几百万元，受尽了这两个男人的欺凌。不仅如此，周功航还偷拍了她的裸照，想控制她，把她当成升官的工具，让她根本没什么人格、自尊可言！

一想到这两个男人，唐雨晨心中燃起熊熊的怒火！她不甘心就这么被骗，就这么受辱，她要报复，要使这两个男人付出代价。猛然间，她想到了那段视频，只要将这段视频举报给纪检机关，符安永必定落马。符安永不但害死了郝琳，还侮辱了她，绝不能放过他。只要他一落马，纪检机关必定顺藤摸瓜，将冯雄俊和周功航揪出来。这样，她就可以报仇雪恨了！唐雨晨狠狠地咬了咬牙，下定了决心！

第二天，唐雨晨早早到了公司，挨个儿给员工打电话，告诉他们，公司将放假三天。接着，她打开电脑，将那段视频复制到五个U盘上。随后，她亲自将四个U盘分别送到省检察院、市检察院和省纪委、市纪委。

下午，她先给冯雄俊打了个电话，说：“对不起，那天我太冲动了，你，你是不是还恨我？”

冯雄俊接到唐雨晨的电话，甚感意外，一时不明白她的用意，好一会儿才说：“我当时也很冲动，说对不起的应该是我。”

唐雨晨说：“其实，我对你的心，你应该明白，我是因为爱你，才拆散你的家庭。不知道你说过的话，还算不算数。要是我答应嫁给你，你真的履行诺言吗？”

冯雄俊没料到唐雨晨会转变态度，沉默了好一会儿，才说：“当然是真的了，只要你是真心爱我，愿意嫁给我，咱们登记结婚那天，我把一切都给你。”

“我希望你不要骗我，我对你可是一片真心的，你应该知道的。”唐雨晨充满柔情地说。

“这么说，你同意了？”冯雄俊惊奇地问道。

“是的，今晚出来喝酒，庆祝咱们和好如初，好吗？”

“好啊，你想到哪里吃饭？”

“到豪味酒家吧！”

“行！”

其实，冯雄俊对唐雨晨的突然转变深感怀疑，但不想明说，只想看看她到底玩什么把戏。

挂了电话，唐雨晨的嘴角露出一丝冷笑。

唐雨晨接着给符安永打了个电话：“符行长最近忙不？今晚有空出来吃饭吗？”

符安永听是唐雨晨，甚感意外，笑笑说：“你该不会是让我赴鸿门宴吧？”

唐雨晨也笑笑说：“符行长该不会成为惊弓之鸟了吧？放心吧，我只是想把郝琳要我转交给你的东西给你，你上次不是问我要吗？”

“哦，郝琳给你什么东西了？”符安永警惕地问道。

“我也不知道是什么东西，她给我后，我还没打开过，你来了不就知道了吗？”

“好，在哪里呢？”

“豪味酒家！”

唐雨晨最后拨通了周功航的号码。这次，周功航没有挂断。他问道：“想好了没有？”

唐雨晨说：“想好了，你是局长，我能不听你的话吗？”

“那就好！”周功航呵呵一笑说，“你是识时务的人，不会做出傻事的，放心吧，我不会让你吃亏的。”

唐雨晨发嗲说：“你已经让人家吃了大亏了。”

“怎么会呢？”周功航哈哈大笑起来。

“为了庆祝咱们俩和好，人家今晚想跟你吃顿饭，喝几杯呢。”唐雨晨充满柔情地说。

“好啊，那就在老地方见面！”周功航说完，挂了电话。

周功航所说的老地方，其实就是豪味酒家。以往，他和唐雨晨幽会，总爱在宁湾宾馆开房，吃饭则在豪味酒家。

打完了电话，唐雨晨长长地舒了口气，杏眼圆睁，几乎要喷出火来。

·3·

唐雨晨精心打扮了一番，早早到豪味酒家要了亨通包厢，然后分别给冯雄俊、符安永、周功航发了短信，告知包厢名字。

豪味酒家的包厢里，都有电视机和DVD播放机，供客人饭后娱乐用。发完短信，她将刻录有符安永受贿经过的光盘放到DVD里，打开电源，先播放了一遍，看看没问题再关掉。接着，她点好了菜，并要了一瓶洋酒。

最先到达的是冯雄俊。他进了包厢，随手把门带上，然后面带微笑地走到唐雨晨身旁，搂住她，轻声说：“雨晨，原谅我，那天我太冲动了，我向你道歉。”

唐雨晨微笑着说：“事情都过去了，就别再提了，咱们从今以后好好珍惜这来之不易的缘分。”

“好！”冯雄俊牵着唐雨晨的手，说，“其实我知道你是爱我的，你在我公司替我陪酒的时候，我就知道，只是，那时我有家庭，不敢接受你的爱而已。”

“知道就好，你以后要好好爱我，不许再伤害我！”唐雨晨撒娇说。

“我一定会的！”冯雄俊说，“今晚，咱们俩好好干一干！”

说着，他伸手欲拿酒杯。唐雨晨拦住他，说：“等等，今晚我还约了一个朋友，等他来了再喝吧！”

“你约了谁？”冯雄俊惊讶地问道。

“符行长啊！”唐雨晨眼含深情地注视着冯雄俊说，“他帮了你的大忙，我想，咱们俩应该一起请他喝酒，感谢他一下才是。”

冯雄俊摸不清唐雨晨葫芦里卖的是什么药，一下子愣住了，不解地看着她。这时，外面响起了脚步声，紧接着，门被打开了，符安永走了进来。

见到冯雄俊也在场，符安永愣在那里。唐雨晨赶紧起身，笑眯眯地说："符行长，怎么，不认得冯总了？来，坐，坐，咱们先喝完酒，我再把东西给你！"

说着，唐雨晨拉过来一把椅子。符安永朝冯雄俊点点头，硬着头皮走过来，坐在唐雨晨的旁边。

冯雄俊虽然将唐雨晨出卖给符安永，但和他并没有什么交情。两人坐在酒桌上，一下子找不到话题，均感到浑身不自在。同时，两人都做了对不起唐雨晨的事，不明白唐雨晨把他俩约到一起的目的何在，满脸疑惑。

唐雨晨看了看自己的手机，然后再看看冯雄俊和符安永，笑眯眯地说："你们俩不是认识吗？好好聊一会儿吧，我还有个朋友要来，等他一到，咱们就开桌。"

"雨晨，你到底搞什么名堂？"冯雄俊按捺不住地拉着唐雨晨的手问道。

唐雨晨眼波流转，笑容满面地说："看你急的！周局长刚才给我发了条短信，说他刚好路过这里，我就顺便邀请他上来，多个人喝酒才有意思，不是吗？"

"周局长也要来？"冯雄俊万分惊讶，问道，"雨晨，你到底想做什么？"

唐雨晨将手指放在嘴边，嘘的一声，说："别说话，他马上要到了。"

说话间，门外响起了脚步声，周功航推门进来，满面春光地欲和唐雨晨打招呼。可见到冯雄俊和符安永，他刚喊了"雨"字，便住了口，愣在门口。

周功航认识冯雄俊，但不认识符安永，不知道他们俩为何也这里。

"周局长，我来介绍一下。"唐雨晨赶紧起身，指着符安永说，"这是咱们市 XXX 银行的符行长，冯总的房地产项目正是符行长帮忙贷的款。符行长，这是咱们市规划局的周局长。"

唐雨晨介绍完毕。尽管周功航和符安永心中有很多疑惑，但两人都微笑着和对方握手问好。

待他们俩落座后，唐雨晨看了看冯雄俊，微笑着说："这是冯总，你们都认识的，用不着我介绍了。"

周功航、冯雄俊和符安永都搞不懂，唐雨晨明明只约了自己，为何突然多出另外两人。三人干坐着，不知道说什么。

这时，唐雨晨收起了笑容，双手按着桌子，像个领导发表讲话似的，慢条斯理地说："各位都是有头有脸的人物，今晚难得相聚在一起。在喝酒之前，我先给大家看一段录像助助兴，让大家喝得痛快些！"

说完，唐雨晨走到电视柜前，打开电视，按下DVD播放键。周功航、冯雄俊和符安永三人的目光都聚焦到了电视屏幕上。当屏幕上出现符安永接受贿赂的画面时，符安永的脸色刷地变得无比惨白，紧接着，冯雄俊和周功航的脸色也苍白如纸。

还没等视频播放完毕，符安永就猛地站起来，冲过去，按下出仓键，取出那张光盘，啪的一声折断，然后塞进自己的口袋里，朝唐雨晨厉声喝道："唐雨晨，你到底想干什么？"

唐雨晨不回答他的话，给三人的杯子斟满了酒，冷冷地说："符行长，好戏还没开始呢，咱们先来干几杯！"

说完，她朝符安永举了举杯，接着，又把杯子在周功航和冯雄俊眼前晃了晃。周功航和冯雄俊均怒目圆睁，直愣愣地盯着她。冯雄俊抓起杯子，哐的一声砸碎，接着，揪着唐雨晨的衣领，恶狠狠地说："臭婊子，想耍我？"

唐雨晨用力掰开他的双手，冷冷地说："冯总真是太不讲礼貌了，我好心请你来喝酒，你竟然这么对待我！"

冯雄俊再次揪住她的衣领，使她动弹不得。符安永也冲过来，抢过她的包，乱翻起来。

这时，楼下响起了一阵嘹亮的警笛声。符安永像触电似的，僵在原地，纹丝不动。冯雄俊也松了手，面如土灰。一直安坐不动的周功航，额头上渗出了密密的汗珠，双手不停地颤抖着……